本书为湖南省教育厅科学研究优秀青年项目"中法文学对话背
想研究"（项目编号：22B0665）的研究成果。

李健吾与
法国文学

宋 洁 / 著

湖南师范大学出版社

·长沙·

图书在版编目（CIP）数据

李健吾与法国文学／宋洁著. —长沙：湖南师范大学出版社，2023.5
ISBN 978－7－5648－4587－2

Ⅰ.①李…　Ⅱ.①宋…　Ⅲ.①李健吾（1906—1982）—翻译—文学研究 ②文学研究—法国　Ⅳ.①I565.06

中国版本图书馆 CIP 数据核字（2022）第 111525 号

李健吾与法国文学

Li Jianwu yu Faguo Wenxue

宋　洁　著

◇出　版　人：吴真文
◇组稿编辑：李　阳
◇责任编辑：李　阳
◇责任校对：张晓芳　谭静雅
◇出版发行：湖南师范大学出版社
　　　　　　地址/长沙市岳麓区　邮编/410081
　　　　　　电话/0731－88873071　0731－88873070
　　　　　　网址/https：//press. hunnu. edu. cn
◇经销：新华书店
◇印刷：天津画中画印刷有限公司
◇开本：710 mm×1000 mm　1/16
◇印张：16.5
◇字数：280 千字
◇版次：2023 年 5 月第 1 版
◇印次：2024 年 8 月第 2 次印刷
◇书号：ISBN 978－7－5648－4587－2
◇定价：68.00 元

凡购本书，如有缺页、倒页、脱页，由本社发行部调换。

投稿热线：0731－88872256　微信：ly13975805626　QQ：1349748847

序

宋洁将她的书稿《李健吾与法国文学》发给我，嘱我作序。我有种义不容辞的感觉。

宋洁的攻博之路，走得并不顺利。开始，她与我联系，想考我的比较文学专业博士。但是我在中文系招生，而她的本科与硕士均是外语专业。外语专业的硕士要考中文专业的博士，其实并不容易，因为二者的侧重点不同。外语专业考生的优势如外语的听说读写、文本的细读与分析、对某一领域如法国文学的深入把握等，在考中文专业的博士时用不上，而外语专业考生的短板如理论的视野、对文学史的宏观把握、中国文学方面的知识等偏偏又是考试的重点。后来，我又因招生指标限制，只在文艺理论方面招生。因此，终于未能与她结下师生之缘。2017年，她短信告我，已考上湖南大学文学院青年新锐刘涵之教授的比较文学博士。听到此消息，我真心地为她感到高兴。

宋洁的读博之路走得也比较辛苦。不知是幸还是不幸，现在中国的高校，除了少数几所名校，大都要求博士生在读期间在 CSSCI 期刊上发表两篇论文，并将此作为博士生毕业的必备条件。而湖南大学要求更严，博士生毕业需要三篇 C 刊论文，这对宋洁来说应该是很不容易的。因为她以前熟悉的是外语专业的规范，现在转到中文专业，要发表比较文学研究方面的文章，还需熟悉中文专业的规范，从某种意义上说，比在外语专业读博还要困难一些。然而她通过努力，在四年之内满足了博士毕业的所有条件。涵之教授对我青眼有加，邀请我担任宋洁博士论文答辩委员会的主席，这样我得以在 2018 年之后，再次见到宋洁。然而第一眼的感觉竟然是有点吃惊。三年不见，宋洁的变化不可谓不大，虽然美丽依旧，但以前那种明媚娇艳却消失了，甚至还有点憔悴。我想起了一句俗语，"时间是把杀猪刀"，不过在这里应该换为，"读博是把杀猪刀"。读博对于女生，的确是个严峻的考验。如果她真的想在学术上有所成就，要想不牺牲一点自己的容颜，也需要很大的本事。由此我想到宋洁读博的不易。

宋洁的博士论文的研究对象是李健吾与法国文学。李健吾先生是我国著名的法国文学研究专家，同时也是著名的戏剧家、翻译家、散文家和文学批评家。我年轻时曾读过李健吾的《福楼拜评传》，感觉其风格有点特别，不大像是国内作者原创，倒有点像是翻译过来的作品，但著作封面却明明白白地写着"李健吾著"。在看多了同一风格的评传之后，李健吾的《福楼拜评传》的确给我一种清风拂面的感觉。以后我一直对李健吾有所关注，陆续读过他的一些作品，但自然谈不上研究。

李健吾先生去世于 1982 年，国内学界对他的研究大概也始于这个时期，但一直没有形成热点，研究成果也不是很多。在李健吾与法国文学的关系这一李健吾研究的重要领域，系统的研究也还阙如。这与李健吾的学术与文学成就似乎有点距离。宋洁的博士论文以大量的第一手资料从不同方面梳理了李健吾与法国文学的关系，探讨了法国文学对于李健吾深入骨髓的影响，观点明晰，条理清楚，结构合理，资料翔实，言之有据，应该可以说是我国学界在李健吾研究方面的一个新的进展。

在我看来，本书至少有如下几点值得肯定。其一，是研究的系统性。专著从李健吾对法国文学的审美养成、李健吾的翻译作品、李健吾的文艺批评、李健吾的戏剧与改编剧、李健吾的散文以及李健吾的人文精神等几个方面，对李健吾与法国文学的关系进行了比较全面的梳理，基本涉及了李健吾与法国文学关系的各个方面，不仅将国内学界对李健吾与法国文学关系的研究向前推进了一步，也为后来的李健吾研究者提供了一个比较扎实的基础。其二，主旨比较明确、突出。专著虽然面撒得较开，但始终扣住了一个中心，即李健吾与法国文学的关系。讨论李健吾对法国文学的审美养成的部分自不必说，即使讨论李健吾的文学批评、改编戏剧、讨论他的散文等，核心还是讨论李健吾与法国文学的关系，讨论法国文学对李健吾的戏剧、散文和文学批评等的影响。作者极力从李健吾的各种学术与文学活动中离析出李健吾与法国文学的关系并进行分析，从中得出自己的结论与观点。其三，是一定的创新性。本书虽然带有梳理的性质，但作者并没有止于梳理，而是在对李健吾与法国文学的关系进行梳理的同时，尽量扩大相关的研究领域，得出自己的结论。如认为李健吾是在法国文学的影响之下，逐步成长为一个"具有诗意的现实主义者"的。这一结论较好地概括了李健吾与法国文学的关系以及法国文学对他的影响。再如将李健吾的散文纳入专著的研究范围，认为李健吾的"散文在审美文化书写、民族文化认识及个人政治主张三方面都对蒙田随笔中的思想有着借鉴、吸收与创新的痕迹"。这结论应该是作者自己的研究所得，很有启示意义。另外，专著提出的"诗意现实主义"也是一个很有意义的概念，可惜的是未能很好地展开阐述。

由于主持了宋洁的论文答辩，我得以看到她的论文的三位外审专家的评审意见。三位专家对她的论文有一个共同的看法，认为理论深度还有所不够。这也的确是宋洁这本在博士论文的基础上写成的著作的一个重要不足，有待于在以后的时日继续改进。不过我也理解这个不足形成的原因。外语专业的学生一般是从语言的听说读写、泛读、精读的教学模式中训练出来的，在文学史的宏观把握和理论的学习和理论思维的训练方面先天不足。这种不足有待于其在以后的学术生涯中逐步改进。一旦消除了这些方面的不足，加上已有的语言优势，外语专业出身的学者在比较文学与世界文学研究方面往往比中文专业出身的学者更有后劲。

我一直认为，做比较文学研究的，纯外语专业出身的学者和纯中文专业出身的学者都有所不足。最好是把外语与中文二者的优势结合起来。途径之一便是本硕博三个阶段能够在外语和中文专业双跨。宋洁本科与硕士在外语专业，博士在中文专业，这样的学习背景与知识结构是比较理想的。相信假以时日，她是能够在自己的研究领域做出较大成绩的。

赵炎秋
2023 年 3 月于湖南师范大学

目　录

绪 论

李健吾先生的文学活动几乎贯穿了整个 20 世纪，他的文运可以说与中国 20 世纪的国运一脉相连，在波澜壮阔的时代图景中历尽风霜。

最早令李健吾耀目于世的是文学批评小册子《咀华集》，这本薄薄的小册子，包括后来出版的《咀华二集》中都闪烁着法国印象主义与中国传统文思结合的光辉，时人毁誉参半。后转战剧坛的李健吾的剧作生涯长有 20 年，其中最受观众和读者喜爱的仍属法国戏剧的改编剧。抛开文艺批评与戏剧作品不谈，他文学之路的出发点其实是翻译作品《包法利夫人》和人物评传《福楼拜评传》，这两部作品既是起点，亦是巅峰。当我们回顾李健吾文学的诞生、发扬、寂灭及复燃的全过程，不难发现李健吾文学与法国文学有着千丝万缕的关系。法国文学哺育了李健吾，而李健吾又以"努力来接近陌生人的灵魂和它的结晶"① 的方式阐释着法国文学。可以说，李健吾从法国文学理论的花园里撷取了现实主义之花，更为这朵寓意现实的花朵添上了诗意的色彩。在对李健吾的研究中，对其来源于法国文学的诗化现实主义的研究是无论如何也绕不开的一环。然而现阶段，当我们对李健吾文学进行研究方法上的分类，就会发现对李健吾文学的研究往往从史料研究、精神分析理论、京派文化、人性论、印象主义、自然主义、现实主义、戏剧理论和翻译方法等角度出发，研究成果或散见于各学术期刊，篇幅不长，或在各近现代文学史与批评史著作上辟有专章对其进行介绍，限于略说，研究均不够彻底和深入。总体而言，现阶段学界对李健吾文学接

① 钱林森. 李健吾与法国文学 [J]. 文艺研究，1997（4）：100.

受法国文学现实主义理论基础上呈现的诗化面貌有所忽略，故而从接受角度出发将李健吾文学与法国文学之关系作为批评与研究的对象，并探讨其是否在学界得到了恰当的定位，具有相当的研究价值。

一、相关研究现状综述

和海外学者相比，我国对李健吾的研究可谓占尽了先天优势，但目前为止，我国国内对于李健吾与法国文学的研究尚未有一篇博士论文出现，也没有以此论题结题的专著出版。就目前搜集到的资料来看，李健吾与法国文学相关性的整体研究不足，研究者多数从史料研究、精神分析理论、京派文化、人性论、印象主义、自然主义、现实主义、戏剧理论和翻译方法等研究方法对李健吾文学进行讨论。相关研究具体分布及特点如下。

1. 关于李健吾文学作品的整理与出版的现状分析

李健吾的文学活动跨度时间较长，从 1923 年他中学时期在学生刊物《燧火》上发表的文章算起，到抗战时期在《大公报》《铁报》和《文汇报》等报刊上发表的零散杂文，再到中华人民共和国成立之后在社科院外文所内部刊物上发表的各类学术文章，纷然杂陈；刊印出版的作品则更为多样，以《咀华集》与《咀华二集》为例，两书就有 1936 年及 1942 年文化生活出版社版本、2005 年复旦大学出版社版本和 2007 年人民文学出版社版本等各版面世，这于对其进行搜集整理工作的学者们而言是一个不小的挑战。其中韩石山可谓是进行李健吾史料搜集整理工作时间跨度最长的一位。最早在 1990 年，韩石山在《纵横谁似李健吾》中就对当时学界李健吾文学研究遇冷的情况感到不满："要现在的文学界和读书界，接受李健吾这样的大家，还不到时候，还不配。"[①] 为改变这一局面，韩石山做了大量史料搜集整理工作，在 20 世纪 90 年代先后发表了《李健吾与郑振铎》《李健吾与阎逢春》《彼此的挚与畏——李健吾与塞先艾》等考据文章，并将搜集来的资料加以编汇整理，于 1996 年初版、2017 年再版了《李健吾传》，这些都为李健吾文学作品的整理与出版提供了系统而宝贵的资料。

除韩石山外，以《新文学史料》杂志为主要活动阵地，李健吾故去之

---

① 韩石山. 李健吾传［M］. 北京：人民文学出版社，2017：410.

后，他的老友和其后的研究学者对其生平事迹与文学思想陆续做了一些补充与考证，如 1983 年蹇先艾发表的《我的老友和畏友——悼念李健吾同志》、徐士瑚发表的《李健吾的一生》、魏照风发表的《〈委曲求全〉的演出》、1984 年凤子发表的《上海演出〈委曲求全〉的点滴回忆》、2004 年任明耀发表的《李健吾的二十四封信》等。此外，《中国现代文学研究丛刊》杂志上于 2014 年由郭建玲发表的《1940 年代后期左翼文学进程中的〈文艺复兴〉》和 2017 年刘子凌对李健吾剧作版本的相关考证共同构成对李健吾文学研究在史料补充上的重要研究成果。

有了前人的基础，2016 年，李健吾 110 周年诞辰之际，北岳文艺出版社隆重推出了历时 35 年编撰、共计 11 卷的《李健吾文集》，可谓对李健吾文学作品整理的大成之作。第 1 至第 4 卷收录了李健吾创作的 42 个剧本，第 5 卷和第 6 卷分别收录了李健吾的小说和散文创作，第 7 卷则收录了李健吾的中国文学评论，第 8 卷汇集了李健吾关于戏剧舞台技巧理论和观戏感想的相关文章，第 9 卷到第 11 卷涉及的均为李健吾关于西方文学，特别是法国文学的评论。其中第 9 卷基本上是西方戏剧评论卷，从古希腊到近现代都有所涉及，又以对莫里哀的喜剧研究和评论为主；第 10 卷是 19 世纪文学大家福楼拜的专卷，李健吾对福楼拜的热爱与执着可见于此；第 11 卷除了一篇《纪德》属于 20 世纪初叶外，其他均为对 19 世纪法国其他大家及作品的评述。北岳文艺出版社对于李健吾研究在史料上的工作成就斐然，但仍存在微小疏漏。在戏剧方面：第一，《啼笑因缘》《满江红》和《中·发·白》等剧本因为时代缘故，有所漏失；第二，对于有过几次更名的剧本，出于对作者的尊重，文集均采用了由作者最后定名的剧本名；第三，对于内容有所改动的剧本，出于编辑个人艺术审美考量，在收录上有所取舍，如反映北伐战争的剧本《金小玉》和经改编后反映抗战时期的剧本《不夜天》，虽两个版本各有千秋，但编辑最终收录了《金小玉》而舍《不夜天》。在文学评论方面：第一，可能由于发言者相互交叉，难于摘录，故而对《高干大》和《种谷记》两次座谈会上李健吾富有灼见的评论性发言予以省略；第二，没有收录李健吾为《中国大百科全书》编写的《莫里哀》和《福楼拜》评论性词条。在散文方面，个别小文章有所遗漏，比如 1950 年为宣传《美帝暴行图》演出的宣传稿件《向集体学习》，或许因是李健吾的应景之作，故也舍而不取。在翻译方面，因为文集不涉及译文，所以少数为其译文而写就的前言与小品文因无法独立达意，也选择了舍弃。总的来说，这套文集瑕不掩瑜，是目前对李健吾研究在史料搜集工作上最为齐全的一套丛书。该书出版后，出于查漏补缺的目的，北岳文艺出版社于次年出版了《李健吾书信集》，收集了李健吾从20世纪30年代开始与家人、朋友的往来信件共314封，有针对性地对书信中一些模糊不清的历史问题做了便于读者阅读的注解。此外，同年又出版了《李健吾年谱》，为史料研究在时间线上的系统化做了一次很好的梳理工作。

总的说来，对李健吾文学作品的整理呈现出以出版社牵头，李健吾的儿女李维音、维惠、维楠、维明、维永为主要搜集整理者，李健吾的妻尤淑芬，朋友叶圣陶、柯灵、于玲、陈复尘，上海戏剧学院档案馆和山西运城博物馆为资料主要提供者，后续晚辈学者于其他研究中对李健吾文学史料偶有新发现的整体面貌。对这些史料进行特定的裁剪与分析，于我们进行李健吾与法国文学的关系研究有极大的帮助。

2. 关于从精神分析理论对李健吾文学进行研究的现状分析

在李健吾众多的文学作品中，《心病》是唯一的一部长篇小说，成就在于其是中国新文学史上第一部用意识流手法完成的长篇作品①。围绕《心病》，学界主要从精神分析理论对其进行解读。朱自清是以精神分析理论对《心病》进行解读的第一人，他将其与施蛰存的《石秀》进行类比，认为《石秀》篇幅较短，且某些方面的描写还存在逻辑顺序，独李健吾的《心病》流动着对无意识的记录②。此外，1988年张大明发表在《求索》杂志上的《死角淘金——读李健吾的小说》一文中，认为李健吾的小说中运用了弗洛伊德精神分析理论来刻画人物的，不仅有《心病》，还有短篇小说《关家的末裔》等，并称李健吾对梦幻、白日梦、性心理与潜意识的描写有超时代的独到之处③。20年之后，王华青的一篇《精神分析学与意识流的共融——试论李健吾的戏剧》将对李健吾文学从精神分析理论的研究从小

① 韩石山. 李健吾传 [M]. 北京：人民文学出版社，2017：112.
② 朱自清. 读《心病》[N]. 大公报·文艺副刊，1934 – 02 – 07.
③ 张大明. 死角淘金——读李健吾的小说 [J]. 求索，1988 (6)：83.

说领域扩展到了戏剧领域①。此后，陆续有马文铃的《文学与天性：进化心理学关于文学批评的理论、方法及案例分析》、段修娜的《向人性深广处探寻：李健吾小说创作的现代性》、许江的《京派文学对西方"意识流"的接受与运用》等论文围绕精神分析理论对李健吾的文学创作向度进行探讨。如上所见，虽然以精神分析理论为研究方向是将李健吾文学与文学现代性进行连接的一个新颖角度，但材料有限，研究者一直困于文本细读分析，且长期以来热度不够，因此李健吾研究的主流学者们对此的重视日趋淡薄。

3. 从京派文学属性出发对李健吾文学进行研究的现状分析

京派作家笔下诗意盎然的世界离不开对人性的刻画，更体现着对人文主义的追求。人性论作为京派文学的重要写作构成，成为了从京派属性上对李健吾戏剧作品进行分析研究时谈及较多的方法论之一。从 20 世纪 80 年代王卫国和祁忠的《试论李健吾三十年代的悲剧创作》开始，到庄浩然的《试论李健吾的性格喜剧》、宁殿弼的《李健吾的悲剧创作初论》和《李健吾喜剧艺术初论》，学者已经有意识地对李健吾在戏剧作品中对人性的讴歌开始加以关注与讨论。进入 20 世纪 90 年代，站在前辈研究经验的基础上，出现了一批直接点名李健吾"人性"的学术论文，如吴品云的《李健吾剧作中的人性形态及其内涵》、包燕的《人性的光辉：在功利和唯美之间——李健吾戏剧批评观之批评》、王翠雁的《心理视镜中的人性挣扎——李健吾剧作意蕴解读》等。综合来看，对李健吾作品中呈现的人性分析往往从人的正常生理、心理需求出发，并结合人物所处的特定现实环境加以考证，以展现李健吾在作品中安排的复杂多样的人性变化的合理性。近十年，关于李健吾人性论的研究进入了从作品研究向文学史研究的转向期。诸如伊茂凡的《中国现代文学史中的三个"人学"断面及李健吾的剧作实践》、文学武的《从人性审美到政治审美——李健吾文学批评历程及其反思》等论文，均超越了文本细读的范畴，将李健吾的人性放置到中国现代文学史的批评历程中加以审视与反思，与前人相较，提高了李健吾研究的深度与广度。这些论文的共同问题在于谈太多人性表现，谈太少人性来源。其实，

---

① 王华青. 精神分析学与意识流的共融——试论李健吾的戏剧 [J]. 安徽文学（下半月），2008（12）：111–112.

作为法国人文主义精神中国化的成功案例之一，以李健吾对法国人性论的接受为切入点，对中国近现代人文主义文学观念的形成进行路径研究分析，正是对现在走入僵局的人性论研究的一个突破点，也是本书进行李健吾与法国文学关系研究的一个着力点。

1949年后，李健吾文学批评的京派属性研究在国内遇冷，直到90年代，刘锋杰突出李健吾文学的京派属性，认为其与周扬的"政治文学"属性截然相反，属于颇具京派特色的"纯美文学"，并将李健吾与周作人、梁实秋、胡风、周扬、茅盾并列为中国现代六大批评家①。从此以后，学界开始以京派文化研究为方法论对李健吾文学进行考察。进入21世纪，黄键在他经整理出版的博士论文《京派文学批评研究》中，提出李健吾京派批评的二元悖论问题，即一方面李健吾主张批评中彰显自我艺术个性，另一方面又期望艺术个性能在社会现实中取得平衡②。之后，围绕李健吾的京派属性研究往往绕不开对此二元悖论的讨论，如周泉根的《"可以兴"才"可以群"——论"京派"的美学救溺观》、李志孝和陶维国的《"人性"标尺下的不同言说——李健吾梁实秋文艺思想比较》、田媛媛的《"京派"批评的"两翼"——试论沈从文与李健吾的文学批评观》等论文，均将李健吾与京派代表人物进行比较，试图找到李健吾京派批评中二元悖论问题的解决途径。他们与刘锋杰的相似之处在于，一方面认为李健吾持有京派"为艺术"的文学观，一方面又承认李健吾的文学批评中颇具以现实为准绳的价值尺度，但对于两者之间存在的张力与矛盾并未进行深入分析。诚然，当今学界往往将李健吾视为京派文人，这或许有他与巴金、郑振铎、梁宗岱、沈从文等京派骁将来往从密的因素，但李健吾本人未必认同。他在1979年的《李健吾自传》中写道："我一到上海，巴金同志告诉我，上海方面有些人对我这个北方人来上海，很不满意，我就销声匿迹，在学校附近真如住家，只在学校认识到周熙良、马宗融、张天翼和陈麟瑞几位先生。"③ 这足以说明他不以京派要员自居，至少他不甚自觉。不知什么缘故，这段话在后来

---

① 刘锋杰. 中国现代六大批评家 [M]. 合肥：安徽文艺出版社，1995：26 – 37.
② 黄键. 京派文学批评研究 [M]. 上海：上海三联书店，2002：201 – 280.
③ 李健吾. 李健吾年谱 [M]. 太原：北岳文艺出版社，2017：3 – 4.

的修订稿中删去了。李健吾的儿女在《父亲的天才与勤奋》一文中谈及京派，口气也似不甚佳："后来，他（父亲）又被归入所谓的'京派'，属于'小资'，他就把注意力完全放在了戏剧学院的教学上。"① 故而在对李健吾的文学派系属性分类上，是不是必须将李健吾归入京派，仍然留有讨论的余地与空间。以目前的研究成果来看，李健吾的文章与京派追求的"纯艺术"尚有距离，与其说他是一位京派批评家，不如说他超越了派别。本书要做的努力之一，正是破除对李健吾京派的偏见，寻找李健吾坚持艺术至上，却又关注现实，使其作品充满了一种诗意的现实主义精神的具体表现，以诗化的现实主义为出发点，分析解决李健吾文学中的二元悖论问题。

4. 从文学理论出发对李健吾文学进行研究的现状分析

围绕李健吾作品在文学理论上的研究与讨论，历来分有印象主义、现实主义和自然主义三个主要阵地。20 世纪 30 年代到 40 年代，受政治观点影响，李健吾的文论遭受了粗暴的批判。如欧阳文辅就对李健吾文论提出了严厉批评②，从此以后李健吾被打上了印象主义的反动标签。20 世纪 50 年代到 60 年代末，一系列针对李健吾对法国文学认识方面的批评文章屡屡见刊，折射出当时人们的关注点已经不再是文学自身之规律，而转向了文学对政治的附和了。当年对李健吾进行攻讦得最激烈的有：刊登在 1958 年第 2 期《文艺研究》上杨耀民、陈燊和董衡所著的《对〈科学对法兰西十九世纪现实主义小说艺术的影响〉的意见》、1958 年第 4 期《文学研究》上陈燊撰文的《评李健吾先生的〈科学对法兰西十九世纪现实主义小说艺术的影响〉》、陈瘦竹于 1964 年发表在《江海学刊》第 5 期上的《历史唯物主义与戏剧——评李健吾同志所谓"经济制约对戏剧的影响"》等批评文章。从前有人批评李健吾，他多会执笔回应辩解，但对这一阶段的批评，李健吾的态度从不置可否向自我批评转变了，可见这些文章对李健吾的打击之大。改革开放之后，政治环境逐渐宽松，对李健吾印象主义的批评也

---

① 李维音，李维惠，李维楠，等. 父亲的才分和勤奋［M］//李维永. 李健吾文集·11·文论卷·5. 太原：北岳文艺出版社，2016：359.

② 1937 年，欧阳文辅在《光明》第 2 卷第 11 期上发表署名文章《略评刘西渭先生的〈咀华集〉——印象主义的文艺批评》中指出："印象主义是垂毙了的腐败理论，刘西渭先生则是旧社会的支持者！是腐败理论的宣讲师！"从此拉开了从反印象主义角度对李健吾的批判。

逐渐回归于审美范畴，代表作有 1987 年丁亚平发表在《中国现代文学研究丛刊》上的《论李健吾文学批评的审美个性》。之后近 20 年学界相关研究成果纷至沓来，从无间断，给本书研究李健吾文论与法国印象主义文学关联带来了很大便利。从 20 世纪 90 年代之后的胡战英、赵凌河、李奇志、李釉、李岚、欧阳文风、季臻、王颖、何艳华等，到 21 世纪初的轩辕祺、黄擎、欧婧、李科平、文学武、牛静、马兵等，都从印象主义出发对李健吾文学进行讨论，不胜枚举。综合各家之言，应属钱林森最早高屋建瓴地指出了李健吾法国印象主义文学批评范式来源于法国批评家法朗士与勒麦特，并具体分析了李健吾对他二人在印象主义方面的传承关系①。

而最早观察并开始着手综述李健吾文学批评中的印象主义特色，并为后来研究者的研究进一步构建框架的还当数 1993 年由北京大学出版社出版的《中国现代文学批评史》一书。作者温儒敏在书中首创性地将李健吾的文学批评从印象主义批评、"灵魂在杰作之间的奇遇"、"整体审美体验"和随笔式批评问题等几个方面进行了论述。之后，许道明所著、由复旦大学出版社 2002 年出版的《中国现代文学批评史新编》中提到了公平与自由是李健吾批评的两个标准，虽然特意强调了李健吾的文学批评格调仍旧是"印象的强调"②，但也看到了李健吾文学批评中自我与非自我的融合。从目前这些所涉李健吾印象主义的文艺批评史料中容易发现，关于李健吾的文论研究还存在"纯美化"的倾向，多在艺术与人生的关系、印象和感性、自我与大众范畴进行讨论，少有系统论述，更罕见和时代语境互相观照。在综合阅读了各家学者研究后，笔者认为 2014 年张新赟所著、由知识产权出版社出版的《在艺术化与现实化之间——李健吾的文学批评》一书可堪为集近十年来研究李健吾印象主义文论之大成，其中不但提到了李健吾对法国印象主义的吸收和借鉴，更隐约寻找到了其与无政府主义思想、法国日内瓦学派的隐秘联系。书中指出李健吾的文艺思想受到 19 世纪后半叶的唯美主义思潮、20 世纪欧洲现实主义文学精神和西方现代文学思潮三方面的影响，而解开这三股交织脉络的线索就在于理解福楼拜的美学思想。也

---

① 钱林森. 李健吾与法国文学 [J]. 文艺研究, 1997 (4): 100–103.

② 许道明. 中国现代文学批评史新编 [M]. 上海: 复旦大学出版社, 2002: 194–205.

就是说，理解福楼拜的美学思想是解读李健吾文论的关键因素和理论源头，这对本书的研究很有启发意义。

1958 年，陈燊最早一针见血地指出李健吾文学批评中流露出来的自然主义倾向，断言李健吾是"当时文学研究工作领域的一面白旗"①。而给李健吾惹来如此麻烦的是他为了纪念《包法利夫人》成书 100 周年写成的中篇文论《科学对法兰西十九世纪现实主义小说艺术的影响——纪念〈包法利夫人〉成书百年（1857—1957）》，因为这篇文论，李健吾的文运发生了转向。"自然主义在中国的斩草除根就是以李健吾从此以后的沉默为标志的。"②

直到近几年，自然主义才同李健吾文学批评重新联系起来。2007 年，南京师范大学王青在他的博士论文《中国现代印象批评研究》中认为，印象主义具备自然主义的必要特征，两者均在主观创作的重要性上有所着墨，并看重实证精神。同年在中央编译出版社出版的张冠华、张鸿声、樊洛平和林虹所著的《西方自然主义与中国 20 世纪文学》中也明确提到李健吾文学批评中流露的自然主义倾向。而真正打破桎梏，将李健吾的文学批评放到自然主义的旗帜下进行研究的是四川大学范水平在 2009 年完成的博士论文《李健吾文学批评思想的现代阐释》。而后范水平在 2010 年主持的国家社科基金青年项目"李健吾的自然主义文学批评研究"中，将李健吾以自然主义为主导的文学批评研究推向新的高点。他接连发表的多篇文章，不但认为李健吾将其所批评的对象当作文学批评的标本，对其进行病理学与生物学上的考察，而且进一步指出李健吾将"人"（包括作家和作品中的人）放在时代大背景和社会环境背景下进行考察分析，是对传统意义上的

---

① 陈燊. 评李健吾先生的《科学对法兰西十九世纪现实主义小说艺术的影响》［J］. 文学研究，1958（4）：1 – 15.

② 范水平. 李健吾文学批评思想的现代阐释［D/OL］. 成都：四川大学，2009：271［2019 – 08 – 15］. https：//xueshu. baidu. com/usercenter/paper/show? paperid = dc5f472a1ad7ac7f977c7a01d7b 075e0&site = xueshu_.

自然主义的超越①。而后，范水平 2013 年在《青海社会科学》上发表的《论李健吾的文学"观察"思想》等一批文章均以《福楼拜评传》《科学对法兰西十九世纪现实主义小说的影响——纪念〈包法利夫人〉成书百年（1857—1957）》为核心，结合现实主义理论传统分析方法，从而构建了以自然主义批评理论为主要批评方法的李健吾文学评论研究新格局。总结范水平的观点，即在李健吾文学批评大厦中处于根基地位的当属法国自然主义批评范式。范水平认为，李健吾甚至还会在文艺批评活动时不自觉地尝试将作者本人和作者笔下的人物带入到时代背景和社会背景下进行综合观察，进而将自然主义更进一步，在文艺批评中闪烁着李健吾文论中独有的"人性"魅力。

现实主义与李健吾的渊源由来已久，可以说，没有现实主义的浸润，就没有李健吾的批评华章。但洞烛幽微地从诗意的现实主义角度探讨李健吾文学的工作却少有人做。福楼拜是研究李健吾与现实主义关系的关键人物。李健吾对福楼拜观照时间长，是我国最早的福楼拜的接收者和传播者之一。其先后翻译了能够代表福楼拜创作生涯三个梯度的作品《包法利夫人》《情感教育》和《三故事》。在每部翻译作品之后，李健吾附注了较长篇幅的译者序，传递了自己颇具诗意的现实主义思想，也使读者对福楼拜这位传统意义上被认为是现实主义代表人物的作家在艺术上的追求和造诣有所了解。在此认知上，对本书从诗化艺术的角度分析李健吾的现实主义思想有帮助的研究主要有 2007 年发表在《全国新书目》上，署名向敬之的《阳光底下的福楼拜性情——评李健吾〈福楼拜评传〉》一文，该文从李健吾对福楼拜的性情研究出发，认为《福楼拜评传》是一部以其分量深度在中国 20 世纪涉外文化史上有独创性的现实主义学术力作。此外，李健吾以浪漫与现实相结合的态度研究法国文学史，尤其是在他对《罗朗歌》和《法兰西演义诗》的评述上，处处洋溢着诗化的现实主义情怀。这一点，研

---

① 范水平的这些文章主要有：2010 年在中国中外文艺理论学会年刊《文艺理论前沿问题研究》上发表的《论李健吾文学批评中"人"的意识》（合著人黄卫星）、2011 年发表在《青海社会科学》上的《李健吾文学批评的"互文性"思想研究》、同年发表在《贵州社会科学》上的《李健吾的文学形式决定论思想研究》及同年发表在《求索》上的《李健吾文学批评的自然主义倾向》等。

究法国文学的钱林森先生尤为熟悉，他认为以真实经历与人生现实作为依据的批评观念对李健吾"心灵探险"的批评方式起了决定性作用，使其鉴赏文字和批评实践体现出大气磅礴、热情洋溢的审美艺术趣味①。除此两篇论文外，蒋勤国将李健吾的个人经历与他选择的现实主义道路相结合，并进行了充分讨论②，季桂起探讨了李健吾文学批评思想中沟通中西的理论品质③。陈政指出，就理论渊源而论，李健吾不仅接受了浪漫主义尊崇诗意直觉的主张，同时更汲取了实证主义的科学求实精神④；罗颂华则讨论了现实主义语境下，李健吾与同时代知识分子的和而不同之处⑤；詹冬华一面认同了李健吾对西方印象主义批评和浪漫主义的借鉴，一面又对李健吾充满现实主义的现代意识精神给予了肯定⑥；伍欣探讨了李健吾文论在主流的现实主义社会人生批评话语语境之外，获得的独特的存在方式⑦；魏东则综合讨论了在整个文学批评历程中，在李健吾文学批评声音与被批评者的回声之间存在的交往情况，认为李健吾不但逐渐完善了自身带有现实主义与印象主义双重特色的批评观，更彰显了属于文学批评家自身的尊严，并自觉为后来者树立了具有典型意义的批评精神⑧；于辉在谈法国现实主义在中国的译介与接受的论文中指出，李健吾的文艺思想已达到了中西方文学批评融

---

① 钱林森. 李健吾与法国文学［J］. 文艺研究, 1997（4）: 98 – 103.

② 蒋勤国. 科学性·判断力·艺术性——论李健吾的《福楼拜评传》［J］. 晋阳学刊, 1991（2）: 70 – 75.

③ 季桂起. 论李健吾的文学批评［J］. 文学评论, 1992（3）: 30 – 42.

④ 陈政. 李健吾文学批评新论［J］. 首都师范大学学报（社会科学版）, 2001（3）: 44 – 50.

⑤ 罗颂华. 现实主义批评语境下的边缘批评［D/OL］. 武汉: 华中师范大学, 2002: 48 – 66［2019 – 08 – 15］. https: //kns. cnki. net/kcms/detail/detail. aspx? dbcode = CMFD&dbname = CMFD9904&filename = 2002072762. nh&unip.

⑥ 詹冬华. 李健吾文学批评研究［D/OL］. 南昌: 江西师范大学, 2003: 25 – 44［2020 – 01 – 15］. https: //kns. cnki. net/kcms/detail/detail. aspx?dbcode = CMFD&dbname = CMFD9904&filename = 2003086873. nh&uniplatform = NZKPT&v = jHfTd3uoW2Pzz3u1myi304erI2Cmpt4yO48OTNcUFtcbmZtq1P85zeqj4k0hePNw.

⑦ 伍欣. 试论李健吾早期文学批评的两种向度［J］. 康定民族师范高等专科学校学报, 2004（2）: 41 – 45.

⑧ 魏东. "咀华"之旅——李健吾的文学批评历程［D/OL］. 上海: 华东师范大学, 2005: 51 – 55［2020 – 07 – 19］. https: //kns. cnki. net/kcms/detail/detail. aspx? dbcode = CMFD&dbname = CMFD0506&filename = 2005085760. nh&uniplatform = NZKPT&v = fruQPoYSvNhkulEGTo--Bogj8XjyTCGmoELXNnkXiLsIzvZT3tJBsbcUxXz5HTuR.

会贯通的境界，现实主义中不乏浪漫精神①。以此为依据，重点对李健吾诗意的现实主义精神加以研究，有助于进一步打破中国文学批评在西方理论后亦步亦趋的局面，更有助于摆脱当下中国文论"失语化"的尴尬状况，这也是本书研究的又一突破点所在。

5. 从戏剧与翻译理论出发对李健吾文学进行研究的现状分析

李健吾的一生创作了大量的戏剧，但毫无疑问，20世纪30到40年代是李健吾的高产期与辉煌期。他的才华受到波拉德的赞许，后者肯定他是中国现代少数有才能的戏剧家之一②，可与夏衍、陈白尘齐名。事实上，李健吾在戏剧界成名甚至早于曹禺。1934年《这不过是春天》发表后，曹禺就特地找到了李健吾，夸赞他是当时剧坛上数一数二的人物③。可就是这么一位获得极高声誉的剧作家，相比于同时期其他剧作家，他的剧作呈现出很大的可开发、可研究的状态。已有的论文还仅仅困囿于赏析层面，理论深度不够，研究深度还等待挖掘。最先进入研究视域的应推柯灵所撰写的《论李健吾的剧作》，这是最早对李健吾戏剧作品进行全面考察的一篇论文，既系统地考察了李健吾20世纪30年代的剧作，又对剧作中出现的典型人物形象进行了全方面梳理。其次，文史学家司马长风在著作《中国新文学史》中对李健吾也有很高评价，数次谈到了李健吾的话剧，并横向比较了曹禺的戏剧在艺术方面和李健吾戏剧的异同，认为李健吾没有受到学界意识形态问题的束缚。1992年，张健发表在《中国现代文学研究丛刊》上的论文，讨论了在现代风俗喜剧中李健吾占据的地位，研究了李健吾抗日战争前的喜剧在中国现代风俗喜剧形成过程中的美学意义④。2000年，由武汉出版社出版的胡德才的专著《中国现代喜剧文学史》中第十章"李健吾：世态喜剧大家"分析了李健吾创作由悲剧转向喜剧的原因及其与莫里哀悲喜剧之间的继承关系。胡德才首先肯定了莫氏的绮丽风格在李健吾剧作中的体现，后分析李健吾放弃悲剧创作、逐渐走向喜剧创作道路之因，同时讨论了他

① 于辉."内外兼修"与"承上启下"之法国现实主义在中国的译介与接受（1949—2000）[J]. 语言教育，2013，1（3）：83-88.

② ［英］波拉德. 李健吾与中国现代戏剧 [J]. 张林杰，译. 文学研究参考，1988（3）：12.

③ 曹禺的原话是："老哥，不是我恭维你，当今写戏的，在中国还要数你。"转引自韩石山. 李健吾传 [M]. 北京：人民文学出版社，2017：125.

④ 张健. 试论李健吾在中国现代风俗喜剧中的地位 [J]. 中国现代文学研究丛刊，1992（4）：43-55.

的喜剧创作是如何在"个性"和"世情"这一天平的两端上完成的。在专著的第三部分，胡德才认为李健吾最注重莫里哀喜剧的"说明性格"，对莫氏喜剧借鉴最突出的体现就是他的两部喜剧作品《以身作则》和《新学究》。我们不可忽略的是对李健吾改编剧和改译剧的研究，这部分研究大多数涉及法国文学艺术资源与李健吾之间的联系。比如安凌曾经对李健吾的改译剧进行评析，认为李健吾的改译推动了剧作民族化发展①。相关论文还有马晓冬 2016 年发表在《中国比较文学》第 3 期的《商业化面孔下的政治呼唤——从〈托斯卡〉到〈金小玉〉》、胡斌 2015 年发表在《中国现代文学研究丛刊》第 6 期的《跨文化改编与中国现代戏剧进程》和同年发表在《学术交流》第 11 期的《从欧化语言到民族诗性语言的成熟——中国现代跨文化改编剧的语言嬗变》等。这些论文虽然只是对李健吾改编或改译的戏剧进行微观的解读，但其翔实与精细已在以往学者的研究之上了。

至于翻译方面，在法国文学翻译界，李健吾是当之无愧的翻译大家。他翻译的《包法利夫人》光华夺目，令其他译本难以望其项背，更被老一辈翻译家和学者推崇为"定本"②。"福楼拜""包法利"等固定译名也因他的首译而成为难以推翻的范定。他本人不但是 20 世纪中国对福楼拜及其文学进行宏观研究的第一人，更是成就最高的一位。柳鸣九先生认为他对福楼拜创作理念与作品风格的理解和把握准确精辟，迄今仍无人能出其右③。李健吾的译作《包法利夫人》能成为法国文学的汉译作之经典的关键性前提在于他与福楼拜极为投契的艺术追求与极为相似的"艺术至上"的文学理念，以此出发，参照李健吾翻译家与研究者的双重身份，对其在翻译理念上的研究具有相当研究价值，必能取得重要研究成果。

80 年代起对李健吾翻译作品的研究开始逐渐增多，截至 2019 年 7 月底，共有涉及李健吾翻译理论研究的博士论文 1 篇（南京师范大学），硕士

① 安凌在其著作《重写与归化：英语戏剧在现代中国的改译和演出（1907—1949）》中的第二、三和第八章对李健吾改译的戏剧进行了评析，认为李健吾改译剧中鲜活的人物和他们的生活已属于中华民族，同时认为李健吾的改译推动了剧作民族化发展。

② 罗新璋. 复译之难 [J]. 中国翻译, 1991 (5)：29 - 31.

③ 柳鸣九. 一部有生命的书——李健吾著《福楼拜评传》[M] //李健吾. 福楼拜评传. 桂林：广西师范大学出版社, 2007：2 - 3.

论文 2 篇（北京外国语大学）①。这些论文主要从翻译理论出发，探讨了理论指导实践下的李健吾译作选取的翻译策略和取得的翻译效果。需要指出的是，于辉的博士论文《翻译文学经典研究——以李健吾译〈包法利夫人〉为例》通过对李译本在跨文化互文性语境中同语言、言语、文化等关系的探讨，将福楼拜文学作品在中国的接受美学研究提升到新的维度。此外，截至 2019 年 7 月，在研究我国 20 世纪翻译理论的硕博士论文中，对李健吾有所涉及的也有散见。其中比较优秀的有刘维维、杨克敏和侯苗苗的硕博论文②。这些论文虽然对李健吾的翻译理论缺乏进一步的学理分析，但无疑是新时期李健吾翻译理论研究的试路石，无形之中促进了李健吾翻译理论研究朝着更为专业化与学术化的方向发展，开始了在与理论结合的基础上，逐渐尝试与历史结合的新思路。截至本书写作时，除以上学位论文外，涉及李健吾法国文学翻译的大小论文共有 6 篇。王泽龙③通过对法国文学在中国的传播路径研究，为后来者研究法国文学在中国的接受过程提供了研究思路，间接影响到了蒋芳④在研究李健吾与巴尔扎克问题时的看法。张香筠⑤则通过对戏剧翻译的特征进行讨论，加强了李健吾剧作研究的学理深度。而于辉与宋学智⑥合作发表的论文则从方法论角度探讨了李译版《包法利夫人》是如何成为经典译作的，对此作出类似贡献的还有宁爽⑦和田菊⑧。

---

① 这三篇论文分别是 2014 年北京外国语大学田湉的硕士论文《以翻译美学为指导比较〈包法利夫人〉李健吾译本和许渊冲译本中四字格的应用》、2015 年南京师范大学于辉的博士论文《翻译文学经典研究——以李健吾译〈包法利夫人〉为例》和 2016 年北京外国语大学周赫的硕士论文《从认知角度分析概念隐喻翻译策略——以李健吾版〈包法利夫人〉译本为例》。

② 研究我国 20 世纪翻译理论的硕博士论文中，对李健吾有所涉及的还包括 2013 年上海师范大学刘维维的硕士毕业论文《上海"孤岛"时期翻译文学研究》、2014 年华东师范大学杨克敏的博士毕业论文《论民国时期的外国文学研究——以若干重要文学期刊为切入点》、2017 年山西大学侯苗苗的硕士毕业论文《论李健吾对新文学建设的思考与构想》等。

③ 王泽龙. 略论法国文学在中国的传播与接受特征 [J]. 晋东南师范专科学校学报，2004（3）：30 – 37.

④ 蒋芳. 李健吾对巴尔扎克的接受与传播 [J]. 衡阳师范学院学报，2008（1）：88 – 92.

⑤ 张香筠. 试论戏剧翻译的特色 [J]. 中国翻译，2012，33（3）：94 – 97.

⑥ 于辉，宋学智. 译作经典的生成：以李健吾译《包法利夫人》为例 [J]. 学海，2014（5）：75 – 80.

⑦ 宁爽. 以严复"信达雅"为标准——管窥《包法利夫人》的翻译美学 [J]. 语文建设，2015（36）：95 – 96.

⑧ 田菊. 论李健吾翻译思想的美学特征——以对《包法利夫人》翻译为例 [J]. 名作欣赏，2016（35）：159 – 160.

以上论文虽然篇幅不长，但明确提及了李健吾，肯定了其在法译中翻译史上的地位，亦为本文的撰写提供了很好的背景研究。从这些研究资料的选题可以看出，学界对于李健吾翻译理论的研究在持续深入和强化。缺陷也很明显，即太过于关注特定时代洪流下中国文学现实对翻译家的影响，而忽略了作为翻译家的李健吾对特定背景和时代也起着阐释的作用。

以上是国内对李健吾文学进行研究的现状，综合分析发现：国内从整体性研究角度出发，对李健吾与法国文学相关性研究不足；在研究李健吾文学史料、李健吾文学批评、李健吾的改编剧本和李健吾的翻译理论与翻译作品时，略有提到李健吾与法国文学之间的关系，但材料零散，不成体系。

当我们把视线转向海外，就会发现李健吾的重要著作在海外罕见翻译，仅法国对其文学批评《福楼拜评传》、戏剧作品《喜相逢》《撒谎世家》等有所传播和译介，故而国外对李健吾文学研究尚为不显，多为海外汉学家研究 20 世纪 30 年代中国文学时以较短篇幅对李健吾进行介绍，少有专章评论李健吾的文学艺术成就。今天看来，西方世界对李健吾的研究主要有两大特点：第一，研究者主要分布在大学及科研机构，少有普通民众涉猎；第二，凡是研究 20 世纪上半叶中国戏剧、文学及中法文学关系的学者，少有不提到李健吾的。按照这两大特点，本书梳理主要国外研究内容概览如下。

正如前文所述，李健吾与法国文学一衣带水，密不可分，对李健吾文学进行译介最多的首推法国，但多为大学教授所授课时使用的教案材料，翻译良莠不齐，并无定本。笔者调查走访法国汉学研究所（IHEC）、图尔大学（Université François-Rabelais de Tours）、巴黎二大（Université Paris II Panthéon-Assas）等法国高校与研究机构后发现，东亚语言文学专业和中文专业的师生对李健吾的文学评论《福楼拜评传》（*Biographie critique de Flaubert*）、戏剧作品《喜相逢》（*La Rencontre joyeuse*）和《撒谎世家》（*La Famille des menteurs*）等作品或是听过前辈学者介绍，或是阅读过翻译节选，或是试读过作品原文。若是提到李健吾的文艺批评理论，则闻者寥寥。至于李健吾在法国巴黎近郊 Ivry-sur-Seine 街区租住过的旧居，笔者于 2018 年 7 月访问时已泯然无踪。足可见李健吾本人之寂寂，李健吾文学在法国推广之滞后。

　　载见于国外报纸杂志的研究论文主要是对汉语世界李健吾及作品研究成果的再研究，即对海内的学者成果做评述，而鲜少有对李健吾及作品的直接研究。当然，这也显示了李健吾文学的影响力。如 2011 年韩国学者金俊贤（김준현）发表在《法语教育》（프랑스어문교육）上的《20 世纪 20 年代法语小说的重读与翻译》就有篇幅评析了李健吾的汉语译本《包法利夫人》及《莫里哀喜剧》，并特别针对李健吾在译本选词中注意对原文深层思想的保留给予了高度肯定。此外，当代海外汉学家余孝玲（Yu Shiaoling）于 2013 年在《亚洲戏剧杂志》（*Asian Theatre Journal*）上发表的 *Politics and Theatre in the PRC：Fifty Years of Teahouse on the Chinese Stage*（《中国政治与戏剧：舞台上的〈茶馆〉50 年》），在讨论巴金戏剧作品之余，谈到了巴金与李健吾的友情与书信来往，间接让读者对李健吾其人其文有所了解。

　　此外，李健吾作为辅助性或论证性的材料出现在世界各地用外文书写的博士论文中，如 1983 年 Kaplan Harry Allan 在美国哈佛大学完成的博士论文《中国现代诗歌中的象征主义运动》（*The Symbolist Movement in Modern Chinese Poetry*），论文中首次提到了李健吾在诗歌译介方面的成就。1988 年，加拿大拉瓦尔大学法语系学者马宏志（Ma Hongzhi）以法语完成了博士论文《中法两国的形象泛社会文化下的分析——基于两种非法语母语的方式》（*Image de la Chine et celle de la France à travers une analyse du contenu socio-culturel de deux methodes de francais langue étrangère pour les étudiants chinois*），肯定了李健吾在中国近现代戏剧史上做出的卓越贡献。2005 年美国莱斯大学的 Ji Zhen 完成了博士论文《20 世纪法国文学中被颠覆的中国》（*The Subversive China in Twentieth-century French Literature*），该文在论述中法文学关系史时，指出了李健吾多元价值观和人文精神的来源。2008 年，Rea Christopher Gordon 在美国哥伦比亚大学完成了博士论文《笑的历史：20 世纪早期中国的喜剧文化》（*A History of Laughter：Comic Culture in Early Twentieth-century China*），在整体研究中国 20 世纪上半叶戏剧，尤其是喜剧的同时，简单介绍了李健吾、巴金、曹禺等人，对李健吾脱胎于法国莫里哀式闹剧的"笑中带泪"和讴歌人性真善美的写作方式加以肯定。2008 年 Ning Xin 在新泽西州立罗格斯大学完成了博士论文《现代中国文学中现代中国自我的抒情与危机：1919—1949》（*The Lyrical and the Crisis of Modern*

Chinese Selfhood in Modern Chinese Literature, 1919—1949），其中就李健吾赴法国留学期为时代背景，分析了同时代中国知识分子国仇家恨的心态，探讨他们如何通过自己的创作和修炼得以排解，重新获得心境自然的过程。2010 年，Nikopoulos James 在纽约市立大学撰写完成论文《笑的稳定性：论现代主义文学中的喜剧美学》（*The Stability of Laughter, on the Comic Aesthetic in Modernist Literature*），其中论及了李健吾翻译莫里哀的喜剧作品取得的成就及对己身戏剧创作的借鉴。2012 年，香港科技大学的 Zhang Jian 发表了博士论文《战争中的笑声：20 世纪 40 年代上海的滑稽文学》（*Laughter in the War：The Comical Literature in 1940s Shanghai*），文中着重探讨了李健吾等一批剧作家在困守上海，在孤岛时期周旋于沦陷区的历史。2012 年 Chau Angie Christine 在美国加利福尼亚大学提交的博士论文《光明之城中的梦想与幻灭：中国作家和艺术家们在巴黎（20 世纪 20 年代至 40 年代）》（*Dreams and Disillusionment in the City of Light：Chinese Writers and Artists Travel to Paris, 1920s—1940s*），提到了与李健吾同时期远赴巴黎师法西方的那一批中国留学生是如何突破心灵的煎熬，以开放的姿态平等地进行异域间的对话，用"他者"的眼光来审视自己的同时，努力为本土文学重新注入新鲜活力的艰苦过程。对以上论文进行综合分析后发现，其对李健吾研究带有以下共同特点：其一，李健吾不是主要研究对象；其二，对李健吾的研究往往囿于时代研究；其三，对李健吾的研究多为点到为止，且集中于对其戏剧作品的探讨上。

　　而身处海外的学者对李健吾研究相关出版的著作最早应追溯到 20 世纪 70 年代，旅外学者司马长风对李健吾的文学批评评价很高，认为他是 20 世纪 30 年代中国的五大文学批评家之一[①]；此外，他夸赞李健吾的散文具有

---

　　① 司马长风在《中国新文学史》中谈到李健吾的文学批评时说："30 年代的中国（指 20 世纪 30 年代），有五大文艺批评家，他们是周作人、朱光潜、朱自清、李长之和刘西渭（李健吾笔名），其中以刘西渭的成就最高。他有周作人的渊博，但更为明通；他有朱自清的温柔敦厚，但更为圆融无碍；他有朱光潜的融汇中西，但更为圆熟；他有李长之的洒脱豁朗，但更有深度。"参见：司马长风. 中国新文学史·中卷 [M]. 香港：昭明出版社，1977：248.

美文特色，其文流畅优美，唯有冯至和徐志摩可堪媲美①。时过近半个世纪，司马长风这一观点对于构建中国特色当代文学批评体系依旧有着借鉴意义，对本书寻找李健吾文学批评的法国理论来源提供了新的思路。除司马长风外，英国汉学家波拉德从戏剧角度对李健吾文学的观照时间较长，在其发表的论文《李健吾与中国现代戏剧》一文中，虽指出了李健吾戏剧创作的重要特点在于"只写人性普通和平凡的一面"，但认为造成的后果是"使他没能与同时代剧作家步伐一致地投入当代历史洪流里去"②。今天看来，李健吾未必没有大声疾呼之作，当民族矛盾尖锐激烈之时，李健吾的《济南》《火线之外》《十三年》《女人与和平》等，均为义形于笔的杰作，这都是波拉德未曾注意到的角落。21 世纪以来，义有若干以外语书写的义学理论研究著作零星提到了李健吾其人其文，如 2004 年，Chan Leo Tak-hung 在荷兰出版的专著 *Twentieth Century Chinese Translation Theory：Modes，Issues and Debates* 中论述中国 20 世纪翻译理论时，对李健吾译介法国现实主义著作有所介绍。2006 年，Daphne Pi-Wei Lei 在美国出版的专著 *Operatic China：Staging Chinese Identity Across the Pacific* 中的第二章 *Local，National，and International Performance of Barbarians at the Turn of the Twentieth Century* 论及 20 世纪早期中国的戏剧界时，着重指出了李健吾戏剧受法国莫里哀之影响。此外，2008 年华东师范大学出版的、由范劲主译的、德国汉学家顾彬著的《20 世纪中国文学史》，则将视线聚焦在了李健吾的批评美学和批评艺术等方面。

以上从地理划分，从海内外两个大的地理方向梳理了李健吾文学研究的现状。其中对国内李健吾文学的研究现状采取研究方法上的分类综述，详细将研究方法划分为了五类；对海外李健吾文学的研究现状因为资源较少，则从文学传播之海外受众现状、载见于海外报刊的论文情况、用外语

---

① 在评价李健吾的散文作品时，司马长风的原话是："中国现代作家留欧和旅欧的人多了，有游记和采风录之类的作品问世的也很多，能慧解欧洲人的情绪、欣赏其风土，蔚成绚烂的文章者以徐志摩和冯至为著；但洞察欧洲文化并熟悉艺文人物，将它们糅在一起，以谈笑风生之笔，畅达幽情和妙趣者则是李健吾。"参见：司马长风. 中国新文学史·中卷 ［M］. 香港：昭明出版社，1977：135.

② ［英］波拉德. 李健吾与中国现代戏剧 ［J］. 张林杰，译. 文学研究参考，1988（3）：17.

书写的博士论文情况、旅外学者与外籍学者著作及用外语书写的著作与章节等方面对其进行了梳理，得出的结论如下：

从研究时期来看，因我国受苏联影响，对"自然主义"和"印象主义"有很长一段时间在态度上讳莫如深，故而李健吾的研究受到了一定的冷遇。到 20 世纪 80 年代后期，经济上的改革开放带来了文化解冻的春风，国内学者们对李健吾的研究兴趣与日俱增。特别是 2016 年，李健吾 110 周年诞辰，北岳文艺出版社隆重推出的历时 35 年编撰、共计 11 卷的《李健吾文集》，以及上海译文出版社 2019 年出版的《李健吾译文集》，标志着李健吾研究史料的丰富化，必将掀起李健吾研究的新高峰。

从研究分类来看，国内现阶段对李健吾的研究仍然主要围绕翻译、文论、剧作三个方面进行。检视近年来的研究成果，现实主义仍然是李健吾研究格局中不可绕开的重点，但业已形成了以印象主义为补充、自然主义逐渐上升的新体系，这些都促成了李健吾文学批评思想的多元化，值得加以鼓励和肯定。然而，国内对李健吾与法国文学进行的整体性研究仍略显薄弱。

从创新性研究来看，已有少数学者敏锐地把握到了李健吾文学在现实主义中闪现的诗意光辉，并有篇章或以"浪漫主义"、或以"艺术化"对其加以讨论，主要讨论范围没有突破李健吾印象主义文论与戏剧作品的旧范畴，且就其现实主义中的诗意来源表述不清，暂未认识到这是对李健吾文学进行研究的一个新方向。

二、相关研究思路与方法

当我们回顾李健吾文学的研究现状，在肯定其取得的成绩的同时，也发现其存在如下问题。

研究视野不广。国内学者还缺乏高屋建瓴的精神。就戏剧论戏剧、就文论论文论、就人性论人性的现象不胜枚举，研究视野太过于集中于文本细读，而缺乏站在全球一体化与文化多元化背景下，把握中法文化通过李健吾文学相互碰撞与交融的实质精神。此外，研究视野的局限性不但表现在学界多关注李健吾的某部单篇作品或单一形态作品上，更表现在通过李健吾文学对中法文学关系研究的忽视上。在中国崛起、民族复兴的关键历史节点上对中法文学关系问题进行重新思考，是中外文学关系课题研究的重要补充，更涉及比较文学的学科自觉问题。更有少数学者为了比较而比较，须知比较不是目的，通过比较实现对话，进而在对话中获得互证与互补的成果，才是扩大研究视野的应有之义。海外研究者的研究视野之所以较为狭窄，与李健吾的作品尚在海外传播不广有关，更与海外汉学家对李健吾了解不够，对其精神价值的认可度不足有关。更不能忘却的是我国学界冷藏李健吾十几年的事实，但这也从另一个侧面提醒了我们将本国文化走出去，扩大文化影响力和国家软实力的重要性。

原创性材料匮乏。当下研究界有部分研究者奉行拿来主义，偷懒使用二手资料做研究，由此得出的结果很难说与李健吾的原意不发生背离。二手资料过度滥用，既导致人云亦云，又导致过分对文本进行细读，最终使得研究走入窄巷。实际上要考察李健吾与法国文学的接受和影响关系，就必须从原创性材料出发，不但要考察李健吾对法国文学精神的追寻，更要努力提取他追寻的结果，研究这种结果在他的文学作品中究竟呈现了什么样的文学景观，又对后世作家产生了什么样的影响。

研究不具有系统性和连贯性。海外研究李健吾者寡，海内研究李健吾者的研究论文多为单篇文章，零散分布在各大小刊物上，不成系统。除范水平坚持研究李健吾与自然主义十余年，围绕自然主义发表论文数篇外，目前没有专门从事李健吾文学研究的学者。此外，目前许多研究成果都是研究者本人开展的独立研究，在缺乏团队合作的背景下，难免出现搜集材料不够全面、方法不够科学、视角不够独特等弊端，导致有价值的研究成果不多。

研究者背景的局限性。在现代文学研究界，从事文学研究的研究者往往有着良好的传统文学素养，对李健吾的作品能够进行很好的理论剖析，但在对李健吾与法国文学审美接受的脉络梳理时，由于尚欠一定的法语语言能力，因而无法进行具体深入的研究。而有着良好法语语言背景的国内研究者，往往在传统文学素养方面有所欠缺，更重视海外资源的引入与挖掘，对李健吾与法国文化相关联的一部分有所忽视。这一局限恰为我们研究法国文学的中国接受提供了切入点。

基于以上几个问题，在本研究开始之前，我们有必要对以下几个将作为指导研究前进方向的关键概念进行方法论上的梳理与确认。首先，李健吾与法国文学研究属于"中外文学"关系研究，其真正的问题不在于两者之间，而在于中国近现代文学框架下的李健吾文学。也就是说，在强调"中"与"法"双向交流的同时，不能忽略李健吾的中国立场。

其次，站在中国立场上对李健吾与法国文学关系问题的研究之理论旨归还是在于李健吾文学的世界性与现代性问题。其中又包含两层含义：其一，法国文学对李健吾文学的影响路径问题；其二，法国文学如何构建了李健吾文学中的世界性与现代性。

再次，涉及史料的取舍时，必须同时达到"质"与"量"的要求，也就是说，必须追求第一手原始资料，既看重质，又必须在质的基础上进行量上的完备与丰富，以求质量兼备，撑起全文的论述。

最后，李健吾与法国文学关系研究最大的问题在于研究范型的提出。通过分析相关研究史料，李健吾与法国文学关系的基本概念得以明晰，从而使研究范型得以确立。从严格意义上说，本书正是试图完成学界对李健吾研究上范型的突破。让我们借这本书来提出李健吾对法国文学的接受问题，捐弃接受美学理论家传统的理论话语，将李健吾文学放置回20世纪中国文学语境下，去实现李健吾文学中历史与审美的统一。于是，我们不但要关注法国文学对李健吾的单向施受关系，更要注重于考察法国文学与后世理想读者（理想读者不是普通读者，而是作者与学者）之间存在的双向交流关系，最后将研究的重点落在李健吾是如何化用法国文学，又是如何去其糟粕，最终在自身的作品中呈现出诗化现实主义的面貌。在这个过程中，通过研究李健吾与法国文学的接受关系，努力使接受美学进一步学科化，困难在于工作复杂、覆盖面广、前人研究资料之缺，给研究带来了很大的工作量。这就要求研究者既要培养自己的国际视野，对法国文学有一定了解，又要兼具本民族文学视角；既要有微观考察又不乏宏观把握；既要注意历时性，又要结合共时性；描写与诠释并进，有归纳也要有演绎。本书将不断反思与辨析以上关键问题，从而使李健吾研究在领域上得以扩展、研究史料上得以丰富、中法文学交流整体框架得以完整。

本书拟采用的研究方法有以下几种。

首先，本书应考虑的是文献研究法。广泛搜集梳理有关李健吾及其作品的文献资料，全面查阅整理国内外专家学者相关研究成果，包括报刊、专著、会议报告、论文等。在材料涉及面较广、深度较深的前提下，对文献资料进行综合与归纳，做出客观深入的分析。

其次，本书将采用发生学研究法。发生学的研究侧重研究对象的"为什么"，对于李健吾与法国文学这一研究问题，侧重探讨李健吾文学艺术魅力的发生机制，考察其心理动因，采取历史文化语境下将古今中法文学进行纵向对比的方法，同时从横向出发，考察李健吾与左翼、京派文人的联系。

再次，本书将采用跨学科研究法。本书涉及的学科范围广，包括比较文学、文献学、统计学、翻译理论、译介学、接受美学、社会学、文艺理论等领域的扩展研究。整合多学科理论进行研究，可以实现学科交叉与融合，对于扩展研究者研究视野不无裨益。其中本书以接受美学为研究的主要出发点，以期从学理角度更好地展现李健吾在接受法国现实主义文学理论基础上呈现的诗意面貌。

最后，本书将采用比较法。将原著进入中国后的不同译本、不同译者的翻译风格进行比较，采用这一方法的目的在于比较不同文化对译者翻译理念的影响，同时比较同一文化熏陶下的译者对外文作品理解的异同。

综上所述，将本书命名为"李健吾与法国文学"，其实内在还是要做一种"李健吾研究"，但又要区别于从前国内的"李健吾研究"范式。本书试图去研究站在法国现实主义文学理论基础上李健吾文学中呈现的诗意面貌，以此给予法国文学视角下的李健吾研究一个新的定义：什么是李健吾文学作品中蕴含的诗意的现实主义？总的来说，李健吾在受到传统文学制约前提下，其立意现实的文学作品与文学评论在表现手法上呈现出了浪漫诗意的精神风貌，这种融合了浪漫主义表现手法的现实主义，是李健吾对 20 世纪现代主义进行改造的一次尝试，也是从诗意角度对现实主义与现代主义做出尝试性补充的体现。若要将其溯源，就不但要从李健吾对法国文学的审美接受这一角度进行影响路径上的研究，而且有必要把李健吾对法国文学的接受放到 20 世纪具体的接受美学语境中来审视。

回忆诞生在德国博登湖畔康斯坦茨大学的接受美学，在康士坦兹学派几个年轻人试图调和历史与审美的矛盾的努力之下，推动建立了读者阅读中心范式，并在短短半个世纪便跨越洲际，传播世界，引起了世界各地学者们的激烈讨论。接受学派美国学者霍拉勃曾意气风发地指出无论是"古典学者"还是"现代专家"，从"马克思主义者"到"传统批评家"，几乎每一个文学领域都"响应了接受理论提出的挑战"①。接受美学走出博登湖畔，对外扩张的第一站就在法国，由此诞生了主要表现为反对传统结构主义，并将研究重心转移到阅读和接受上来的后结构主义。其主要代表人物为雅克·德里达和罗兰·巴特，他们与德国接受理论学派的最大不同在于，德国接受理论将阐释的中心从文本转移到了读者，而后结构主义则注重去中心化，也就是通过读者文本化消弭了中心的概念。当接受美学进一步传播到美国，进而形成了新的"读者反应批评"学派，代表人物为斯丹利·费希和乔纳森·卡勒。费希侧重于将读者对作品的反应进行"意义经验"上的分析，而卡勒对阅读这一行为的本身并不留恋，他的研究中心在于支配阅读行为的读者们所具备的潜在文学能力。

20 世纪 80 年代初，接受美学经由德国、法国、美国这三条路径漂洋过海来到中国，历经几代学者大浪淘沙，去伪存真，在我国的文学研究领域站稳了脚跟，并逐渐成为了一种较为完善的理论批评话语。对李健吾接受法国文学的头绪与眉目进行梳理，理顺两者之间的因果关系，这项工作隶属于近代中国"西学东渐"学术接受整体路径研究范畴，既是补充，又是发扬，两者之间存在不可忽略的辩证关系。研究整体接受路径，等同于重写文学史，非笔有巨力、学贯中西的学者不能堪当，而作为个案研究李健吾与法国文学，则属于以小见大，未必没有窥一斑而知全豹之效，正是笔者现阶段学力可尝试完成的研究工作。上海大学中文系教授曾军认为："如果从各个历史时期挑出有代表性的外国文论的接受史研究，则可以以点带面地反映出西学东渐对中国文论话语转型的影响是如何形成的，从而为重建中国文论、更有效地展开与世界文论的对话提出建设性的意见。"② 当作为西方文学代表的法国文学在 20 世纪初远渡重洋抵达东方这一异质语境时，

---

① ［联邦德国］姚斯，［美］霍拉勃. 接受美学与接受理论［M］. 周宁，金元浦，译. 沈阳：辽宁人民出版社，1987：282.

② 曾军. 接受的复调：中国巴赫金接受史研究［M］. 桂林：广西师范大学出版社，2004：2－3.

它与中国特有的社会文化核心内涵和中国诡谲艰难的时事相互碰撞融合，逐渐为中国读者所接受，并使得中国文学话语发生悄然转变。20 世纪的中国文学文豪辈出，我们在其中大浪淘沙，采撷硕果，将李健吾作为受法国文学影响的"第一人"来进行个案研究，显然具有重大历史意义。秉着热爱艺术的天性，李健吾天然地亲近西方文学，又因为有"以现实主义来救亡中国"的热情，他自然地向法国文学靠拢，并完成了法国文学理论思想与自身文学创作理念的完美融合。法国文化对李健吾影响重大，传统文化又是他精神上颇为依恋的故土家园，在对李健吾选择、接受、转化进而疏离法国文学这一过程的研究中，从探讨他的学术渊源出发，谛视他在富有中国传统文化的基础上是以什么样的方式对西方文学进行接收吸纳的，从而彰显当时中西文化交融的具体进程，进一步发掘西方文化对中国近现代文学的映照作用。

三、理论框架与主体结构

本书运用接受美学理论，首先对李健吾青年时期对法国文学的接受和审美养成进行考察，继而扩大研究他的翻译活动、文学批评、戏剧改编和散文创作在接受法国文学审美影响后呈现出的诗意现实主义面貌。倘若要给本书中的"审美接受"下一个准确的定义，不妨说本书所分析的"接受"是指在中国近代社会的历史进程中，李健吾与法国文学的纠葛问题。李健吾从法国文学中袭取了现实主义的思想，并在自己的作品中对其加以诗意化的处理。这使得我们站在人生经历、历史背景、社会现实与文化图景的交叉点对李健吾文学进行考察时，法国文学对他的影响成为绕不开的一环。在此基础上本书将李健吾文学与同时代其他文学家、文艺批评家、剧作家以及那些受李健吾诗意的现实主义文学影响而生成的新的文本进行比较，去一窥中国文学现代化进程的缩影，令人信服地挖掘出以李健吾为代表的20 世纪中国诸文人在接受西学影响，在第一次感受到与传统社会角色切断的情况下重建文化自信的艰苦过程。

本书的主体由以下几部分组成。

第一章主要考察李健吾文学的诞生场，并探究李健吾对法国文学的审美养成过程。首先，在波澜壮阔的中国近代史中，追踪法国文学在中国的接受，以及法国文学如何成为李健吾文学的有效参照与背景，以期完成对李健吾充满诗意的现实主义思想形成过程的考察。其次，通过对李金发、戴望舒、李劫人和傅雷等同时代公认的受法国文学影响较大的文学家们对法国文学的接受与李健吾之接受进行比较分析，以期回答以下几个问题。第一，李健吾到底有没有受到法国现代主义文学的影响？第二，李健吾为什么没有选择当时流行的法国象征主义？再次，李健吾有没有选择现实主义，李健吾到底是不是现实主义？以此为据，把握李健吾文学中的法国文学语境。

第二章首先通过分析李健吾翻译作品的核心文本《包法利夫人》与其终身关注的核心作家福楼拜，试图对李健吾文学审美精神的发展时期加以还原。当我们以福楼拜为参照，从"常识"的角度看李健吾对法国文学的选择、对福楼拜的接受乃至对福楼拜文学审美的传承，不难验证李健吾游走在艺术与现实之间"反常识"的思想。其次，《包法利夫人》译本作为李健吾翻译生涯中的核心部分，体现了其对法国文学的整体认识，并暗含着李健吾充满了时代诉求的期待视野。再次，《包法利夫人》并没有随着李健吾翻译的完成而结束，它的审美生命通过中国文学批评史上的多维阐释、新时代的翻译工作以及后续作家对包法利夫人形象的本土化改造在中国得以延续。最后，通过分析李健吾对福楼拜精神世界的洞察，本章将寻找"福楼拜问题"的答案。

第三章围绕李健吾的文学批评活动进行铺陈。重点考察李健吾在接受了法国带有实证精神的现实主义观的基础上，其文论中表现的诗意风格。经分析发现，李健吾的文学批评活动带有一定地域性：当他居于北京时，其文学批评更倾向于学院派主导的博学批评，追求文学批评中的实证性。但不可否认的是在他的文学批评著作，如《福楼拜评传》中体现的审美与实证的统一性。当他滞留上海，李健吾的文学批评活动体现得更多的是中法思维在批评范式上的通融，并在充满法式印象主义风格文学批评活动与中国古典批评范式中取得了微妙平衡。以此引发我们的几点思考：第一，当时的中国需要什么样的文学批评家？第二，印象主义批评到底有没有批评的标准。此外，在批评活动中李健吾裂变出来的诗化与现实化的两个自我，体现了李健吾在批评活动中的洞见和盲视，也是值得我们思考的问题。

第四章聚焦于李健吾的改编剧与法国戏剧理论之间的关系。李健吾通过对法国戏剧的改编再创造，完成了文学审美接受范式上的突破。在这一阶段，李健吾不再困囿于诗意与现实无法平衡的藩篱，迫于生计，他开始逐渐向现实靠拢。首先，受到法国近代戏剧定义论战的影响，李健吾的改编剧呈现出不同于当时其他改编剧的风貌，重点在莫里哀的戏剧上下功夫，对西欧古典戏剧的浪漫性与古典性进行了符合中国当时国情与市场接受上的取舍。此外，本章将以《金小玉》为例，探讨李健吾如何以文本塑造历史，使观众的视野产生融合，并发挥改编剧的社会功能潜势作用，从而实现自身的文学审美在社会现实功能方面的突破。

第五章关注李健吾在文学审美上鲜有人察的一面，即他的散文在审美文化书写、民族文化认识及个人政治主张三方面都对蒙田随笔中的思想有着借鉴、吸收与创新的痕迹，通过对这三条脉络的梳理，厘清李健吾作为"超级读者"对蒙田思想接受与发微的同时，进一步观察李健吾充满了艺术氤氲的现实主义精神，为下一章观照在自由主义与保守主义两股力量结合下的李健吾式人文思想做铺垫。

第六章侧重考查法国人文精神参照下的李健吾人文思想，为进一步分析李健吾的文学谱系，特将福楼拜的人文主义思想与李健吾在作品中表现出的人文精神进行比较分析，以此考察李健吾对福楼拜文学思想的接受脉络与接受背景，研判人文精神对李健吾文学形成整体化与系统化的关键性作用。最后一节考查的是李健吾文学的接受场。在新世纪的中国，以审美价值为中心的多元价值系统已然复苏，对李健吾文学的传承场与再生场综合分析，可以更好地认识当代读者接受李健吾文学的社会心理环境。

以上为本作的理论框架和主体结构。

四、研究价值与研究意义

作为美学思潮和流派的接受美学，它的极盛时期已经悄然过去。即便如此，接受学派所提出文艺学研究的重点——将读者接受置于研究中心这一研究方向依然没有过时。哪怕是当代最为流行的后结构主义与解构主义，实质上仍旧是一种阅读理论。为了把对接受美学的研究深入下去，对重建中国文学史起到添砖加瓦的作用，我们选取了李健吾与法国文学问题作为本书的研究中心。该论题面临至少以下几项最为紧迫，也是研究价值所在的工作。

无论是通过对接受美学研究现状进行分析，还是对李健吾与法国文学研究现状做全方面考察，我们都发现接受美学与李健吾研究之间尚有距离。在这种局面之下，我们能不能改变一下思路，从接受角度来处理李健吾文学呢？这种基于文学传播与受众读者之间的考察模式，能不能够在揭示李健吾与法国文学关系的同时，对中国近现代文学的历史景观加以展示呢？法国文学对 20 世纪的中国文学影响深远，当时以李健吾为代表的作家总体的接受态度是在理论层面上对法国文学进行"化用"，而不是将舶来品生搬硬套。基于这一观点，我们用接受美学的研究方法对李健吾与法国文学进行研究，其实还是借用西方的理论在中国传统学术领域耕耘天地。借用《文学理论的未来》中所言，可以被学者采用进行研究的"未被发现"或者"被忽略了"的"新"领域，不见得就是一个全新的"未知领域"，而可能是采用一种新的观点去研究早就为人所知，但是一直得不到重视的"旧领域"①。这种观点正适用于本书的研究工作。我们的研究价值并不在于开拓了李健吾与法国文学在接受美学领域的全新研究，而更多的是从方法论方面给予后人在研究工作中以理论精神的启示。比如说，钱钟书在《谈艺录》中对陶渊明诗歌的接受问题进行研究时发现，文学史上读者对于陶诗的喜爱态度并非一成不变，而是经历了一段有显有晦的动态接受过程。本书要做的工作正是向钱钟书这样的前辈学者学习，自觉地从接受角度去反观作者与读者的接受脉络，以彰显文学接受之维对作家作品形成、作品地位形成的重要作用。

在 20 世纪的中国，李健吾首先是法国文学的阅读者，其次才是向国内读者介绍法国文学的传输者，进而在一步步的熏陶之中，成为了法国文学影响下中国新文学范式的创作者。他的三重身份导致了其审美活动的复杂性。除此之外，晦暗的时局又使得李健吾自发地压抑了由古典文学素养塑造出来的传统文人的期待视野，而对有救亡图存精神的法国文学怀以最真

---

① ［美］科恩. 文学理论的未来［M］. 程锡麟，译. 北京：中国社会科学出版社，1993：139.

挚的接纳，于是新汇入的文学培养了异于往日的全新读者。也许正是因为这种身为读者的主动接纳姿态，更容易让今天的我们理解李健吾，以及理解李健吾那一代的知识分子们在 20 世纪不间断的文学革命风暴中进行着文化重建的种种努力。借用梁启超的话说，正是"以所受之熏还以熏人，且自熏其前此所受者而扩大之，而继演于无穷"①。这是研究价值其一之所在。

另外，要努力把接受美学的基本理论思想与方法论应用于文学批评与研究的实践工作中去。因为一种理论是否完备的重要标志，就在于能否被成功地运用到相关的实践领域。为此，我们既要考察接受的主体（作为法国文学读者的李健吾，作为李健吾文学读者的现当代接受者等），也要考察接受的媒介（如师者传道、翻译活动、文学批评和鉴赏戏剧等），更要考察接受的结果（李健吾在接受法国文学基础上撰写的各类作品，法国文学思潮在中国的传播与异化乃至改造等）。需要注意的是，李健吾与法国文学之间的关系绝不能抛开时空而以静止孤立的眼光去对待，因为法国文艺思潮在 20 世纪的不同阶段，对不同接受者产生的影响也是不同的，接受者由于阶级和立场的不同，所接受的角度和程度也会有所异化。

18 到 20 世纪，法国文学在世界文学史上独树一帜，对 20 世纪中国文坛影响深远，其在中国的接受与传承体现着文明共享的美景。彼时法国文学对于 20 世纪中国文坛的意义与价值绝不仅是停留在现象层面那样简单，对法国文学的消化和吸收使得它已经成为中国现当代文坛的重要组成部分，更参与了 20 世纪中国文学精神的建构。对法国文学的传扬者与继承人李健吾的研究，应该突破"崇西"的心理，以重新建立中国文学民族自信为旨归。李健吾文学时间跨度长，前后风格迥异，是 20 世纪中国文坛的重要组成部分，将其与法国文学联系研究，扩展了其研究内容，又补充了法国文学研究的全面性和深入性，无疑也将推动中国现代文学本身的研究。

面对不同的文化，我们如何消除彼此之间的隔阂，像一个世纪前的李健吾前辈那样，著书立说，皓首穷经，为中国和法国的文化交流做出卓越贡献，实现文化共享？在这样的背景下做李健吾与法国文学之间的整理研

---

① 梁启超. 告小说家［M］//陈平原，夏晓虹. 二十世纪中国小说理论资料·第一卷（1897年—1916年）. 北京：北京大学出版社，1989：510.

究，除了满足对学问本身的兴趣之外，对于推动社会进步，对在世界大同的美好愿景下坚持文化的多极化发展，都会带来具有启发性的价值。当民族的文学与学者被置于一个更加广阔的跨文化语境之下进行考察，文学研究就已经不仅仅是单纯的文学研究了，而与社会、历史乃至世界未来发展等大背景联系到了一起，这样的大背景必然为研究的开展提供了前所未有的契机。

离开宏观角度，单从文学角度来说，李健吾文学站在传统文学沉淀的基础上，广泛地吸收了西方文学中有益的因素，从而形成了独特的李健吾式文学体系。如果说五四时期的现代文学在文化特性与文学特性之间挣扎，20世纪30年代文学政治化与审美化还在较量，20世纪40年代后期现代文学逐渐偏离了文学正常发展轨迹，那么从李健吾文学在大时代的汹涌波涛中表明的坚守而独立的姿态，从他始终温和且充满人文主义精神、从不激进的态度，从他试图对"为现实"还是"为诗意"进行超越的一次次尝试中，流露出的虽微小却不可忽视的力量里，我们可以学到的还有很多。当今时代虽然与李健吾文学泛起浪花的时代已迥然相异，但不可否认仍然面临着若干困扰，而这些困扰往往与我们所处的社会环境、文化生活、艺术意识息息相关：诗意还是现实、感性还是理性、吸收还是排斥、自由还是专制，这些看似对立的概念以谁为主，以谁为辅？只要这些问题悬而未决，对李健吾的研究就有意义。不论是从文学本身出发，还是从时代大背景出发，李健吾文学中的光辉仍然对我们有着重要的启迪价值。

第一章
李健吾对法国文学的审美养成

"我梦想抓住属于中国的一切，完美无间地放进一个舶来的造型的形体。"① 李健吾在《以身作则》后记中的这句话，完美地诠释了他内心深处关于文艺创作中对审美接受问题的看法。当我们从他的文艺创作之思想渊源出发，探究其思想脉络的来源及走向时不难发现，在这个过程中，法国文学，尤其是 19 世纪到 20 世纪的法国文学可作为李健吾研究有效的参照与背景。李健吾受福楼拜、巴尔扎克、波德莱尔、兰波等法国文学家的影响深远，从接受美学的角度来看，这些法国文学家的作品内涵绝非一成不变地拘囿文本之中。李健吾在阅读过程中不但培养了自己诗意与现实结合的文学审美，同时将升华后的审美融入了自身创作之中，从而赋予了文学文本新的内涵。换句话说，这些作家不但是李健吾的研究对象，而且令他接受了来自法国的艺术美学观念，从而使李健吾文学获得了全新的价值与意义。

一、法国文学作为李健吾研究有效的参照与背景

在《新编白话山海经》中有这样一个故事，刑天操干戚以舞，累极，可始终停不下来。一边舞着干戚，刑天一边糊涂地想着："到底是我在舞干戚呢，还是干戚在舞我呢？"

处在风起云涌的 20 世纪中国时代大背景下，如李健吾一般的知识分子们，不免也要发出刑天之问。当他们在对外来文化进行选择的时候，令他

---

① 李健吾.《以身作则》后记 [M] //许国荣，张洁. 李健吾文集·1·戏剧卷 1. 太原：北岳文艺出版社，2016：490.

们感到些许难堪的或许是他们在选择之前，已经处于某种被选择的位置上。也就是说，当 20 世纪的知识分子们试图对外来文化加以选择时，他们已被既定的文化秩序框定了原始的身份。但李健吾式的知识分子绝不像刑天那样继续糊里糊涂地舞着干戚，他们在接受自己所处的特定的位置的同时，采取了不同的策略来修正甚至是改变这种被传统文化框死了的状态，终于在传统文化中开辟出新的天地。对此，本书将从两方面加以进一步研讨。第一，作为外来文学的代表，20 世纪法国文学的主流精神是什么？只有搞清楚了主流精神，才能追溯李健吾等知识分子选择接受法国文学而不是其他国家文学之因，才能确立法国文学作为李健吾研究有效的参照与背景之地位。第二，20 世纪法国文学在中国的接受脉络如何？只有将接受美学和中国文学话语转变问题关联起来，再置于 30 年代西学东渐的浪潮之下，才有可能还原这段接受史的前因后果。

1. 异质的碰撞：近代法国文学的主流精神探讨

对艺术的推崇、对人性的喜爱、对自然的热爱以及对社会的描摹构成了李健吾长达半个多世纪的创作主线。在这条主线中，对法国文学的接受轨迹清晰可见。而李健吾对法国文学广泛涉猎，包括了比如《罗兰之歌》在内的法国中古文学、文艺复兴时期文学、18 世纪古典主义文学、19 世纪浪漫主义文学和 20 世纪文学等，几乎每一个时段都有文学家得到了他的品评，很难说他只是单一受到哪一个世纪的文学影响。从比较文学研究角度来说，"影响"与否需要从结果之中被觉察。大冢幸男总结法国学者朗松的研究成果，认为来源国外的文学作品对目的国的影响有若干功能，其中最重要的一点就是为所求者提供范例而使其新的理想明朗化，并使人们得到本国本学所无法给予的理性的、美的满足①。这似乎能使 19 世纪末到 20 世纪上半叶中国文学和法国文学的关系得以说明。当时的中国现代文学正处于新萌发与新探索阶段，遭遇了来自西方文学的强有力撞击，西方文学给时人带来了一种本国文学无法给予的新的体悟与美的满足，李健吾也概莫能外。而他作为接受者，在选择西方文学中的法国文学进行参照学习时并非绝对自由，因为接受者总是在特定的环境与氛围面前做选择，这些传播

① ［日］大冢幸男．比较文学原理［M］．陈秋峰，杨国华，译．西安：陕西人民出版社，1985：25－105.

的主体和传播的环境对李健吾作出了某种暗示或者引导，导致他不知不觉受到影响，去选择法国文学而不是西欧的其他文学作为自己的学习对象。李健吾在清华和法国学习的经历可以视为一种影响源，除此之外他的书稿、论文和书评也可以视为实证材料，其他可以借助的还有来自亲友的见证、读书笔记、阅读书目、日记等，但这些都难以说明他与法国文学之间草蛇灰线的联系。因此，本书认为在 20 世纪中国大背景下，法国文学除了作为一种极为重要的影响源存在之外，更多的是作为李健吾文学的一种参照与背景。综上，若想打通李健吾与法国文学的关系，首先还是得回到法国文学的基本面上来，对近代法国文学的主流精神进行探讨。

就常识而言，传统的浪漫主义、现实主义和自然主义文学在 20 世纪初期已然没落，现代主义文学思潮在欧洲正进行得如火如荼。从共时性的角度出发，当时旅欧的国人应该紧跟法国主流文学思潮，将现代主义带回中国并进一步发扬。然而令人困惑的是，现代主义的传播在 20 世纪初期的中国困难重重，最终走向了消亡。就此中国学界有两种看法：第一，现代主义不符合中国当时的社会环境，受到中国学界的排斥；第二，现代主义在中国的消亡并非真正意义上的消亡，它在实践过程中与中国国情相结合，产生了中国式的现代主义。本书重点不在于对中国的现代主义做有无层面的讨论，而是考察现代主义作为当时法国，乃至欧洲的主流文学精神进入中国后发生的综合化走向。这种综合化走向又表现为两种主流趋势：第一，现代主义的多重表现手法与审美倾向被中国文人学者所接受；第二，现代主义、浪漫主义与现实主义在中国齐头并进，互相影响。也就是说，近代中国所吸收的现代主义其实是一种较为混杂的现代主义。现代主义的主要表现流派如象征主义、意识流、未来派等只是在写作技巧与表现手法上对中国文人学者有所启发，但现代主义的美学范式与理论基础并没有在中国得到普遍认同。当现代主义与浪漫主义、现实主义、自然主义等一起涌入中国时，它们交错融合，得以综合性发展。乐黛云总结认为，当时西方现代主义的艺术特征很快被转化为了"一般写作技巧"，成为了中国文坛上的一种"公共财产"，并迅速被"普泛化"了①。

---

① 乐黛云，王宁. 西方文艺思潮与二十世纪中国文学 [M]. 北京：中国社会科学出版社，1990：162-163.

这种综合发展的浪潮也席卷了李健吾。首先来看浪漫主义。浪漫主义在与古典主义的激烈斗争中得以获得艺术上的自由，其自诞生起就对自由意志加以关注，对感性放纵陶醉不已，其政治立场则是模糊而暧昧的。在对"理性至上"的反拨中，浪漫主义走入了"艺术至上"的歧路，使艺术逐渐脱离了现实生活的牵引，自我逐渐变成了自恋。从这一点上看，浪漫主义多少与象征主义有了血缘关系。实际上，法国的现代主义也是借"新浪漫主义"的名号被引介入中国的。作为文学思潮，现代主义流派中的象征主义是对浪漫主义的进一步表达或补偿，李健吾日后被归入印象派，也是因为象征主义的文艺批评思想被他所接受。在对兰波、波德莱尔、雨果、纪德等的文学批评中可以看出，李健吾对于浪漫主义和象征主义的诗学接受是非常清醒的，主要表现在他自觉地去掉了其中的"颓废"因素。在对波德莱尔的《恶之花》的书评中，李健吾这样写道："鲍德莱尔（波德莱尔）把一个新天地给我们……浪漫主义是一个老东西，只有他（指波德莱尔），他带来的是现代的，是繁复的，是合于现代的人性的。"① 从这一段话可以看出，李健吾非常清楚波德莱尔的来路：波德莱尔的象征主义源自浪漫主义的大树。但是，李健吾并没有进一步选择当时流行的象征主义作为自己的主要研究对象，而是选择了被称为现实主义的福楼拜。

在回答为什么会选择福楼拜作为自己长期学术研究对象时，李健吾说道：

> 喜欢这两个字重了些。我初到巴黎的时候，为自己挑选研究的对象，一个是象征主义的诗歌，那时在中国正风行，一个是现实主义的小说，我想了又想，放弃了象征主义，因为我觉得对于中国没有用处。②

李健吾选择的现实主义虽然当时风行于中国，但在 20 世纪法国现代主

---

① 李健吾. 鲍德莱尔——林译《恶之华》序 [J]. 宇宙风, 1939 (84)：553–557.

② 李健吾. 拉杂说福楼拜——答一位不识者 [M] //李健吾文学评论选. 银川：宁夏人民出版社, 1983：280.

义的弄潮儿眼中已行将就木。最初的现实主义是作为对抗浪漫主义的虚无
与软弱的新锐武器而出现的。布鲁克斯和卫姆塞特认为现实主义是出现在
19 世纪中期的一股逆流，对现实社会中的种种虚无与梦幻大加鞭挞。尚弗
勒利和迪朗蒂则对浪漫主义抱有一贯的偏见，尖锐地攻击法国的浪漫主义
作家，连雨果、缪塞也不能幸免，被指责为"无视自己的时代，企图从往
昔的岁月里掘出僵尸，再给它们穿上历史的俗艳服装"①。作为浪漫主义的
镜面，现实主义成为了与浪漫主义处处相反的敌人，它从一开始就崇尚真
实，但并非对真实的世界存在古典主义唯理式的崇拜。值得一提的是，虽
然福楼拜被广泛地称为现实主义文学家，但他本人从不承认，反而认为自
己"为艺术而艺术"。这一点对李健吾同样产生了深远影响，并使其在立意
现实的作品上呈现出了浪漫诗意的精神风貌。总的来说，李健吾的现实主
义是在受到传统文学制约的前提下融合了浪漫主义表现手法的"现实主
义"。这是李健吾对现代主义进行改造的一次尝试。以小说创作举例，他的
中长篇小说《心病》通常被誉为是具有现代主义意识流表现手法的佳作，
但通读并分析后不难发现，李健吾在创作时并没有完全抛弃传统的现实主
义文学框架，他所采用的意识流手法也没有对小说的逻辑关系造成破坏。
李健吾不但以浪漫主义的笔触对人物内心潜意识的活动进行了控制，还试
图搭建其与社会现实之间的联系，这正是李健吾从浪漫主义角度对现实主
义与现代主义做出尝试性补充的体现。

除浪漫主义与现实主义之外，其时来自法国的自然主义对李健吾文学
思想的形成也产生了异质的碰撞。在与同时代理性与非理性思潮共同存在
的文学空间中，自然主义以其比浪漫主义更"扎实"，比现实主义更"硬
朗"的特点确立了自身的文坛地位。与其他文学思潮相同的是，自然主义
在中国的有效传播是伴随着新文化运动的浪涛而来的。早在 1920 年，茅盾
就认为自然主义会造成颓废思想，导致唯我主义盛行，是无益于中国青年
了解新思想和发展新文学的②。中华人民共和国成立后很长的一段时间内，

---

① ［美］卫姆塞特，［美］布鲁克斯. 西洋文学批评史［M］. 颜元叔，译. 北京：中国人民
大学出版社，1987：437－460.

② 茅盾. 为新文学研究者进一解［M］//茅盾全集·第18卷·中国文论一集. 北京：人民文
学出版社，1989：38－44.

法国的自然主义文学作为一个负面存在而频频受到斥责，仿佛它已经不再是一个特定的文学概念，而是一个被妖魔化了的意识形态咒语，是伪现实主义。李健吾研究福楼拜，也受到了自然主义文论的影响。他在不同的论著中对福楼拜与法国自然主义作家左拉之间的文学关联侃侃而谈，这与茅盾在 1921 年以《小说月报》为主要活动范围，引介自然主义并围绕自然主义文学理论与其他流派文学理论展开优劣争论的文学运动是分不开关系的。

　　以上是 19 到 20 世纪法国文学的主流精神与李健吾文学思想相关性的一些探讨。但法国现代主义传入中国究竟始于何人何篇，目前尚不能盖棺定论。但我们能清楚看到的是李健吾对现代主义隐隐的拒斥与改造。与他不同的是，李金发、戴望舒、李劼人、傅雷等前辈学者却深受法国现代主义的影响，这便涉及对 20 世纪法国文学在中国的接受问题的讨论了。

　　2. 迎接与抗拒：20 世纪法国文学在中国的接受

　　当我们把视线转向乔纳森·卡勒，也许会从这位另类的接受美学代表人物身上获得些许启发。与姚斯不同之处在于，卡勒更看重支配阅读行为的读者的潜在能力。具体来说，卡勒认为读者之所以能够有效地阅读文本，完全是由读者自身具备的文学能力所决定的。"把一部文本当做文学作品来阅读并不是要把读者的脑子变成一片空白，毫无先入之见地去读它；读者必定会带着他自己对文学叙述作用的理解去读它，这种理解告诉读者该寻找什么。"① 这里的"先入之见"，卡勒理解成"文学能力"。基于这一思路，我们或许该首先寻找 20 世纪初中国知识分子对外国文学所具备的"先入之见"。

　　20 世纪的中国知识分子在中国近现代社会的历次变革中都展现了自身不容忽视的力量。从梁启超的三界革命，到五四时期的知识界革命，再到随后的社会革命，知识分子都义不容辞地站在了时代的前沿。而作为首批近现代读者的知识分子，正是在近现代文学与古典文学的断裂之中应运而生的，更与近代中国出现的政治大变局直接相关。故而 19 世纪末到 20 世纪初的中国知识分子非常看重西方文学所传递的社会变革意识，甚至有这样的描述："昔者法之败于德也，法人设剧场于巴黎，演德兵入都时惨状，观

---

① ［美］卡勒. 文学能力［J］. 晓渝，译. 外国文学报道，1987（3）：20.

者感泣，而法以复兴。"① 带着这样的"先入之见"，法国文学在传入中国时，对近现代知识分子的期待视野提出了全新的挑战。而这种挑战越大，读者所获得的审美享受就越大，也就越明白自己在寻找什么。

在这些与固守传统期待视野的读者迥然不同的新读者群中，诞生了即将在未来革命中充当主角的先锋人物，如鲁迅、胡适、茅盾、郭沫若等。以西方文学作品为自身创作参照系的先进知识分子们，在全新的接受视野的启迪之下，已经拥有了足够的胸襟与气度，将他们的所闻所见在中国大陆上进行传播。于是，与变革思想最为契合的卢梭、孟德斯鸠等思想家首先被译介入中国。此外，新文学的先驱鲁迅、胡适等人也争先恐后地对法国文学译介工作灌注着他们热情洋溢的汗水。1903 年，雨果的著作《悲惨世界》的片段被鲁迅从日文转译过来。1912 年，胡适又从英文转译了都德的《最后一课》和《柏林之围》。此外还有林纾以古文译介的小仲马的著作《巴黎茶花女遗事》、大仲马的著作《玉楼花劫》、雨果的著作《双雄义死录》、孟德斯鸠的著作《鱼雁扶微》等，各类法国文学作品如泄洪之水，涌流而来。据统计，1918 年宋春舫在《新青年》推出的《近世名戏百种目》戏剧译介规划中，法国剧目就有 22 种，占据近四分之一；而 1921 年在《小说月报》上的一份译介写实小说计划表上，第一批共计 12 位外国作家的 35 部小说中，法国小说家占到了 3 位，作品就有 5 部，足见法国文学在这一阶段中占据的分量。茅盾对于这一现象曾经说道："我们现在只知努力，有灯就点，不计光之远近；有路就走，不问路之短长！"②

正是抱着这种广泛吸收的态度，法国文学进入中国之路异常顺利。当时中国的翻译家们怀着一种救国的激情，专心致志地翻译并研究着他们心仪的法国文学家与文学作品，李健吾正是其中之一。他对莫里哀的戏剧的摘发、对福楼拜小说与文论的研习都有着深切的领悟与把握，其译文准确不失优美，今天读来还很贴近法语原著的风貌与情致。可以说，李健吾在法国文学上的建树，是得益于时代的。除李健吾外，巴金的文学创作也深深得益于当时的法国文学，他认为自己于 20 世纪 20 年代末在法国学习了小

① 刘纳. 辛亥革命时期至五四时期我国文学的变革 [J]. 文学评论，1986（3）：61.
② 茅盾. 沈雁冰复张侃的信 [J]. 小说月报，1922，31（8）：28.

说的创作手法，他自认的老师是卢梭、左拉、雨果以及罗曼·罗兰。受到法国文学的熏陶，巴金学会了将生活与写作相结合，将作者与人相融合①。如果说巴金的老师是卢梭和雨果，那么李健吾的老师就是福楼拜和巴尔扎克。李健吾从福氏与巴氏的文学作品中，提取理想主义的激情，创作出一种人与文、艺术与现实互相交融的诗意审美，留下了耀眼的文艺评论篇章和大量的文学作品，这正是 20 世纪初法国文学进入中国后带来的深刻影响之一。

　　随着时间的推移，法国文学作品逐渐系统地译介入中国。拉伯雷、莫里哀、伏尔泰、孟德斯鸠、雨果、司汤达、福楼拜、莫泊桑、梅里美等的代表作都陆续被译成了中文。但是，从 20 世纪 50 年代后期起，国内意识形态逐渐"左"倾，在苏联文艺批评家日丹诺夫提倡的"社会主义现实主义"文学范式横行大陆后，国内文坛极"左"风气更为猖獗，连之前逃过一劫的法国批判现实主义文学作品也遭到了严厉斥责。在这种意识形态的桎梏下，翻译家们所受的精神压力是空前绝后的。比如罗大冈不得不上纲上线地写出《论罗曼·罗兰》这样的别扭作品，说克利斯朵夫与奥利维之间的友情，不过是站在唯心角度的民族调和论。后来罗大冈也苦涩地说道："……像我这样的旧社会过来的老知识分子，谁不害怕说错一句话就被拉出来示众，或者一棍子打死呢？……在我的书中，我确实有许多心里话不敢说，怕人家给我扣帽子，说我崇洋媚外，宣言资产阶级人性论等等。"② 在这样的风气之下，翻译家傅雷付出了生命的代价。那么李健吾又如何能逃出同样的悲剧命运呢？李健吾躲在自己拉起的"现实主义"大旗下，囿于时代的偏见，在 1958 年写出了有违本意的自我思想检查："我在巴黎，补习法文半年，另外一年半在图书馆读书，研究现实主义小说家福楼拜。他的'为艺术而艺术'的主张对我起了很坏的作用。我在文艺理论上变成了一个客观主义者。"③ 背负着这样沉重的道德包袱，李健吾开始了文艺创作道路上的自虐。这一批文学翻译家、文论家的遭遇，不但是中国接受者的

---

①　巴金. 自传：文学生活五十年［M］//巴金自传. 南京：江苏文艺出版社，1995：1–12.
②　罗大冈，安康. 罗大冈同志答本刊记者问——谈谈《论罗曼·罗兰》一书的问题［J］. 外国文学研究，1981（1）：57.
③　韩石山. 李健吾传［M］. 太原：山西人民出版社，2006：79.

悲哀,也是被拒斥和曲解的法国文学的灾难。

艰难困苦,玉汝于成。20 世纪我国的读者,往往兼备译者和作者的双重身份。对于接受美学的研究来说,最理想的研究主体是读者和作者合二为一,被称为"理想读者"。虽然姚斯在自身的理论范式中并没有将"理想读者"放在突出位置进行研究,但他曾说:"那些根据先前著作的肯定或否定的标准来设计自己作品的作者……都是最早的读者。"① 幸运的是在 20 世纪的近代中国,这批最早的"理想读者"非常普遍。让我们从诗歌、小说、翻译三个角度对典型的"理想读者"进行摘取,通过研究他们对法国文学的接受,以实例来勾勒 20 世纪法国文学在中国的接受图景。

从诗歌角度来说,20 世纪法国诗歌接受者与理想读者达到完美统一的当属象征主义诗歌代表人物李金发与戴望舒。其时,受到法国象征主义追求意蕴含蓄的影响,他们已经自觉地拒绝当时"通行狂叫"的做法,开始有了注重"婉转暗示"的艺术倾向。戴望舒的好友杜衡后来回忆道:

> 当时通行着一种自我表现的说法。做诗通行狂叫,通行直说……我们对于这种倾向私心里反叛着。记得有一次,记不清是跟蛰存,还是跟望舒……说诗如果真是赤裸裸的本能底流露,那么野猫叫春应该算是最好的诗了。②

由引文可说明,面对当时中国出现的"新诗危机",以戴望舒、李金发为首的年轻诗人大为不满,进而选择了法国象征主义来解决中国近代诗歌写作中出现的过于浅白的话语危机。正如法国象征主义诗人马拉美所宣称的那样:"直陈其事,这就等于取消了诗歌四分之三的趣味,这种趣味原是要一点一点儿去领会它的。暗示,才是我们的理想。"③ 李金发在法国学习时,恰逢法国象征主义诗歌流行,通过大量阅读波德莱尔和魏尔伦的作品,

---

① [联邦德国] 姚斯,[美] 霍拉勃. 接受美学与接受理论 [M]. 周宁,金元浦,译. 沈阳:辽宁人民出版社,1987:24.

② 杜衡. 望舒草・序 [M] //梁仁. 戴望舒诗全编. 杭州:浙江文艺出版社,1989:49 – 50.

③ 黄晋凯,张秉真,杨恒达. 象征主义・意象派 [M]. 北京:中国人民大学出版社,1989:41.

他为自己的后续创作积累了丰富的创作灵感。他曾经购买了这两位象征主义大拿的作品全集，越看越入迷，对二者的性格及生活羡慕不已，并表态说自己"最初是因为受到波德莱尔和魏尔伦的影响而作诗的"①。在他创作的诸如"多疑之黑发""淡白之倦眼""鲜血之急流"与"枯骨之沉睡"一类诗句中，很容易找到波德莱尔的影子。朱自清曾经评价道："（李金发的诗）许多人抱怨看不懂……许多人却在模仿着。"② 抱怨看不懂的是李金发欧化的句法、前后断裂的句式，模仿着的是李金发充满象征主义色彩的诗歌创作手法。

而戴望舒对象征主义的接受更进一步，在诗作中吸收了后期象征主义充满了音乐性、又不失朴素自然的诗风，相较于李金发的诗作来说，更加浅白易懂。如在《御街行》中戴望舒写道："……留不住，春去了。雨丝风片尽连天，愁思撩来多少？残莺无奈，声声啼断，与我堪同调。"像这样充满了中国古典感伤情思的诗句不胜枚举。戴望舒与李金发最大的不同之处在于他做出了将法国象征主义诗歌艺术表现与中国传统古典诗句意蕴相结合的努力与尝试，最终实现了良性的和谐关系，为中国现代诗开辟了一条全新的发展道路。

虽然在20世纪初期的法国，象征主义运动已经式微，许多全新的现代主义流派如未来主义、超现实主义等正在尝试冲破象征主义的尊荣地位。但是由于历史文化发展的滞后性，象征主义成为了解决当时中国诗坛"通行狂叫、一览无遗"的创作危机的有效方法。在近代中国，象征主义被视为现代主义的一个重要分支，施蛰存通过其主编的《现代》杂志，团结了一大批中国现代派诗人，其中就包括了象征主义诗人戴望舒、新感觉派穆时英、卞之琳、何其芳、梁宗岱等。可以说，这一大批现代派诗人作为"理想读者"，给当时的广大普通读者带来了耳目一新的审美享受：象征主义在意义阐释上的朦胧特征、通感手法的连续运用、充满忧郁气息的现代情绪等都挑战着传统读者的阅读习惯。在这种情况下，读者不再被动接受作品给予的意义，而是要充分调动审美的自主力量，成为作品意义的阐释

---

① 杜格灵，李金发. 诗问答 [J]. 文艺画报，1935，1（3）：37 - 38.
② 朱自清. 中国新文学大系·诗集 [M]. 上海：上海良友图书印刷公司，1935：1 - 8.

者之一。可惜的是，近代中国血火战乱的时局未能给象征主义诗歌留出宁静的发展天地，仅在昙花一现后，象征主义这一阆苑仙葩就迅速消亡了，徒留在历史中偶尔的呓语。

在小说创作领域，较为突出的是法国现代主义小说，其在中国大陆上的命运与法国象征主义诗歌的遇冷命运截然不同，整个 20 世纪，对法国现代主义小说和作家的研究从未中断。但除李健吾之外，同时兼备法国文学研究学者、翻译家与小说家身份的"理想读者"却寥寥无几。其中，李劼人因具备法国文学鲜明的接受特征而颇具代表意义。

如果认真翻阅 20 世纪初赴法留学的人员名单，就会发现大多数人是抱着学习先进科学技术、学习先进政治思想、存着一种"救亡图存"的思想而漂洋过海的。但李劼人不同，他从一开始就抱着一种单纯的文学目的："还是去学文学吧！这个天地似很广：我的兴趣，我的性格，还是学文学好些吧！"① 在法国的五年，李劼人果然踏踏实实，一心求学，因此也取得了令人瞩目的成绩。在法国现实主义小说的影响之下，以李劼人所著的《死水微澜》为代表的现实主义小说标志着中国现代长篇小说创作的成熟。此外，司马长风在《中国新文学史》中还将其列为 20 世纪 30 年代中国中长篇小说七大家之一。

李劼人对法国现代主义小说的接受路径是非常清晰的。从小说创作上来看，他在法国学习期间创作的《同情》，被普遍认为是其小说创作的转折点。在此之前，李劼人在国内创作的小说，如《做人难》《儿时影》等，侧重以黑色幽默的口吻揭露社会的腐败与黑暗，人物形象不突出，性格脸谱化，带有明显的旧小说痕迹。而从《同情》开始，受莫泊桑与福楼拜小说中人文主义与现代主义思想的影响，李劼人的小说出现了明显的现代意识，开始讴歌人性与人的价值。对人性的关注使李劼人在选择翻译法国小说时也有所侧重，比如都德的《小东西》、莫泊桑的《人心》和福楼拜的《马丹波娃利（包法利夫人）》等，都侧重于关注不幸者的命运。

---

① 王永兵. 李劼人小说现代性的阐述 [D/OL]. 扬州：扬州大学，2001：78 [2019 - 10 - 14]. https：//kns. cnki. net/kcms/detail/detail. aspx？dbcode = CMFD&dbname = CMFD9904&filename = 20010052 45. nh&uniplatform = NZKPT&v = WLZmvoNmul4NaG3W3WJyijgP5qMvfOW8yC0Onas V_ D12n4h9XTIG-bKTQbaIe 098.

小说创作与翻译活动的实践过程为李劼人批判吸收法国文艺理论奠定了良好的基础，而后，研究法国近代小说流行趋势的长达四万余字的论文《法兰西自然主义以后的小说及其作家》的发表，标志着李劼人文艺理论思想的成熟。其中，李劼人非常看重现代小说中对心理描写的关注，并将其运用到了自己的文学创作中。比如，在描写《死水微澜》中一门心思想要嫁到城里去的邓幺姑的心理活动时，李劼人总是从极其细微之处去传递人物内心深处的波澜。邓害怕自己不能嫁到城里，"急得她绞着一双手"①，嫁到城里后又不安于平淡的夫妻生活，在听罗歪嘴讲述外面的花花世界时，听得入了迷，给孩子哺乳也忘记了，"犹然让那一只褐色的乳头，露在外面，忘记了去掩衣襟"②。在这里，李劼人明显受到了讲究观察的福楼拜文学主张的影响，据实的心理描述成为了他写实手法的重要补充，法式的婚恋观更是直接影响了李劼人笔下的女性人物形象。虽然李劼人在对人物的创作中借鉴了福楼拜和左拉的描写方法，但当我们把视线聚焦在"邓幺姑"这一人物时不难发现，邓幺姑不同于《包法利夫人》中带有布尔乔亚情调的爱玛，更不同于左拉如精准手术刀的笔下注重生理现象的人物。李劼人的人物是生活化、充满了血肉气息的市民人物，这亦是李劼人对法国文学融合后再创作的一大表现。

李劼人对法国文学的接受是成功的，虽然郭沫若在评价时曾指出他唯一的缺点在于"稍嫌旧式"③。这里的旧式，到底是指内容的旧，还是内涵的旧？旧式小说往往停留于对才子佳人、官场谴责等世俗层面的描绘，李劼人的《同情》，正是其与旧式小说在内容上正式话别的代表之作。但是，旧式小说的很多辞藻还是被保留了下来，尽管李劼人试图通过语言加工对《死水微澜》进行修改，但相关人物描绘还是落了俗套。此外，在全面接受法国现代文学思想的同时，不可否认的是李劼人将许多糟粕也一并接受了。比如《死水微澜》中关于四川当地民俗与本土风情描写中就出现了大量琐碎的、片段化的甚至与主旨毫无关联的段落描写，这正是法国自然主义文

---

① 李劼人. 死水微澜［M］. 天津：天津人民出版社，2016：44.

② 李劼人. 死水微澜［M］. 天津：天津人民出版社，2016：63.

③ 郭沫若. 纪念李劼人诞辰 120 周年特辑——中国左拉之待望［J］. 郭沫若学刊，2011 (4)：1－5.

学的一大弊病。

当我们把目光转向翻译领域，就会发现 20 世纪的法国文学译介取得了相当辉煌的成绩。当时译介法国文学理论的主力军往往不是个人，而是团体。比如，文学研究会的主要成员沈雁冰、郑振铎等在其主编的《小说月报》中就曾经数次开辟专栏专刊对法国文学进行系统介绍，该刊不但刊载了法国流行一时的浪漫主义、象征主义、自然主义等潮流学派的相关文学理论著作，还重点介绍了巴尔扎克、莫泊桑、法朗士等人所撰写的小说。除此之外，诸如创造社、未名社等文学社团对法国浪漫派均有所关注，对罗曼·罗兰文学主张的译介做出了贡献。20 世纪 30 年代中期，在上海创办的文化生活出版社以巴金为首，开始系统性地介绍法国文学流派，随后《世界文库》的出现，则更是彻底打破了以往力量难以集中的局面①。在这一片繁盛的翻译园地之中，傅雷是当之无愧的"理想读者"。

我们已从诗歌和小说创作的角度论及法国文学的接受路径，关于傅雷部分不再叙述。在此我们重点围绕傅雷理想读者的身份进行探讨。如前文所言，在接受美学中，所谓理想读者，指的是兼具读者与作者双重身份的研究者。傅雷的读者身份毋庸置疑，然而，他主要传世的译作显然不能足够让他获得"作者"这一身份。但是，我们注意到在傅雷的 35 部译作中，几乎每一部都有副文本的参与。这些副文本包括了译者的序言、献词、作品介绍和译者的评论文字。副文本的出现，充分体现了傅雷作为译者的社会使命感与人文情怀，折射出了傅雷本人对国家命运的担忧与关怀，更表达了傅雷对中国青年健康成长的情感凝视。正是因为这些副文本的存在，傅雷搭建了一条属于译作中的文学人物与正处于价值观形成时期的年轻读者之间的沟通桥梁。这在 20 世纪 20 年代的翻译界中是绝无仅有的：通过副文本，傅雷降低了原文本的阅读难度，提高了译作的可接受性。从这一点来看，傅雷的译作无疑充满了现代性风格。

此外，傅雷的译作常常让人产生一种更甚原文的感觉，因而获得了广泛的赞誉。齐寒在一篇文章中指出，在阅读傅雷译作的时候，很难找到翻

---

① 孙晶. 文化生活出版社对中国现代翻译文学的贡献 [J]. 中国比较文学, 2000 (1)：72 – 84.

译的腔调，相反像是一位中国作家在为读者讲述一个发生在法国的故事①。
如以接受美学视角来看，傅雷译作的成功之处莫过于在语言的运用上顺应
了当时的审美取向，暗合了读者群对外国文学审美的期待视野。

由此，我们从诗歌、小说和翻译三个角度粗疏勾勒了 20 世纪法国文学
在中国的接受图景。在此之中作为接受美学"理想读者"的典型人物李金
发、戴望舒、李劼人和傅雷，他们对法国文学的吸收大同小异，都是站在
现代主义视角下对现代法国文学理论及作品进行译介与转化。这与李健吾
对现代主义的拒斥立场显然不同。如果说李健吾有意避开了现代主义，那
么他的文学立场到底来源于何种法国文学理论？接下来，我们将从源头出
发，分析李健吾的文学成长轨迹，以便探究其文学审美究竟是如何养成的。
首先，我们需要认识李健吾的家庭，追溯他的少年生活。

二、李健吾的文学功底

1906 年 8 月，李健吾出生于山西运城。其父是威震西北的辛亥革命将
领李岐山，1920 年为阎锡山所害。家庭的变故，促使了李健吾的早熟。在
《我学习自我批评》一文中，李健吾回忆因为父亲在 1919 年、1920 年两次
入狱，后被暗杀的经历，使得年幼的他颠沛流离，过早地成熟了。而早熟
的第一个表现，就是他优秀的学习成绩。1921 年，他考入了北师大附中。
在那里，他和他的好朋友蹇先艾、朱大枏发行了文学刊物《爝火》，并创办
了文学社团"曦社"。其时中国的文学环境是宽松的，那是一个青年文艺期
刊与学生文学团体萌芽与蓬勃的年代，具体表现之一就是曦社与当时文坛
新月派往来甚密。李、蹇、朱三人经常邀请新月派的代表诗人徐志摩前来
学校演讲。李健吾还参加了新月社举办的庆祝泰戈尔 64 岁的生日戏剧晚会。
后来，徐志摩在《北平晨报》办副刊，也经常向这三个"小朋友"约稿。
因此，与新月派人物的往来使得李健吾的早期批评文章总带着一种浪漫的
气质，存有一颗天真的童心。但是，对于徐志摩这样一位大诗人，李健吾
却从未过分接近。在他的自传中写道："我气质里面有些理智成分，不愿意

---

① 齐寒. 文学翻译：后傅雷时代 [N]. 文汇报，2006 - 10 - 17.

叫我向徐志摩低头。"①

不愿意向徐志摩低头，其实就是与代表浪漫主义的新月派保持距离。从性格特点来说，家族往昔的荣誉与少年困苦的生活造成了李健吾矛盾的心理。一方面，他向往着徐志摩的才情与风度；另一方面，他又刻意地与这位文坛的风流人物保持着距离。这一点使得他与浪漫主义最终还是分道扬镳了，具体说来，此时的李健吾在文字上已表现出了一种与新月派截然不同的含蓄而节制的风格。尽管此时李健吾还未曾接触法国文学作品，但他笔下的作品与作者之间总保持着不远不近的距离，这与李健吾即将接触并且喜爱、进而研究终身的对象福楼拜在写作观念上是不谋而合的。

如果放下矛盾的心理，就不得不承认与新月派的交往成为了李健吾接触西方文学的第一扇窗口。对新月派的审美接受隐然发生，并且影响了李健吾整个文学活动。正是由于先入为主地受到了新月派在审美趣味上的影响，李健吾对强调直觉感悟的批评方式表现出了巨大的热情。而新月派的审美趣味并非中国本土文学的产物，它给李健吾在文学溯源心理上留下来的空白区域，恰好成为了日后激发、诱导李健吾自行寻找法国文学理论及作品进行阅读，以进行创造性填补和想象性连接的基本驱动力。也就是说，因为新月派之故，法国文学已经在李健吾心中埋下了隐约的召唤力。

在新月派的帮助之下，少年李健吾将《爝火》和后来的《爝火旬刊》作为最初的文学活动阵地，随后又有诗作《献给可爱的妈妈们》、小说《曾祖母和狼》《一位妇人的爱情》和剧本《工人》等散见于《文学周报》《文学旬刊》和《晨报副刊》等刊物。徐志摩的《晨报副刊》成了李健吾与塞先艾经常发表诗文的园地。在这一阶段，李健吾取得的文学成就是可喜的。如他的小说《终条山的传说》后来被录入《中国新文学大系·小说二集》，编者鲁迅对其赞誉有加："……《终条山的传说》是绚烂了，虽在十年以后的今日，还可以看见那藏在用口碑织就的华服里面的身体和灵魂。"② 可见，李健吾的文笔绚烂，体裁奇特，并反映出了他扎实的文字功底，而这一时期的文学创作活动，也为他今后的文学批评活动扎下了牢固的根基。到了

---

① 韩石山. 李健吾传［M］. 太原：山西人民出版社，2006：33.
② 鲁迅. 中国新文学大系·小说二集［M］. 上海：上海良友图书印刷公司，1935：1-18.

1925 年，李健吾的外语水平得以提高，开始对翻译产生强烈兴趣。这一年，《京报·儿童》副刊从第 12 辑开始刊载他译自英国童话故事作家贝德末尔的系列童话。从此，李健吾朦胧地走上了翻译之路。

三、李健吾在清华：法国文学审美的接受时期

1925 年李健吾考入清华大学中文系，第一天上课时的情景是这样的：中文教授朱自清走进教室，拿起花名册点名，点到了李健吾的名字，朱自清问他是不是那位经常在报上发表作品的李健吾。在得到肯定答复后，朱自清立刻说："看来你是有志于创作的咯？那你最好去读西语系，你转系吧。"① 这一情节来自于李健吾的学生李清安，应可信。李健吾本人在自传中亦有谈及："我报的是中文系，分在朱自清先生的班里，他认出了我，劝我改读西洋文学系。"②

就这样，李健吾在中文系断断续续读了两年书后，转入了外文系（其中肋膜炎并发肺炎休学一年左右）。当时的系主任是王文显，教学目标是培养"博雅之士"。在外文系的培养方案中对学生的期许如下：第一，希望学生成为博雅之士；第二，要了解西方文明精神的意义；第三，对西方文学名著烂熟于心；第四，在此基础上对当今中国文学有所创发；第五，打通中西文心，会通中西思想，不但要将西方文明带到中国，更要将东方文明介绍到西方③。

因与朱自清的机缘，又因外文系的这五条训导，在真正的审美接受活动开始之前，李健吾特定的心理期待视界已经初步形成了。"前理解"（pre-understanding）这一概念来自海德格尔，姚斯在接受美学理论中常将其称为"期待视界"。这种发生在阅读活动前的意向和视界，决定了读者在阅读活动中对文本的选择与侧重，也决定了对文本内容的取舍标准，同时也代表了读者对作品的基本评价。受其影响，李健吾开始广泛阅读法国文学理论。古尔蒙、圣伯夫、法朗士等理论家都是李健吾精神天地的座上宾。然而，

---

① 韩石山. 李健吾传［M］. 北京：人民文学出版社，2017：47.

② 韩石山. 李健吾传［M］. 北京：人民文学出版社，2017：47.

③ 齐家莹. 清华人文学科年谱［M］. 北京：清华大学出版社，1999：1 - 26.

李健吾并非通篇不假思索地吸收他们的理论，他对于这批法国理论家们的理论主张有着自己独特的理解和阐释，他的接受是一种饱含着自己鉴赏趣味的"阐释性的接受"。比如，李健吾放弃了古尔蒙对印象条例化的追求，而更加倾向于在文艺批评中展现跳跃性的印象；他接受了圣伯夫关于作家生活背景与作品关系的考察，但自主加入了作家个性研究作为批评的考量；他赞同法朗士关于文学批评活动中"灵魂探险"的主张，但又认为艺术美不能完全与社会现实孤立，两者结合才能达到批评的公正。凡此种种，李健吾在接受活动中做出的阐释，从根本意义上扩大了自己的批评视野，经过他的改造，来自法国的印象主义从极端的"印象自我"逐渐走向对人性与诗意的追求，实现了法国文学批评理论的本土化改造。此外，对法国文学批评理论的接受不但造就了李健吾文学批评的精神内核，还使得他在选择阅读文学作品作为批评实践时，有意识地开始接触福楼拜、波德莱尔、莫泊桑、巴尔扎克等一流名家之作。

受到新月派的影响，在进入清华之前，李健吾就有了不错的文学功底。接受美学认为，美和文学艺术一样，都是美育的重要构成元素。而只有通过更高阶的审美教育才能获得接受能力和审美水平的进一步提高。清华十分重视学生在接受过程中的审美教育，在这种教育体制之下，清华的教师们非常注重通过培养学生的知解力和审美力，提高学生的期待视野，为像李健吾这样有志于投身文学创作的学生搭建了重要的平台。

1. 清华的师长

1925年到1930年，李健吾就读于清华大学，念了不到两年中文系，四年左右外文系，后又在清华大学外文系任了一年多主任助理职务。李健吾与几位教授多有交往，其中朱自清、王文显、温特（Winter）三位师长对他日后与法国文学的进一步结缘影响较大。

首先是朱自清。朱自清任教清华那一年不过28岁，为人谦和有礼，讲课很认真，讲授课程常常援引旁人意见，或是详细叙说一个新作家的思想与风格。刚考入清华的李健吾与他很是投缘，但不料第二学期便染病，严重时候只能在家卧床休养。但头两年的课程，大多由朱自清亲自指导，李健吾写的一些诗词，也都由朱自清亲自批改，师生情谊非常深厚。比如李健吾在卧病期间撰写的作品《一个兵和他的老婆》发表后，朱自清还写了

书评。不仅如此，1927 年，李健吾与朱自清还曾联合翻译了《为诗而诗》，
该作品分两次发表在《一般》杂志的第 3 卷第 3 号、第 4 卷第 5 号上。值得
一提的是，《一般》杂志是上海立达学会编辑出版的综合性刊物，而立达学会
的主要成员，诸如丰子恺、匡互生等都是朱自清的旧友。李健吾的《为诗而
诗》能够在《一般》上发表，跟朱自清的推荐肯定分不开关系。而作者的署
名以李健吾在前，朱自清在后，更能看出朱自清对弟子的爱惜之心与广阔
胸襟。

　　李健吾终其一生都非常怀念这位亦兄亦友的师长。晚年，李健吾在为
《李健吾散文集》写的序中说道：

> 　　另一位对我影响最深的，就是我的中文系老师朱自清先生。当时
> 我在清华大学念书，他总是字斟句酌地帮我修改文章。后来我上了西
> 洋文学系，念了些法国东西、英国东西，可是私下里总要找朱老师请
> 教。我是在他的熏陶之下成长起来的。①

　　如果说朱自清是在文学素养上给予李健吾帮助的话，那么王文显更多
的是帮助李健吾走上了戏剧之路。关于王文显，从当时与他相交的清华同
事、学生在后来回忆中便可以有所了解。如张骏祥就说过："（王文显的讲
义）对于初接触西方戏剧的人来说，是个入门基础……选了文显先生这两
门课，至少就得把莎士比亚主要剧作和欧美戏剧史的名著通读一遍。不仅
如此，那时学校每年有一大笔钱买书，文显先生自己研究戏剧，每年也要
买不少戏剧书籍，从西洋戏剧理论到剧场艺术，到古代和现代名剧的剧本
都应有尽有。所以我们这些对戏剧有兴趣的同学，就有机会看到不少书。
我们今天怀念文显先生，首先就该为此感谢他。"② 李健吾也深深得益于此，
在王文显门下读了不少外国戏剧理论和剧本。作为清华的五位特级教授之
一，王文显在清华的地位非同小可，虽然有教书照本宣科的毛病，但他的同
事温源宁在其英文著作《不完全理解》（*Imperfect Understanding*）中谈到这位

① 李健吾. 李健吾散文集 [M]. 银川：宁夏人民出版社，1986：序 1.
② 张骏祥.《王文显剧作选》序 [J]. 新文学史料，1983（4）：226－227.

外文系的系主任，说他是个不倒翁，是个定影液，没有他清华就不能被称为清华，有了他，清华照样是清华。王文显并没有官架子，李健吾曾经对这位恩师也有评价："他（王文显）本人酷嗜戏剧，过的却是一个地道的教书生涯，习惯上虽说不是一个中国式的书生，实际上仍是一个孤僻的书生而已。"[①]

但就是这位孤僻的书生，正式将李健吾带入了戏剧之路。李健吾与王文显的师生情谊很深。在李健吾赴法留学前，曾经译出了王文显的英文剧本《委曲求全》，并交给妻弟的人文书店出版。这个剧本对李健吾后来的剧作《新学究》有所影响，关注的都是大学里各色学者的风貌与时尚，并带着一种柔和的嘲讽来描写学院生活。到了抗战期间，李健吾得知王文显生活困苦，又译出了他的另一个英文剧本《北京政变》，将组织演出的上演费用汇出以接济王文显。

还需要说明的是，李健吾在转入外文系后，并没有一开始就上王文显的课，因为王文显的两门戏剧课程《莎士比亚》和《外国戏剧》均为高年级开授。李健吾这一阶段主要是跟随温德先生上法语课。虽然学校规定只需修习两年法语，但李健足足学了四年。从语法学起，一年后开始阅读法国短篇小说，之后法国戏剧学了一年，最后一年学习鉴赏法语诗歌。四年的学习不但让李健吾法语基础扎实，而且为他正式打开了法国文学大门。温德在中国从事教育60余年，知识面很广，善于讲解难句，对法国作家福楼拜很有研究，课堂上为李健吾等学生选读过《包法利夫人》片段，后来专攻法语的学生都受到了他的影响。不但李健吾，包括钱钟书杨绛夫妇、季羡林等都上过他的课程。谈温德的为人，就必须要谈到他对中国教育事业的支持：在西南联大时期，温德还跟着中国师生一起进行过反美游行。在20世纪50年代抗美援朝时，他也曾公开批评过美国政府。但后期因为种种历史原因，他被时人批判，情绪很是消沉。家人希望他回到美国，可他自认为自己已经失去了美国国籍，宁愿留在中国受辱也不愿意回国与家人团聚。温德在中国待了60余年，在与他同甘共苦的中国旧知识分子眼中已经算不得一个美国人，而在某些中国人眼中又确实是一个格格不入的外国

① 李健吾. 梦里京华·跋［M］//王文显. 梦里京华. 上海：世界书局，1944：114.

人，只能把他视作一个类中国知识分子的老头子。这样一位先生所传递给李健吾的文化思想，必定带上了中西双重文明的烙印。

在师长们的教导之下，李健吾文学审美经验的期待视界逐步完善，并至少包含了以下几个基本层次。

首先是世界观与人生观的完善。人在少年时期虽然未能形成自身完整的世界观与人生观，但也会根据某种粗浅的道德标准来判断是非，进而指导行为。这种粗浅的道德标准会随着受教育程度的提升而发生转变。在清华接受教育的时候，清华教师们在培养李健吾树立完善的世界观和人生观方面并非依赖于抽象的哲学理论，而是通过生活实践血肉丰满地将观念与立场渗透到李健吾的思想中去。比如朱自清对李健吾文学小作的批阅与推荐，王文显带领李健吾参加的一次次戏剧演出活动，还有温德介绍给李健吾读的各类法国文学作品，等等。这些都渗透到了李健吾对文学的阅读与接受中，构成了他基本的世界观与人生观。正如朱立元所言："任何文学作品结构的最深层是思想感情。"[1] 在审美阅读活动中，李健吾不可能只做纯美和纯艺术上的观照，而将文学作品中的思想感情完全抛却。也就是说，从人生观和世界观的角度出发，对文学作品的阅读活动中产生的审美认识必须与作者在作品中传达的思想感情与情感观念相结合，才能在基本层面上完成对审美经验期待视界的完善。

其次是一般文化视野层次。在清华的学习使李健吾获得了一定的文化水准，扩大了自身的知识面，加深了实际生活经验。李健吾在接受传统文化（中文系）熏陶的同时，又不断地接受外来文化（外文系）的影响，以至于对本民族与外国民族（主要还是法国）的风土人情、习俗文化都有所涉猎，并将此类方方面面的因素杂糅考察，综合作用下构成了其阅读中的一般文化视野。须知，文学阅读从来就不能被称为一种孤立的意识活动，只有在与我们的各种意识、人际交往与文化联动时，读者才能获得最大的审美享受。也就是说，只有通过教育获得更为宽广的文化视野，才能拥有更广阔的参照域，才能对文学作品有更深入的认识，才有机会激发自身独到的见解。

---

[1] 朱立元. 接受美学导论［M］. 合肥：安徽教育出版社，2004：204.

再次是艺术文化修养。文学是艺术大树上的一个分支，从其他艺术门类中，文学吸取了养分，增加了自身的表现力，而其他艺术门类也得益于文学，可以说，两者之间是相辅相成的关系。李健吾对泛文学的戏剧艺术的了解、爱好，到素养的提升，都与恩师的培养分不开关系。在清华求学的过程中，王文显不但提供戏剧书籍供李健吾参阅，还邀请他参加戏剧演出活动，培养李健吾的戏剧爱好。在王文显的帮助下，李健吾获得了亲身参与戏剧创作实践的宝贵经验，提高了对戏剧特征等理论知识的修养，培养了对戏剧艺术发自内心的偏好，这三个方面都对他文学阅读审美视界的构成起到了很大的帮助。

最后要说明的是姚斯提到的阅读经验，也就是"前理解"。这种阅读经验能够帮助读者在作品中去寻找那些他所期待的东西。清华的老师们对李健吾进行的正是这样一种寻找能力的培养。具体说来，就是通过课中教学与课后对学生做的大量的阅读训练，使学生对文学的"内在语法"功能加以掌握。这绝不仅仅是一种概念性的掌握，而是经过长期的阅读实践沉积在心理结构中的文学能力。要认识到，阅读经验须与世界观和人生观、一般文化视野、艺术文化修养四位一体，才能以经验的形式构成阅读审美的前结构。姚斯只注重"阅读经验"，而忽视前三者的重要性，实际上是把阅读活动从人的整个精神文化活动的总体状态中孤立出来，其实是不符合文学接受的实际情况的。

在阅读中，审美经验的期待视界到底扮演着什么角色呢？本书将通过对李健吾在清华时期的文学作品的分析来做进一步阐述。

2. 李健吾清华时期的文学作品

照姚斯的理论主张，审美经验的期待视界起着两种相反的作用，分别被命名为定向期待与创新期待。

所谓的定向期待，简单来说就是当阅读者开始阅读一部文学作品时，他得开放他的全部审美经验的期待视界来对作品进行全方面观照。在这个过程中，他的世界观、人生观、一般文化视野、艺术文化修养以及文学阅读能力都必须要被调动起来，一同去解读作品，感受作品；同时，定向期待又将不符合审美经验期待视界的那些意境、意义、言下之意等一同排斥在外。从这个意义上来说，定向期待为阅读活动规定了基本路径。朱立元总结道："一个读者的审美经验的期待视界已预先决定了他的阅读结果。"① 这么看来是不无道理的。王夫之曾就中国古诗"一诗多解"的现象得出了"作者用一致之思，读者各以其情而自得"② 的结论，说的也是同一个道理。读者的"情"不同，即审美经验的期待视界不同，那么阅读文学作品的所得所感也会不同。

　　要考察李健吾的定向期待，首先要回到时代环境中去。20 世纪初，随着传统文学的解体，出现了新文学发展的两条基本路线。第一，是由梁启超等人倡导的文学救国路线，该路线发展到后期，形成了典型的功利主义文学观，并成为 20 世纪 30 年代文学政治化路线的前身。第二，是以王国维为首，受叔本华纯美思想影响，倡导文学至美的另一条路线，并由此逐渐发展为追求文学的去功利化思想，倾向于创作与现实无关，仅关注审美享受的文艺观。李健吾在清华读书的那几年，正是中国近代文坛"为人生"还是"为艺术"问题方兴未艾的时候。他与新月派接近，难免与屡屡抨击社会现实的左翼作家格格不入。李健吾之父死于革命的硝烟中，使李健吾在心理上慑于革命与战争的喧嚣。在这种情况下，他更倾向于效仿他清华园的师长们去做一个与世无争的精神贵族，并留恋于象牙塔之内的典雅生活也就不足为奇了。在这种定向期待影响之下的李健吾，在阅读文学作品时所感所得都是带有唯美化倾向的艺术，并在现实与艺术中首先选择了艺术，不做太多现实的考量，一头扎进文学的海洋，追求起法国文学文本在形式艺术上与中国近现代文学文本的和谐了。

　　于是，李健吾在清华大学迎来了他人生中的第一个创作高峰期。可以说这个阶段的文学作品就是李健吾审美经验期待视界进行定向期待的结果。通过定向期待选择，并阅读了大量的文学文本后，李健吾对包括内容与形式、主题与风格在内的法国文学作品已经相当熟识了。这种熟识已然作为一种阅读经验积累在李健吾的心中，形成他在创作新作品时心理上的一种隐秘痕迹。也就是说，在李健吾进行文学创作的时候，他会不自觉地运用

①　朱立元. 接受美学导论［M］. 合肥：安徽教育出版社，2004：207.

②　王夫之. 姜斋诗话（二）［M］. 长沙：岳麓书社，2011：808.

阅读经验来创作新作品。

如先把李健吾放到一边,将目光转向卡勒,对卡勒在《论解构》中谈到的因果关系加以分析,就会发现卡勒认为因果关系是我们这个世界的基本法则。试想如果不是因产生了果,不是因由一件事导致了另一件事,我们便无法思考。而尼采在《权力意志》中则大加争辩,认为因果结构并非天然,而是比喻或是修辞的产物。举例来说,知觉的秩序告诉我们先有痛感,我们才发现导致痛感的原因是被针扎了。但若顺序颠倒,也许是先发现了一根针,于是倒因为果,联想到了痛感。也就是说,从因果关系"针……痛"到了以因代果"痛……针"。这样的因果疑云令人困惑不已。现在再把视线投向清华园时代的李健吾,就会发现在他身上同样存在中法文化谁为因、谁为果的疑云。这本身就是自相矛盾的,用德里达的话说,二元对立并非一种在场,而是一种踪迹,这一点放到李健吾文学研究上同样适用,在我们为它的血缘溯源的时候,它就变得难以限定,无影无踪,法国文学的影响却又无时无处不在,但当你面对李健吾的文学作品时,又难以判定法国文学与中国传统文化之影响的因果属性。

带着这样的困扰,再来看李健吾在这一阶段的创作。有主要小说五篇:《私情》《坛子》《关家的末裔》《西山之云》《心病》。主要散文一篇《命运》。主要诗作两篇:《月亮,红薇,布谷》《最后一信》。主要文学评论三篇:《塞先艾先生的〈朝雾〉——读后随话》《关于中国戏剧》《中国近十年文学界的翻译》。主要戏剧四篇:《进京》《囚犯之家》《母亲的梦》《月亮在升起》。另有若干小文,在此不赘述。以上创作作品都有西方文流的影子,诗歌是西方现代诗自不必说,小说则更如是。如小说《关家的末裔》善于心理描写,是李健吾最早的有意识地运用弗洛伊德的精神分析法来刻画人物的作品。这篇小说的语言并不好懂,充满了梦幻式的呓语,如"来了——来了——二等护卫——世袭""来了——来了——来接——""握住了什么——是马缰? 马鞭?""突然,那道白光隐去了,窗户的破纸搜搜地响着。他好不害怕;什么妖精在作祟;他的嘴角渗出血来;阴暗笼住他的形体"等,[①] 其修辞语言呈现出碎片化的特点。而这些碎片化的语言又反映

---

① 李健吾. 死的影子 [M] //李维永. 李健吾文集·5·小说卷. 太原:北岳文艺出版社,2016:90.

出语言的困境。语言的修辞封闭了意义，又消解了文本本身呈现的意义。这表现出新文学在创作过程中本身的一种内在无力。当这种无力感辐射到那个年代大多数中国知识分子身上时，就意味着对传统学科和文化疆界的一种超越，也意味着透过对外国文学的接受与吸收，中外真正的文化对话得以实现，从而形成了 20 世纪 20 到 30 年代整个中国知识文化界共同探讨中西文心与文化规律的历史局面。又如小说《坛子》里的"坛子"是一个象征，是李健吾学习运用西方象征主义来进行创作的一个小例，李健吾自己也说："爱伦·坡的短篇小说以诡异见称，成为侦探小说的开山鼻祖，对法国现代派起了巨大影响。我在大学读书时，非常喜爱他的诗歌、小说，我写的《坛子》，就受到他的小说的影响。"① 此外，还有小说《心病》在创作时学习了西方意识流的手法，是中国当时少有的以人物心理描述为主线的小说。

如果说李健吾在这一时期的小说运用阅读经验，向西方借鉴了创作手法，有一颗西方文心，那么他的剧作《母亲的梦》（原名《赌与战争》）则是连主旨也搬来了。他自己也承认："看这出短剧的人，我希望你能再看一篇，是辛格（Synge）的 *The Rider to the Sea*（《骑马下海的人》），两篇主旨或者一样，而他的要比这篇高出万倍，虽然事实不同。说不上模拟。"② 细读这两篇剧作，故事情节非常相似，都是讲述动荡年代给穷人家庭带来的毁灭性的打击。故事中有着两位相似的母亲，一个的丈夫与四个儿子死于大海，第五子不知所终，另一个的丈夫死于牢狱、长子死于痨病、次子死于战争、三子又被当作壮丁抓去。李健吾自己说故事不是模拟，仅是主旨相同，看来也不尽然。虽然都是丧子与家破人亡的故事，但读者都会想象出一个与故事相符的语境作为框架，以此来解构原有的言外之力，此时被消解的言外之力正是原作者的行文主旨所在，在此基础上才能建构新的读者意义。因为只有当故事放入某一确定的框架时，意义本身才能得以显现。李健吾对辛格的故事加以移植，放置在 20 世纪初的中国背景中，并没有推

---

① 李健吾. 《莫泊桑短篇小说选集》序［M］//李维永. 李健吾文集·6·散文卷. 太原：北岳文艺出版社，2016：460.

② 李健吾. 母亲的梦［M］//许国荣，张洁. 李健吾文集·1·戏剧卷·1. 太原：北岳文艺出版社，2016：105.

翻是语境而非意象决定言外之力的解构主义原理。相反，这种嫁接行为是对这一原理的加强与肯定：在对故事框架的引用中，语境改变了言外之力。但是在改编活动中，整个语境并不好把握，稍有不慎就显得不中不西，不伦不类，因为当言外之力被消解后，意义为语境所束缚，而语境实际上是无边无涯的。正如德里达宣称的："语境永无饱和之时。"① 回到李健吾，他在创作过程中给定了新的语境，而任何给定的语境都为进一步的描述敞开了大门，两个故事的区别因语境的区别而显现了出来。从接受美学中接受与被接受的关系来看，我们可以从德里达"世界的游戏"的概念中寻找答案。在世界的游戏中，总体文本总是在提供进一步的联系，语境是互相而不是互斥的。在这种观点下看来，李健吾的《母亲的梦》做的正是这样的努力：将本土化的剧本，重新放到世界的游戏中去，新的语境与旧的语境绝非二元对立，而是一种巧妙的嫁接与移植，从此使得为语境束缚的意义得以与无涯的世界语境相结合。

综上，李健吾在清华阶段创作的一系列包括小说、戏剧、诗作等都带有一些法国文学的影子，我们在他的作品中读出了鲜明的借鉴特征。换句话说，清华的五年经历让李健吾朦胧地接触到了西方文学，尤其是法国文学，他在这一阶段所养成的定向期待视界已经在他的创作中得到展现，并且逐渐超越了中国文学的传统期待视界的分量。勿论二者之间孰因孰果，李健吾展现给我们的是抛却了因果属性后中法文本形式上的和谐局面。

如前文所述，除定向期待之外，审美经验的期待视界还有另一项被称为"创新期待"的作用，接下来我们将以李健吾在法国两年游学的人生经历为事实依据，进一步就创新期待加以讨论。

四、李健吾在法游学：法国文学审美的养成时期

如果说读者的定向期待引导读者进入阅读，那么李健吾无疑更进一步：透过定向期待，他从法国文学作品中确立了他自己的阅读视界，发现了自身，开始认可并学会运用属于自己的文学力量。就如费尔巴哈所论述的那

---

① BRADLEY A. Derrida's of Grammatology: An Edinburgh Philosophical Guide [M]. Edinburgh: Edinburgh University Press, 2008: 84 - 95.

样:"对象的意识就是人的自我意识……对象显示出来的本质,是人的真正的、客观的我。"① 当客观的我作为阅读的主体显现后:一方面依然按照定向期待所限定的视界对作品进行审美选择;另一方面,读者不再纯粹被动地接受作品的信息输出,而是主动调节自身的视界结构,通过不断打破固定了的阅读习惯,以开放的姿态去主动寻找与原有视界中不同的东西,这就是所谓的创新期待。

也就是说,作为阅读的前结构,期待视界充满了矛盾:已经形成的阅读习惯会使读者按照定向期待去阅读作品,并做出合乎其审美视界的选择与判断,但同时求新的欲望也会上升,在阅读过程中不断寻求新信息的刺激。在此情况下,定向期待也就成了障碍。所以当读者对某一固定范式的文学作品越熟悉,期待视界与这类文学作品之间的审美距离就会越短。此时,创新期待就会活跃起来,发挥作用。随着李健吾理论学习愈深入,文学阅读愈广泛,当时译入本国的法国文学作品和理论就愈不能满足他的阅读需求。他开始求异,开始寻求新的审美愉悦,他既需要通过阅读新的作品对已经熟悉的阅读经验加以否定,以便获得新的经验,也需要通过吸收新的理论知识,以帮助自己对旧的作品做出新的挖掘,使他能够从旧作品的文本系统中发现前人之所未见。而现实的情况是,当时封闭的国内环境已经不能再给予李健吾审美视界上进一步的刺激。李健吾迫切地需要走出去,去获得一手的法国文学资料以扩大自己的审美视界。

当时恰逢留法高潮,从 1915 年开始,中国学界十分鼓励知识青年走出国门,发起成立了"华法教育会"和"留法勤工俭学会"等组织,并获得了时任民国教育总长蔡元培的大力支持,留学法国蔚然成风。1929 年到1931 年间,国民政府留学法国学生人数年均过百②,这在留学史上是远超以往的。李健吾受这股留学风潮裹挟,于 1931 年 8 月,与朱自清、徐士瑚一同从北京前门火车站出发,经哈尔滨坐火车到达莫斯科,再转赴巴黎,进而李健吾进入巴黎语言专科学院现代法语高级班进修。次年李健吾转入巴

---

① 北京大学哲学系外国哲学史教研室. 十八世纪末—十九世纪初德国哲学 [M]. 北京:商务印书馆,1975:547.

② 参见国民政府教育部档案,中国第二历史档案馆藏,全宗号 5,案卷号 15316。

黎大学文科学习相关课程，开始了他长达两年的留法生涯。

李健吾甫到法国，"九一八"事变爆发，作为海外游子，此刻李健吾的境地多少有些尴尬。好端端的谈话中，对方忽然会插进一句："你是日本人？"李健吾答是中国人，双方便有些尴尬。房东太太又奇怪中国人没有一个回去的，又问："中国人，怎么不回去？"李健吾便只好解释中国是募兵制。"一·二八"则更加没有体面可言，也让李健吾明白：这个政府是不会抗战到底的，回国又有何意义？在这种压抑的、屈辱的情状下，或是为了排解心头的愤懑，或是为了激励国内的士气，李健吾写了两个剧本。分别是以辽沈失守为背景的《火线之外》和以淞沪抗战为背景的《火线之内》。朱自清对李健吾的这两本剧作很赞赏，另外又为他写了序，后寄回国内发表。国内情况如此糟糕，而当时的法国文学环境又如何呢？

20世纪初，乔治·奥威尔曾对当时欧洲的知识分子们发表看法，认为他们是不关注欧洲现状的一代："（这些作家）能够'看穿'他们的先辈为之奋斗的大部分东西。他们所有人都暂时对'进步'这个观念抱敌视的态度；他们感到进步不仅没有发生，而且不应该发生。""对眼下的紧急问题不予任何注意。"① 当时的法国作家们也确实对现实采取的是一种超脱的态度。现代主义风行一时，典型代表就是布勒东在1924年发表的《超现实主义宣言》。布勒东通常依靠不真实的幻觉和梦境般的呓语等作为艺术创作的来源，并认为只有在无意识中，万事万物的真实面貌才能得以体现。然而，一战的危机使得一部分法国文学家们开始将视线从对文本人物内心思维的深挖中抬起来，投向对更加紧迫的社会问题的思考。无政府的达达主义很快在学生运动的浪潮中灭亡了，而更多的作家离开现代主义阵营，纷纷把精力投入到了反民族主义和反法西斯主义的战斗中去。这种看重社会现实作用的文坛之风，无疑吹拂到了李健吾身上。

而更值得我们关注的是，法国的比较文学学派正是在20世纪30年代初奠定了学派的理论和学坛的地位。作为其开山学者之一，朗松在这一时段非常活跃，他的论著向来以细致的分析、可考的渊源和严谨的治学态度所著称，其文更对法国文学与外国文学之间的渊源性影响从不避讳。而梵·

---

① ［英］默里. 赫胥黎传［M］. 夏平，吴远恒，译. 上海：文汇出版社，2007：140-150.

第根的著作《比较文学论》则成为了法国比较文学学派的一块奠基石，比较文学在法国兴盛一时，研究比较文学的大家如戴克斯特、巴登斯贝格、路易－保尔·贝茨，著作如《外国与法国的比较文学研究》《比较文学论》等受到追捧。当时文坛的这种微妙的气氛，对于李健吾跨中法文化的文学研究起到了推波助澜的作用。如此看来，有了显学理论为基础，沉浸在这种环境中的李健吾，文学视野得以迅速成长起来了。

以超现实主义、象征主义为代表的现代主义和关注社会现实问题的现实主义是当时法国文坛的两股风气，对于新青年来说，选择现实主义不过是将欧洲过时的老调重弹，现代主义依然略占上风。审美视域的创新期待究竟会让李健吾在这两股文风中如何选择呢？

1. 渐行渐远的象征主义

一开始，在清华养成的对法国文学的期待视界使李健吾的现代诗中很有一些现代派的影子。据说青年李健吾曾经热恋当时北洋政府司法总长张国淦的女儿，芳名张传真。李健吾以"川针"（传珍的谐音）、"醉于川针""可爱的川针"为笔名，为这位女郎写过不少带有象征主义色彩的诗歌。在与其分手时，李健吾作诗道：

> 听我说，听我说
> 有一个女人像寒宵的月
> 春天的红
> 冬天的热
> 秋天的花
> 夏天的雪
> 就在昨天她埋葬了我十年的青春
> 离群的羊
> 断弦的琴
> 就只因为她变了心
> 有一个女人像寒宵的月
> 她的爱整整十月①

---

① 李健吾. 三个爱我的女人［N］. 华北日报·文艺副刊，1929－12－30.

莫雷亚斯在《象征主义宣言》中认为，象征主义诗歌推崇形式之美，并用形式来表达思想内涵。李健吾的这首小诗无疑也是非常注重形式美的，读起来抑扬顿挫，且充满了一种忧郁的美。诗歌中出现的几个意象元素虽然非常简单，却凝就了李健吾的笔力。在对意象进行塑造时，李健吾打破将意象与意象之间拉开距离的常规做法，有意识地对意象进行排列整合，因此在形式上才显得整齐划一。与法国象征派诗人的异曲同工之处在于，李健吾并不期待读者能够理解他的诗句。像是"她的爱整整十月"这样的句子，不但文法不通，也有歧义，但李健吾将其保留下来，或许是想表达自己因失恋混乱了的思绪？或许是纯粹情感的传递？但是，李健吾与法国象征主义诗歌最大的不同之处在于他虽有忧郁，却不颓废，虽然寂寥，却不绝望。

总的说来，李健吾的诗歌不注重教诲功能，也绝不接触现实的生活。正如中国象征主义的另一位诗人李金发所追求的那样："我绝对不能跟人家一样，以诗来写革命思想，来煽动罢工流血，我的诗是个人灵感的纪录表，是个人陶醉后引吭的高歌，我不能希望人人能了解。"① 也就是说，李健吾同样也接受了波德莱尔对思维之美与想象之美的肯定，对诗歌的社会作用持保守态度，这与新月派的影响和在清华重学术的氛围熏陶是分不开关系的。

需要承认的是，除李健吾之外，象征主义的文学实践在中国这片古老而求新的大陆上找到了不少知音。李金发之后，穆木天、王独清和戴望舒的象征主义诗歌也在中国近代诗坛中留下了浓墨重彩的一笔。20 世纪 30 年代施蛰存的《现代》杂志成为了包括象征主义诗人在内的现代派作家们畅所欲言的舞台，其中穆时英、卞之琳、冯至的艺术影响力更是一直延续到中华人民共和国成立后的新文学时期。李健吾曾经与这些弄潮儿一起，为象征主义在中国的传播和发展做出颇为有效的尝试。但是，随着与张传真的分手，"川针"这个笔名消失了，与之一同消失的，还有李健吾在象征主义这条道路上的创作身影。

---

① 李金发. 是个人灵感的纪录表 [M] //杨匡汉, 刘福春. 中国现代诗论·上篇. 广州：花城出版社, 1985：250.

姚斯曾经就接受者与作品之间的关系构建过认同模型，其中包含了五种认同模式，分别是：联想的、仰慕的、同情的、净化的和反讽的。姚斯认为，其中第五种反讽式在现代文学中表现得尤为突出，其特点是作为观赏者的读者随着欣赏水平的提高或者个人际遇变化，作品或理论已不符合读者的期待视界，从而导致读者与作品发生隔离、疏远、对立甚至破灭的一种范式。我们不妨分析，对于李健吾来说，几乎他的所有象征主义作品都在与张传真热恋时期完成，当这段隐秘的恋情结束，随之而来的心理不适让他有意识地避讳象征主义作品。此时反讽式认同开始发挥作用，它提供了这样一个审美接受层次：象征主义作品出现在李健吾的面前，已然成为一种意料之中的拒绝与反讽。抛却心理因素，随着审美能力的提高和创新期待的进一步推动，象征主义提出的带有极端忧郁颓废特征的艺术模式和对于读者解读作品时过高的文化素养要求，使李健吾对象征主义的兴趣持续减弱。再加上象征主义的主流，法国现代派思想在中国的昙花一现与"普泛化"的发生，最终的结局正如李健吾自己所言："……为自己挑选研究的对象，一个是象征主义的诗歌，那时在中国正风行，一个是现实主义的小说，我想了又想，放弃了象征主义，因为我觉得对于中国没有用处。"①

2. 日渐投契的现实主义

一来与象征主义渐行渐远，二来李健吾已下定决心将精力放在现实主义上，那么等待李健吾的，只差选择具体的研究对象了。幸运的是在清华大学念书期间，这个对象就早已经选定了。

李健吾对于福楼拜的热情是被他的大学教授温德点燃的，温德喜欢《包法利夫人》，给学生讲得最多的也是《包法利夫人》。李健吾受到温德的影响，在放弃了象征主义的同时，认识到对中国有所帮助的，还要数现实主义。他认定福楼拜是现实主义作家，因此到了巴黎，就开始昼夜钻研起了福楼拜。1931年秋到1933年夏，是李健吾将出国之前的阅读经验向系统化、理性化转变的重要阶段。虽然从严格意义上来说，李健吾并没有真正在法国修习学位，而是按照原定目标在图书馆研读福楼拜的小说和各种资

---

① 李健吾. 拉杂说福楼拜——答一位不识者 [M] //李健吾文学评论选. 银川：宁夏人民出版社，1983：280.

料，并着手开始写他的评论与翻译。在这条研学之路上，李健吾绝不满足于困囿在小小的图书馆，他还从生活费中挤出钱来购买了大量的关于福楼拜的书籍。这些书籍成为了他写作《福楼拜评传》的参考书目，引用的书目多达 96 种。不光是自己购买，李健吾还发动朋友帮自己购买搜集相关资料。就这样经过了一年多的时间，李健吾写成了《福楼拜评传》的草稿。纸上谈兵终觉浅，为了加深对福楼拜的系统性认识，李健吾于 1933 年 5 月探访了福楼拜的故乡——位于鲁昂郊外的小城克瓦塞（曾译为克洼塞）。

这次福楼拜的故乡之旅对李健吾的触动很深，归来后，他写成了《福楼拜的故乡（鲁昂－克洼塞）》一文。在克瓦塞，李健吾走近福楼拜的亭榭，走近他舍不得拍卖的小小居所，从窗隙窥探福楼拜驻足过的小小花园，去半山腰上吊唁福楼拜的墓冢……李健吾与福楼拜做着跨越时空的心灵沟通，而在接受福楼拜现实主义（这里暂且称之为现实主义）艺术精神的同时，李健吾也浸染了福楼拜偏傲的人生态度。不过李健吾是一个中国人，之后的国情无不现实又无不惋惜地证明了接受福楼拜的艺术精神尚可以成全自己的艺术人生，唯接受福楼拜的人生态度只会让李健吾在今后的人生道路上跌跌撞撞。李健吾多次认为用一个人的经验去判断其他人的经验，又缺乏应该有的同情，是很容易陷入失误的①。虽然李健吾认为自己的同情是"科学的同情"，且在福楼拜问题上的研究训练有素，但是当他走近福楼拜，用自己的经验去丈量福楼拜的人生历程时，仍免不了"偏误"的判断。比如，李健吾自始至终咬紧福楼拜现实主义不松口，40 多年后在再版《福楼拜评传》时还一再强调《包法利夫人》通过对细节的真实描摹，建立了恩格斯总结的现实主义道路上不可或缺的典型人物与典型环境。但连福楼拜自己都不曾有一句话来承认自己是现实主义，且《包法利夫人》之后，对"浪漫"带来的幼稚化倾向持有怀疑与警惕的态度已然成为现代文学的重要特点之一。童明就此总结认为，在福楼拜的《包法利夫人》之后的小说，其实就是现代小说的同义词②。也就是说，《包法利夫人》实际上是现

---

① 刘西谓.《鱼目集》——卞之琳先生作［N］. 大公报·文艺，1936 – 04 – 12.
② ［美］童明. 现代性赋格——19 世纪欧洲文学名著启示录［M］. 北京：生活·读书·新知三联书店，2019：77.

代性小说的先驱者。尽管如此，我们仍只能用"偏误"而不是"错误"来形容李健吾关于现实主义的判断。

究其原因，必须首先回顾 19 世纪布尔乔亚风气盛行的法国，我们发现当时文坛已然对这种充满了庸俗与贪婪的现代资产阶级作风做出了批判。无论是莫里哀还是福楼拜，他们笔下的布尔乔亚作为现代文明的化身，言必称"进步""科学"和"现代"，行必装腔作势，矫揉造作。以福楼拜的《包法利夫人》为例，女主人公爱玛不甘心在庸俗的布尔乔亚生活圈中沉沦，一心想要超越的结果，却是彻底被布尔乔亚世界所吞噬。掩上书卷，读者一定和福楼拜一样，会对这种"现代文明的进步性"心生疑窦，进而对现代性做出属于自我意识上的审美判断。从这个角度上来说，《包法利夫人》何尝不是一本"反现代性"的现实主义小说呢？

从前文提到过的姚斯的五种审美认同模式来看，李健吾对福楼拜的消化与吸收，实际上是净化功能在起作用。李健吾在研读福楼拜的小说时，他受到后者作品的激荡，产生了符合其期待视界的审美愉悦，这种愉悦在李健吾身上发散，使他获得了文艺思想的净化和解放。故而，对于福楼拜的创作理念，李健吾几乎全盘接收，他甚至是不自觉地效仿福楼拜在创作过程中表现出来的特定行为和思维模式。福楼拜在创作小说时，会前往故事的发生地点进行实地考察。比如在创作小说《萨朗宝》阶段，福楼拜就专赴突尼斯进行采风。李健吾也是如此，为了写好《福楼拜评传》，李健吾前往福楼拜的故乡，在福楼拜童年生活过的鲁昂医院逗留徘徊；为了考察《包法利夫人》，李健吾游走在鲁昂的大街小巷，去感受爱玛的生活环境，去了解当地的风土人情。这不是现代主义的求新求异的主张，而是在实证主义熏陶之下的现实主义所推崇的实证精神。日后在具体对福楼拜做研究时，李健吾十分重视福楼拜的脑病对他创作的影响，撰写的两篇论文《福楼拜与医院》和《福楼拜的病魔》，更是对现实主义的典型实践。

除实证主义精神的影响外，李健吾也耳濡目染了法国人的伤感诗意。回国前，他又花了一个多月的时间漫游意大利，其间他每天寄送信笺给国内的未婚妻尤淑芬，尚存的 33 封信，后来编汇成了颇有感伤情怀的游记《意大利游简》。《意大利游简》虽篇幅不长，但从文风已然可以窥见李健吾日后文笔的重要基调：诗意。实证精神与诗意浪漫就像是一张纸的两面，深深地烙印在了李健吾的精神中。的确，在意大利漫游的日子也并非令人流连忘返，乐不思蜀。李健吾稍微穿得周正些，则被人误认为日本人。见他是中国人，就拉着他追问中日战争打得如何，更有甚者远远地起哄，背后议论纷纷。这种弱国小民的被侮辱感一直萦绕在李健吾的心头，李健吾时常觉得怅惘不已。他自己也在《意大利游简》中写道："只有我一个人，荷着种族的重负、国家的耻辱、孤寂的情绪、相思的苦味，在人群里面，独自徘徊着。"① 这种心理加深了李健吾走现实主义道路的决心，也决定了他在整个翻译活动中将对现实环境因素的考量放在首位的倾向性。这种倾向性主要表现在以下两个方面。

第一，这种倾向性表现在李健吾译介法国现实主义文学作品的选材标准问题上。李健吾在选择原文本时，本着对祖国现实情况的高度责任感，他将读者的利益放在了首位。不具有时代精神的作品不译、不符合社会发展趋势的作品不译、不能反映现实生活的作品不译。这"三不译"造成了他对法国文学原文本的反复酝酿。比如，在 20 世纪 20 年代末，李健吾就深感法国现实主义著作在国内缺乏译本，开始打起了翻译福楼拜作品的主意。在留学期间，随着法语语言能力的进步，他也没有立刻动手，而是对福楼拜的相关资料做实证性的搜集工作。他对福楼拜的作品进行思想上的分析和梳理，优先选出《一颗简单的心》《圣·朱莲外传》等短篇小说进行翻译试水，而对于那些他认为与中国国情和读者需要有所抵触的，则选择搁置不译。此外，李健吾认为最好是选择与自己气质相投的作家作品进行译介，这也是为什么李健吾选择福楼拜为主要译介对象的原因。在这些综合因素的作用下，直至 1948 年，译作《包法利夫人》才经由文化生活出版社出版，与广大读者见面。

第二，这种倾向性还表现在译者在译介活动发生之前，对原作者时代与生活背景进行调查的问题上。李健吾认为，只有深入原作者的时代背景，

① 李健吾. 意大利游简 [M] //李维永. 李健吾文集·6·散文卷. 太原：北岳文艺出版社，2016：58.

通过还原原作者的生活经历，去细细感悟原作者的文学思想脉络，才能够超越异国文化的障碍，超越时空的阻隔，与原作者实现心灵上的对话。只有跟随在作者与作品的身后，抛却个人感情，遵循现实主义的创作原则，才能透过译文把原作者的意图和作品中角色的心曲传递给广大读者。

　　一方面怀着将现实主义文学作品带回祖国的迫切心情，另一方面被祖国弱病所激发的个体性的忧伤苦闷情绪所左右，李健吾的归国之心似箭，所幸的是关于福楼拜研究的资料搜集已毕，巴尔扎克、莫里哀、左拉、司汤达、雨果、波德莱尔、蒙田等作家的作品也通读有成。如此，1933 年盛夏，李健吾索性从意大利返回巴黎，同年 8 月，他和朱光潜同行坐船回到了北平。

　　在北平，李健吾开始着手翻译一系列福楼拜作品，包括《一颗简单的心》《圣·朱莲外传》《希罗底》等。同时，随着《福楼拜评传》的润色完成，李健吾在法国对福楼拜的研究成果陆续发表，这是胡适主持的《独立评论》刊交给他的主要任务，略有薪水。1934 年，李健吾任郑振铎主办、巴金主编的《文学季刊》编辑。《大公报·文艺》成为了李健吾文学评论的主战场，李健吾的《萨朗宝与历史小说》《〈布法与白居谢〉的前身》《福楼拜的娱乐》《福楼拜与医院——环境的影响》《法国 19 世纪的现实主义文学运动》等一系列文艺理论论文均得以见刊。此时李健吾的文学评论以福楼拜为主，但亦以刘西渭为名开始了对中国文学的反思，著有《伍译的名家小说选》《中国旧小说的穷途》《现代中国需要的文学批评家》等文笔辛辣、体裁清丽的批评文章，引起了批评界的注意。此外，此阶段的李健吾已与尤淑芬成婚，生儿育女令他很有养家的压力，不得不苦苦笔耕，售卖了一些剧本，如《梁允达》《村长之家》《这不过是春天》和《说谎集》等。不论是福是祸，作为一个迟早要以文学来证明自身存在价值的青年来说，法国文学的审美接受期和养成期已随着他步入真正意义上的社会生存圈而结束了。在接下来漫长的实践期与突破期中，从翻译与文学批评，到戏剧创作与改编，再到散文创作，李健吾与法国文学之间纠葛难解，最终使自己的作品呈现出了充满诗意的现实主义精神。

　　以上，我们将李健吾对法国文学的审美从接受到养成通过其学习和创作历程做了简单的梳理，对以法国文学观照李健吾文学而产生的历史话语空间做了进一步的阐发。这种话语空间为我们论述李健吾与法国文学的关系提供了非常必要的语境。以此为基础，接下来本书将分四个章节系统地梳理李健吾的翻译作品与法国小说、李健吾的文艺批评与法国文学批评、李健吾的改编剧与法国戏剧理论、李健吾的散文与法国随笔之间的关系，以此勾勒出李健吾对法国文学始终采取的兼收并蓄的思想态度，展现他作品中充满了诗化艺术的现实主义图幅，进而阐明他为沟通中西而打破学科藩篱，从而使话语空间更呈开放性与现代感的种种努力。同时，更使广大研究人员能获得一些启发和收益，看到李健吾与法国文学之间千丝万缕的联系。出于此目的，本书才冒昧地将法国文学与李健吾放在一起进行讨论，也希望接下来做的种种努力，不会违背李健吾文艺创作的根本宗旨。

第二章
李健吾的翻译作品与法国文学

　　李健吾对中国翻译界最早的品评性文章要数 1929 年在清华大学期间撰写的《中国近十年文学界的翻译》。在这篇文章中，年轻的李健吾早早表现出了勇于挑战权威的文性和分析鞭辟入里的文笔。他火力全开，对当时中国文学翻译界存在的不良现象进行了批评，第一个当了靶子的就是鲁迅和周作人对弱小东欧国家短篇小说的译介。关于选择保加利亚等国家的作品进行译介，周作人在序言中解释说是为了激发我们的民族同理心。而李健吾不这么认为，在李健吾看来，抛弃欧美先进国家的文学作品而优先译介弱小国家的文学作品，对于文学素养并不高的国内读者来说，恐怕会因为囫囵吞枣而招出理解上的偏差，从而得不到艺术品位的提高。李健吾解说道：

　　　　弱小民族的文学有若干非常优美的，后兴国家的文学有若干非先进国所能企及的；然而在我们今日贫乏的境况中把它们介绍进来，多少要算一个歧途的进展。我们底饥不择食底读者是抱着来者不拒底态度，非仅来则不拒，而且急忙就囫囵咽下去，因为肠胃消化力的微弱，往往会招出走邪底病症。①

　　这里李健吾虽然用了比喻，但其实很好理解。由于当时翻译者的外文素养不够高，所以他们对东欧国家的语言文字多半不通，他们进行翻译便主要是从重译入手，极少来源于原文。于是，重译一重，原文的风味便失

_____

① 韩石山．李健吾传［M］．北京：人民文学出版社．2017：65 - 66.

色一重，且既然这种重译是根据英文版而来，那为何"英国本国文学反不及前述者那样热闹呢"①? 李健吾因此认为，像英法这样的西欧大国，他们的文学已经至臻完美，历代作家的风格已经"坚固透明到了极度"②，如果译者稍有不慎，便会使其风味尽失。而东欧弱小的后兴之国文字尚不能至善至美，且又多从英译版重译，故而虽然对国内译者来说难度较低，却有伤国内读者的阅读脾胃，更看不出原作家的本来面目。于是，年轻的李健吾打定了主意要走译介西欧强国文学，且从原文译入的路子，以期帮助国内的读者对优秀的西方文学多加认识，培养读者鉴别优劣良莠的文学能力。

此外，李健吾还对译者缺乏学者的学风这一情况提出批评，因为翻译界大多都是为了迎合读者猎奇的口味而向大众介绍一些浅俗的作品，真正的名著却少有译介。同时，为了迎合市场，各个翻译家们都不能集中精力专攻一个流派或者一位作家的作品，而是东一榔头西一锤子。而且译者们不从原文译介，更是趋易避难的表现。那么什么样的翻译家和什么样的译作才是李健吾所满意的呢? 李健吾最后总结：一位翻译家至少首先要像个艺术家，心怀艺术；其次要学会学者的理论和科学的研究方法。这一阶段的李健吾尚没有几篇拿得出手的译作，仅译有彭斯的几首小诗，故而他写出的批评文章难免被时人讥笑为空谈。而李健吾后来在翻译界的驰骋，则将自己的这些论点一一坐实了。

有如此言论的李健吾做好了充当中国近代翻译史上俄狄浦斯的准备。既然选择不译弱小国家的文学作品，又受到法国文学的熏陶，那么李健吾首先将精力集中在了对法国文学作品的译介上。他的目标在于通过翻译来搭建一座沟通中法两国审美两极的宏伟桥梁。优秀的法国文学作品顺理成章地呼唤出了译者，并要求译者作为第一重读者对作品做出解释，以便第二重读者能够更好地接受，以此建立原作品与译入国读者之间的审美沟通。于是，从法国学习归国后，李健吾在 1934 年翻译了福楼拜的杂文《诗人和卖艺的》。1935 年他翻译了司汤达的小说《迷药》《箱中人——西班牙故事》《圣福朗旦斯考教堂》《法妮娜·法尼尼》等。1936 年他翻译了若干福

---

① 韩石山．李健吾传［M］．北京：人民文学出版社．2017：66.
② 韩石山．李健吾传［M］．北京：人民文学出版社．2017：66.

楼拜的短篇小说，并以《福楼拜短篇小说集》命名出版。1937 年他又翻译出版了福楼拜的小说《圣安东的诱惑》。而在被困上海期间，他又译出了福楼拜的长篇小说《情感教育》和经典作品《包法利夫人》等，其中《包法利夫人》在半个多世纪的时间里多次再版重印，深受一代代读者的欢迎。除了小说之外，李健吾还翻译了法国剧作家莫里哀 33 部戏作中他认为最有价值的 27 部。对于巴尔扎克，李健吾来不及翻译他的长篇浩作，只挑选了若干论文进行翻译，以飨读者。除了对法国文学翻译情有独钟外，中华人民共和国成立后，李健吾还集中翻译了高尔基、屠格涅夫、契诃夫、托尔斯泰等苏俄作家的一系列话剧作品。李健吾不擅俄文，多数苏俄戏剧由英文转译，这无疑与李健吾的翻译理论初衷相悖。究其原因，则在于在当时苏俄文学流行一时的风气之下，李健吾为了改变自己右倾作家的尴尬境地与窘迫遭遇而产生的应景行为。在这种政治意识形态的压力之下，李健吾的翻译作品质量自然比不过炉火纯青、自由发散的前期翻译作品。

　　的确，李健吾的译作中，还要数对福楼拜作品的翻译成就最高，而在这顶福氏的翻译王冠上，最为耀眼的当数侧重对现代社会伦理道德问题提出若干拷问的《包法利夫人》。李健吾的真实翻译意图可以通过对以下几个问题的探讨一窥端倪：从伦理方面出发，《包法利夫人》的译介是否可以通过读者的期待视界，对生活实践以及道德伦理问题做出新的回答，从而使处在较为封闭的近代中国环境下的人们以认识新事物的方式来更新自身道德伦理观念？又或许通过译者的努力，把旧观念下的人们从一种长期生活实践中所造成的偏见困局中解放出来？就如《包法利夫人》在它的祖国曾经走过的路一样呢？这么看来，李健吾只是让这个发生过的历史重新发生一遍罢了。为此，我们首先需要对《包法利夫人》在法国走过的伦理道路进行梳理与回顾，进一步加深对福楼拜审美判断中艺术属性的认识，从审美接受角度考证李健吾选择翻译《包法利夫人》之因，从而将李健吾对法国诗意化现实主义的接受加以实证上的还原。

一、李健吾眼中的福楼拜：艺术还是现实

　　法兰西第二帝国法庭曾经在 1857 年起诉福楼拜，罪名为"败坏公众道德"和"败坏宗教道德"，获罪的焦点正是福楼拜的传世小说《包法利夫

人》，可以说，福楼拜因文获罪。法庭之内福楼拜最终获得了胜利，他被判无罪，小说被允许继续出版发行；法庭之外，《包法利夫人》引起的关于道德伦理问题的讨论风波不休。按照福楼拜给波德莱尔的私人信件中的说法，这位大文豪认为在当时的法兰西只有波德莱尔和少数人称得上是他的知音①。的确，波德莱尔对小说主人公爱玛的态度不能称得上是不喜欢的，他夸赞爱玛，是一位"崇高的女性，是声名狼藉的受害者，具有英雄风范"②。获得波德莱尔的认可是绝对不够的，福楼拜所需要的是法国乃至全世界的认可，更是时代的认可。

按照姚斯的接受美学理论，新的文学作品想要获得认可，满足当时读者的期待视界是一项必备条件。然而事实是，《包法利夫人》并不能满足当时读者们审美阅读中的定向期待视界，这正是它不容于世的原因。可是，作为杰作的《包法利夫人》却在一片责难声中打破、进而超越了当时读者在期待视界中所熟知的惯例范本，无形之中满足了读者们的创新期待，因而长盛不衰，终成经典。也就是说，《包法利夫人》与读者的期待视野之间的那个合理的审美距离，既没有过大到使作品完全被拒绝，也没有过小而使得作品沦为庸俗。这种合理的审美距离使得《包法利夫人》一直处于法国文艺评论界的浪尖上。或褒或贬，不同时期的法国批评家们对它的艺术属性都有自己独到的见解，在此我们从艺术美、人物形象、福楼拜的创作风格等方面对其梳理一二，以便为厘清福楼拜的艺术属性扫清道路。

先看艺术美。圣伯夫是与福楼拜同时代的文学批评家，他认为了解一部作品，要从了解作者的生平经历入手，因为作者的性格与成长环境对作品有着不可或缺的影响（这是那个时代法国文学批评家的共性，李健吾显然对这一点有所继承）。圣伯夫在读到《包法利夫人》时，蔚为赞叹，认为这是文学上的新标志③，这部作品中充满了科学和观察精神，既洋溢着热情，充满了力量，又有着严厉而冷峻的文笔。除了批评家，福楼拜的同行

---

① ［美］童明. 现代性赋格——19 世纪欧洲文学名著启示录［M］. 北京：生活·读书·新知三联书店，2019：103.

② BAUDELAIRE C P. Madame Bovary par Gustave Flaubert［N］. L'Artiste, 1857 - 10 - 18.

③ 冯寿农. 法国文坛对福楼拜的《包法利夫人》的批评管窥［J］. 法国研究，2006（3）：10 - 17.

们也很认同《包法利夫人》的艺术成就。乔治·桑认为福楼拜是艺术上伟大的探索者①，龚古尔也赞美福氏的文笔有着诗句一样的节奏②。在与巴尔扎克的《人间喜剧》中明显的现实主义创作手法对比之后，左拉认为虽然《包法利夫人》中对现实主义确有体现，但高妙之处在于福楼拜创造了新的艺术典范，可堪开创了新的流派③。杜博斯则高度赞美《包法利夫人》，认为它是小说中唯一的艺术品④。以上为从艺术美方面谈及《包法利夫人》的批评节选，篇幅所限，难免挂一漏万。综上，《包法利夫人》最大的艺术美不在于它开创了新的流派，也不在于它成为了文学上的新标志，而是在于它的虚构性。

《包法利夫人》这个虚构的故事，并没有贬损福楼拜的艺术美。因为在福楼拜的艺术笔力下，原本虚构的故事比真实的现实更显真实。英国诗人柯勒律治在《文学生涯》中提出了想象的第一、二性问题⑤。他认为对生活的观察属于第一性想象，而第二性想象是第一性想象的回声，是生活的重组，属于艺术的领域，即虚构的艺术。用这个概念来看福楼拜的艺术美，就会发现对艺术的真实与否的衡量，并不是看被写下来的故事是否真实发生过，而是考察这个写下来的故事经过艺术的加工处理，是否可以给人震撼、感动甚至启示的美学经验。如果可以，我们就说这个故事具有完备的艺术美。《包法利夫人》以公认的形式上的完美闻名于世，足以彰显福楼拜虚构艺术的功底。福楼拜的艺术美还在于他能够以这个虚构的故事去碰触人生命最深处的欲望，将人的感性、理智、意志力和脆弱性融为一体，以此形成的艺术之美成为了评判道德是非与社会伦理价值的基础。换句话说，福楼拜用一种无动于衷的冷漠神情虚构出了一个真实的故事，并极尽艺术的笔力，轻蔑地嘲弄了那个时代的社会道德取向和当地的风土人情。

其次，从这部著作的人物形象来看，同样对历史上的评价做出摘选如

---

① 冯寿农. 法国文坛对福楼拜的《包法利夫人》的批评管窥 [J]. 法国研究，2006（3）：10–17.

② 郑克鲁. 译本序 [M] // [法] 福楼拜. 包法利夫人. 冯寿农，译. 福州：海峡文艺出版社，1992：2.

③ ZOLA E. Les Romanciers naturalistes [M]. Paris：Fasgal，1997：475.

④ DU BOS C. Approximations [M]. Paris：Hachette S. A.，1965：181.

⑤ 朱立元. 美学大辞典 [M]. 上海：上海辞书出版社，2010：547–548.

下。诗人波德莱尔认为福楼拜对女主人公爱玛的形象塑造是很高明的，他认为爱玛是一个伟大又惹人同情的女人，并最早指出了包法利夫人的双重性格①。在此基础上，戈蒂埃首创了"包法利主义"这一命题，指的就是像女主人公这样有着脱离现实的幻想，迷恋虚无缥缈的假象，不承认现实的命运，渴望过上一种与现实生活截然相反的生活的人②。然而一心一意想要成为他人的包法利夫人，表现出来的欲望就像是洪水一样汹涌，让－皮埃尔·理查则认为这一欲望下的人物形象暗含着爱情的本真意识③。对女主人公形象的评价和讨论无疑是最多的，但是关于查理的形象，有一个细节却长期被学界所忽略。透过这个被忽视的细节，或许我们可以再次窥见福楼拜的艺术笔力。这种忽视或许是从李健吾开始的。

如果我们翻开书华出版社出版的李健吾译《包法利夫人》第 1 页的译文，就会发现有这样一个句子：

> 我们正在温课，校长进来了，后面跟着一个穿便服的新生……④

而福楼拜原文中的句子是：

> Nous étions à l'études, quand le Proviseur entra, suivi d'un nouveau habillé en bourgeois...⑤

不妥之处在于，李健吾忽视了 bourgeois 的双关性。habillé en bourgeois 有两重含义，首先是字面上的意思，指穿便服，其次是指用布尔乔亚的方式穿戴。李健吾采取了"穿便服"的译法，实际上是他缺乏现代性眼光，忽视了福楼拜在人物形象塑造上的艺术意图，是翻译活动的一次重要纰漏。

---

① BAUDELAIRE C P. Madame Bovary par Gustave Flaubert［N］. L'Artiste, 1857 – 10 – 18.

② ［法］苏菲尔. 原版序［M］// ［法］福楼拜. 包法利夫人. 张放，译. 长沙：湖南文艺出版社，2020：3.

③ ［法］理查. 文学与感觉［M］. 顾嘉琛，译. 北京：生活·读书·新知三联书店，1992：77 – 82.

④ ［法］福楼拜. 包法利夫人［M］. 李健吾，译. 台北：书华出版社，1957：1.

⑤ ［法］福楼拜. 包法利夫人［M］. 上海：上海外语教育出版社，2016：4.

事实上，福楼拜对查理这一人物的美学判断是以 bourgeois 这个词开始的，他正是用 bourgeois 这个一语双关的词来佐证查理的身份：他是一个不折不扣的布尔乔亚。布尔乔亚不仅仅是资产阶级，应该说，布尔乔亚在福楼拜的笔下，是缺乏美学教养和美学判断的庸俗资产阶级的代表，是福楼拜所拒斥的现代文明的典型形象。只有将被李健吾所忽略了的这一细节进行分说，才能更显福楼拜的艺术功力。

第三，从福楼拜的创作风格方面来看，他的创作显然带有多重性趋势。法国文学批评家法盖对福氏创作艺术多样性的评价比较中肯，他认为福楼拜的最大艺术风格特征就在于对现实主义表现出逃避情绪，其次则是对神秘和诡谲有明显偏好。在法盖看来，福楼拜既觉得现实过于平庸，又不满浪漫的空洞，这种矛盾性在福氏的笔端巧妙融合，形成了他独特的创作风格。如果我们从文字语法的角度来说，普鲁斯特的评论显然走在了同时代批评家们的前面，他从时态的杂糅、连词的缺失等词句法的角度重新定义了福楼拜的艺术：在句型之外，福楼拜的作品中出现了大量的留白。这种留白使得读者的快速阅读过程被打断，从而形成了一种乐感式的停顿[1]。正如马尔罗所说，这是一种"瘫痪小说"[2]，但同时他也认为这些空白停顿虽然创造了作品新的结构，却伤害了作品人物在行动方面的关键要素。最后我们可以用布迪厄的观点对福楼拜的创作风格加以总结：福氏在他的《包法利夫人》中发明了一种"纯粹的艺术"[3]，是一种审美上的革命。

综上，福楼拜的小说以其丰富的层次和复杂的内涵使得对它的解读经久不衰，持各种美学观点的理论家们都可以从福楼拜的创作中得到启发，从而不断地从文学之外的心理学、历史话语、社会学等角度对福氏的创作加以阐发。同杰出的前辈们一样，在研究 19 世纪的法国文学时，李健吾很快也被福楼拜迷住了。在得到李健吾认可的 19 世纪法国文学家中，司汤达、巴尔扎克和福楼拜被他看作不世之才。而在三者之中，李健吾又认为福楼

---

① ［法］普鲁斯特.论福楼拜的"风格"［M］//普鲁斯特随笔集.张小鲁，译.深圳：海天出版社，1993：221－238.

② ROBBINS D. Bourdieu and Culture ［M］. London：SAGE Publications，2000：71.

③ BOURDIEU P. The Field of Cultural Production ［M］. New York：Columbia University Press，1993：210－225.

拜的成就最高，最值得他进行研究。在韩石山为李健吾撰写的传记中，韩石山也认为李健吾选择了福楼拜作为法国文学的主要研究对象，是因为福氏与李健吾的心性最为契合，精神最为相通①。李健吾在多种公开场合都宣称福楼拜走的是一条现实主义的道路，宣布自己也是福氏一般的坚定现实主义者。诚然，如前文所说，虽然福楼拜的《包法利夫人》具有鲜明的"反现代性"特征，但对福楼拜冠以现实主义者的头衔真的合适吗？在此本书的目的并非主张文学流派有贵贱之分，而是试图撕开被意识形态蒙蔽的历史的面纱，通过对福楼拜真实文学流派的梳理，来还原真实历史语境下的李健吾对福楼拜的审美接受。

如果一个人不承认自己是某人，我们怎么能用某人的定义去框定他？福楼拜正是如此，《包法利夫人》的问世为他带来了现实主义者的头衔，而对于这一头衔，李健吾认为读者是出于对新颖别致的文风的惊叹，一时之间没有更合适的标记，便给福楼拜扣上了现实主义的帽子②。福氏本人对这个帽子毋庸置疑是厌恶的。他曾在自己的著作中强调写《包法利夫人》的目的就是出于对现实主义的痛恶和对假冒的理想主义的蔑视③。

当时的法庭将《包法利夫人》扣上有伤风化的罪名，更别提福楼拜同时代的现实主义者并不承认福氏的现实主义地位，宣布将其驱逐出现实主义的阵营。如朗松一针见血地指出，福楼拜讲究的是科学，表现的是严谨细致的科学说明，这来源于自然主义，并不是强调"对现实逼真再现"的现实主义。那么为什么李健吾还说福楼拜是现实主义者？前文我们提到过这是李健吾对福楼拜的"误判"，但一旦驱散意识形态的迷雾，我们就会发现这是李健吾的不得已而为之。虽然在创作中从未放弃对现实的关注，但李健吾屡次因为自己的右倾倾向和"为艺术而艺术"的文艺主张而受到批判，曾因艺术而理想化的人生一再遭到磋磨，他扯开"福楼拜是现实主义"这张大旗，仿佛有了这张大旗的庇佑就可以减轻人生的磨难。其实李健吾比谁都清楚，福楼拜是一个推崇艺术至上的艺术家。他对福楼拜精神的吸

① 韩石山. 李健吾传 [M]. 太原：山西人民出版社，2006：1-3.

② 李健吾.《包法利夫人》的时代意义 [M] //李维永. 李健吾文集·10·文论卷4. 太原：北岳文艺出版社，2016：372-388.

③ FLAUBERT G. Correspondance · Tome Ⅱ (1851—1858) [M]. Paris：Gallimard, 1980：643-644.

收，更多地体现在艺术层面而非现实主义层面上。在 1835 年的《致佘法利耶书》中，福楼拜就宣布艺术永在，艺术不但比人民伟大，当艺术挂在激情之中，就比帝王和皇冠更伟大。（Occupons-nous toujours de l'Art qui plus grand que les peuples，les couronnes et les rois，est toujours là，suspendu dans l'enthousiasme，avec son diadème de Dieu.）①这样明显的艺术至上的言论不止一次出现在福楼拜的笔下，在关于妹妹的回忆性文件中，福楼拜表达了观念永生的观点，也就是说，是艺术经验形成了人的情绪，再凝结成人的观念，离开了外在，再化成我们的生命。所以说当我们看到《包法利夫人》对真实环境与典型人物栩栩如生的描摹时，我们不能曲解福楼拜追求艺术的本意，只能姑且把现实主义作为福楼拜文笔的衍生物。这种衍生物被李健吾看成了一种矫正当时浮躁的中国文艺界的一种手段。

福楼拜在李健吾的眼中是艺术家，其绝妙的作品最少为物质干扰，留下来的全是艺术的沉淀，这正是李健吾对福楼拜的审美认同。用姚斯的审美认同模型理论来说，福楼拜在李健吾对法国文学审美接受的发展时期扮演了非常重要的角色，引起了李健吾的仰慕式认同。所谓仰慕式认同，是指福楼拜创造的艺术范式和不断践行的艺术理想完美地覆盖甚至超越了李健吾的创新期待视界，从而引起作为接受者的李健吾的激荡，进而激发其以福楼拜为榜样进行效仿创作。的确如此，李健吾在研究福楼拜的过程中逐渐与福氏精神相通，几乎可以洞见福氏的艺术追求与文学理念，进而使其流淌于自身之中，形成了自己的成熟的艺术观念。这种观念与福楼拜几乎是一脉相承的，在《〈以身作则〉后记》中，李健吾表示，自己所崇拜的就是艺术，艺术是李健吾的避难所，所谓的公道在现世已难以寻觅，只有在艺术之中才得以保存，唯有艺术才能实现精神的胜利②。如此，我们还能说福楼拜是一个完完全全的现实主义者吗？他的"为艺术而艺术"的主张淹没了李健吾，构成了这个中国年轻学者对美、对现实、对艺术的基本观念。在这种情况下李健吾译出的法国文学著作充满了诗意的艺术，正与傅

① FLAUBERT G. Correspondance · Tome Ⅱ（1851—1858）［M］. Paris：Gallimard，1980：610.
② 李健吾.《以身作则》后记［M］//许国荣，张洁. 李健吾文集·1·戏剧卷1. 太原：北岳文艺出版社，2016：490.

雷提倡的"理想的译文仿佛是原作者的中文写作"① 不谋而合。

然而，时代与社会的苦难背景决定了李健吾不可能像福楼拜一样选择一条完全脱离现实的艺术之路。福楼拜孤身一人，尚有乡间小居可以躲避他所憎恶的俗世；李健吾拖家带口，更兼身处动荡年代，不得不搅入尘世，直面现实生活的压力，这决定了他在文学追求上既不能完全追求艺术，更不能完全脱离现实的矛盾境地。

二、艺术与现实的结合：李健吾选择翻译《包法利夫人》原因考

前文中提到李健吾立誓不译弱小国家的作品，又在文学审美上彻底接受了法国文学，更兼对福楼拜作品有着仰慕式认同，那么他选择福楼拜的作品进行译介也就说得通了。但在福氏的诸多作品中，《包法利夫人》无疑是李健吾花费心力最多的一部，也是成就最高的一部。李健吾之所以选择《包法利夫人》来作为他翻译活动的代表之作精心雕琢，既有艺术的原因，也和现实的因素分不开关系。回溯李健吾对《包法利夫人》一书的接触，他曾直言领路人是清华教师温德："我认为对中国有现实教益的，还是现实主义，而不是其他什么主义。后来我去法国留学，就是受了他教的这本书的影响，放弃了兰波及其他法国象征派。"②

一方面，正如前文所言，受到师长影响，李健吾对福楼拜的小说创作艺术推崇不已。他惊叹于福楼拜能将读者习焉不察的普通生活场景惟妙惟肖地进行还原，更被《包法利夫人》充满了艺术表现力的完美形式所折服。因此李健吾从艺术的角度出发，接受福楼拜文学精神的传承，使福楼拜的艺术笔力得以在中文版《包法利夫人》中重现正是翻译的原因之一。另一方面，根据李健吾自己所言，选择翻译《包法利夫人》也有出于现实环境的考量。《包法利夫人》中的现实主义因素、对旧道德进行毫不留情的批判、对吃人的现实环境进行的还原已然冲破了中国读者的审美定向期待。通过李健吾精湛的翻译，包法利夫人的形象跃然纸上，成了中国历代读者

---

① 傅雷.《高老头》重译本序［M］//罗新璋，陈应年. 翻译论集. 北京：商务印书馆，2009：624.

② 李健吾. 漫谈我的翻译［M］//李维永. 李健吾文集·6·散文卷. 太原：北岳文艺出版社，2016：492－493.

心中一个强暗示性的符号。这一符号以孤独的姿态孑然独立，暗示着她们中国新女性对传统旧道德中礼教的拒绝，暗示着她们对婚姻生活责任与义务相统一的追求，更暗示着她们对情欲无罪化、合理化的要求。于是，后代的读者们通过对《包法利夫人》的反复阅读，逐渐打破了常规视域，突破既往的审美期待，进而使后续作家在文本接受的基础上，创造出了适应本土的、有中国面孔的包法利夫人们，更将女性婚姻问题转向道德与社会层面进行拷问，诱发了近代中国文坛上关于女性社会地位的深度思考。

1. 从艺术出发：福楼拜文学审美判断的接受与传承

在李健吾翻译《包法利夫人》之前，该部杰作已在 1925 年通过《马丹波娃利》这个译名由李劼人传入国内了。但遗憾的是，李劼人的译本并未引起广大读者的共鸣，相反，引起的读者反响较小。这是因为《马丹波娃利》的翻译并没有按照当时读者群的阅读习惯和文化程度进行文本转换，李劼人旧式白话文的翻译方式，在《马丹波娃利》传入国内时遭遇了明显的水土不服。因为翻译活动若想成功，绝不仅仅涉及语言言说习惯的转换，对原作者自身所代表的文化场的理解与转换也非常重要。也就是说，要想成功翻译《包法利夫人》，需要尽得福楼拜之精神。

前文中提到李健吾的译文尽得福楼拜之精神，那么究竟什么才是福楼拜的文学精神？在这一节中要讨论的正是李健吾从艺术角度出发，对福楼拜文学审美判断的接受与传承。本书认为其中重要的一点，就是李健吾对福楼拜的"死亡审美"的接受问题。只有先弄清楚了这一点，才能说明李健吾对福楼拜的文学精神确有传承，才能从艺术角度剖析李健吾选译《包法利夫人》的原因，才能进一步从精神观照的角度来探讨李健吾译文的成功之处。

福楼拜的文学精神集中反映在爱玛这一人物形象上。虽然当时的批评家批评福楼拜的作品是反人性的，因为刁滑的福氏用巧妙的叙事技巧表现了爱玛因偷情而流露的是快乐而非忏悔，显得缺乏教化意义，更毫无人性的美德可言。但是什么才是人性呢？李健吾读懂了福楼拜，他认为爱玛的人性是"堂吉诃德"式的，是敢于用自己的全部物质和精神力量去撑破自己的命运的人性，爱玛的美丽和吸引人之处正在于她的反教化意识，她用想象自我隔绝了与现世的接触，这是福楼拜在精神上的伟大胜利。的确，对于爱玛，福楼拜倾注了自己全部的精神，以至于达到作者和人物臻于化境、合二为一的境地。爱玛在小说中的所思所感，福楼拜全能知觉，也就是说，是爱玛影响了福楼拜，而不是作家写出了爱玛。他写信给泰纳叙说自己的小说写到爱玛服毒自杀的那一刻时，感觉自己的嘴里都有了砒霜的味道，好像服毒的不是小说人物而是自己，甚至一连两次消化不良，饭都给全吐了出来①。此刻福楼拜已经不是他自己，爱玛成了福氏的"真我"。这并不与福氏强调的"客观真实"相悖，因为把作品中作者的观点剔除，并不意味着抛弃作者的个性。就福楼拜自己说来，《包法利夫人》只是一个虚构的故事，他不承认自己在其中投入了一丁点的感情。不投入感情，却倾注了全部的精神，李健吾读懂了福楼拜的这种矛盾：爱玛就是福楼拜，因为爱玛分有他"浪漫的教育、传奇的心性、物欲的要求、现世的厌憎、理想的憧憬"②。

福楼拜出生于外科医生之家，生活如爱玛一般安逸平静；父母提供了良好的教育资源，福楼拜成长阶段正是浪漫主义思潮在法国大行其道之时，故而福楼拜接受的教育充满了田园式的浪漫主义情怀。这种浪漫氛围熏染了福楼拜敏感的心性，也许这是他少年时期染上奇怪的脑系病的原因之一，没有人说得清这是一种什么病，他时而歇斯底里时而冷静，以至于"只要一点感觉，我的神经，仿佛小提琴的弦，全颤动起来"③。老福楼拜甚至为儿子准备好了墓穴。福楼拜笔下的爱玛也是如此：她的心性异常纤细，敏感让她变得忧郁，一整天只听到教堂的钟声不断在耳边回响，下意识地叫仆人做了一桌饭菜，却又呆坐着一口都不吃；她出门觉得窘迫，索性把自己关在家里，却又觉得压抑到不能呼吸。福楼拜说自己有一种小情妇式的神经质，容易被激惹，一旦受到外界刺激立即像叶子一样颤抖，这和爱玛何其相似。福楼拜对现世是憎恶的，他几乎害怕和现世接触，母亲在时，产业全交给母亲打理，母亲逝后，他为俗事苦恼，躲在田园，避免与外人接触，因为外人"用不着我的光明"，他也不希望外人"用他们的蜡烛熏死我"④。福楼拜把自己对现实的逃避观倾注到了爱玛身上，爱玛企图避开她

① 李健吾. 福楼拜评传［M］//李维永. 李健吾文集·10·文论卷4. 太原：北岳文艺出版社，2016：55.
② 李健吾. 福楼拜评传［M］//李维永. 李健吾文集·10·文论卷4. 太原：北岳文艺出版社，2016：55.
③ 李健吾. 福楼拜评传［M］//李维永. 李健吾文集·10·文论卷4. 太原：北岳文艺出版社，2016：11.
④ 李健吾. 福楼拜评传［M］//李维永. 李健吾文集·10·文论卷4. 太原：北岳文艺出版社，2016：35.

的真实环境，走入想象的世界，因为那里有她理想的憧憬，她和福楼拜一样"热烈地期盼一种狂乱的骚乱存在"①。在故事的最后，与福楼拜何其相似的爱玛死了。本书之所以不把爱玛的死归于她的自杀，而说是由福楼拜杀死了爱玛，原因就在于爱玛之死等于福楼拜自杀。也就是说，爱玛的肉体死了，福楼拜的精神死了。爱玛死了，福楼拜痛哭不已，他的朋友看他难过，劝他不要写死爱玛，而福楼拜却以"她不得不死"加以回绝。这一强烈的死亡意识正是福楼拜文学精神的主流价值观与世界观的折射，是研究福楼拜艺术格局不可忽略的主旋律。为了翻译好《包法利夫人》，李健吾就必须去考察福楼拜这种死亡意识的成因。

在《福楼拜评传》中，李健吾回顾了福楼拜的童年经历，死亡的景象贯穿了福楼拜的整个童年时期，他经常冷静地看着父亲解剖各种尸体，也许是那种孩童式的专注和入神让父亲害怕，以至于父亲不得不挥手叫他走开，而小福楼拜还是在日后的作品里留下了对这一段经历的描述：

> 尸首是光的，躺在床上，从他的伤口依然泌出血来；脸是可怕地皱缩着，眼睛睁开了……尸首的无光而郁暗的视线逼下来，他的牙也响了起来；嘴半张着，好些大肉蝇子，嗡嗡地，一直落在他的牙上；颊上的血凝结住，有五六个蝇子胶在里面也飞不开……②

福楼拜对死亡并不害怕，他对死亡的观察细致，其描写带着一种近乎冷酷的逼真。李健吾认为在这样的逼真描写之下，福楼拜藏起了自己的情感生活，注重纯粹理智的发挥，从而影响到了日后的写作：福楼拜始终追求不偏不倚的客观描述。

李健吾还分析道，如果说观察他人的死亡始终隔了一层，那么福楼拜的身体状况则让他无限地与死亡接近。李健吾是国内考察福楼拜"脑系病"的第一人，他认为这种疾病让福楼拜变得难以捉摸，个性中充满了习而不

---

① 李健吾. 福楼拜评传 [M] //李维永. 李健吾文集·10·文论卷4. 太原：北岳文艺出版社，2016：71.

② 李健吾. 福楼拜评传 [M] //李维永. 李健吾文集·10·文论卷4. 太原：北岳文艺出版社，2016：17.

觉的矛盾，既有对生命的期许，又有对死亡降临的忍耐。这种反复的捶打进一步推动了福楼拜死亡审美意识的形成。

此外，福楼拜出生于布尔乔亚小资产阶级，在李健吾看来，小资产阶级是最会过日子的阶级，关上门来不管时局的变化，波旁王朝的复辟也好，七月革命的浪涛也好，拿破仑帝国的建立也罢，这些和小资产阶级统统没有关系。小资产阶级没有心情去做时事的英雄，最是碌碌无为，只关心眼前的生存；小资产阶级的自尊心可笑又可怜，对下傲慢，对上谄媚，喜欢看人家的笑话，又害怕意外的发生。这些现实都令福楼拜厌恶不已，进而产生了强烈的自我排斥情绪。阶级身份无法抛却，他却不愿意做一个没有心的人，只能把自己隔绝在现实之外，过着与世隔绝的日子。这导致了福楼拜越来越强烈的孤独与寂寞感，现世的意义模糊了，福楼拜只能把自己敏锐的感知力与充沛的精力投入文学创作，《包法利夫人》中的死亡意识正是福楼拜厌世与寂寞的价值观的集中体现。

综上所述，在李健吾为福楼拜而著的《福楼拜评传》中，其已然意识到了死亡审美对福楼拜审美思想形成的重要性，而这正是前人有所忽略之处，体现了李健吾对福楼拜审美思想的深入了解。于是，在了解了福楼拜死亡意识的成因后，李健吾在翻译的过程中特别注意对福楼拜关于死亡的审美判断的保留。为了使自身与福楼拜的思想更为贴合，他向福楼拜学习，认认真真把自己沉浸在故事中；为了获得相通的情感，他不仅走访福楼拜的故乡，也拜访爱玛的故乡；为了更好地还原福楼拜的艺术特色，李健吾收起自己年轻人的热情，力求在翻译活动中做到客观与真实，一边从事《包法利夫人》的翻译工作，一边研究作者，写出了《福楼拜评传》这样深入理解福楼拜的死亡意识的标杆之作。正如李健吾自己所说，通过译者的全身心共同努力而形成的翻译之果，才是最好的翻译①。福楼拜把自己的灵魂寄托在爱玛身上，而李健吾把全部的心血放置在福楼拜身上，在此基础上形成了与原作者在艺术精神上的高度重合，如此，才能创造出翻译史上的经典译作，并被后代的翻译家们视为定本，使福楼拜的文学艺术精神得

---

① 李健吾. 拉杂说福楼拜——答一位不识者［M］//李健吾文学评论选. 银川：宁夏人民出版社，1983：278 – 281.

以传承。

李健吾对福楼拜的热爱使得他能全身心地投入对《包法利夫人》的翻译工作中去，在他看来，译者进行的工作绝对不是照搬作者的意思，而是要把在原作中的生命力用译入语表现出来，让译文的读者感受到这种生命力。也就是说，文学翻译是一门再创造的艺术，体现了对原作者审美判断的接受与传承。在接受了福楼拜文学精神的基础上，如何使福楼拜的艺术笔力得以在中文版的《包法利夫人》中重现？在这个层面上，李健吾遇到了两个难题：第一，如何再现原作中的客观现实，如何体现主人公的内心真实；第二，法语和中文代表东西方两种文明，异质文化在交锋时该如何对叙述语言进行处理。

首先来看关于再现客观现实与内心真实的问题。李健吾在《福楼拜评传》涉及《包法利夫人》的章节中谈到，作家进行创作时，重要的并不是故事，而是怎样为故事谋篇布局。《包法利夫人》讲述的并非一个以新颖取胜的故事，拥有的不过是偷情与谋杀、虚荣与梦想的老套情节。福楼拜遵循自己的天性选择了这个故事，又在摆布这些情节的时候自然地贴近了自己的天性。他出生于资产阶级，自然而然地描写资产阶级的风俗与人情；他描绘一个妇人的内心世界，顺理成章地带入资产阶级的道德与思考。这就是福楼拜的天性。巧妙之处在于，福楼拜秉承客观的原则，将自己从创作中抽离出来，冷眼旁观，本人并不参与直接的叙事，而是透过《包法利夫人》中被他创造的那一群人物的视角对客观现实进行描写。因此，在翻译的过程中，译者也必须如原作者一般将自己摒弃在外，透过小说人物的视角来看客观世界，这样才能再现原作中的客观现实。

这一点首先体现在关于人物形象的描述上。包法利先生在与爱玛结婚前曾经在母亲的安排下娶过一位45岁的寡妇，两者年纪相差有20来岁。那位寡妇是一个控制欲强、絮絮叨叨且相貌不讨喜的女人。但福楼拜并不直接描写她的外貌，不描绘她的性格，不描述包法利对年老妻子的厌恶，而是从包法利的视角出发，将他眼中所见所闻客观地加以描述。比如：

Il lui fallait son chocolat tous les matins, des égards à n'en plus finir.

Elle se plaignait sans cesse de ses nerfs, de sa poitrine, de ses humeurs. Le bruit des pas lui faisait mal; on s'en allait, la solitude lui devenait odieuse; revenait-on près d'elle, c'était pour la voir mourir, sans doute. Le soir, quand Charles rentrait, elle sortait de dessous ses draps ses long bras maigres, les lui passait autour du cou, et, l'ayant fait asseoir au bord du lit, se mettait à lui parler de ses chagrins: il l'oubliait, il en aimait une autre! On lui avait bien dit qu'elle serait malheureuse, et elle finissait en lui demandant quelque sirop pour sa santé et un peu plus d'amour. ①

李健吾译：

　　她每天早晨要喝巧克力，要他一个劲儿疼她。她不住抱怨她的神经、她的肺、她的气血。脚步声音刺激她；人走开了，她嫌寂寞；回到身边，不用说，是为了看她死。查理夜晚回来，她从被窝底下伸出瘦长胳膊，搂住他的脖子，要他在床沿坐下，开始对他诉说她的苦恼：他忘掉了她，他爱别人！人家先前同她讲过的，她会不幸的；说到最后，她为了她的健康，向他要一点甜药水，再多来一点爱情。②

　　在包法利的眼里，这是一个怎样不讨喜的女人。于是，这样一个女人也透过包法利的眼睛，生动地再现在了读者面前。福楼拜的高明之处就在于此，他给读者看的，不是寡妇真实的形象，而是在包法利看来的真实的形象。李健吾的译文几乎和原作字字对照，句子精短，用词朴素，不杂糅自我的观点，把叙事的话语权交还给了小说人物，还原了福楼拜原作的真实意图。

　　除了对小说人物形象的描绘之外，福楼拜对于环境背景的描写也注意从客观真实出发。这里指的"客观"并非客观世界的"客观存在"，而是小说人物所认定的"客观实在"，这种"客观实在"往往随着小说人物的心境

---

① ［法］福楼拜. 包法利夫人［M］. 上海：上海外语教育出版社，2016：15.
② ［法］福楼拜. 李健吾译包法利夫人［M］. 李健吾，译. 北京：人民文学出版社，2017：8.

变化而呈现不同的面貌。比如在遇到爱玛以前，包法利生活在老妻子的控制之下，浑浑噩噩，对什么都提不起精神来。所以，在第一次给爱玛父亲看病的路上，他看到的风景是一丛丛树木形成"若干黑紫点子"（des taches d'un violet noir），"地面在天边没入天的阴暗色调"（se perdait à l'horizon dans le ton morne du ciel）。很快，包法利第一次看到了爱玛，这个年轻的女孩干净整洁，美丽大胆，立刻就吸引了包法利的注意。于是，世界在包法利眼中焕然一新，不再阴郁沉闷："他爱仓库和马厩；他爱卢欧老爹拍着他的肩膀，喊他救命恩人；他喜欢爱玛小姐的小木头套鞋……"（Il aimait la grange et les écuries；il aimait le père Rouault, qui lui tapait dans la main en l'appelant son sauveur；il aimait les petites sabots de mademoiselle Emma...）他对客观世界的感知能力又回来了，阳光在包法利眼中是"闪闪烁烁"的（éclairait），他听见雨滴的声音是"一滴一滴"的（une à une）。[①] 比照李健吾译文与福楼拜的原文可以发现，福楼拜的原文对形式美很有讲究，句子不像他同时代的其他作家那样冗长，用词更不像浪漫派那样晦涩生僻，句与词有长有短，有动有静，画面感极强。于是，李健吾则在翻译时采用了四字结构加以处理，加强了断句，整个行文显得潇洒流畅。李健吾显然抓住了福楼拜的暗示，他明白福楼拜绝不会简单地对风景加以描绘，而是从"人物的心境"[②] 出发，将所见之景与所感之情结合起来，于是圆满地达成了再现原作意图的目的。

也许在今天的读者看来，作者的客观抽离并不见得有多新奇，但在福楼拜的那个时代，法国文学家们的作品充满了说书人的口吻，司汤达在作品中爱表现自我，巴尔扎克时不时地跑出来和读者对话，雨果则像潜藏在书中的幽灵，唯有福楼拜，在他的笔下只有小说中的人物，绝没有例外。不仅客观现实如此，人物的内心真实也靠人物自己的言行表现，而李健吾的译作之所以被后世奉为经典，也是因为他的译文对福楼拜笔下的心理描写有着近乎原作的还原。比如，与包法利结婚后，爱玛并不甘于平淡的日

---

① 本段选文均来自《包法利夫人》（2016 年上海外语教育出版社版本）与《李健吾译包法利夫人》（2017 年人民文学出版社版本），不再分别列出。

② 李健吾. 福楼拜评传［M］//李维永. 李健吾文集·10·文论卷 4. 太原：北岳文艺出版社，2016：54 − 57.

子，她渴望的是狂热的爱情，是光彩炫目的被追捧的感觉。面对老实木讷的丈夫，爱玛的心理活动是很复杂的，福楼拜交由爱玛自己表现出来：

Elle songeait quelquefois que c'étaient là pourtant les plus beaux jours de sa vie... Peut-être aurait-elle souhaité faire à quelqu'un la confidence de toutes ces choses. Mais comment dire un insaisissable malaise, qui change d'aspect comme les nuées, qui tourbillonne comme le vent? ... Si Charles l'avait voulu cependant, s'il s'en fût douté, si son regard, une seule fois, fût venu à la rencontre de sa pensée, il lui semblait qu'une abondance subite se serait détachée de son cœur, comme tombe la récolte d'un espalier quand on y porte la main. Mais, à mesure que un serrait davantage l'intimité de leur vie, un détachement intérieur un faisait qui la déliait de lui. ①

李健吾译：

她有时候寻思，她一生最美好的时日，也就只有所谓蜜月……她也许想对一个什么人，说说这些知心话。可是这种不安的心情，捉摸不定、云一样变幻，风一样旋转，怎么出口呢？……不过假使查理愿意的话，诧异的话，看穿她的心思的话，哪怕一次也罢，她觉得，她的心头就会立刻涌出滔滔不绝的话来，好比手一碰墙边果树，熟了的果子纷纷下坠一样。可是他们生活上越相近，她精神上离他却越远了。②

福楼拜的原文中用了连续的两个关系从句和并列的三个条件从句来对爱玛捉摸不定、既渴望倾诉又害怕失望的心情进行了描写，句子结构较为复杂，正好暗合了女主人公复杂的心理活动。而汉语葡萄式的结构与法语竹节式的结构存在很大不同，这给李健吾的翻译带来了困难。在深入了解

---

① ［法］福楼拜. 包法利夫人［M］. 上海：上海外语教育出版社，2016：54 – 55.
② ［法］福楼拜. 李健吾译包法利夫人［M］. 李健吾，译. 北京：人民文学出版社，2017：27 – 28.

爱玛的心理活动后，李健吾采取的处理方式是打断长句，使话语呈现破碎化面貌，采用了四言五言结构来贴近汉语的表达习惯，忠实于原文的同时，又没有强加译者的思路，显得自然亲切。

类似的例子不胜枚举，当我们阅读福楼拜原文时，福氏句子的精妙简洁，叙事话语的冷静客观跃然纸上，遣词造句之巧妙更体现了他对艺术的追寻，逼真再现了人物的内心世界。在这一写作特点上，李健吾无疑是把握得非常到位的。同为创作者的他在译作中将自己的才情与文笔发挥得酣畅淋漓，又始终没有跳脱出福楼拜限定的原意范畴。

接下来，我们要讨论的是李健吾关于异质文化在叙述语言上如何处理的问题。若按照上节的阐述，很容易产生一个印象：与原文越贴合，译文也就越成功。但究竟什么才是好的译文？完美传达原作者的思想意图、遣词造句再现原作品的行文风格、译文与译入语衔接柔滑，这些显然都是衡量标准。然而讨论绝不能困囿在原作和译作的关系中，我们应该看到双方身处的历史时代，双方所属的异质文化共同构成了讨论的要素，理应同样列为我们的考察对象。因为只有深入剖析原语言文化，把原作从复杂的社会文化网络中抽离出来，通过译者的文本转换，再依托译入语的文化环境，翻译活动才能使原作被受众接纳。但译入语的文化环境往往与原语言文化环境差异甚大，在这种情况下，翻译家们首先要做的就是积极在译入语环境中创造能被读者接纳的种种条件，构建原作与译作之间超越意识形态话语的交流空间。

因此，翻译家需要在通读原作的基础上，从整体出发，通过模仿、打断、嫁接、转换、组合等手段，通过全新的表现形式来使两者之间的文化完美融合，不显突兀。世人给李健吾译作《包法利夫人》的评价无外乎杰作，这不仅在于他尽达福楼拜之精神，也在于他在译文中对中法两国文化的处理恰到好处。

举例说来，在描写包法利夫妇成婚时，福楼拜原文如下：

> Il l'appelait ma femme, la tutoyait, s'informait d'elle à chacun, la cherchait partout. [①]

---

① ［法］福楼拜. 包法利夫人［M］. 上海：上海外语教育出版社，2016：39.

李健吾译：

> 他喊她"我的太太"，称呼亲热，逢人问她，到处找她。①

李健吾对法国文化的认识，对法语的造诣在对"la tutoyait"一词中尽得彰显。翻阅原著前文，包法利和爱玛以"vous"相称，这个词大致相当于汉语中的"您"，说不上多亲热，两个人仅有几次来往，之间的关系也比较疏远。在婚礼上，包法利宣示了丈夫的主权，从此用"tu"，也就是"la tutoyait"，相当于汉语的"你"来呼唤爱玛，此刻包法利对爱玛的喜爱之情通过一个称呼用词的改变跃然纸上。然而汉语中却没有与"la tutoyait"相呼应的表达，由此产生了一个文化缺项。如果直译，则会变成"他叫她'我的太太'，以你相称，见人就问，到处找她"，未免让汉语读者疑惑不解。李健吾则很好地处理了这一异质文化交锋而产生的问题，他将原文翻译成了"亲热"，在传达出包法利的感情色彩的同时，弥补了汉语文化缺项，使译文不至于突兀，从而被汉语读者所接受。

此外，李健吾也注重地道的汉语表达。试举一例：

> 爱玛拜领这些教训，老太太的教训反而多了；两个人整天"媳妇呀""妈呀"呼来唤去，嘴唇微微发抖，话说得很融合，声音颤悠悠的，透着怒气。②

这句译文中有明显的汉语表达用词"老太太""媳妇""妈"，李健吾在翻译时还甚至加上了语气词"呀"，使得婆媳二人斗法的场面跃然纸上。回过头来看福楼拜的原文：

Emma recevait ces leçons; madame Bovary les prodiguait, et les mots de

---

① ［法］福楼拜. 李健吾译包法利夫人［M］. 李健吾，译. 北京：人民文学出版社，2017：19 – 20.

② ［法］福楼拜. 李健吾译包法利夫人［M］. 李健吾，译. 北京：人民文学出版社，2017：29.

ma fille et de ma mère s'échangeaient tout le long du jour, accompagnés d'un petit frémissement des lèvres, chacune lançant des paroles douces d'une voix tremblante de colère. ①

细读原文发现：Emma 的翻译不变，仍译为人名"爱玛"；madame Bovary 因其字面指征指向爱玛，改译为"老太太"，指包法利的妈妈，爱玛的婆婆；ma fille（女儿）出于汉语的表达习惯，改译为"媳妇"；ma mère 因在意义上与汉语重合，故仍译作"妈妈"。此处译文既保留了法语的原文含义，又兼顾了汉语的地道表达，使读者在面对异质文化时得以迅速转化，从母语场域中快速搜寻到与之匹配的文化内涵。

此外，为了避免在翻译归化的过程中出现文化信息漏译的情况，李健吾采用的是法国结构主义学家热奈特的"类文本"的处理主张，即添加夹注，使读者在阅读情节时对原语言文化亦能有所了解。例如，爱玛准备向教士忏悔时，教士不合时宜地向她喋喋不休着他的琐事：

... et je dis même：mon Riboudet. Ah！ ah！ Mont-Riboudet！ L'autre jour, j'ai rapporté ce mot-là à Mon seigneur, qui en a ri... il a daigné en rire. ②

Riboudet 是原文中被教士提到的一个小孩的名字，mon Riboudet 意为"我的 Riboudet"，而 Mont-Riboudet 意为"Riboudet 山"，也就是说，由于法语中 mon（代词"我的"）和 Mont（名词"山脉"）读音一致，所以产生了一语双关的情况。不通法语的读者很容易在阅读中漏掉这一文化信息，也就很难理解下文中主教发笑的原因。而李健吾的译文是这样处理的：

我甚至说：蒙里布代。啊！啊！蒙里布代！〔蒙里布代是谐音双关语：一个意思是"我的里布代"（mon Riboudet），指小孩而言；一个意

① 〔法〕福楼拜. 包法利夫人〔M〕. 上海：上海外语教育出版社，2016：57.
② 〔法〕福楼拜. 包法利夫人〔M〕. 上海：上海外语教育出版社，2016：143.

思是"里布代岭"（Mont-Riboudet），指鲁昂西郊的小山。] 前一天，我把这话讲给主教听，他笑起来了……居然赏脸，笑起来了。①

由此可以看到李健吾在处理双关语翻译问题上的技巧，即保留与原文对等的形式，再在文后加以夹注，为读者详尽解释，一来不折损原句的匠心，二来琢磨了法语的语言特点，借此给读者开了一扇异质文化的小窗。这种忠实再现的翻译手法，也是最贴近福楼拜思想的：作者（译作者）退居幕后，只讲真实再现，不讲自我表达。

综上分析，李健吾在处理《包法利夫人》的翻译问题上较好地处理了中法文化的异质问题，不但在语言上与原作达到了契合，精神上也与原作者有着跨越时空的共鸣，在不失原文文化表达的前提下，较好地实现了译文的归化。这充分体现了李健吾对中法语言文化的把控能力、文字转换能力和文字处理能力，从而为解决福楼拜之异质文化在叙述语言上如何处理的问题提交了满意的答卷。

李健吾认为最好的翻译首先要凝结着对作品的喜爱，有了爱才能全身心地投入。正是出于对福楼拜及福楼拜笔下作品的喜爱，李健吾很好地接受并传承了福楼拜的文学审美，这才有与福楼拜行文艺术风格无限接近的译本的出现。时代在进步，社会在发展，今天的法国读者看福楼拜的《包法利夫人》也会感觉到某些用词的冷僻，汉语的用词习惯更不是一成不变的，更别提读者审美接受中的期待视界跟随时代一变再变。过去历史中的经典很可能在未来历史中被束之高阁，因为译本外部的政治文化等历史语境都会对译本的接受程度产生影响。在这一切变数之中，唯有与原作者艺术精神与艺术格局相贴合而产生的艺术价值是永恒的。

2. 从现实出发：《包法利夫人》中隐藏的时代诉求

在讨论完李健吾选择对《包法利夫人》进行翻译的艺术层面上的原因后，我们来进一步梳理李健吾从现实角度出发选译《包法利夫人》的因素。

作为形式与内容都具备现代特征的现实主义文学典范，《包法利夫人》

---

① ［法］福楼拜. 李健吾译包法利夫人［M］. 李健吾，译. 北京：人民文学出版社，2017：83.

激荡着李健吾的心。而经由李健吾翻译出版后的杰作，更是转化为广大读者的文字经验，成为他们期待视野的重要组成部分。也就是说，《包法利夫人》不但使后世读者形成了对福楼拜文学世界的预理解，更对他们的社会行为产生模塑作用。这正是接受美学理论中所说的文学对社会的塑造功能的体现。具体来说，通过《包法利夫人》的翻译与传播工作，李健吾的现实目的达到了：这部杰作分别从审美与伦理两个方面长期作用于我国的读者与社会，这也是隐藏在《包法利夫人》中的时代诉求。

首先从审美方面来看，《包法利夫人》的先验性与预见性为 20 世纪的中国读者们扩宽了有限的文学行为空间，并为未来经验的发展指明了方向。中国的古典小说一直属于消遣文化的一部分，甚至在 20 世纪 20 年代左右，对外国文学作品的引荐还停留在消遣和猎奇层面上，小说仍属"技之末流"。当新文化运动的浪潮逐步推进，"去消遣"而追求文学推动社会变革的呼声越来越高。虽然对艺术的追求与崇尚导致李健吾始终与功利文学和政治文学保持一定距离，但这并不妨碍他为"去消遣"而积极引进视艺术为唯一标准的福楼拜和在创作中注入了科学观察的精神的《包法利夫人》这一类代表西方现代精神的文学作品。一方面，福楼拜的文学创作精神对于纠正中国文坛对小说的偏见大有裨益，李健吾通过翻译《包法利夫人》，推动了国内小说理论在文学欣赏趣味、文学评判标准和文学创作技巧方面的系统更新，一来为小说理论的发展提供了新的佐证资料以参照，二来促进了中国小说理论向现代化的方向发展。另一方面，女主人公爱玛这一人物形象与当时社会大环境是契合的，李健吾所做的努力，正是让爱玛以一种反传统的、理性写实的积极姿态进入国内，从而从精神审美层面进一步推动了中国近代社会的变革。

然而，这种审美作用并不能立时对读者与社会产生功效，人们对它的认识和接受需要一个转化的过程。让我们试举"井底之蛙"的例子加以说明：青蛙们坐井观天，视野狭隘。有一天，一只青蛙突然觉得好奇，跳出了井，在人类世界游历了一圈。这只青蛙看到有人正在娶新娘，吹吹打打，抬着花轿，好不热闹。于是它凑近一看，看到花轿中坐着一位面如皎月的美丽新娘。回井之后，这只青蛙兴奋地将所见所闻一一汇报给同伴。此时其他青蛙就是对外来信息进行接受消化的"接受者"。然而，作为讲述者的青蛙看到的人类新娘，是截然不同于接受者们脑海中浮现的新娘的——没有见过人类的其他井底之蛙，他们脑海中出现的是一位美丽的青蛙新娘。

也就是说，处于较为封闭环境中的接受者的期待系统会对外来世界的文本产生定向思维。原文本的审美作用并不会立刻发生效用，甚至有可能会产生效用偏差。读过《包法利夫人》后，作为接受者的读者会采用符合自身期待视界的定向思维中的审美取向来评判这部作品，而不会采用在自身世界观与价值观中并不存在的、属于福楼拜的审美价值取向来对其进行评判。这种符合自身期待视界的评判作为先入之见，显然会妨碍读者对新事物的正确理解。但以接受美学的观点来说，读者以自身标准对作品内涵进行的这种理解上的转换，正表现了期待视界的生产性。

福楼拜的原意或许侧重在嘲弄法国盛行的布尔乔亚风气的虚伪性，然而国内的小资产阶级还不够"资"，根本不成气候，读者极有可能对这一意图自动忽略，甚至李健吾也轻易放过了这一细节——从前文中所论述的他在翻译中忽略了"bourgeois"这个单词的布尔乔亚属性便可见一斑。读者更关注的是符合本国现实环境的、从爱玛这一人物的悲剧性上表现出来的女性道德与家庭伦理问题。于是，李健吾的第二个现实目的达到了：《包法利夫人》已然从伦理方面作用于我国的读者与社会。

接下来我们从伦理方面来看，文学总是能够通过对接受者期待视界中关于道德问题的期待给出新的答案，从而使读者以认识新事物新观念的方式，更新旧有的道德伦理观念。李健吾在阅读《包法利夫人》时，发现了福楼拜对爱玛这一人物形象怀有深切同情，为了避免因当时的社会风气而可能对爱玛造成的社会道德批判，李健吾在翻译时采用了一种自由而舒缓的语言风格，在叙事上注重透过爱玛自己的那双眼睛来观察周遭的事物，这使得发生在爱玛身上的那些事件变得合情合理，甚至是情有可原。李健吾向福楼拜学习，巧妙地运用了读者的代入感，从而使"通奸"转化成了一种符合人性需求的产物。这种全新的人物视角打破了旧审美的藩篱，旧审美中关于偷情的道德谴责意味在此消散了。此外，李健吾在翻译过程中很好地再现了爱玛的焦虑与孤寂、欲望与反抗、勇敢与自由等心理活动，从而填补了中国文学审美中对类似爱玛这类女性形象的审美空白。从此，爱玛这类女性脱离了潘金莲这类偷情毒妇的形象范畴，转而变成了具有现代精神与现代意义的新女性形象，进而作为一种新的文学形象的需要，被广大中国读者所同情、接受和认可了。

在这一点上李健吾无疑是成功的，李健吾传译的女主人公爱玛，从她身上流露出来的反抗精神恰与 20 世纪初中国女性要求独立、要求解放与复苏的自主意识相吻合。丁玲手不释卷地读了《包法利夫人》好几遍，从中看到了爱玛与中国新文化运动下诞生的一批有一定文化素养，却又困囿于旧社会封建家长制而毫无婚姻自由可言的新女性在心理和精神上的共通之处，进而出现了《阿毛姑娘》和《莎菲女士日记》这样对爱玛这一人物形象实行本土化再创作的实践作品。从这个意义上来说，李健吾的翻译使得包法利夫人成为了一种拒绝性的符号：爱玛拒绝了传统定义中幸福的婚姻，这种传统世俗中幸福的家庭生活带给她的是禁锢与沉闷，她因此拒绝在没有爱的婚姻中去履行妻子的义务与责任。她要求离开家庭，可惜浅薄的眼界和阶级的局限让她无法寻求真正的精神自由，只能用放浪形骸、为世俗不容的方式贪恋着精神上的欢愉。爱玛未必是热爱偷情的女子，而是将偷情视为了反抗现实的一种手段。这一切都在引导着后世的读者打破常规视域，突破既往的审美期待，进而使后续作家在文本接受的基础上，创造出了中国式的各类包法利夫人，将女性的道德问题转向公开场合发问，从而诱发了近代中国文坛上关于女性社会地位思考的一次地震。

姚斯将文学中审美功能与伦理功能对读者和社会的这种模塑作用概括为"审美向习俗的流溢"①。文学作品的受众越广泛，属于它的炉火就烧得越旺，审美经验有如铁水，在这一锅阅读的热情之中沸腾漫溢，最终流出，铸就出了一把属于现实社会中人民生活的道德伦理范式铁剑。这大约就是姚斯接受美学理论的真正精髓：通过审美与伦理的双重功能，文学与社会实现了真正的沟通。

综合以上章节，我们不难发现李健吾选译《包法利夫人》有着艺术与现实层面的双重考虑。从艺术角度来说，李健吾希望通过自己在翻译工作

---

① ［联邦德国］姚斯，［美］霍拉勃. 接受美学与接受理论［M］. 周宁，金元浦，译. 沈阳：辽宁人民出版社，1987：3－56.

上的努力来使福楼拜原有的艺术笔力不至丢失。从现实角度来说，《包法利夫人》更新了当时国内读者的期待视野，从现实意义上论证了审美功能与伦理功能对读者和社会的模塑作用。虽然在李健吾翻译《包法利夫人》之前，国内已有陈独秀、田汉、谢六逸和周作人等人对福楼拜略有提及，更有李劼人、李青崖的翻译珠玉在前，但李健吾以他对福楼拜精神的传承与凝练的笔力使得他的译作终成经典，更使得《包法利夫人》的生命在中国得以延续。

三、《包法利夫人》生命在中国的延续

李健吾的译作之成功，使得《包法利夫人》的故事与爱玛这一人物形象日益为中国读者所熟知。与福楼拜所放言的"包法利夫人就是我"的论调如出一辙的是，中国读者也津津乐道于"每个人心中都住着一个包法利夫人"，足可见这一人物形象已经植入了中国文学语境之中。而《包法利夫人》生命的延续，主要表现在两个方面：第一，通过促进中国文学批评史上的多维阐释与开展以李健吾译本为定本基础上的新时代翻译工作，《包法利夫人》得以不断焕发新的活力；第二，通过后续作家对爱玛这一形象的本土化改造，使爱玛以中国姑娘的形象获得新生。以下为详细论述。

1. 中国文学批评史上的多维阐释与新时代的翻译工作

李健吾对《包法利夫人》的翻译工作早于他的批评性专著《福楼拜评传》，但《福楼拜评传》（1935）的发表又比《包法利夫人》（1948）译本出版早了 13 年。实际上，李健吾在法国留学期间一直在整理福楼拜与其文学的相关研究材料，回国后发表的一系列如《〈包法利夫人〉的时代意义》《福楼拜的书简》和《福楼拜的内容形体一致观》等文章正是在为出版《福楼拜评传》和《包法利夫人》译稿做材料综述和梳理润色工作。因而在研究过程中，我们要意识到两者之间相辅相成、无法割裂的相互关系。的确，《福楼拜评传》已经成为了研究《包法利夫人》的经典参考书目。对学者来说，要做《包法利夫人》的研究，绕不开《福楼拜评传》；对普通读者来说，读了《包法利夫人》，对福楼拜产生了兴趣，也必定会找来《福楼拜评传》通读。《福楼拜评传》的成功之处还在于除了考据福楼拜的生平活动对作品创作有影响外，李健吾专门辟出一个章节来讨论包法利夫人的人物形

象。其中对包法利夫人的评价，并不是出自对原文文本字句上片面的推敲，更没有趋附于当时法国流行的对包法利夫人的评介，而是以福楼拜的性格特征为基础，围绕福楼拜对艺术的追求，参考了福楼拜与朋友，特别是与高莱夫人之间的书信往来，然后在与自身中国情结相较量的基础上做出的综合观察。通过李健吾对包法利夫人的剖析，使得《福楼拜评传》充满了对后来者的启发，甚至今日的有心学者都可以于此找到文学批评上进一步研究的角度。可以说，李健吾围绕《包法利夫人》与《福楼拜评传》做的翻译与批评活动，促发了中国文学批评史上的多维阐释。

　　首先从自然主义文学批评的维度来看，在近代文学批评史上达到高峰的还属李健吾为纪念《包法利夫人》成书 100 周年而撰写的批评性著作《科学对法兰西十九世纪现实主义小说艺术的影响——纪念〈包法利夫人〉成书百年（1857—1957）》一文，可惜的是这篇从自然主义角度集中论述了福楼拜艺术创作美学的论文因为与 20 世纪 50 年代盛行于中国的极"左"主义思潮相背而遭到了鞭挞，最终随着自然主义在中国的消亡而无人问津了。

　　真正受李健吾影响、使得《包法利夫人》的生命在中国文学批评史上得以延续的要数从现实主义这一维度出发对其进行的批评活动。20 世纪 70 年代末到 80 年代初，郑克鲁在他的经典论文《略论福楼拜的小说创作》中对《包法利夫人》作品的主题进行了细致的剖析①，从此对《包法利夫人》的现实主义研究真正从幕后走到了台前，且往往出现在对文学史的撰写上。如朱维之在其主编的《外国文学史（欧美卷）》中谈到《包法利夫人》与现实主义文学的关系，认为它是现实主义进入发展新纪元的标尺②。朱维之引用李健吾的观点指出，福楼拜作为作者退居到了作品的背后，不再参与叙述，使读者看到的爱玛是爱玛认为的爱玛，读者看到的包法利是爱玛认为的包法利。福楼拜使故事的环境就是故事中人物生活的环境，完全不掺杂一丝作者的主观情绪与爱好上的偏颇，这种叙事手法大大加强了作品的

---

① 郑克鲁. 略论福楼拜的小说创作 [J]. 外国文学研究，1979（1）：62–69.
② 朱维之，赵澧，崔宝衡，等. 外国文学史（欧美卷）[M]. 天津：南开大学出版社，2014：272–279.

现实主义的魅力。随后柳鸣九在著作中侧重评价《包法利夫人》对资产阶级的批判作用，强化了对阶级立场的叙述①。且不论这是不是李健吾的本意，但柳鸣九无疑通读过李译本《包法利夫人》和《福楼拜评传》，并从中挖掘了符合当时时代要求的道德立场。持相反观点的也有，比如在80年代晚期陈惇和匡兴主编的《外国文学》中，对《包法利夫人》的评价在《人间喜剧》与《红与黑》之下，原因就在于认为福楼拜不参与作品的直接批评这一叙事风格削弱了对现实的批判性②。

除从现实主义维度对《包法利夫人》进行研究述评外，后现代的研究视角也使《包法利夫人》在新时代焕发了生命力。李健吾发表在《社会科学战线》上的《〈包法利夫人〉作者的疏忽》一文成为了打响后现代研究的第一炮③。此后，陆续有学者从隐喻、意象阐释、价值取向与社会建构等不同角度对作品进行分析解读。此外，包法利夫人这一具有代表性的女性形象也作为研究热点，或从人物内心的挖掘出发，或以人物形象分析为要素，或探讨女性意识的觉醒，或分析包法利夫人悲剧的时代因素，或从人性角度分析爱玛的内心情结，研究文献数量与日俱增。以上是学界在接受李健吾对《包法利夫人》的译介后进行的多维阐释工作概况。

此外，获得普通读者的接受也是非常重要的。一代有一代之翻译。时至今日，李译版成稿已近百年了。《包法利夫人》除李译版之外，在这近百年的时光里也一再以独特的艺术魅力而得以重译。粗略一数，就有20世纪80年代末外国文学出版社出版的张道真版、20世纪90年代初译林出版社出版的许渊冲版和花城出版社出版的罗国林版，以及上海译文出版社出版的周克希译本等。各个译本各有千秋，但为时人奉为经典的还是李健吾译本（被称为"定本"）、许渊冲译本（被称为许渊冲翻译"竞赛观"的体现）及周克希译本（被视为最符合新时代读者口味的版本）。

文学翻译的最终目的还是在于读者的接受。如果从接受美学来看，翻译活动属于第一次接受。经过第一次接受，译者自身的文化视野对原作品

---

① 柳鸣九. 柳鸣九文集·卷5·法国文学史·中 [M]. 深圳：海天出版社，2015：486 – 509.
② 陈惇，匡兴. 外国文学（上）[M]. 北京：北京大学出版社，1987：232 – 247.
③ 李健吾.《包法利夫人》作者的疏忽 [J]. 社会科学战线，1983 (1)：316 – 319.

裹挟的文化背景已然进行了一次筛选，此后译作得以面向读者，才形成了有着读者阅读经验的第二次接受。时代背景的不同，导致接受个体在二次接受的审美需求上产生了强烈的差异性。为了适应这种差异性，译者在文学翻译上采取了不同的翻译策略。从历史语境的角度来看，李、许、周三译本诞生于完全不同的三个时代。李健吾的译本成稿于 20 世纪 30 年代，比后两者早了近 70 年，那是一个白话运动刚刚兴起的年代，西方思想文化正踏浪而来，西方文学对于当时的中国读者尚属新鲜事物。许渊冲的译本则成稿于 20 世纪 90 年代初，适当其时，政治意识形态得以放松，思想解放的春风正在解冻知识青年冰封的视野，各大出版社争相译介外国经典文学作品，读外国文学不仅是一种潮流，更是一种解放。知识分子的创造活力正在复苏，许渊冲正是其中之一，他用蓬勃旺盛的热情着手翻译工作，力图翻译出与前不同的佳作来。他在译文的遣词造句上，更多地发挥了主观能动性，创造性地加入了自己的主张与看法。仔细阅读许译本，不但可以发现其与李译本的亲缘关系，还可以明显感受到许渊冲在翻译活动中的竞赛意图，这与当时的时代主旋律是分不开的。最后，周克希的译本较许译本年代稍晚，阅读他的译本会获得与许译本完全不同的阅读体验。周克希特别讲究用词，他的译本辞藻华丽，用词繁复，引人注目，常有神来之笔。将其还原到当时的语境之中，我们会发现 20 世纪 90 年代末的中国文坛有着相同的浮华风气：故事情节退居二线了，作家们讲究的是叙事技巧和越来越鲜活的用词，文章显得格外华美。这与当时中国经济的高速发展，物质条件在短短几年时间极大提升，人们受到物质与大众传媒的冲击，开始追求享乐与五光十色的视觉效果是正相关的。

　　总的来说，在众多的译本之中，李健吾的译本独占鳌头。然而，出现在不同历史时期的不同的后续译本满足了当时读者的时代需求，为群众所广泛接受。这说明读者的二次接受与读者的阅读需求有着直接而紧密的关系，更与读者当时的期待视野分不开关系。译文版本的不断增加，其实就是《包法利夫人》在中国不断扩大影响的结果。后代的译者在翻译活动中离不开将自身译本与李健吾译本进行对照，这使得李健吾译版《包法利夫人》的生命在一代代读者之中悄然延续：无论是译者还是读者，都渴望能从"定本"中有所收获，他的艺术价值受到翻译界与文学批评界的推崇，他与福楼拜精神的相通和不悖受到了追求原汁原味译本的普通读者的肯定，这一切都进一步巩固了《包法利夫人》李译本的地位。

2. 对包法利夫人形象的本土化改造

随着李健吾的译作《包法利夫人》在中国的成功传播，这部被视为翻译史上的经典之作必然会对本国的本土文学产生具有深远意义的影响。可以预见的是：第一，这部译作为本土文学创作从句法和语体范式上提供相当可观的语言元素，在某种程度上将会改变本土书面语的表达模式；第二，这部译作使得"审美向习俗流溢"，启发着中国创作者们的精神，其中折射出的时代魅力，极有可能成为类型作家进行文艺创作时的参考蓝本。综合而论，《包法利夫人》李译本率先给广大读者搭建了内涵丰富的想象空间。当想象空间不足以容纳时，再创作的欲望就逐渐冲破了原有的文本局限，新的作者们渴望用自己的经验对文本加以充实，进而创造出符合中国社会现状的新作品。于是，李健吾的译作使得包法利夫人的影子"无处不在"①，直接或间接地影响了后续众多的中国作家。在《包法利夫人》的译本出现之后，该类题材的文学作品形成了一股社会热潮。比较典型的有张资平的《最后的幸福》中的美瑛、茅盾的《蚀》中的章秋柳和孙舞阳以及丁玲的《阿毛姑娘》和《莎菲女士日记》中的阿毛和莎菲等。这些女性形象的出现都是作者们在对爱玛这一形象进行阅读的过程中，冲破中国传统小说中女性形象的局限，进而创造出中国式包法利夫人的结果。她们的出现证实了爱玛的形象对中国本土女性文学产生的深远影响，更是对出现在接受领域里读者审美需求的一次肯定回复。但这些形象在同中存异，各自表现出对爱玛不同程度与不同方面的接受，下面将分别加以论述。

首先，我们来看张资平的《最后的幸福》。这是一个非常简单的故事：成为剩女的美瑛所嫁非人，生活的苦闷使得她在婚姻生活中心生旁骛。故事情节与故事走向与《包法利夫人》如出一辙。读者通过对比阅读很容易就会发现《最后的幸福》只是将故事发生的场景从法国搬到了中国，将故

---

① 韩晓清. 中国现代作家对福楼拜的接受研究 [D/OL]. 兰州：西北师范大学，2007：187 [2019 - 08 - 15]. https://kns.cnki.net/kcms/detail/detail.aspx? dbcode = CMFD&dbname = CMFD 2008&filename = 2007137956. nh&uniplatform = NZKPT&v = FMfzUKMfoiRZYk1juFToj5lNiO2OCb6AMece HZXUel3W64Js1qOb6xLm51mzRKyt.

事中的爱玛改名为美瑛而已。张资平的模仿流于痕迹，遭到了一些批评家的批评。比如，早在 1934 年苏雪林就撰文批评了张资平的"拿来主义"，并认为这种简单的拿来主义是一种比较低级的效仿，没有什么艺术价值可言①。这种照搬式的模仿使作品如同空中楼阁，缺乏本土化的深度，导致读者对美瑛的苦闷与彷徨难以产生共鸣。仿佛美瑛是为了像爱玛，所以故意表现出那样的性格，作者又是故意安插给美瑛以爱玛一模一样的命运来作为终结。但总的来说，这是中国作家对《包法利夫人》进行本土化改编的一次尝试，即便今天看来有些东施效颦，但创作的精神值得肯定。

其次，本书要讨论的是茅盾的作品《蚀》中的章秋柳和孙舞阳。比起张资平，茅盾对爱玛形象进行的本土化改造获得了成功，章和孙身上体现了新时代女性追求的开放的爱情观。与福楼拜笔下对情欲直白的描写类似的是，茅盾在小说叙事上大胆地描写了这些女性的旺盛情欲。这是茅盾对《包法利夫人》中"人性"的一次深刻挖掘，是茅盾接受爱玛特性的表现。在对章和孙的内心渴望的矛盾的描写中，茅盾的运笔没有任何贬低的意图，反而赋予了人物某种悲凉的浪漫主义色彩。茅盾认为，对情欲的渴望是普通人的人性表达，与肮脏和淫秽毫无关系，是章和孙勇敢直面自身情感需求的表现。与孙舞阳相比，章秋柳的浪漫色彩中更添了一抹绝望。章秋柳追求的革命失败了，恋爱的幻梦也消散了，随之而来的是肉欲的狂潮，仿佛肉欲成为了逃避黑暗现实的一种解脱。章秋柳将其视之为恋爱，在"恋爱"问题上，她的自主意识极强，她认为自己的身体想怎么使用就怎么使用，自己有着绝对的自由。在这一点上，章秋柳与爱玛重合了：她们都是情感的奴隶而不是情欲的奴仆。情感支配了欲望，她们虽然不羁，却懂得感情的道理。然而，同样出身于小资产阶级的两人也带有小资产阶级知识女性共同的性格弱点，在苦闷的生活的压力下，表现出的是一种看似坚强实则不堪一击的深刻矛盾心理。从这个角度来进行观察，茅盾对《包法利夫人》的接受就更显得顺理成章了。

最后，本书要讨论的是丁玲的创作。据沈从文所说，《包法利夫人》教

① 苏雪林. 多角恋爱小说家张资平 [J]. 青年界，1934，6（2）：78.

会了丁玲分析女性的方法与描写女人的方法①。钱林森则进一步肯定了作为丁玲好朋友的沈从文的这一观点，他指出了丁玲早期作品中的女性形象与爱玛有着精神气质上的共通性，这证明了两者之间存在肯定的事实联系②。的确，与茅盾刻意回避与《包法利夫人》的相似性不同，丁玲从不避讳《包法利夫人》对自己创作的直接影响。她将爱玛视为女人，或者说是在现实环境中某一类女性的代表，这样就可以理解为什么丁玲在艺术手法上参考得更多的是福楼拜的现实主义，而摒弃了其现代性的一面。在她的笔下，《阿毛姑娘》与《莎菲女士的日记》中的阿毛和莎菲都同爱玛一样，渴望脱离原生的生活，体会灵与肉的畅快和谐，然而这种渴望却一次次地被极端的现实生活所打压，最终化为了泡影。我们今天说丁玲在阿毛与莎菲两个人物的形象创造上接受了爱玛的影响，从而进行了符合中国本土社会环境的改编，主要还是因为她们有着相似的反抗精神与相似的精神焦虑。

在《包法利夫人》原作中，爱玛出身平庸，却因为被送到修道院接受仕女教育而产生了不符合本阶级的浪漫幻想。这种幻想导致她对平庸的生活充满了反抗。她寻找情人作为情感的寄托，追求刺激与浪漫的生活，都是在试图反抗当下的庸碌生活。丁玲笔下的莎菲也充满了反抗精神，丁玲巧妙地对莎菲生存的环境做了本土化的改造，将莎菲换以新时代知识女性的面貌，放置在中国20世纪初社会动荡变革、中西方文明强烈碰撞的大环境下，这也正是丁玲较张资平成功之处。在丁玲的视界中，女性对封建束缚的反抗不做重点描述，婚姻与爱情的纠纷也并非要点，恋爱自由与婚姻自主等新时代热点话题更不在话下。她的描绘重点在于一个中国式的爱玛，一个充满了反抗精神的"新爱玛"莎菲。在接受性阅读《包法利夫人》时，丁玲创作中的女性意识得以复苏，由此创造出来的莎菲与爱玛的不同之处在于：爱玛遭受了象征着男权社会的男性情人的利用与玩弄，男性在两性关系之中一步步占据了主导地位；而在《莎菲女士的日记》中，男性更显得屈服于欲望，莎菲对男性表现出来的是一种类似"性别错位"的征服欲。于是，这一人物形象表现出了对中国传统意义上的男强女弱关系的一种

---

① 沈从文. 记丁玲 [M]. 南京：江苏教育出版社，2005：68.
② 钱林森. 法国作家与中国 [M]. 福州：福建教育出版社，1995：297.

反抗。

如果我们从文本表层的简单照应关系来看，《阿毛姑娘》与《包法利夫人》有着太多的相似性：比如阿毛的丈夫和包法利先生一样不善言辞，阿毛和爱玛一样得不到丈夫精神层面的关注，两位女主人公最后都只能绝望赴死，等等。但这种简单的呼应关系未免流于表面，透过现象，我们需要讨论的是阿毛与爱玛精神层面的相似。也就是说，她们都有着相似的精神焦虑，以此来论证丁玲在创作这一短篇小说时确以《包法利夫人》为参照。这种精神焦虑来自于包法利夫人渴望过上上流社会的生活却始终求而不得，但更多是始终处于漠视情感的环境下导致自身欲望无法为他人理解的一种孤寂感。对于爱玛来说，她的纵情欢愉是为了排解这种孤寂感，然而前后两位情人都和她的丈夫一样，无法与她产生灵魂的契合，周遭的众人也只会羡慕爱玛的"好运气"，并无一人体会到她内心的焦虑。阿毛在备受精神焦虑煎熬的时候，一开始也希望获得婚姻家庭的支持和理解，而她对城市生活的渴望却沦为了周围人茶余饭后的笑料，阿毛最终因为这种焦虑而将自己逼到了绝路。这正是她与爱玛的精神世界的一脉相承之处。

需要认识的是，哪怕是再优秀的文学作品，其价值和意义都不可能是客观永恒的。作者本身的意图和价值观、作品固有的文学结构与形式都不能体现作品的价值和意义。真正的价值与意义是通过历代读者的阅读活动才得以逐步实现的。在此基础上，姚斯认为文学作品的价值与意义只有在读者的创造性阅读中才能获得现实存在与生命，否则不过是"印着死的文字符号的纸张而已"①。幸运的是，《包法利夫人》在中国拥有一群优秀的创造性读者，我们可以看到无论是张资平的美瑛、茅盾的章秋柳还是丁玲的阿毛与莎菲，这些人物形象身上都带有对《包法利夫人》明显的接受印记。《包法利夫人》漂洋过海，通过李健吾的译介工作深入人心。爱玛也改头换面，通过后续作家的妙笔生花获得了文学生命的延续。这正得益于李健吾之前对《包法利夫人》的翻译工作。在精妙翻译的基础上，李健吾的法国文学审美观念得以进一步发展，从而形成了对法国文学的整体李式认识。

---

① 朱立元. 接受美学导论 [M]. 合肥：安徽教育出版社，2004：64.

四、审美接受后的新发展：李健吾对法国文学的整体认识

李健吾在清华读外文系，在法国攻读的是法国文学，归国后又一直从事法国文史研究，其文学研究工作几乎 50 年未曾中断。可惜的是，翻遍李健吾的著作，我们找不到一部专论法国文学的长篇作品，除《福楼拜评传》是专门讨论福楼拜的文艺思想与作品的关联外，其他与法国文学相关的评述多是他在阅读时随心所至的零星点评，或是他受命于工作单位而撰写的使命文章。但若以《包法利夫人》为切入点，再把他散见于个人手札、报纸杂志、工作笔记上的点评加以整理，李健吾对法国文学的整体认识的大概轮廓便得以显现了。在这个轮廓中，李健吾重点关注的是 19 世纪的法国文学家们，对福楼拜、伏尔泰、布封、左拉、司汤达、巴尔扎克、狄德罗、德·斯戴尔夫人、雨果、戈蒂耶、乔治·桑、布瓦洛等人的作品着力较多。透过对文学家风格与主张的解读及对他们的艺术作品的翻译，李健吾复活了一个已亡的时代，使得我们可以以小见大，总览充满风情的法国文学之貌。综合说来，李健吾对法国文学的整体认识主要表现在以下几个方面：第一，科学对法国文学的影响很大；第二，法国文学是讲究观察的文学；第三，法国文学从某种程度上来说排斥感情，提倡感受；第四，法国文学追求"非典型"的共性，不讲个性。下文将逐一对其进行说明。

1. 科学对法国文学的影响

本章节将科学的影响作为法国文学的补充，并非博取眼球，因为科学与文学的关系虽不显，却的确存在。公元前 1 世纪，古罗马人卢克莱修就在《物性论》中对人类观察宇宙现象进行了歌颂，但这并非最早，更早的还有我国诗人屈原在《天问》中对宇宙进行了发问并展开了瑰丽的想象。凡此种种，终于到了 19 世纪，人类迈入了科学的新纪元。文学家不甘文学受困于娱乐意义与教育功能，而是要让文学与科学比肩前进。这里当然不是指自然科学，而是说从社会科学的角度上积累资料，进行研究。比如福楼拜，他并不缺乏艺术才能，科学成了他创作追求的榜样。在科学的指引下，他一步步地要求自己更加忠实地将直接经验转换为具体形象。对福楼拜来说，艺术不但是现实的反映，艺术在他的笔下成为了现实。他预言，人类愈发展，艺术就愈发科学，同样科学也将向艺术转变。两者在底部"分手"，又

在顶部重合。① 车尼尔则充满艺术地在自己的诗篇中总结道："让牛顿说着众神的语言！"②

科学从此正式进入了法国文学的视野，李健吾敏锐地抓住了这一点。在 1957 年《包法利夫人》成书百年的纪念活动背景下，他专门撰写了《科学对法兰西十九世纪现实主义小说艺术的影响——纪念〈包法利夫人〉成书百年（1857—1957）》一文来阐发自己关于科学对法国文学有所影响的观点和认识。他认为在各门科学中，首先被法国文学家们借鉴并取得直接经验的，要数诞生在 18 世纪的自然博物学。自然科学在当时流行一时，布封的著作《自然史》（*Histoire naturelle*）几乎在资产阶级知识分子中人手传阅，流传度甚至一度高过了卢梭的小说《新爱洛依丝》。一些投机的法国作家抓住了这个机会，抱着争名夺利的野心，将创作的心思转到科学上来。比如布罗道诺（Restif de la Bretonne）宣称自己的一部艳情小说描绘的是一个自然生命的遭遇，将作为一种"精神解剖"呈现于世。他说自己展现的是"一个人的全部生活"，是对布封的《自然史》的上佳补充③。他还给自己的小说取了带有科学性质的标题 "Monsieur Nicolas ou le cœur humain dévoilé"（尼古拉先生或揭开了的人心）。李健吾认为这样的投机分子虽然有点令人发笑，但"这样许多人的努力联合起来，也就相当迅速地使这门科学发展到了它所能达到的地步"④。因为就在 30 年后，巴尔扎克开始写他的浩瀚巨作《人间喜剧》，并在前言中称这是 19 世纪的"风俗史"；再过近半个世纪，左拉在他的长河小说《卢贡·马卡尔家族》旁添加了一个同样带有科学意味的副标题：第二帝国时代一个家族的自然与社会史（*Histoire naturelle et sociale d'une famille sous Le Second Empire*）。李健吾认为自此以后法国文学逐渐提高了水准，从"搜集材料，即研究既成事物的科学"，进入了"整理材料的科学，即研究过程、研究这些事物发生和发展、研究把自

---

① FLAUBERT G. The Letters of Gustave Flaubert：1830—1857 ［M］. Cambridge：The Belknap Press of Harvard University Press，1980：27 – 38.

② 李健吾. 科学对法兰西十九世纪现实主义小说艺术的影响——纪念《包法利夫人》成书百年（1887—1957）［J］. 文学研究，1957（4）：39 – 65.

③ HENRIOT E. Les livres du second rayon：irreguliers et libertins ［M］. Paris：Le Livre，1925：198.

④ 李健吾. 科学对法兰西十九世纪现实主义小说艺术的影响——纪念《包法利夫人》成书百年（1857—1957）［J］. 文学研究，1957（4）：39 – 65.

然界这些过程结合为一个伟大整体的联系的科学"发展阶段①。进而,李健吾研究司汤达,认为在这个发展阶段,司汤达开始用"科学"代替了"艺术",是因为艺术依赖科学。李健吾研究巴尔扎克,在《人间喜剧》的前言中找到了佐证:巴尔扎克说他的这部著作受到了动物学研究的启发。物种是受不同环境的影响逐渐进化而来的,人同样也是环境社会的产物,于是文学家开始像科学家研究自然那样开始研究环境对人的影响。是什么导致了复杂的人性?环境无疑是一个重要因素。于是李健吾得出结论:科学对文学艺术有所影响。文学家固然不一定要是科学家,但至少要懂点科学才能进入艺术的殿堂。如果实在不行,那就要像福楼拜一样学会使用"诡计"。

在翻译《包法利夫人》时,李健吾用平直的语言揭穿了福楼拜的诡计。《包法利夫人》全文使用的是客观的第三人称来叙述故事,这种视角不带主观色彩,被称为"科学的艺术"。而福楼拜开篇却出现了"nous"(我们),这个"我们"是谁?福楼拜没有说。在读者还来不及发觉的时候,人称变换了,"我们"消失了。李健吾没有理会福楼拜的心眼,明明白白地告诉读者"我们"是介绍查理的同学们。小说还常常出现莫名其妙的"vous"(你们),这些都是福楼拜为了把读者诱入小说世界、使其产生身临其境之感而使用的"诡计"。

然而左拉却对这些诡计嗤之以鼻,抱定了科学的主张。李健吾认为左拉受到医学家吕卡(Prosper Lucas)的启发,根据《自然遗传论》里关于性格与气质遗传的理论,把气质当作脉络,一口气写就了《卢贡·马卡尔家族》。这是一个从生理角度出发,描写一个家族是如何在初代受到病害的侵扰,发展成血液和神经方面的症状,再慢慢形成道德上的恶习的故事。左拉是那么相信生理科学,甚至认为文学上自然主义的相关公式和生理学上自然主义的相关条款是一一对应的。同样,雨果在《巴黎圣母院》中下了结论,他举了海狸和蜜蜂的例子,说动物是这样做的,那么人也是这样做的,无甚区别。但马克思的唯物主义告诉我们,左拉和雨果都犯了唯物主义机械论的错误,社会制度与生理现象不能混为一谈,人的过失不能归因于遗传,否则,社会阶级与制度的罪恶很容易就被遗传学推翻了。幸运的

---

① 李健吾. 科学对法兰西十九世纪现实主义小说艺术的影响——纪念《包法利夫人》成书百年(1857—1957)[J]. 文学研究, 1957(4):39-65.

是法国文坛的其他作家，比如巴尔扎克和福楼拜虽然重视科学，但说到底还是看到了科学与文学的界线。文学受到科学的影响，文学吸收科学的成果，最终仍然要回到与科学平行的实践道路上来。

2. 讲究观察的法国文学

前文已论述了科学对法国文学的影响，李健吾认为在其影响发展初期，文学科学特别指"搜集材料的科学"①。材料该如何收集呢？"观察"这一观念作为搜集材料的方法论出现了。

法国戏剧家莫里哀有一个外号叫"静观人"（le contemplateur），来由就是莫里哀在创作前酷爱观察，同时代的剧作家维齐形容他："……他的眼睛盯着买花边装饰的贵妇，他的样子像是在做梦，其实是在一眨也不眨眼地听她们说话，看她们的眼神，像是要一直观察到她们的灵魂深处，不但要看她们的举止，看她们说的话，还要看她们没说的话是些什么……"② 莫里哀正是通过细致的观察为自己的创作搜集材料。李健吾分析认为，在 18 世纪之前，文学主要依赖的是回忆和想象，而在 18 世纪之后，观察一下占据了绝对优势。这是因为回忆与想象的弊端日渐暴露了，回忆带有强烈的主观性，那么根据回忆活动创造的文学作品就成了虚无的想象活动。观察于此成了重要的弥补手段。莫里哀如此，法国的其他作家也如此，前往故事的事发地去做观察旅行成了常态。

从此，法国文学家们开始学着与浪漫主义分道扬镳了。浪漫主义者雨果曾经把"畸形"与"怪状"提高到了崇高美的程度，这一点在《巴黎圣母院》里得到印证。在福楼拜看来，雨果创造的不过是妖怪罢了，因为在现实生活中并不能找到卡西莫多这样的人，这是雨果想象的产物而非观察的产物。李健吾在解读福楼拜的这一观点时说，福楼拜总是深入观察，解读事物的灵魂，于最广大的普遍存在中去发掘写作对象，打定主意要回避偶然性和戏剧性，他既不要妖怪，也不要英雄。左拉也是如此，当他准备着手写一部小说，首先要做的就是收集谈话资料，跑到大街上去观察相关人物的面貌，广泛阅读一切他可以阅读的文本。如果写一家剧院，他一定

---

① 李健吾. 科学对法兰西十九世纪现实主义小说艺术的影响——纪念《包法利夫人》成书百年 (1857—1957) [J]. 文学研究, 1957 (4)：39-65.

② DE VISÉ D. Zélinde ou la véritable critique de L'École des femmes [M]. Paris：[s. n.], 1663：329.

熟悉剧院的每一个角落，再看几回戏，能在剧院里住上几天最好。这点和丰产的乔治·桑完全不同，她只需要一个想法和一支笔就可以完成她的故事。浪漫主义和现实主义（姑且称之为现实主义）的区别就在于此。李健吾接触法国文学的时候，浪漫主义日薄西山，法国文坛普遍讲求观察和观察的效果。李健吾读巴尔扎克，一开篇就是对人物居住环境的完整刻画，细节必须真实，因为真实的环境才会产生真实的人格。李健吾认为巴尔扎克是在用洞察力挑选细节，是在耐心地观察，用这种艺术手段把所有的细节聚拢起来，从而形成一个极具统一性的整体，并认为在他之前没有一位小说家能这样缜密地检查着自己的工作。仅靠观察还不够，巴尔扎克还要从观察出发，去逐一发现社会制度在隐秘的角落所起的各种作用都有何表现，可以说，巴尔扎克是带着目的进行描绘与观察的。李健吾读福楼拜，读到福楼拜笔下的圣朱利安升天了，他就一点也不信，因为他对福楼拜足够了解。福楼拜自己都不相信宗教传说中的神秘主义，他仅把升天当作一种心理状态去描写，而不是作为一种对真实世界经过观察后的描写，所以作为读者的李健吾一下就读出来了。在研究讲究观察的法国文学的同时，李健吾同样观察着法国文学，这构成了他对法国文学整体认识的第二个层面。

3. 提倡感受的法国文学

在对福楼拜创作《包法利夫人》时的心态做进一步解读时，李健吾认为，重视材料的搜集是为了故事内容的客观真实，也是为了加强直接感受，只有有了对具体事物的直接或间接感受，艺术才能获得真正的生命。感受的前提是观察，而观察必须冷静。只有在冷静的观察之下，感受到酒的醇美，才能写好酒，而醉鬼是肯定写不好酒的。一个人必须不是丈夫，才能感受好妻子的角色，否则带着丈夫对妻子的爱，肯定写不出妻子的方方面面，就是写了也不是客观而真实的。有了观察，才有具体感受，才能把观念与事实的关系构建起来，才能把材料变成真正的文学艺术。

福楼拜曾有这样的经历，他在外旅行，便想着家乡，目光总是离不开家乡的地图，而他回到家，却又无聊至极，想念着外地旅行的风景。这和他笔下的包法利夫人何其相似。但福楼拜胜过包法利夫人之处就是他知道这是人类糟糕的本性，也正因为如此，他才可以把自己的感受转换成包法利夫人求而不得的感受。也就是说，包法利夫人的感受，就是福楼拜的感受。与自己作品中的人物感同身受几乎成了当时法国文坛的共性。李健吾进一步解读认为，感受是艺术的基础，但感受不是感情。19 世纪的法国文坛已逐渐从外放的感情走向自我收敛，作品不再被视作作者感情的出口。福楼拜认为感情是文学创作的阻碍，因为"人对一件东西的感情越少，就越容易按它原本的样子来写"①。甚至因为感情与感受之争的缘故，福楼拜同情人高莱夫人分了手，还要写信去鄙薄她："你把艺术当做热情的一种出口，一种便壶，装满了我不知道流出来的什么东西。不好闻！有仇恨的味道。"② 或许福楼拜这一论断过于偏激，但他也是照着这个事实去做的，他始终用客观的材料去铺陈小说中主观的世界。比如在《包法利夫人》中，他尽量通过对环境的栩栩如生的描摹去冲淡资产阶级不自觉流淌出来的庸俗气息。李健吾注意到，这是福楼拜小说中一个屡次被加强的特质，也就是从生活入手，搜集材料，以加强生活的感受。这导致福氏的小说充满了人人生活所共有的平淡真实的气味。琐碎的事情虽然平常，但福楼拜的文字很简短，正是这种简短带来了力量，李健吾在翻译《包法利夫人》时也很注意对这种简短力量的继承。正如前文分析的，四字或五字一断在译文中多有出现，正是对福楼拜原意主旨的最好体现。

福楼拜在教授弟子莫泊桑写作时，曾有一次让他把一天之内从门前走过的牛车写上七遍。这当然和达·芬奇重复画鸡蛋不同，因为写作绝不是简单的重复，除了观察之外，七遍的感受定有不同。福楼拜教育自己的学生，叮咛他记住"无人称"（impersonnalité）的重要性，因为作者的心不是感情的心，只应该用来感受外物。李健吾认为在这种意义下，作者的笔成了外在真理的放大镜，这是李健吾对法国文学整体认识的第三个方面，成为了他进一步剖析法国文学的特征的前提。

4. 追求典型环境下"非典型"人物的法国文学

李健吾的作品涵盖了 20 世纪初直至世纪末的世间百态与社会风情，其中 20 世纪 30 年代是他创作的高产期。在对特定历史时期社会现实关系的总体把握基础上，李健吾着重考察着由这种历史环境形成的个人生活的具体环境，创作了一系列血肉丰满、栩栩如生而又令人过目难忘的人物形象。

---

① FLAUBERT G. The Letters of Gustave Flaubert：1830—1857 [M]. Cambridge：The Belknap Press of Harvard University Press，1980：71.

② FLAUBERT G. The Letters of Gustave Flaubert：1830—1857 [M]. Cambridge：The Belknap Press of Harvard University Press，1980：72.

改编剧《金小玉》中的金小玉、《王德明》中的王德明都堪称 20 世纪上半叶戏剧舞台上的经典形象。谈到这些经典，李健吾自己也承认是受恩格斯"典型论"的文艺美学思想所影响。让我们回溯到 1888 年，恩格斯在《致玛·哈克奈斯》中第一次以历史唯物主义的观点提出了要在文艺创作中"真实地再现典型环境中的典型人物"① 的命题。所谓的"典型环境"，包括了"特定历史时期社会现实关系总情势的大环境"和"由这种历史环境形成的个人生活的具体环境"②。对于典型环境，李健吾重外在的模拟，他要观察、要综合、要描述社会流动的现象，其重现出来的社会，已经暗含了他的观察、他的综合和他的描述。综合前文分析，这与他深受法国文学的浸染，并综合了他对法国文学的整体认识是分不开关系的。

在典型环境下创作出来的究竟是什么样的人物？法国文学家们有着与恩格斯不尽相同的看法。福楼拜讲究真实，但什么才是真实？他不要他的情人寄来的照片，因为他觉得"真实的"照片并不能反映真实。李健吾分析认为福楼拜相信的是"虚像"，虚像才是艺术的真理。福楼拜谢绝自然主义照相的方式，谢绝恩格斯的"典型人物"。他认为人物创作应从共性出发，去创造普遍性人物，或者说是去创造"非典型"的人物，因为对他来说，任何生活中的东西都可以拿来做成艺术。左拉也认为人物应从平实的生活中加以挖掘，而不要寻找特殊性，要避免传奇式的故事情节，要多增加真实可信的成分。巴尔扎克也总是强迫自己停留在最广大的普遍性上，存心使自己的笔回避偶然性和戏剧性，去书写那些普遍存在的、具有现实意义的人物。对于李健吾来说，站在受法国文学影响的角度，一定要把作品"削"成无比完美的形态，不见一丝斧凿的痕迹，不透一点作者个人的情感信息，真实再现社会的面貌。这当然是福楼拜艺术上的最高理想，但是到了实际欣赏上，对读者来说却往往形成了一种阻碍，因为"性情是著作的底子"。③

---

① ［德］马克思，［德］恩格斯. 马克思恩格斯选集·第4卷［M］. 中共中央马克思恩格斯列宁斯大林著作编译局，译. 北京：人民出版社，2012：590.

② ［德］马克思，［德］恩格斯. 马克思恩格斯选集·第4卷［M］. 中共中央马克思恩格斯列宁斯大林著作编译局，译. 北京：人民出版社，2012：590.

③ 李健吾. 福楼拜评传［M］//李维永. 李健吾文集·10·文论卷4. 太原：北岳文艺出版社，2016：294.

福楼拜的这句话用在李健吾身上也刚刚好，作家的性情总是暗蕴在作品内：福楼拜的作品，只有福楼拜才能写出来；李健吾的作品，当然只有李健吾才能写出来。这与唯物主义并不冲突，在典型环境下，塑造普遍性人物形象的突出特征，体现在对人与环境的思维向度的把握上。对此，恩格斯亦补充道："（文艺创作中的）主要人物是一定阶级和倾向的代表，因而也是他们时代的一定思想的代表，他们的动机不是从琐碎的个人欲望中来，而正是从他们所处的历史的潮流中来的。"① 在文艺创作中，"琐碎的个人欲望"构成不了典型人物，过分强调典型人物的意义未免失去了社会性的依据。比如，《巴黎圣母院》里的钟楼怪人卡西莫多是典型人物的代表，他以鲜明的形象在读者心中塑造了永不磨灭的印象。《罗兰之歌》里的骑士罗兰也是具有西方骑士精神的典型正面英雄人物。但无论是善恶美丑的碰撞在其身上体现到极致的卡西莫多，还是寄托了人们对道义热情美好向往的罗兰，都不是福楼拜所追求的，他说："我总是强迫自己深入事物的灵魂，停止在最广大的普遍性；而且存心使自己回避偶然性和戏剧性。不要妖怪，不要英雄。"② 人物性格是环境造化的产物，始终脱离不了典型环境的衬托。社会环境是人物活动的大舞台，人物与环境是辩证统一的关系。一方面，人物生活在环境中，环境对人物的性格的形成起了至关重要的作用，另一方面，环境也只有靠人物的活动才能呈现出来，也就是说，人对他所处的环境具有某种能动的反作用。在这种依存关系下，李健吾的文学创作内依于现实主义理论对事物普遍性的观察要求和对偶然性及戏剧性的回避，使笔下人物呈现出同法国文学人物相似的"非典型"的特点。

综上所述，李健吾对法国文学形成了一个完整的话语空间，在这个话语空间中有着他对法国文学的整体认识，这使得他的翻译作品呈现出了与法国文学，特别是福楼拜文艺创作精神与主张上千丝万缕的联系。同时，李健吾的翻译有着自己的特色属性，他的艺术性、精确性都为人赞叹。李健吾通过对以《包法利夫人》为例的法国文学作品进行翻译，使原作蕴涵

---

① ［德］马克思，［德］恩格斯. 马克思恩格斯选集·第4卷［M］. 中共中央马克思恩格斯列宁斯大林著作编译局，译. 北京：人民出版社，2012：591.

② 李健吾. 科学对法兰西十九世纪现实主义小说艺术的影响——纪念《包法利夫人》成书百年（1857—1957）［M］//李维永. 李健吾文集·10·文论卷4. 太原：北岳文艺出版社，2016：395.

的作者之文学精神与文学美感得以展现，甚至达到可以与原作美学意蕴相媲美的程度，本书对此加以分析和研究，是很有意义的。从理论方面说来，首先，我们研究论证了法国文学对李健吾翻译理论与实践的构建作用，当中不难看出李健吾既坚持艺术和诗意为上，又关注现实的翻译主旨与精神；其次，通过探究李健吾经典译作形成的根本原因，深入对李健吾作为译者的"个体性"研究，并通过诸多实例去阐明法国文学艺术理论对李健吾翻译实践活动的具体影响，在接受美学基础上去挖掘李健吾翻译语言中的叙述艺术格局，进而探究了李健吾从艺术与现实双重层面选择译介《包法利夫人》的原因；再次，李健吾翻译工作的意义还在于使得《包法利夫人》的艺术生命在中国文坛上得以延续；最后，本书还原了李健吾从接受美学角度形成的对法国文学的整体认识。与此同时我们还要看到，本章节仅以对福楼拜的《包法利夫人》的译介作为主要研究对象，得出的结论仅限于对李健吾一位翻译家的研究。我们要做的工作还有很多，需得打开视野，形成翻译研究上全面的、全新的理论系统。这对我们深化法国文学与我国翻译界之间的联系，完善我们的翻译理论，从而为翻译实践工作提出更多方法论极为有益。

五、李健吾与福楼拜问题：意义缺失的困惑（一点补充）

将本节放在第二章的末尾有其一定的考量，前文中反复提到的李健吾与福楼拜之间的接受关联为我们带来了一些灵感。李健吾在翻译活动中遇到的种种问题及他为之探索的解决之路为我们观照与论述他与法国文学之间的关系提供了一个必要的语境。在此语境之下，解构主义学者德曼认为翻译"不表达"原文。也就是说，翻译消解了原文所有的修辞手法与方式，从而使原文始终处于一种破碎状态。尽管翻译有可能做到尽可能地接近原文，但它对文本的翻译总会使其错过原文的某些要点。矛盾在于翻译必须根据自身的语言来抓住原文的这些要点，因此常常偏离原文的字面意义，从而发生意义缺失或冗余。这种意义的缺失或冗余现象往往又不只存在于翻译文本中，以福楼拜的作品为例，整部作品意义的缺失或暂时缺失也存在于原文文本中。结构主义符号学研究者热奈特首先发现了这一问题，后人称之为"福楼拜问题"。那么为何结构主义在面对文本时会面临这种意义缺失的困惑呢？本书认为原因就在于眼界的关闭，从而导致了对福楼拜的意义的盲视，或者说是一种洞察力的不足。因为纯粹的文本研究对某些类福楼拜的作家是行不通的，福楼拜们的创作不是语言的自动行为，更多的是将自己的生命倾注其中。在此李健吾作出的解决福楼拜问题的尝试就是把作品研究（不是文本研究）与作家研究（符号学家很排斥这一点）结合起来，通过对福楼拜精神世界的洞察去寻求问题的答案。在这一过程中，李健吾与其他的知识分子的类似之处在于，他们采用的更多是传统批评的方法，而少涉及解构研究，从而从某种程度上体现了李健吾与其他知识分子在当时历史语境下"现代性"的缺失。要探讨这一问题，首先还是要把"福楼拜问题"放回到结构主义符号学的研究中来。

1. 福楼拜问题在结构主义符号学研究中的发现

翻阅李健吾在《福楼拜评传》中提供的参考书目就会发现福楼拜是怎样的一位受人关注的作家了，仅仅在 1935 年之前，就有 96 位文学家和批评家撰写了超 120 篇文书对其进行研究。截至 2020 年 7 月，运用现代信息技术在 Web of Science 网站上以 Flaubert 为主题检索近十年来在高水平国际期刊和国际会议上发表的主旨文章，发现在 Arts Humanities（人文艺术）领域检索到的相关文献达 1884 篇，Social Sciences（社会科学）领域的相关文献也达到了 270 篇，该数据来源于北京大学图书馆，应该是真实且具有权威性的。

以上研究中不乏结构主义学者对福楼拜的关注，其中最为引人注目的当属美国学者卡勒在吸收普鲁斯特对福楼拜的批评后提出的见解，他认为在研究福楼拜的"不确定性"①（Uncertainty of Flaubert）时遇到了一种少见的压力，这种压力令人困扰而喜悦。卡勒认为，福楼拜的不确定性与确定性是对立的。那么什么叫确定性呢？

卡勒举出了司汤达的作品《红与黑》中的例子，在小说的开篇，司汤达对主人公们生活的那座叫维利耶尔的小城进行了确定性的描述。比如，他不是毫无意义地描述维利耶尔北面的高山。山之高，于是有了湍急的河流，这河水也不是整日白白流走，而是为城中的制钉工业提供了动力。于是就有了"您一进城，立刻就会被一架声音很响、看起来很可怕的机器的轰隆轰隆声震得头昏脑涨。二十个沉重的铁锤落下去，那声音震得石块铺

---

① CULLER J. Flaubert: The Uses of Uncertainty [M]. New York: Cornell University Press, 1974: 108 - 109.

的路面都跟着抖动。湍急的流水冲下来，转动一个轮子，把这些铁锤举起来"① 的描写。而这令人触目惊心的大铁锤与其背后所代表的产业都属于接下来出场的重要人物维里埃尔市长德·雷纳尔先生，也就是说，司汤达没有浪费一丁点笔墨，他的描写，全都是为后文铺垫、有确定意义的描写。

在分析完司汤达的确定性后，卡勒提出了关于福楼拜的不确定性的问题。他举出了福楼拜对《包法利夫人》中主人公生活的那座叫永镇的小城的描写为例：

> 人们在布瓦西耶离开大路，顺着平地，走到狼岭高头，就望见了盆地。河在中间流过，盆地一分为二，成了两块面貌不同的土地：左岸全是牧场，右岸全是农田。丘陵绵绵，草原逶迤蔓延，从山脚绕到后山，接上布赖地区的牧场，同时平原在东边，一点一点高上去，向外扩展，金黄麦畦，一望无际。水在草边流过，仿佛一条白线，分开草地的颜色和田垅的颜色，整个田野看上去，就像一袭铺开的大斗篷，绿绒领子上镶了一道银边。
>
> 走到天边尽头，就有阿格伊森林的橡树和圣约翰岭的巉岩，挡住去路。山坡自上而下，显出一些或宽或窄、又长又红的条纹，全是雨水冲洗的痕迹；许多含有铁质的泉水，四处流淌，流成那些红砖颜色，一道细线又一道细线，衬着山的灰底子，分外触目。②

此外，卡勒还引用了福楼拜的未尽之书《布瓦尔与佩库歇》里对于一座乡间别墅的景色描写的例子。针对这两个例子，卡勒总结认为福楼拜在细节上的刻画过于详尽，几乎是一种没有意义的刻画，既不能推动故事情节，又不能说明人物性情或地位。与司汤达在景物描写上的确定性截然相反，福楼拜的目的也许在于使人相信他笔下的景物是真实存在的。随后，卡勒将这一发现命名为"福楼拜的不确定性"，并沉浸在新发现带来的这种令人困扰而喜悦的情绪之中，他的同行们也陆续体验到了同样的情绪。直到加拿大文史研究专家格雷厄姆·福尔考纳总结这种压力来源于"福楼拜

---

① ［法］司汤达．红与黑［M］．郝运，译．上海：上海译文出版社，2010：3．
② ［法］福楼拜．李健吾译包法利夫人［M］．李健吾，译．北京：人民文学出版社，2017：48．

问题"① （Flaubert's Problem），从此，福楼拜给结构主义学者带来的困扰终于得以命名。事实上，不是结构主义创造了这个问题，而是福楼拜问题先于结构主义存在。早在结构主义学出现之前，福楼拜就宣称："对我来说理想的事，我愿意做的事，就是写一本关于子虚乌有的书，一本与书外任何事物都无关的书，它依靠它的风格的内在力量站立起来，正像地球无需支撑而维持在空中一样。如果可能，它也将是一本几乎没有主题的书，至少难以察知它的主题在哪里。"② 也就是说，福楼拜创造了"福楼拜问题"，他有意为之，使自己笔下的作品的意义暂时性或者永久性地缺失了。故而我们不能将福楼拜问题的创造权交给结构主义家们，只能说是在结构主义的发展过程中，福楼拜问题暴露于世了。

当我们试图梳理问题暴露的过程，就会发现早在李健吾那个时代，人们对福楼拜问题的研究就有所发端了。彼时结构主义尚未诞生，人们所关注的仅限于福楼拜作品中流露出的独特的风格。以福楼拜的作品《萨朗宝》为例，李健吾曾经考证，为了创作《萨朗宝》，福楼拜阅读了大量的历史考古文献和著作材料，并且亲赴北非进行考察，一旦觉得考察内容与自己之前的文稿不符合，就将草稿全部焚毁。这使得《萨朗宝》带有一种与历史毫厘不差的真实感，从北非的自然风貌到远古的战争，从房间的布局到人物的言谈举止，一一都有详细的描绘，细节繁复到了琐碎的地步。这种过细的描绘对于主题来说是多余的。世界是真实的，意义却令人晕眩，因为不断增加的描述使故事叙述变得破碎了。福尔考纳就这一点指出，福楼拜破碎化的叙述把总体的感觉切断了，于是像碎纸片一样，形成了许多相互印证的小的感觉，这些小的感觉互相扭动编织，形成了一张张小而密的网，令被网在其中的读者丧失了历史图景的确定感③。马尔罗对这种风格的评价是"一种美丽的瘫痪"④。而后萨特对福楼拜风格的评价最为生动，他认为

---

① 王钦峰. 论"福楼拜问题"[J]. 外国文学评论，1994（4）：5.

② FLAUBERT G. The Letters of Gustave Flaubert：1830—1857 [M]. Cambridge：The Belknap Press of Harvard University Press，1980：110.

③ FALCONER G. Flaubert, James and the Problem of Undecidability [J]. Comparative Literature，1987, 39（1）：271.

④ GENETTE G. Flaubert's Silences [M] //Figures of Literary Discourse. New York：Columbia University Press，1982：183 - 202.

福楼拜的句子围住了被描写的客体单位，禁锢它，之后又通过句法将结构闭合处理，于是客体单位一一变成了石头，整个句子丧失了活力与生气，形成了与下一个句子之间绝无关联的个体①。众所周知，萨特并不爱好文本研究，所以这段评价往往被认为是对福楼拜的风格做出了结构主义符号学意义上的理解。瓦莱里则将研究更进一步，他用结构主义符号学的思维分析福楼拜，认为正是这些不断增添的描述与冗长的细节，导致作品在结构和情节方面失去了控制。

在对福楼拜作品中的描述细节问题的探讨上，通过总结前人的研究成果，结构主义符号学家热奈特做出了关于福楼拜作品意义的暂时缺位问题的完整概括。第一，由于话语的过渡段缺少对读者的指引性文字，导致了作品中人物想象与现实分界模糊；第二，人物的想象与回忆同他们的真实生活占据了同样重要的分量；第三，这种想象的东西介于人物主观真实与客观实在之间，从功能上看没有其他目的，只不过打断了读者的思考，并拖延了故事进展的进程；第四，描写是为了自身的存在而存在，与情节无关；第五，这种描写的插入导致叙述话语进程中断，最终导致意义的缺位。② 可以说，这是当时的结构主义符号学家们能够理解的"福楼拜问题"的几条实质重点了。但同时期的罗兰·巴特对福楼拜问题仍有发挥，他提出了"修改语言学"，认为对作品的修改可以以 X 和 Y 轴这两条语言轴线进行分类。图示如下：

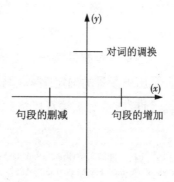

---

① SARTRE J. What is Literature? ［M］. London：Routledge，2001：199－212.

② GENETTE G. Flaubert's Silences ［M］//Figures of Literary Discourse. New York：Columbia University Press，1982：108－202.

通过比对福楼拜的修辞手段和传统修辞学，巴特认为传统修辞学要求作家通过不断调换词语，使 Y 轴的重心不断向上下偏离游弋，再通过对句段的增减，使作品最终在 X 轴与 Y 轴上找到切合点，而福楼拜的工作则突破了这一点，他将无限的自由引入其中，一旦句段的删减到了一定地步，原本的简单词语则无限复杂化。因为句段的删减造成单个词语语意的扩张，而词汇的本身却被压缩了，词汇越被积极地调动，就越会向 Y 轴的正标方面前进，而句段的增加则会造成令人眩晕的扩张，词语本身的含义随之消失了。因为被扩展的部分在叙事结构中缺乏功能，只对中心结构起偏离的作用。通过图表，巴特实现了对福楼拜问题完整的表达。巴特的这一思想直接影响了卡勒，后者在其论福楼拜问题的专著《福楼拜：非确定性的使用》一书中做了更明晰的解释：

> ……福楼拜描写了某种客观性，这些简短的句子充满了挣扎，前方是等待着它们的停顿与跳跃，当它们绕过拦在前面的介词、副词和留白，创造出了一个新的世界。这个世界好像是真实的，但没有任何东西与之相关。这样的句子本该被赋予一种意义，但这种意义现在看起来是空无一物的。因为这种句子和句子的世界并不会使任何人发生兴趣。如果将一种意义命名给它，以便填补空缺了的所指，那么这种意义就被命名得过于自由了。从文本中获得真实意义的读者会感到被愚弄，焦虑的读者会被这种意义的随意性而弄得消沉……①

至此，福楼拜问题在结构主义符号学中全部显现了。本书重复这一发现过程，并不是为了展现这一问题的艰深晦涩，而是试图为这个问题找到解决之道。幸运的是，或许我们可以通过李健吾的眼睛来完成这一工作。

2. 李健吾对福楼拜精神世界的洞察：通过描写实现的自我拯救

结构主义符号学家们备受福楼拜问题的困扰，究其根本在于符号学家们把目光重点投注在了对句子结构的观察上，从而导致了一种盲视。比如

---

① CULLER J. Flaubert：The Uses of Uncertainty ［M］. New York：Cornell University Press, 1974：108 - 109.

热奈特曾经夸赞瓦莱里的主张，说文学史上不需要提作家的姓名，得把作家创作文学的历史和自身经历的历史排除开来，这才是梦想中的文学史①。但是，纯粹的文本研究是行不通的，特别是对于福楼拜这样把自身与作品紧密结合的作家，必须把作家研究结合起来，才能为福楼拜问题找到解决之道。李健吾在对福楼拜的深入研究中恰好实现了这一点，他正是把对福楼拜本人的研究与对福楼拜的创作的研究结合起来，从而在某种意义上说，在先于福楼拜问题被发现之前，他就已经找到打开秘密大门的钥匙。

李健吾对于福楼拜问题的认识，是从对福楼拜"脑系病"的研究开始的。我们必须跟随李健吾的视线，弄清楚福楼拜患病的原因，病的本质，病是怎么好的，最后再回到作品层面上来，以期解决福楼拜问题。

福楼拜的父亲安排了长子行医，又安排次子福楼拜学习法律。而福楼拜并不像哥哥那样对父亲言听计从，在巴黎学法律的两年是他备受煎熬的两年，他在写给妹妹的信中说自己两年间没有读一行诗句，苦闷不已。随后福楼拜就病倒了，从而中断了法律的学习，而身为名医的父亲对儿子的疾病也一筹莫展，因为他根本无法诊断儿子的病症。当时的医生认为福楼拜患上了羊癫，福楼拜则自认为自己得的是脑充血症。然而李健吾绝不认同这一点，他从福楼拜发病的症状出发，认为这是一种"脑系病"。

李健吾援引福楼拜给朋友和情人介绍这种疾病的发病表征的信，发现福楼拜并不像羊癫患者那样口吐白沫，而是觉得自己"被卷入一阵火流里面"，喊着"我左眼里冒火"，复而又觉得自己右眼里也冒火，再小的声音也会重复作响，变成"持久的回声"，又看见货车，又看见灯光，还听见铃铛在响，整个身体"颤动得像片叶子一样"②，而眼前的幻觉还在不停变换。从李健吾的表述中我们看到，似乎福楼拜的脑系病并不是一种器质性的病变，他眼前反复出现的幻觉和呓语，倒像是一种功能性方面的障碍，属于精神疾病的范畴。福楼拜所处的时代，精神诊断尚不发达，他所获得的不过是一些临时性的、安慰性质的治疗方法，比如"放血"疗法就令福楼拜

---

① GENETTE G. Structuralism and Literary Criticism［M］//Figures of Literary Discourse. New York：Columbia University Press, 1982：3 –26.

② 李健吾. 福楼拜评传［M］//李维永. 李健吾文集·10·文论卷4. 太原：北岳文艺出版社, 2016：11.

更受一层折磨。在这种情况下，几年之后，福楼拜的疾病还是得以好转了，他写信给朋友解释好转的原因，认为真正的医生仍然是自己而不是别人。医病的方法有两条：首先，他广泛阅读，从科学角度认识幻觉；其次，依靠自己的意志力进行压制。他"时常觉得自己要疯狂"，在他的大脑里有许多"观念的漩涡"，使他就好像一艘在暴风雨中飘荡的小船，只有"紧紧抓住我的理智"，无论漩涡怎样凶猛，靠理智去克服，有时候还要借用想象的力量，用想象来"兜住痛苦"，就好像是在和疯狂做游戏，最终"克服了它"①。这些描述都表明福楼拜对自己的"脑系病"经历了一个自我拯救的过程。所谓从科学的角度认识幻觉，就是自我了解与自我解剖。而所谓意志力，福楼拜在创作《包法利夫人》时曾经说他写的是一本体现坚韧意志力的作品，如果一定要讲优点，那么忍耐算其中一个②。这引起了李健吾对他的思考：福楼拜通过自己的文学创作，使"脑系病"找到了出口。

弗洛伊德在他的著作《精神分析引论》中论述过精神病人的发病机制与治疗方法，精神病人缺乏享乐与成事的能力，是因为他精神内部的无意识结构无法附着于客观实在，假如无意识结构和他的自我之间的矛盾得以化解，那么自我就能重新控制意识，病也就治好了③。福楼拜正是在这一层面上运用写作来抑制住了自己的疯狂，他用写作来重新发现客观实在，对真实重新体悟，把来自浪漫主义的疯狂稳定下来，通过笔来塑造一种真实，从而在他和客观世界之间建构了新的关联。总而言之，福楼拜的自我拯救，是通过不断的创作完成的。在写作中，福楼拜找到了通往真实世界之门的秘密钥匙。

那么福楼拜是怎样重新建构和客观世界之间的真实联系的呢？我们回到他的作品中，就会看到被很多结构主义符号学家们视为无意义的细节描写中的意义显现了出来，但前提是一定要与福楼拜的"脑系病"进行关联。

---

① 李健吾. 福楼拜评传 [M] //李维永. 李健吾文集·10·文论卷4. 太原：北岳文艺出版社，2016：21 - 22.

② 李健吾. 福楼拜评传 [M] //李维永. 李健吾文集·10·文论卷4. 太原：北岳文艺出版社，2016：22.

③ FREUD S. Vorlesungen zur Einführung in die Psychoanalyse Und Neue Folge [M]. Hamburg：Nikol Verlag，2011：315 - 424.

因为那些无穷无尽的、令人觉得沉闷的细节描写，正是福楼拜试图抓住客观世界，以达到祛除疾病的重要方法。比如，福楼拜特别喜欢对物品进行几何学上的描写，他描写查理那顶布尔乔亚式的帽子，从顶到底，使用了诸如椭圆形、正圆形、菱形等几何词汇，让人觉得那不是一顶帽子而是某种在几何上有着特别精准的意义的东西；他对查理与爱玛结婚的蛋糕的描写也是如此，说蛋糕是圆柱、球形以及规矩的四边形巧妙地切割后的成物。过于冗长的细节描写使被描写的物品带有一种特别的真实感。虽然福楼拜自身一再声称他的描写都是有意义的，但是结构主义符号学家们仍不能从他的这些文字中找到类似巴尔扎克运用在文字描写上的象征功能。这些冗长的文字不但对故事的中心情节没有帮助，反而起到了破坏中心情节的作用。这正是福楼拜有心为之的结果，他不仅仅在《包法利夫人》中运用这一技巧，在《纯朴的心》中，符号学家巴特也找到了一个例子，这个例子后来被称为是暴露"福楼拜问题"的经典案例：

在女主人的房间里，全福太太看到"晴雨表下方的一架老钢琴上，有一个用盒子和纸板堆积而成的金字塔"①。巴特首先试图用研究巴尔扎克的方式给福楼拜的这一描述寻找象征意义，如果说钢琴可以比作布尔乔亚风格的一个象征符号，盒子和纸板的凌乱程度寓意着这家人即将走向衰败的家运，那么晴雨表是什么意思？它不能在象征世界找到对应符号，只能当作是福楼拜无意义的描写，是福楼拜"对这些物质性背景着了魔"② 的表现。在试图寻找"福楼拜意义"无果的情况下，巴特得出了结论，关于福楼拜作品中类似"晴雨表"一类细节物什的描写，不过是在说："我们是真实的东西。"③ 今天我们将这些东西与福楼拜的恶疾联系到一起，就会发现它们是福楼拜在受"脑系病"困扰时通过对细节事物的真实描绘而建立与客观世界的联系的一种尝试与努力。让我们在《包法利夫人》中再寻找一

① BARTHES R. The Reality Effect ［M］//TODOROV T. French Literary Theory Today. Cambridge：Cambridge University Press, 1982：11-16.

② BARTHES R. The Reality Effect ［M］//TODOROV T. French Literary Theory Today. Cambridge：Cambridge University Press, 1982：11-16.

③ BARTHES R. The Reality Effect ［M］//TODOROV T. French Literary Theory Today. Cambridge：Cambridge University Press, 1982：11-16.

个例子：

> 他的住宅，由上到下，贴满招贴，有的是行书字体，有的是圆环字体，有的是铅印字体，写道："维希水、塞兹水、巴赖吉水、清血汁、拉斯帕依药水、阿拉伯健身粉、达塞药糖、勒尼奥药膏、绷带、蒸馏器、卫生巧克力"等等，不一而足。①

再看一例：

> 然而就是不见她来。他坐在一张椅子上，望着一扇蓝玻璃窗，上面画了一些提筐携篮的船夫。他集中注意力，望了许久，计算鱼鳞和小领紧身短袄的钮孔的数目，思想却漫无目的，四下寻找爱玛。②

当我们把这两例并举，就可以看出结构主义的语言学家们研究福楼拜问题时觉得困惑不解的端倪来。福楼拜不是在讲故事，他是在数数，他数药剂师的各种药水的名称，他数鱼鳞和纽扣的数目，这有什么意思？这些看似完全无意义的细节描述，看上去除了增添真实感以外毫无用处。但是实际上，福楼拜从中获得了对自身的拯救——因为心理学上认为数数可以抑制人内心的疯狂，摒除种种杂念，福楼拜正是通过这种细节描绘来实现某种意义上因为疾病而痛苦不堪的自我拯救。

但是这毕竟是福楼拜创造出来的真实，并不是真实世界的真实。他故意在自己的作品中对两者加以暗示性的区分，也许是为了读者不陷入和他一样的境地。在这里，福楼拜用了一种故意数错数的方法。比如在《包法利夫人》的第一章中，描写村镇政府底层的圆柱子有 3 根，但第八章中则变成了 4 根；又比如卢欧给包法利送诊金，送来的是 40 苏一张的零钱，应该是双数，福楼拜却说总金额是 75 法郎（在他的首稿中还是 100 法郎，定稿却改成了不对数的 75 法郎）；还比如罗道尔夫和爱玛两个人就座，他却

---

① 福楼拜. 李健吾译包法利夫人［M］. 李健吾，译. 北京：人民文学出版社，2017：50.
② 福楼拜. 李健吾译包法利夫人［M］. 李健吾，译. 北京：人民文学出版社，2017：184.

搬来了 3 张凳子。这些都是福楼拜有意为之的举动。的确，他对什么都要精确描述，事物的长宽高、每一笔账务的金额、前后左右、日期时刻等，种种列举，样样精确。似乎福楼拜已经忘却了对故事本身的叙述，而沉湎在真实细节的描绘中无可自拔。但他并非真的不清楚被创造的真实和现实世界的真实之间的界限。他故意留下漏洞，正是想要在两者之间划出一条清晰的界线。真实细节究竟是什么样并不重要，重要的是描绘真实细节的过程。福楼拜描绘的过程就是一种认识现实、联系现实进而掌握现实的过程，并成为了福楼拜展现自己意志力的重要标志。

福楼拜在叙述本身这件事上失败了，但他对真实细节的描写取代了叙述，成为了意志力的象征，这正是福楼拜进行自我拯救的一种手段。从这个角度解读，我们就为福楼拜问题找到了答案，通过对福楼拜"脑系病"的研究，李健吾将破解谜题的钥匙交到了读者手上。

昆德拉在耶路撒冷作小说与欧洲关系的演讲时曾提到 21 世纪将是福楼拜的世纪①。这么看来李健吾超越时代，早早地走在了我们的前面。通过对福楼拜的研究与翻译，李健吾实现了自身对法国文学审美艺术接受上的一次飞跃发展。他不但将福楼拜带到了中国，完成了他"以现实主义救中国"的目标，而且隐然成为了福氏在中国的审美代言人。接下来等待他的，是通过在文学批评领域的一次次以文会友的笔战，将其接受法国文学审美这一事实加以实践上的论证。

---

① ［美］童明. 现代性赋格——19 世纪欧洲文学名著启示录［M］. 北京：生活·读书·新知三联书店，2019：104.

第三章
李健吾的文艺批评与法国文学批评

什么是文学批评家？或者说，什么样的人才称得上是文学批评家？巴尔扎克认为是在文学和艺术的创作上失败了的人。达拉斯（Dallas）把文学家们对文学批评家们的戏谑总结得最到位：

> 本·琼生（Ben Jonson）把批评家说做补锅的，弄出来的毛病比补的还要多；波特勒（Butler）说做处决才智的法官和没有权利陪审的屠户；斯提耳（Steele）说做最蠢的生物；司威夫特（Swift）说做狗，鼠，黄蜂，最好也不过是学术界的雄蜂；沈司通（Shenstone）说做驴，自己咬够了葡萄，便教人来修剪；彭斯（Burns）说做名誉之路的打劫强盗；司考特（Scott）幽默地反映着一般的情绪，说做毛毛虫。①

为什么文学家要这样痛骂文学批评家？再从中国举一个不恰当的例子吧，那就是批评的祖师爷曹丕和他那才华横溢的兄弟。有了这些前车之鉴，李健吾在进行文学批评的时候格外小心翼翼，他给自己的使命是建设而不是摧毁，不是和人作战而是和自己作战（在这一点上事与愿违了），他在批评之路上告诫自己说：

第一，要学着生活和读书；
第二，要学着在不懂之中领会；

---

① 李健吾. 假如我是［N］. 大公报·文艺, 1937 – 05 – 09.

第三，要学会在限制之中自由。①

　　他把这三条牢记在心中，这才握紧了笔开始批评之路，努力从心出发，去接近一个陌生人和他灵魂的结晶。尽管从 1927 年 11 月 25 日刊载在《清华文艺》第 4 期的第一篇书评《骞先艾先生的〈朝雾〉——读后随话》开始，李健吾一直秉承这几条原则，但仍然免不了因自己前卫的批评而引发与文学家们的一次次笔战。幸运的是，李健吾的勤奋创作使他最终在文学批评史上占据了一席之地。司马长风对李健吾在文学批评方面的成就赞誉最高，他把李健吾、周作人、朱光潜、李长之和朱自清并举，认为是 20 世纪 30 年代中国最杰出的五大文艺批评家。又说另四人的优点长处全叫李健吾给占了，甚至还说没有李健吾，30 年代的文学批评就无从谈起了②。这样的盛誉也许叫李健吾难以消受，因为在他纵横的艺术门类中，他的笔墨最少在文学批评上着色。然而司马长风还要再添一笔：

　　　　中国现代作家留欧和旅欧的人多了，有游记和采风录之类的作品问世的也很多，能慧解欧洲人的情趣、欣赏其风土，蔚成绚烂的文章者以徐志摩和冯至为著；但洞察欧洲文化并熟悉艺文人物，将它们糅在一起，以谈笑风生之笔，畅达幽情和妙趣者则是李健吾。③

　　司马长风称徐志摩和冯至的文章蔚然灿烂，但李健吾最通文化，笔下文章如散文美丽，又充满了诗意风情。在这里我们相信司马长风所谓的欧洲文化，更多的是指法国文化风情，因为李健吾的文艺批评源自法国，既离不开印象诗意的一面，更体现了对实证现实精神的观照。本章将印象诗意与实证现实放在一起进行对比研究，对于思考现时的跨文化交际有着相当重要的启示作用。李健吾接受了法国文学讲究实证的审美观，他译《包法利夫人》，就忍不住对福楼拜做一番评介，这才有了充满博学批评色彩的

---

①　李健吾. 假如我是 [N]. 大公报·文艺, 1937 - 05 - 09.
②　司马长风. 中国新文学史·中卷 [M]. 香港: 昭明出版社, 1977: 248 - 251.
③　司马长风. 中国新文学史·中卷 [M]. 香港: 昭明出版社, 1977: 135.

《福楼拜评传》；他受法国印象主义与本国传统文艺品评观双重熏陶，又忍不住捉笔对他同时代的作者们评头论足，这才有了充满了中国式印象主义色彩的《咀华集》和《咀华二集》。可以说，李健吾在文艺批评领域营造了新境界，一并更新了读者的阅读感受；读者对他的认可形成的鼓舞力量，又反过来促进了他在文学审美观念上的发展，从而使他一步步走上了文学批评之路，用批评的笔不断实践着自己的审美观念。在我们今天看来，在这种审美观念影响下的批评风格呈现明显的阶段性：第一，李健吾回国后在北平两年生活时期和 1954 年自上海返回北京定居的晚年时期可归并为第一阶段，该阶段中李健吾的文艺批评展现出了较强的法国博学批评色彩；第二，以李健吾中年在上海近 20 年的生活为第二阶段，该阶段中李健吾的文艺批评展现出了浓郁的法国印象主义批评色彩。接下来，让我们从理论解读的角度出发，分阶段阐明李健吾对于法国现代文学批评采取的兼收并蓄的态度和始终坚持在诗意与现实思想境界之间自由穿梭的自觉意识。

一、博学批评主导下的批评思潮——李健吾在北京

北平是李健吾回国后的第一站，青年时期的他在北平结婚生子，一共待了两年。晚年时又从上海返京，度过了人生中的最后 20 余年。将这两段时期并列归置，虽跨度较大，但不妨碍对其思想的连贯性进行统一考察。

1. 李长之与李健吾——20 世纪 30 年代的北平

一到北平，李健吾就接受了杨振声与朱自清的推荐，成为由胡适主持的《独立评论》编辑委员会的委员之一。《独立评论》交给他的主要任务也非常清晰，就是专心写作关于福楼拜其人其文的研究性文章。后来李健吾将其整理，《福楼拜评传》得以出版面世。在《独立评论》工作报酬不多，但聊胜于无。此外，李健吾陆续在《大公报·文艺》副刊上发表评论文章，获取稿酬以养家糊口。如《从〈双城记〉说起》《〈布法与白居谢〉的诞生》《〈布法与白居谢〉的前身》《伍译的名家小说选》和《中国旧小说的穷途》等。其中《伍译的名家小说选》是他首次以"刘西渭"这个笔名发表的批评文章。这些文章的特点非常鲜明，都是围绕作品出发去进行批评活动。正如李健吾所说："与其扯些不相干的书本以外的议论，不如从书的

本身看起。"① 这正应和了《大公报》的文艺主张。1935 年,《大公报·文艺副刊》编辑到第 166 期时,把《大公报·小公园》正式合并进来,组成了一个新副刊,并将其定名为《大公报·文艺》,以示区别。《文艺》的作者群还是《文艺副刊》的原班人马,文艺思想与方针也都没变,还是沈从文任编辑。他曾写信要求常风,希望他能在《大公报·文艺》上多登载一些类似于《论老舍〈离婚〉》这样批评作品的文章,因为副刊"很需要这类文字"②。后来萧乾接手副刊,更是重视书评文章,他认为文艺批评的意义在于"将批评从理论的译介引导到对当代作品的关注上来"③。于是常风、李健吾、李影心、宗珏、刘荣恩等一批以作品为对象进行书评创作的文艺评论家被团结起来,"任劳任怨地同我们(《大公报·文艺》)合力支撑这孤独局面"④,终于形成了 20 世纪 30 年代初期北平文坛上不小的一股批评潮流,并呈现出鲜明的"作品论"特征。

其时文坛上的另一股批评潮流,则是以"作家论"的面貌出现的。"作品论"与"作家论"孰高孰低,争论未定。但若以今天的眼光来看,两者实属博学批评下的一体两面。本书试借代表"作家论"的李长之与代表"作品论"的李健吾之比较加以说明。

"作家论"并不是针对"作品论"的出现才产生的新鲜事物。紫荻在《谈谈作家论》中说过,早在 20 世纪 20 年代书坊里就有一些出于商业考虑,为了迎合市场而针对作家的访谈录与印象记出版问世⑤。很明显这样的"作家论"只是为了满足读者对新文学作家个人私生活的好奇心,与如今我们的八卦新闻相差不远,含有某种商业炒作的目的。这类出现在上海的"作家论"遭到了北平文艺批评界的拒斥。沈从文就认为这些书籍"编者的态度与持论者的态度使人怀疑"⑥,希望读者能多关注注重作品本身的批评文章,并对常风的《论老舍〈离婚〉》一文大为褒许。然而,30 年代的北

---

① 李健吾. 从《双城记》谈起 [M] //郭宏安. 李健吾批评文集. 珠海:珠海出版社,1998:15.

② 常风. 留在我心中的记忆 [M] //逝水集. 沈阳:辽宁教育出版社,1995:11.

③ 萧乾. 编者致辞 [N]. 大公报·文艺,1936 – 08 – 02.

④ 萧乾. 编者致辞 [N]. 大公报·文艺,1936 – 08 – 02.

⑤ 紫荻. 谈谈作家论 [N]. 华北日报·每日文艺,1934 – 12 – 17.

⑥ 沈从文. 编者按 [N]. 大公报·文艺副刊,1934 – 09 – 12.

平文坛却出现了一股小小的逆流：李长之以作家传记形式进行文艺批评活动，并取得了不错的成绩。

李长之与李健吾文学批评的第一个交集，在于他们的批评理论都有强烈的学院背景。李健吾受训于清华大学外文系，李长之虽出身清华大学哲学系，却在很大程度上受到北京大学德文系教授杨丙辰的影响，对德国古典文学和思想中关于人性教化与情操培养的方面非常重视，这一点进而成为他文艺批评思想的主要来源。受其影响，总的说来李长之的文学批评特点有三。

第一，李长之的文艺批评观以"教育"为重，而不是"智识"。重人性教化与情操培养的德国古典文学思想是李长之文艺批评思想的重要组成部分，因而李长之对当时刻板的、只求对"智识"培养的大学教育颇有看法。他在《对于清华研究院中国文学部入学试题说几句话》中对清华当时要求学生作旧体诗词、考查学生对繁杂琐碎的文学典故的记忆能力大为不满，认为当时的教育缺乏对人性的教化①。他本来对陶渊明很感兴趣，预备去选修朱自清讲陶诗的课程，可听说朱自清上课总叫学生进行背诵，便认为这是一种死记硬背，于是宁愿不去②。李长之认为中国古代文化教育体系恰与现代只重视"智识"的教育体系相反，讲究培养出读书人的"浩然正气"，能够使读书人"文质彬彬""表里如一"，故而其对中国古代文化教育非常推崇。在文学批评上，这一点则表现为李长之对作品感悟式的品鉴以及对作家人格魅力与作品内涵之间微妙平衡的追求，正所谓"由作品中得到作者的个性，由作者的个性以了解作品"③。后来他自己钻研陶诗，写了《我所了解的陶渊明》，一来是典型的作家论，即以陶渊明的人格风貌入手撰文，二来也彰显了其重视"人性教育"的批评特点。

第二，由于李长之对人性教育的重视，故而他的文艺批评重在利用作家传记来对作家的人格性情加以揭示。他在选择文艺批评目标时，往往聚焦于那些有着惊人人格魅力的作家，如陶渊明、李白、屈原和鲁迅都是他

---

① 李长之. 对于清华研究院中国文学部入学试题说几句话 [N]. 北平晨报, 1935 - 08 - 06.

② 李长之. 杂忆佩弦先生 [M] //朱金顺. 朱自清研究资料. 北京：北京师范大学出版社, 1981：283.

③ 李长之. 王国维文艺批评著作批判 [J]. 文学季刊, 1934, 1 (1)：237 - 253.

的目标人物。比如在《鲁迅批判》中，李长之特别抓住鲁迅由于关注中国命运而飘生出的"寂寞的哀感"①来做文章；又如在其对屈原的文艺批评中，特别看重屈原高洁的人格品质，并试图在屈原的作品中寻找佐证②。通过对这些大文豪们精神价值的评判，李长之试图使一般读者受到人性教育，使伟大作家的精神能够跨越时空，与今天的读者产生共鸣。

第三，李长之表现出一种遗世独立的孤独批评立场，这在当时是不多见的。且不说李长之先天孤僻的性格，更不必说他从生物系转到哲学系，由理转文的学习经历，只需看他在作品论盛行的北平操着作家论的论调，就明白他的审美一开始就与整个北平的批评界格格不入了。后来，李长之与巴金交恶，《文学季刊》上没了他的位置，又因作家论的论调而不受《大公报》的待见，这导致在作为北平文艺批评主战场的报刊上都看不到李长之的身影。直到 1935 年李长之才在《益世报·文学副刊》上找到发表自己文论意见的阵地，但不久该报也遭停刊，李长之更成了边缘人物。这导致他的批评姿态更为孤绝，在一篇小文中，李长之认为当时北平的文学批评界充满了"琐屑的、取憎的、冒牌的、随感式的批评家"③，一棒子打死了所有人。李健吾对此颇有不满，他在《大公报·文艺副刊》上撰文批评道："不知道别人怎样，我，还有好几个朋友，都不喜欢……在整个艺术或者作品以外谈政治的理论。"④ 李健吾在这里虽然仍然坚持艺术纯美的立场，但也以团体的名义发话，将李长之排斥在北平批评界之外了。

虽然两者有失和气，但我们仍要看到两者都属于 20 世纪 30 年代博学批评思潮下的文艺批评典范。同时，他们应该被共同视为 20 世纪 30 年代北平学院派文艺批评的重要组成部分，对博学批评在中国的发展有着重要的构建作用。只有搞清楚了以李长之为代表的"作家论"的主要特点，才能进

---

① 张蕴艳. 李长之的学术——心路历程 [D/OL]. 上海：华东师范大学，2004：32 [2019 -08 -15]. https：//kns. cnki. net/kcms/detail/detail. aspx? dbcode = CDFD&dbname = CDFD9908&filename = 2004087235. nh&uniplatform = NZKPT&v = QuZe6XfNJ1EOFGEIUbopuXjcbN_ tD3HCXgJik7HSruXlCmYI.9 LXW820lT7Sohuk.

② 李长之. 屈原作品之真伪及其时代的一个窥测 [J]. 文学评论，1934，1（1）：108 -136.

③ 李长之. 论目前中国批评界之浅妄——我们果真是不需要批评么？[J]. 现代，1934，4 （6）：996 -999.

④ 李健吾. 中国旧小说的穷途 [N]. 大公报·文艺副刊，1934 -10 -06.

一步有的放矢地认识李健吾以"作品论"立足于博学批评中的位置。

2. 李健吾与博学批评——20 世纪 50 年代的北京

圣伯夫是 19 世纪法国卓越的文艺批评家，甚至有人认为法国文学批评史自圣伯夫肇始。他关注某个作家作品中出现频率高的字词，以此来窥探当时文坛的流行面貌，通过给一位作家"画小像"的方式，去发现其创作中的心理及写作的隐秘，也就是说通过作家的生平去追寻其创作的发端与风格，导致的结果就是他通过对作家的才能的外化表现形式来撰写他的批评。在我们今天看来，这显然是受到了当时流行的自然主义和讲究科学的实证主义的影响。在李健吾的早期评论性文章中，很有一些圣伯夫的影子。圣伯夫的同道者泰纳在其批评思想中主张的三要素——环境、时代和种族，李健吾加以吸收，去其机械论的糟粕，并将自己的阐发很好地体现在了 20 世纪 50 年代后期的文学批评文章中。

虽然李健吾不曾非议过圣伯夫和泰勒，但他所处的年代里文学批评确实非常活跃。其时，法国的文学批评正从圣伯夫的外部批评论缓慢过渡到朗松的博学批评阶段。朗松是法国大学改革时期的文学教育家，一位在当时出了名的大学教授。他认为圣伯夫和泰纳的观点过于机械，他加以取舍，认为既要对作品本身进行深入研究，也不能抛弃被观察的作品的外部参考材料，如社会因素、历史因素等。两者相较，文本研究排在社会研究的前头。此外，文学批评既要承认社会层面的影响，也要考虑到作家的独特性格和才智的影响，一方面重视社会与文学的因果关系，另一方面又不忽视作家对文学的审美取向。从这个角度出发，朗松确定了文学研究的主要方法：用科学的方法研究手稿，搜集各个版本的作品，了解作家的生平，对作家和作品进行渊源性考察并勾画其影响。我们要讨论的，正是这一股学院派主导下的批评思潮带给李健吾的影响与接受。综合分析认为，其接受至少存在于两个方面：第一，博学批评在文艺批评中提出的追求现实的科学主张被李健吾所接纳吸收；第二，李健吾在文艺批评中表现出了对"实证"与"审美"的双重要求。

（1）博学批评在文艺批评中提出的追求现实的科学主张被李健吾所接纳吸收

博学批评对文学批评提出的追求现实的科学要求主要体现在以下两个

方面。第一方面，从社会史来看，不能脱离考察社会因素而只考察文本，因为作家的精神状态会受到社会因素的影响；在对《双城记》的评论中，李健吾认为，艺术作品中可以看到对社会的反映，不应从历史的外部去判断作品的价值，而应从创作者身上入手，去考察环境背后形成的作家的心境①。第二方面，不能放弃对作家生活史的研究，因为作家作品的部分特点来源于日常生活，在此基础上，要采取科学的手段加以分析挖掘。这里的所谓"科学的手段"，李健吾的理解是用科学的手段去加强艺术的特征，而不是去更改艺术，是为了追寻理论上的证据，以便将写作的题材扩大化，将科学领域可以嫁接的部分嫁接过来②。在他自己的文学批评活动中，这一点一直被奉为圭臬。"认识一个作品，在他的社会与时代的色彩以外，应该先从作者身上着手：他的性情，他所处的环境，以及二者相乘的创作的心境。"③ 综合说来，就是要用理论上的科学证据，围绕作家去考察他的创作。李健吾的文艺批评性质的文章《福楼拜评传》《司汤达》《鲍德莱耳》等正是这一理论主张下的方法论实践。

虽然对李长之的"作者论"多有非议，但李健吾也有《福楼拜评传》问世。书名中的"评传"二字代表了李健吾"人物传记加文艺批评"的创作方向。李健吾要对福楼拜及其作品进行文艺批评分析，其中的重要一环就是前往福楼拜的家乡鲁昂，去对福楼拜进行生活史上的研究，他走访观察着福楼拜经历过的一切，他生活过的每一个细节，如福楼拜在三楼的小书房、他已经凋敝了的小花园、他度过了童年时光的医院、福楼拜的墓地等，以此来获得与福楼拜精神在冥冥之中的共通；再通过对文本的深挖分析，重现福楼拜的客体形象，以便对福楼拜的精神世界加以更准确的推断，从而断论福楼拜作品中忧郁的来源是"表里相成"的，是"遗传"与"环境"在共同作用下的产物④。除福楼拜之外，司汤达也是李健吾的研究对

---

① 李健吾. 从《双城记》谈起 [M] //李维永. 李健吾文集·7·文论卷1. 太原：北岳文艺出版社，2016：16.
② 李健吾. 福楼拜评传 [M] //李维永. 李健吾文集·10·文论卷4. 太原：北岳文艺出版社，2016：41－77.
③ 李维音. 李健吾年谱 [M]. 太原：北岳文艺出版社，2017：59.
④ 李健吾. 福楼拜评传 [M] //李维永. 李健吾文集·10·文论卷4. 太原：北岳文艺出版社，2016：15.

象。在对司汤达的作品进行文艺批评之前，李健吾首先考察的是司汤达身处的时代的社会因素。除了将司汤达"活过、爱过、写过"的人生娓娓道来外，李健吾重在铺陈司汤达的时代是一个风靡浪漫的时代。这个时代赋予司汤达以热情，但司汤达袭承的是重理智的百科全书派，这使得他的热情并非情感上的狂热，而是用理智推敲过后的热情。两者杂糅在一起，形成了他古典的叙述方法、热烈的文笔和冷酷的理智并存的创作局面。李健吾借此来探究司汤达作品中的时代真相，进而指出由于司汤达的性格因素，使其不但在现实主义创作上有所建树，还成就了他近代心理小说大师的地位。在对波德莱尔的文艺批评中，李健吾对这位潦倒诗人的一生倾注了相当的关注，他从生活史出发，认为是波德莱尔小时的遭遇使得他对真实的世界充满了绝望。在抛弃了亲情（或者说被亲情抛弃了）之后，波德莱尔才选择了"放荡"和"死亡"作他的姐妹（la débauche et la mort sont deux aimables filles）①，并在诗作中作为加强的主题重复出现。

对作家的生活时代、生活史与精神面貌的科学考察在李健吾的文艺批评论著中数见不鲜，这些都是他与李长之在文艺批评上受博学批评影响的共同之处。稍显不同的是，李长之批评的落脚点始终在"教育"，而李健吾对教化人性并不感兴趣，他的立场在于对艺术的追求，在此不再一一列举。但李健吾并不只停留于博学批评对文学提出科学要求的表面。进入20世纪50年代，在充分学习吸收博学批评的科学主张后，李健吾提出了对巴尔扎克"公正性"问题的讨论，这是我国在巴尔扎克文学研究史上前无古人的一次提问。在此，本文将结合博学批评尝试进行讨论。

巴尔扎克历来被视为现实主义或批判现实主义小说家，马克思对其在农民的现实问题上的深刻理解非常赞许。巴尔扎克看到了法国农民在大革命之后的境遇。虽然《农民》一文未完，巴尔扎克就猝然谢世，但正如马克思指出的，他写出了小农阶级缺乏利害观的贪心，写出了小农与庄园主之间复杂的利益矛盾其实不是根本矛盾，矛盾的根本在于庄园主之上的资产阶级和实际上属于小农经济的庄园主之间存在的阶级之争。巴尔扎克写

---

① 李健吾. 鲍德莱尔——林译《恶之华》序 [M] //李维永. 李健吾文集·11·文论卷·5. 太原：北岳文艺出版社，2016：43.

出了阶级斗争的事实，他甚至在献词中呼吁劳动者站起来，就像从前有人对第三等级说过的"起来"一样。他期待农民这种"不合群的成分"，有一天能够"把资产阶级消灭掉"，就像是从前资产阶级"吞噬"封建贵族阶级一样①。

但是，巴尔扎克像他在《农民》一书中表现得那样公正吗？

在那个以批判现实主义为主导的时代，李健吾毫不避讳地对这个问题提出了灵魂发问并进一步进行了分析：巴尔扎克写的是阶级斗争的事实，而回避的是阶级剥削的关系。因此巴尔扎克在《农民》中只通过描写大量牲口的减产来论证小农土地制的危害。小块的土地拼凑在一起，形成了大庄园经济，两者之间冲突的出发点却巧妙地隐藏在长子继承制之下。被巴尔扎克隐藏起来的是对长子继承制的拥护。李健吾翻寻了巴尔扎克的历史，从博学批评的角度找到了根据。巴尔扎克的时代是封建长子继承制被逐步废除的时代，而他在 1824 年曾经匿名发行过一本小册子《论长子的继承权》来表达对这种制度的好感；在《农民》中，巴尔扎克还借书中人物神甫之口从收益的角度对废除这一制度加以反对。巴尔扎克反资产阶级，并不是出自对无产阶级的苦难的同情。正相反，李健吾考据后认为，以保皇党自居的巴尔扎克痛恨的是封建土地制的瓦解，这一制度的瓦解又直接导致了封建贵族制度的覆灭。故而巴尔扎克的"公正"并不是真实的公正，他站在旧的、已经灭亡了的统治阶级的角度描写了无产阶级的劳苦，但这劳苦不是封建制度带来的，而是新的资产阶级带来的——他呼吁消灭的是造成这一局面的资产阶级而不是代表自身利益的封建地主阶级。巴尔扎克自以为的"公正"在于他将阶级之间的不平等归咎于宿命论，而且他也给被剥削阶级谋求福利，要求统治阶级做些善事来照顾"委托者的利益"，并认为调和阶级之间的矛盾在一定程度上需要人道主义的帮助。

李健吾用科学的精神对作家加以研究分析，作为批评家，他小心地避开了巴尔扎克挖的主观陷阱。正如马克思所言，无论在什么情况下，个人都会从自己出发，发展虽然在不断地前进，但单个人的历史绝不会离开他

---

① 李健吾．巴尔扎克在他的《农民》里，是像他所说的那样公正吗？［M］//李维永．李健吾文集·11·文论卷5．太原：北岳文艺出版社，2016：163．

从前或者同时代的历史，而且，个人的历史是由时代的历史所决定的①。巴尔扎克也是从自己出发，无论他怎样掩盖在农民问题上的不公正性，但最终都会如实反映出来，因为事物的真实内容正是他在他自己的艺术实践中加以批判的。19 世纪英国批评家阿诺德（Matthew Arnold）曾指出批评要对它的实际精神和目的进行维护："真正的文学批评应该勇于站在一个较高的观察点上，秉持一种科学的精神来对作家创作的优长和短处进行艺术总结与概括，以推动文学创作的进一步繁荣和发展。"② 李健吾正是如此，受到博学批评的影响，他在文艺批评的道路上始终没有放弃科学的精神。就如朗松所说，文学科学与自然科学一样，都有着天然的工具来与被研究对象做斗争，那就是社会的环境背景和科学的事实。

然而，终究有一部分东西是被科学说明不了的，这个部分则必须交由审美来完成。因为社会学和生活史优先考虑的始终是作品和作家的外部环境，但作品在审美上的巧思之处往往易被忽略，只有通过进一步对作品进行审美分析，才能感受到作者天才般的奇思妙想。

（2）李健吾在文艺批评中表现出对"实证"与"审美"的双重要求

如果过于讲究科学，过于重视对社会史和生活史的挖掘，那么就会造成文学的不断简化，最终变成无聊的事实与干瘪的规则，人们会最终通向"缺乏文学的单调知识的本身"③，故而博学批评从一开始就没有放弃过对文学自身的审美追求。朗松更是试图通过提高审美环节在文学批评中的地位，来把圣伯夫追求的实证精神与泰勒强调的社会环境论结合在一起，以此调和博学批评内部存在的矛盾。这与李健吾的文学批评主张不谋而合。李健吾在文学批评中讲究科学实证的方法，但又认识到文学批评不等于实证研究，研究文学时不能不带上主观感情，既要运用想象调动自己的审美情趣，还得将其诉诸鉴赏趣味。关于"鉴赏趣味"，朗松认为是情感、是审美、是

　　① ［德］马克思. 德意志意识形态 ［M］//中共中央马克思恩格斯列宁斯大林著作编译局，译. 马克思恩格斯选集·第 1 卷. 北京：人民出版社，2012：144－145.

　　② 饶先来. 20 世纪 90 年代文学批评功能的偏失及其反思 ［J］. 甘肃社会科学，2006（5）：29.

　　③ LANSON G. Histoire de la littérature française, remaniée et complétée pour la période 1850—1950 par Paul Tuffrau ［M］. Paris：Hachette S. A. , 1952：6.

习惯更是偏见，正因为有了鉴赏趣味，文学批评家的激情才得以涌入文学印象之中。他建议每个人都应该有两种鉴赏趣味：一种是个人赏玩的趣味，用来挑选给我们提供阅读乐趣的书籍；另一种是研究的趣味，用它来对各种艺术风格进行区别，以便进行文学批评上的研究①。在这一点上，李健吾走得出人意料的远，远到以至于部分对李健吾起了不满的批评家认为他过于追求审美与艺术，而与现实世界脱了钩。

最强烈的指责来自左翼阵营，欧阳文辅不是第一个跳出来指责李健吾的人，但他的批评无疑最强烈，他既说李健吾是旧社会的维护者，又说李健吾的理论已然腐败。而指责的根本，则在于说李健吾的《咀华集》脱离了现实，太讲究文笔上的审美，只顾着去雕琢文辞上的华美，有唯美主义倾向。今天我们倒不能责怪欧阳文辅离谱，在当时的历史语境下，李健吾文学批评中的审美化倾向难免受到政治话语方式的挤压。只是左翼在批评李健吾《咀华集》与《咀华二集》中的审美倾向的时候，怎么就对他充满了科学考据精神的《福楼拜评传》只字不提？科学的实证与审美主张之间的关系确实难以把握，稍有不慎就会导致主观情感伤害到客观真实，在此基础上文学批评得出的批评性结论则难免失之偏颇。法国博学批评为了平衡两者，提出了两点方法论主张：其一，强调对文本本身的关注，绝不能用等值物去代替文本本身。比如，对文学的研究应该从原文本入手而不要从它的等值物译本去开始研究，因为原文本才是真正唯一的文本，而译本属于二手资料，是信任机制下产生的失真文本。其二，必须从事实出发，避免把事实意义进行扩大化处理的倾向，也就是说，既要保留我们的审美机制，但又要对其加以提防。

今天本书要对类欧阳文辅的批评家做一个回应，为李健吾做一个辩护：就是要看他有没有把握好实证与审美之间的关系。换言之，李健吾在进行文学批评活动的时候有没有强调对文本本身的关注，有没有从事实出发加以考量。下面，本书将从李健吾的"实证式"批评体式和"审美式"批评体式出发，去考察两者在李健吾文艺批评中并行不悖的微妙关系。

首先来看李健吾"实证式"的批评体式。正如上文谈到的，博学批评

① LANSON G. Méthodes de l'histoire littéraire [M]. Paris: Les Belles lettres, 1925: 461.

在文艺批评中提出的科学主张被李健吾所接纳吸收了。李健吾不像他的研究对象之一福楼拜那样对科学痛恨不已，相反，李健吾对文学与科学抱有乐观态度。前文已经从科学的角度多次论证过李健吾在研究法国文学上的实证态度，同样，他在对中国文学的批评性文章中也多次提到科学与实证。比如在评论巴金的《爱情三部曲》时，他说巴金缺乏客观的观察，受到左拉的影响不多，因而保留热情的风格，建议巴金多下工夫，多做实证研究。当然，无论李健吾如何批评，他的目光总是离不开文本本身，比如在批评梁宗岱的《从滥用名词说起》时，李健吾写道：

> 　　同时你奇怪我那句"古典主义告诉我们，下雨就得说做下雨"这句话，"下雨就得说做下雨"，不是杜撰的，而是若干年前念教科书时我就记住了的：这在拉布瑞耶（La Bruyère）的 *Les Caracters* 里面。书不在手头，但是你一定记得起在那一节。有一个例，我没有举，不过你也一定烂熟了。就是莫里哀的 *Le Bourgeois Gentilhomme* 的第二幕第六场后半场的对话。你说，"古典主义最讲究迂回的说法"，我完全同意。你劝我读一下腊辛的喜剧，我一定等一个机会来重读的，然而这依旧止不住我说："古典主义平衍出来。"而且，宗岱，你帮我在证明古典主义和象征主义没有绝对的区别，你就没有看出来吗？①

　　这段话并不像一般的批评文章，李健吾非常坦率，他不但重点关注批评的对象《从滥用名词说起》这一文本的本身用词，还用科学的态度举出了旁证，且和对象做着推心置腹的交流和沟通。从事实的角度出发，有一说一，这样的批评才能叫人信服。一页页去翻看李健吾的批评册子，就会发现这样的"实证式"批评体式并非特例，而且越看，就越能从中发现他的鉴赏趣味来。

　　接着我们来看李健吾"审美式"的批评体式。要对此加以讨论，我们还得回到梁宗岱的《从滥用名词说起》，梁宗岱所说的"滥用名词"，指的就是李健吾批评文章中出现了过多比喻性的词汇，文章风格跳跃而充满激

---

　　① 李健吾. 李健吾文集·7·文论卷1 [M]. 太原：北岳文艺出版社，2016：143.

情，使读者在审美体验中得到一种艺术化的诗意享受，因而导致理性的力量被削弱了。这篇针对朱光潜和李健吾的文章一出来，就引起了梁、李、朱甚至旁观者巴金、沈从文的好几轮笔战。过程略去不提，但梁对李的批评很显然是站得住脚的，李健吾的主要批评文集《咀华》两本册子，都对原理问题不加限定，因此被人诟病。但反过来思量，正是因为如此，才成就了李健吾文坛无出其右的别致批评风格。李健吾在他人的作品中寻找美，进而发现美，在以批评文章传达他所看到的美时，自己也创造了美。夏多布里昂"寻美的批评"这一概念恰好能描绘李健吾的批评风格：作为批评家，李健吾用一种艺术的方式对他关注的文本中的人物有了情感的共鸣，他拥有批评的热情，用富有审美情趣的语言在批评文章中描述着他的审美感受，并透露出他对法国文学批评从接受到产出的转化过程。这是李健吾的语言表现力，也可以说李健吾把对文本"纯美"的感官上的注视通过充满个人风格的文笔转换成了对"纯美"的一种形式上的表达。在这一点上，难怪巴金要赞叹李健吾的作品流畅而自然得就像一首散文诗了①。

试对比李健吾和茅盾对叶紫小说的批评：

茅盾评论道：

> 在二万数千言中，它展开了农事的全场面，老农的落后意识和青年农民的前进意识。……这是一篇精心结构的佳作。②

李健吾评论道：

> 叶紫的小说始终仿佛像一棵烧焦了的幼树，不见任何丰盈的姿态，然而挺立在大野……它有所象征，这里什么也不见，只见苦难，和苦难之余的向上的意志。③

---

① 巴金.《爱情三部曲》作者的自白 [M] //刘西渭. 咀华集. 北京：人民文学出版社，2001：29.

② 茅盾. 几种纯文艺的刊物 [J]. 文学，1933，1 (3)：7.

③ 李健吾. 叶紫论 [N]. 大公报·文艺，1940-04-02.

两者的差别不消多说已显而易见了。茅盾的评论风格平铺直叙，先复述小说的情节，后进行总结定论。而李健吾则偏爱比喻，给读者带来一种审美意象上的享受，使人更能领会到叶紫其人其文的特点。这样美丽的文字，虽然给他带来了与梁宗岱之间的笔墨之争，但这正是李健吾的文学批评审美情趣所在。

李健吾接受博学批评的这一案例其实从相当程度上反映了中国文学批评家在批评活动中受西方文论影响的一些普遍特征。西方文学原理往往负载着充满了言语艺术的逻辑话语，饱含抽象哲理，需要在躬行之中以实证方式一一加以验证。而中国文论则蕴含着丰富的感性体现，重视作品在审美层面赋予人的直观感悟。李健吾恰到好处地将这种实证与审美相结合，体现了 20 世纪文学接受现象中的一大民族特性。试再以李健吾于 20 世纪 50 年代后期对法国文学家司汤达的批评为例，说明他的文学批评是如何在"实证"与"审美"之中取得平衡的。

早在 20 世纪 30 年代，李健吾就对司汤达其人其文进行了现实主义实证上的挖掘。为了突出司汤达的现实主义特性，他不但列举了多位文坛骁将对司汤达的评价，而且对其生平做了细致的考察。司汤达出生于一个资产阶级家庭，然而李健吾却认为他同福楼拜一样，对资产阶级罪恶有着原始的批判。"他笔下有关资产阶级的东西，全都带有最大与最不掩饰的蔑视。"① 这一点尤其体现在《红与黑》与《吕西安·勒万》里：司汤达不但抨击了这两部作品中的资本家，更猛烈地鞭挞了书中所描绘的社会宗教制度。他曾说："我以为罗马天主教是一切罪恶的源泉。"还说："贵族和教士，是一切文明的敌人。"② 在这一点上，梅里美说他是"病入膏肓的唯物主义者"和"上帝的仇敌"③ 也就不足为奇了。虽然憎恶宗教，司汤达却毫不掩饰对祖国的热爱，作为军人，他 17 岁就随军突进意大利北部。他对

---

① 李健吾.《苏奥娜·斯考拉斯提喀》译后记［M］//李维永. 李健吾文集·10·文论卷4. 太原：北岳文艺出版社，2016：470.
② 李健吾.《苏奥娜·斯考拉斯提喀》译后记［M］//李维永. 李健吾文集·10·文论卷4. 太原：北岳文艺出版社，2016：470.
③ 李健吾.《苏奥娜·斯考拉斯提喀》译后记［M］//李维永. 李健吾文集·10·文论卷4. 太原：北岳文艺出版社，2016：470.

将军时期的拿破仑有着发自内心的爱戴，在 1837 年的遗嘱中，司汤达还声明自己只崇拜过一个人，那就是拿破仑。不过这并不妨碍他在小说中对拿破仑的失败做出正确的观察："拿破仑害怕号召爱国精神，唤起人民的激昂情绪。"① 然而他的仕途尚未展开，拿破仑的帝国就已然崩溃。正如《红与黑》里描述的那个时代：红军装已经没有出路，黑教袍根本不是出路。司汤达愤懑、抑郁、孤独且贫穷，一生中竟然动过 14 次想要自杀的念头，因此留下了 14 篇遗嘱。李健吾总结认为司汤达是"不幸"的：其一生流离坎坷，在不幸之中失去了浪漫的心性，他推崇的是理智，探求的是真理，却不幸生活在一个"浪漫主义风靡的时代"②。而司汤达又是"幸运"的，因为他在 1850 年就已以现实主义成名，比他自己死前预言的 1935 年要早了近大半个世纪。司汤达在世时，"现实主义"这个名词尚未成风气，而现在讲到法国文学史上 19 世纪的现实主义运动，一定离不开他的名字，因为他是一位生活在浪漫主义时代的现实主义者。司汤达在《帕马修道院》第二至三章中对战争的描写，被李健吾认为是法国文坛以现实主义创作手法处理战争题材的先声，这一点与托尔斯泰不谋而合，后者在一次采访中告诉巴黎记者："我再说一遍，就我知道的关于战争的一切，我的第一个师傅是司汤达。"③ 巴尔扎克也写信赞誉《帕马修道院》，称司汤达为"观念文学最卓越的大师之一"④。这里的观念，指的就是在当时还未经命名的现实主义观念，正来源于扎根在司汤达心中的关于现实科学的基本精神。李健吾对此考据后总结认为，司汤达讲究的现实主义科学说到底只有两种：第一是"认识人们行动的动机的科学"；第二是"使人走向幸福而不至于发生错误的方法"，也就是逻辑科学。关于这两点，司汤达说："彻底认识人，正确

———————————

① 李健吾. 司汤达政治观点和《红与黑》[M] //李维永. 李健吾文集·10·文论卷4. 太原：北岳文艺出版社，2016：486.

② 李健吾.《司汤达小说集》代序 [M] //李维永. 李健吾文集·10·文论卷4. 太原：北岳文艺出版社，2016：464.

③ 李健吾.《苏奥娜·斯考拉斯提喀》译后记 [M] //李维永. 李健吾文集·10·文论卷4. 太原：北岳文艺出版社，2016：470.

④ 李健吾.《苏奥娜·斯考拉斯提喀》译后记 [M] //李维永. 李健吾文集·10·文论卷4. 太原：北岳文艺出版社，2016：472.

批判变故，就是通过科学向幸福迈进了一大步。"① 可以说，司汤达的创作精神有着很强的唯物主义色彩，这显然从一开始就具有了高度的进步性，也使得他和同时代的作家泾渭分明。比如以保皇党诗人崭露头角的雨果，同期的写作风格是浪漫而抒情的；巴尔扎克则带有强烈的右倾色彩，在政治思想上反而不如雨果那样与时俱进。司汤达的写作从一开始就是充满了挑衅的，更是善恶分明的，他企图在科学的主张下用自己的文章评判幸福，羁縻人心。旁人总觉得司汤达在故弄玄虚，李健吾举了这样一个例子：一次，司汤达在外省游历，一个外省人问司汤达的职业，司汤达一本正经地作答："我是观察人心者。"这一回答几乎吓坏了问话的人，还以为司汤达是特务警察的耳目。但这一点瞒不过高尔基，后者点破了他的企图："我读司汤达小说的时候，已经是在我学会了憎恨许多东西之后，而他平静的语言、怀疑的嘲笑，更加确定了我的憎恨。"② 正是司汤达再现现实的高超技巧，才使高尔基意识到了历史环境下社会冲突的必然性。

在对司汤达的现实主义做了实证性的挖掘工作后，李健吾对搜集来的材料进行综合分析，并在 20 世纪 50 年代后期加以整理，开始了站在历史角度上对司汤达文学作品的审美批判。他首先对司汤达的小说下了"现实主义历史小说"的定义，比如《红与黑》，李健吾认为单从副标题"十九世纪遗事"来看，就足以说明司汤达的抱负。"他是把它当做法国当代历史来写的"③，因为在法语中，"遗事"和"编年史"是同一个词，在分析《红与黑》时，这是不容忽视的一个细节。然而，与《红与黑》所描绘的那段历史密不可分的是当时的政治阴云。司汤达的审美趣味因此暴露在了李健吾的笔下：第一，他始终对政治怀有强烈的好奇与参与之心；第二，他的小说始终是反映社会历史进程的一面镜子。

谈到司汤达的政治之心，还需得从 1821 年说起。那一年奥地利当局视

---

① 以上关于司汤达对现实科学的定义表述来源于李健吾译作《苏奥娜·斯考拉斯提喀》的译后记，1982 年交上海译文出版社出版司汤达《意大利遗事》一书时，李健吾将译名改为《苏奥娜·斯克拉斯蒂卡》。

② 李健吾.《苏奥娜·斯考拉斯提喀》译后记［M］//李维永. 李健吾文集·10·文论卷4. 太原：北岳文艺出版社，2016：472.

③ 李健吾. 司汤达政治观点和《红与黑》［M］//李维永. 李健吾文集·10·文论卷4. 太原：北岳文艺出版社，2016：478.

他为烧炭党人的嫌疑分子，将他驱逐出境。而早前法兰西帝国崩溃，司汤达已然对复辟的王朝失去信心，无路可去。百般无奈之下，他只得潜回巴黎。看到巴黎的政治环境后，他痛苦得几乎想要自杀，在《唯我主义者的回忆录》中，司汤达写道："在 1821 年，我很难拒绝一枪了结自己的诱惑……我认为是政治的好奇心阻止我这样了结自己。"① 随后，为了说明自己这一"政治的好奇心"，司汤达在手稿旁标注了"t. L. 18"的字样，整理他的遗作的人们为此百思不得其解。直到 1941 年版的《唯我主义者回忆录》中，才揭露了这个秘密："tuer Louis XVIII（刺杀路易十八）。"事实上，司汤达并没有行刺，他最终走上了与当权派妥协的道路：对外宣传君主立宪制，并不惜去谋求王室图书馆管理员的职位，偏偏当权派不领情，让他碰了一鼻子灰。此时，小资产阶级的"政治之心"未免带上了一层滑稽的色彩：愤慨犹在，行动却隐没了。于是，司汤达将愤慨流于笔端，交给《红与黑》中的于连去完成。于连看到国王对主教下跪，心里颇不服气，认为主教不过比自己大 6 到 8 岁而已。在这种心境之下，他为了个人的出路而依附于统治阶级，差一点就要在政治上大获全胜。于连对统治阶级的愤愤不平出卖了他的内心，他一面试图向上爬，一面又心怀报复的念头，这种波折将于连在政治上的矛盾之处展现得淋漓尽致——他不能抛弃小资产阶级固有的个人利己主义，更不能忘却被压迫者对剥削阶级的仇恨。连于连的创造者司汤达都没有办法平衡这一点，甚至借于连的情人马蒂尔德讥诮的口吻说他不是一匹狼，最多是狼的影子。的确，于连在得意时简直就是司汤达的缩影：他的"政治的好奇心"显得滑稽多过坚定，由于阶级的局限性而缺乏深刻的思想基础。然而，于连就像司汤达最后也无法掩盖"t. L. 18"的含义那样，最终还是露出了仇恨统治阶级的本质。直到向上挣扎的前途完全被封闭，于连发出了与统治阶级宣告决裂的声音。这是司汤达通过《红与黑》的主人公于连寻找一种能和当权政治力量相抗衡的勇气的强有力的证明。虽然于连最后的豪言壮语无法掩盖他虚伪的投机行为，但司汤达毕竟真实地再现了本阶级的政治之心，这恰是李健吾判定司汤达审美趣味的

---

① 李健吾. 司汤达对圣西门"实业主义"的抨击与《吕先·勒万》［M］//李维永. 李健吾文集·10·文论卷4. 太原：北岳文艺出版社，2016：515.

一个重要因素。

谈到司汤达的小说是反映社会历史进程的一面镜子，还是要从《红与黑》说起。李健吾曾指出："《红与黑》这部小说鲜明地、出色地反映了查理第十统治下最后一个时期的法国社会。"① 李健吾所说的"最后一个时期"，正是查理十世在位的最后两年，异常尖锐的社会矛盾在司汤达的这部小说里短兵相接：他从外省写到了巴黎、从宗教生活写到了贵族生活、写偷情背后的爱情、写政治背后的秘密……于是，司汤达通过主人公错综复杂的际遇与情节变化上的巧妙安排，借以艺术化的语言，毫不留情地撕下了复辟王朝的遮羞布。司汤达在《红与黑》上卷的扉页上，引用了资产阶级革命者丹敦的名言——"真理、尖锐的真理"，完全彰显了这部小说的性质。司汤达不但认识到了以小说反映社会历史进程的使命，而且在未竟之书《吕西安·勒万》的序言中强化了自身揭露社会现实的决心：

> 这部作品是老老实实地写出来的，不搞任何暗示，甚至于回避了一些暗示。但是作者认为，除去写主人公的激情之外，小说应当是一面镜子。
>
> 如果警察使出版感到鲁莽，推迟十年。
>
> 一八三六年八月二日②

中文版的《吕西安·勒万》中没有这么一段话，此处来源于李健吾引自原本的翻译。序言虽短，却反映了司汤达在创作中的一贯态度。奇就奇在司汤达的言不由衷：既然是一部自认为"不搞任何暗示"的小说，为什么又要避开政治警察，推迟十年出版呢？如果我们回顾《红与黑》的上卷第13章，就会发现已出现这样的句子："小说，这是一路上拿在手里的一面镜子。"下卷第22章亦有说明："如果您的人物不谈政治，就不再是1830

---

① 李健吾. 司汤达政治观点和《红与黑》[M] //李维永. 李健吾文集·10·文论卷4. 太原：北岳文艺出版社，2016：479.

② 李健吾. 司汤达对圣西门"实业主义"的抨击与《吕先·勒万》[M] //李维永. 李健吾文集·10·文论卷4. 太原：北岳文艺出版社，2016：520.

年的法国人，您的书就不再像您指望的那样是一面镜子了……"① 也就是说，正如李健吾对司汤达审美趣味做的总结那样："镜子反映现实，政治表示态度。"② 这两个方面共同作用，构成了李健吾对司汤达小说从历史角度做出的审美判断。

正因为如此，司汤达在创作中所表现出的带有历史倾向的现实主义精神，通过李健吾对其生平的考据与具体作品的分析而表现出来了。我们今天再读李健吾对司汤达的批评文章，感到的并不是干巴巴的教训，而是一种充满了现实主义色彩的综合性的诗意。李健吾深入司汤达的生活和思想，小心避开割裂司汤达历史社会关系的陷阱。经李健吾分析后展现在读者面前的司汤达和他的小说，洋溢着时代背景下思想的光辉，令人觉得细致而生动，既有实证的一面，又不乏对审美趣味的考察。通过这一节的论述，李健吾在文艺批评中对"实证"与"审美"的双重要求就很清楚了。李健吾在文艺批评中表现出审美化倾向，而严谨治学则是他对待实证科学的态度。既然李健吾受到法国博学批评的影响而产生了这两种文学批评倾向，那么本节可用朗松关于如何进行文学批评的一句话以结束争论："如你想正确地选择认识文学的方法，科学方法与美学全都得拿来用。"③

二、我们需要什么样的批评家——李健吾在上海

1935 年春，李健吾受郑振铎拔擢，赴上海国立暨南大学文学院任职，从此开始了他长达近 20 年的上海长居生活。初来乍到，被视为京派骁将的李健吾，很是引起海派文人们的侧目。巴金出于好心，对李健吾多有提点。李健吾后来在自传中也提到："我一到上海，朋友（指巴金）告诉我，上海方面有些人对我这个北方人来上海，很不满意，那时京派、海派之争正闹得厉害，我虽不在其内，也不得不回避一下。"④ 然而完全回避是不可能的，早在北平时，李健吾就以"作品论"的书评文章闻名，其中如雷贯耳的有

① ［法］司汤达. 红与黑［M］. 郝运，译. 上海：上海译文出版社，2010：74 – 373.
② 李健吾. 司汤达对圣西门"实业主义"的抨击与《吕先·勒万》［M］//李维永. 李健吾文集·10·文论卷4. 太原：北岳文艺出版社，2016：520.
③ LANSON G. Méthodes de l'histoire littéraire［M］. Paris：Les Belles Lettres，1925：34.
④ 韩石山. 李健吾传［M］. 北京：人民文学出版社，2017：166.

对沈从文的《边城》、对曹禺的《雷雨》、对林徽因的《九十九度中》和萧乾的《篱下集》的批评文章。来到上海后，尽管处境堪忧，李健吾却仍然笔耕不辍，先后对卞之琳的《鱼目集》、巴金的《爱情三部曲》、何其芳的《画梦录》和萧军的《八月的乡村》等展开了文艺批评。后来这些文章汇集成册，成了《咀华集》的重要组成部分。今天看来，李健吾的这些批评在语言上显得隽永清丽，往往深挖作者创作的背后心理活动，直言不讳，文风更是别出心裁，一时之间让人无法立判其理论归属。《咀华集》出版前，为着这些书评，李健吾就与一向支持他的巴金、卞之琳生了一些龃龉；《咀华集》出版后，他兴冲冲地寄给梁宗岱品阅，又惹出了与海派之间沸沸扬扬的一场笔战。这些论战的结果是：从此以后在对李健吾的文艺批评进行属类分析时，印象主义成了无论如何绕不开的一环。

如今我们谈到李健吾的文艺批评，仍要从印象主义谈起，甚至有人说中国的印象主义文学批评自李健吾始。他的文艺批评既带有中国传统诗学的"感悟"，又充满了法国印象主义的鲜明特点。可以说，法国印象主义批评从实践角度深深影响了李健吾，具体表现在他对艺术审美的重视、讲究批评家在阅读上要完成"心灵的探险"、追求批评家与杰作之间有着"灵魂的奇遇"以及对批评家的独立地位加以维护等具体方面。从这个角度出发，说李健吾是法国印象主义中国化的集大成者并不为过。但是，法国印象主义总给人一种站在社会科学与求实求真精神的对立面的错觉，因为它主张将审美与感悟作为文学批评的出发点，强调用个人印象式的感觉来替代科学的标准。这一点与持有现代批评观的批评家们主张的系统严谨性、理论科学性有着很大的距离。李健吾充满了艺术审美气质，对此有着天然的警觉。在李健吾的认知里，批评属于独立艺术的一种，不同立场的批评家们自有自己的典型范式。有讲究科学与实证的批评家，就应该有讲究审美与个人感悟的批评家，有追求革命的批评家，就应该容得下追求艺术的批评家。批评理论本身无优劣之分，因而批评家的主张与理想也应无高低之分。然而在中国，从梁启超的"诗界革命"到胡适对文学改良的数条建议，批评家们担负的一直不是纯艺术欣赏与理论分析的职责，而是对中国的广大读者扮演了一种教育者、启蒙者甚至是破坏者的角色。后基于各自文学观念在理解上的不同，分化出了左翼批评家、京派批评家、海派批评家、人文主义批评家、批评家的批评家、印象主义批评家等，越发相行愈远，以至于互相攻讦，一时之间使文坛出现各种争论。而李健吾遭遇的，正是针对他"印象主义批评家"的抨击浪潮。虽然印象主义批评今日已经式微，但纵观其在中国的遭遇史，我们还是忍不住发问：我们到底需要什么样的文学批评家？

1. 我们需要什么样的文学批评家

1936年，李健吾的《咀华集》问世了，这标志着法国印象主义批评在中国的文学批评土壤上站稳了脚跟。但这也许对李健吾个人来说并不是一件好事，往后岁月里对他无穷无尽的攻击中至少有一半来自对这本印象主义的批评文集的鞭挞。除前文中已经提及的欧阳文辅对李健吾大加批判外，还有陈燊等人也给李健吾插上了白旗，似乎要将李健吾驱逐出文学批评的阵营。

再回溯到1934年，李辰冬在燕京大学国文系做了题为《现代中国需要的文学批评家》的演讲，提炼李辰冬的观点，他认为中国最不需要的就是印象主义的文学批评家。因为印象主义文艺批评在文学批评上找不到固定确实的批评标准，总是"凭着个人的感觉来"①，这恐怕是中国最早对印象主义文学批评家的非议文章了。既然不要印象主义的文学批评家，那么我们到底需要什么样的批评家？在回答这个问题之前，我们有必要以李健吾为例，搞清楚印象主义批评在中国屡受非议的原因。综合分析原因有二：第一，主观印象与批评的客观公平性之间存在矛盾；第二，感悟随笔式的批评风格与批评系统性之间存在矛盾。下文将一边对两者进行分析探讨，一边试图为李健吾进行辩解，以期对中国需要的批评家的类型这一问题作出回应。

（1）关于主观印象与批评的客观公平性之争

在李健吾之前的印象主义者通常将印象赋予客观存在，而非尝试再现真实世界中的客观存在。这并不意味着印象主义不要客观真实，比如一棵树，对不同的人而言是不同的，晴天的树自然与雨中的树不同，夏天的枝繁叶茂更是与冬季的肃杀萧瑟不同，但没有人会不承认这是一棵树，树却

---

① 李辰冬. 现代中国所需要的文学批评家［N］. 北平晨报·学园，1934 – 12 – 11.

因时因情给予人不同的印象，这就是印象主义者的客观真实。对印象主义者而言，真实受困于主观感受之中，个人的主观体验因而得到了额外拔高的重视。李健吾清楚地认识到，文学批评活动中仅仅满足于对主观印象的把握是远远不够的。因而他主张在直观中回归本质，究其原因在于他认为这种直观并不是一种完全意义上的来自感觉的直觉，而是通过一种充满诗意的方式回归真实世界的本质精神。放到批评实践中，李健吾特别强调在直观感悟下进行批评活动时的公平性原则以及批评家的客观独立性原则。在他看来，如果想保持文学批评趣味在审美上的纯正，就必须首先端正自己的情感，将与文学因素无关的情感进行剔除，只留下公平与公正的态度。因为只有批评家避免了社会环境下的利益干扰，保持个体审美的独立性，才能使批评真正向本质本源回归。

　　19世纪中期的英国批评家阿诺德在他《现今的批评职责》一文中指出："批评必须维护它的实际精神和它的目的。要做到这一点，它就必须对明辨是非具有一种不偏不倚的态度。"[①] 李健吾就阿诺德所指进一步阐述道："明确一个时代的文学的主流，和所有的次流区别开来，是批评家最高职责；他在执行中显示出他多么不可企及地具有他的职位的必不可少的品质——精神的公正。"[②] 这并非李健吾唯一一次提到公平性原则，在《咀华二集》中，李健吾写道："我的工作只是报告自己读书的经验，如若经验肤浅，这至少还是我的。批评最大的挣扎是公平的追求。但是，我的公平有我的存在限制，我用力甩掉我深厚的个性（然而依照托尔斯泰，个性正是艺术上成就的一个条件），希冀达到普遍而永久的大公无私。"[③] 这算是对在当时盛行的对印象主义批判的一个回应。欧阳文辅在批判李健吾时指责其常用的比较和综合的方法，其实恰是科学精神之公正的表现，是李健吾在对法国印象主义批评进行吸收与扬弃过程中，自觉将其与本国民族传统批评话语空间进行结合，并发生创造性转化的重要体现。也就是说，李健吾充满自觉性

---

　　① 李健吾. 别林斯基对巴尔扎克评价的改变问题——读书笔记［M］//李维永. 李健吾文集·11·文论卷5. 太原：北岳文艺出版社，2016：323–324.

　　② 李健吾. 别林斯基对巴尔扎克评价的改变问题——读书笔记［M］//李维永. 李健吾文集·11·文论卷5. 太原：北岳文艺出版社，2016：323–324.

　　③ 李健吾. 咀华集·咀华二集［M］. 上海：复旦大学出版社，2005：93–94.

地将印象主义作为一种全新的批评理论进行挖掘，有意识地建立一种有中国特色的印象主义批评体系，不像法国传统印象主义那样过分夸大主观随意性，而是对其有所匡正。李健吾既不放弃在批评活动中的自我表现，又尽力对批评对象做出公平的判断，在其中争取最大的自由，从而使他的批评文章有了一种从容大气的风度。为了保证文学批评趣味的审美纯正性，他视艺术为标尺，用以衡量摆在他面前的杰作。因为作为一个真正的艺术批评家，对批评对象既不溢美又不苛责，做到公平公正，正是最难得的。李健吾认为，批评是在客观独立的条件下完成的，要做到不以作者的好恶为好恶，因为作者有撰写的自由，批评者拥有的是批评的公正。批评家的尊严从来就不来源于为他所批评的文章，批评者能做的只有用心去感知体会，给出公允的评论，不能带有丝毫的门户之见。举例来说，《咀华集》与《咀华二集》一共提到了近 20 位作家，如卞之琳、巴金、茅盾、萧乾、曹禺、何其芳、沈从文、夏衍和林徽因等，他们中的大多数在当时都还只是刚在文坛崭露头角的新秀。李健吾在文学方面的视域之广、目光之敏锐自不必说，难能可贵的是他对于文坛后辈一视同仁的公正态度。在文学批评家与创作者的关系上，李健吾主张的印象主义坚持了双方的平等地位，从而凸显了文学批评的尊严，这可以视为印象主义批评的一个独到之处。

（2）关于感悟随笔式的批评风格与批评系统性之间存在矛盾的问题

其实，印象主义的批评风格充满着一种与客观事实联系紧密的主观直感性，这种真实是在主体内部看不到的，当然在外部客体中也难觅其踪，因为它自成一个系统，是一种主客体复杂关系的集合。无论真实的外在表现是主客体关系的集合，还是说真实向内蕴含着多面性和统一性，印象主义批评家都无从诠释这种饱含着差异性的真实。故而李健吾的批评不在诠释，而在对作品整体的审美把握。他认为："（文学本身）其形式和内容不可析离，犹如皮与肉之不可揭开……企求的不是辞藻的效果，而是万象毕显的完整谐和。"① 追求形式和内容的完整和谐的批评风格并非李健吾首创，中国古代文学批评一贯讲究作品是有着内在血脉流通的生命，不赞成理性式的肢解型分析。如朱光潜在其文学批评理论专著《诗论》中运用现代声

---

① 李健吾．咀华集·咀华二集［M］．上海：复旦大学出版社，2005：33.

韵学与物理学的手段，拆解分析中国古代诗歌音律特征，其主张尽管入木三分，却与李健吾注重整体印象的方法论南辕北辙，也与中国传统文学批评大相径庭。中国式传统文学批评强调的是阅读过程中自然的感知印象，再以诗化的语言表达出来，变成"妙悟式"的点评。试举钟嵘《诗品》对范云和丘迟批评为例："范诗清便宛转，如流风回雪；丘诗点缀映媚，似落花依草。"（中品："范云丘迟"条）仅用十余字，清新自然之余喻示着对象诗歌的内在整体思维，不但诱发读者的审美联想，更显示批评者本身诗意的真实。李健吾深谙此中真意，在他的批评实践中，更是极少对作品进行抽丝剥茧的剖析，他看重整体式的感悟，这正是法国印象主义与中国文学批评近乎天然的相通之处。严羽在《沧浪诗话》中说："悟有浅深，有分限，有透彻之悟，有但得一知半解之悟。"这说明中国文学批评与法国印象主义相似之处在于两者都不依赖一定的理论或标准，而中国传统文学强调的"悟"，其实是一种在类似的阅读场域下文人们逐渐形成的相近的阅读审美，与受这一审美趣味影响而产生的类似的赏析力。李健吾的批评集以"咀华"命名，"含英咀华"，这也说明其批评主要在鉴赏，而非理论归约、逻辑推导的演绎性文体。其基本特征就在于对批评对象整体直观式的感觉判断，也就是对整篇批评对象的精神风貌做统一的鉴赏，力求找寻原作者的创作思想，产生意象之间的碰撞，从而产生缠绵不绝的新韵味。例如，在评论何其芳时，李健吾写道："仿佛万盏明灯，交相辉映；又像河曲，群流汇注。"[①] 在说明巴金和茅盾在风格上的区别时，他写道："读茅盾先生的文章，我们像上山，沿路有的是瑰丽的奇景，然而脚底下也有的是绊脚的石子；读巴金先生的文章，我们像泛舟，顺流而下，有时连收帆停驶的功夫也不给。"[②] 诸如此类流畅的比喻，给予读者美的二次享受。对于这种转瞬即逝的感觉印象，李健吾的笔下充满了奇妙的游离功夫，作为普通读者，其实是很难追上他跳跃的思维的。以评萧乾先生的《篱下集》为例，李健吾从一面无关紧要的酒旗谈到《边城》，从沈从文谈到浪漫主义，转而突飞

---

① 李健吾．《画梦录》——何其芳先生作［M］//李维永．李健吾文集·7·文论卷1．太原：北岳文艺出版社，2016：137．

② 李健吾．《爱情三部曲》——巴金先生作［M］//李维永．李健吾文集·7·文论卷1．太原：北岳文艺出版社，2016：40．

国门，讲起了法国的卢梭，再又匆匆几笔回转到萧乾，突然跨越古今谈起了屈原，谈到了《九歌》，接着孟子出现了，再转回沈从文，在空间与时间的交错中端出来乔治·桑。这种形神俱散的印象主义批评范式，虽受人诟病，但就批评家自身创造性与对作品整体气韵的把握而言，依然有其亮彩之处。无怪乎巴金对李健吾批评道："你好像一个富家子弟，开了一部流线型的汽车，驶过一条宽广的马路。一路上你得意地左右顾盼，没有一辆汽车比你的华丽，没有一个人有你驾驶的本领。你很快就到达了目的地，现在是坐在豪华客厅里的沙发上，对着好几个好友叙述你的见闻了。你居然谈了一个整夜。你说了那么多的话……朋友，我佩服你的眼光锐利。但是我却要疑惑你坐在那样迅速的汽车里面究竟看清楚了什么？"① 巴金认为李健吾的批评行云流水，似形神俱散，因而对李健吾发出了"究竟看清楚了什么"的疑问，但李健吾却从未为之困扰。因为李健吾整体审美的关键，就在于"坐在迅速的汽车里看清楚了的东西"，即阅读的直观印象。要抓住这种直观印象，不能深思熟虑，否则有了理性的渗透，直观印象就会变形。所以李健吾往往快刀斩乱麻，这种方法与法国印象主义批评同属一脉，都注重抓瞬间感受，将批评建立在对作品的鲜活的印象之上。而不同之处在于，李健吾更多地将批评看成是一种心灵的探险。此外，李健吾并不排斥系统的理性思维，相反，他善于通过在第一时间对直观印象进行辨析，使得印象带有整体性质上的条理化倾向。借用古尔蒙的话来说："一个忠实的人，用全副力量，把他独有的印象形成条例。"② 比如，在评价沈从文的《边城》时，他从创作风格出发，对废名和沈从文进行了整体评价：他说废名就好像一个修士，追求超脱，追求思维的美丽；沈从文善于表现的是经由他热情再现的具体的生命，追求的是生命的美丽。此外，李健吾往往运用自己丰富的法国文学素养，将批评对象放置在法国文学系中以寻找参照，以此来对比较对象与参照物之间的整体风格加以互相佐证。比如，他将沈从文与巴尔扎克进行类比，认为两者的作品都有"热情风格"的一面；又

---

① 巴金．《爱情三部曲》作者的自白［M］//刘西渭．咀华集．北京：人民文学出版社，2001：29－30．

② 李健吾．答巴金先生的自白［M］//刘西渭．咀华集．北京：人民文学出版社，2001：33．

将萧乾的《篱下集》与卢梭的《爱弥儿》放置一处，认为在情绪抒发上有异曲同工之妙；至于茅盾，则唯有巴尔扎克的风格可与比拟。李健吾为自己的这类类比辩解道："……虽说切近直觉，却不就是冲动，乃是历来吸收的积累，好像记忆的库存，有日成为想象的粮食。"① 李健吾通过对不同文本的整体风格进行比较的批评手法，来提升印象主义批评整体上的系统性和学理性。

朱立元在谈到接受美学的六种批评模式时，也着重提到了李健吾这种直观感悟式的批评模式。他认为这个模式并非从法国接受美学家那直接搬取，而是从西方部分重视直观感悟的批评家和中国传统的顿悟灵感式批评那综合概括出来的。在这种批评模式下的批评家既要忘记自己是一个有着专业素养的批评家，也要忘记自己是一个理想读者。他需要从自己的本心出发去阅读，将自己的感受、体验等毫无顾忌地写下来，自由又洒脱，不讲规则且毫无拘束，只有这样才能够成为一个真正的读者，才能够"作一己之顿悟式批评时，代表着一群（或多或少）的读者"②。也就是说，只有把自己当作一个读者，讲究在阅读过程中作直观顿悟式的批评，才是真正的读者反应批评，才属于接受美学的一部分。而当批评家加入了对文体语言、审美形式、作家思想等多方面的综合感悟，就形成了一种深具美感的批评方式。历史和实践证明，文学不需要干巴巴的只会谈僵死理论的批评家，文学需要的是能够代表读者心声的批评家。

综上，印象主义批评不是不讲求客观性和公平精神的批评理论，相反，它自有一套客观公平的评判标准；同时，印象主义批评充满了感悟式的随笔风格决定了它在审美标准方面重在诠释而不是搭建系统。如此说来，那些对印象主义的攻讦便站不住脚了。印象主义批评家真的不是我们需要的批评家吗？李辰冬向世人宣称中国需要的批评家是有文学素养的、能用原理对作品加以批评的、能用作品来为原理作证的美学批评家，这又有哪一点与李健吾不符合呢？

---

① 李健吾.《画梦录》——何其芳先生作［M］//郭宏安. 李健吾批评文集. 珠海：珠海出版社，1998：131-132.

② 朱立元. 接受美学导论［M］. 合肥：安徽教育出版社，2004：414.

2. 印象主义有没有批评的标准

现在，我们知道并不是中国不需要印象主义的批评家，而是因为历史视域的狭隘，一时、一地、一派的言论难免失之偏颇。李辰冬所说的印象主义文学批评缺乏"固定的文学批评标准"，一问世就遭到了李健吾的驳斥反击。他拿"自我"作创作的依据，认为"自我"就是批评的标准。他回应道："印象主义的批评家虽然否定了一切标准，但他们无形之中也提出了一个标准——Moi 自我。"① 这里李健吾还特别引用了一个法语单词 Moi，似乎是特地在为印象主义批评的这一标准点明来路。这句话历来饱受研究界诟病，研究界认为以"自我"为标准反映了在文学批评问题上的模糊性，是一种无理论依据的软弱性的体现。本书认为这样的理解有以偏概全之嫌，是对李健吾的理解不够全面造成的。因为李健吾说的"自我"，是一种艺术观念上的自我，以自我为标准，则意味着从作家在作品中暗含的自我出发。要对一部作品进行批评，首先就是要了解这部作品，而要了解这部作品，必须从认识作家的自我开始，同时注重属于批评家的自我意识在阅读体验活动中的实践，又不以死的理论为准绳，而是在自我可以调控的范围内，使批评的写作始终处在修正状态下，以配合自我意识的不断更新。因为并不存在"客观如此"的批评方式，只有"我觉得如此"的修正方式。除此之外，李健吾认为应该学会观察自己，看看自己是不是秉持一颗公正的心，对这部作品以及作者有没有偏见、存不存在误解，能不能打开自己情感上的障碍，能不能全心全意地去接纳作品进而阅读作品，最后做出公允的批判？这一切，都是从"我"开始的。在此基础上，李健吾对批评的标准还做了两点阐发。一则是人生经验，一则是杰作：

> 许多人以为我是一个为艺术而艺术的人，今天我要特别在这里向诸位说明我的立场，我要提出的标准有两点：
>
> （一）人生经验：批评应该是独立的，有标准的；人生的色象是很复杂的，我们不可以用一个字去决定，文学批评也不是一句话可以说完，我们应该用人生的经验去了解，去体会，去批评作品。

---

① 李健吾.文学批评的标准 [J].文哲, 1939, 1 (6)：4-5.

......

（二）杰作：以过去的杰作为标准比抽象的条件好，因为杰作的创造是根据人生的经验；杰作是含有不可避免性的。①

在谈到人生经验可作为批评的标准之一时，李健吾提到了人生色象的复杂性，认为在处理同样复杂的文学批评问题上，应当利用人的阅历去了解和体悟，因为艺术的根据就是人生，要了解艺术，必须从人生出发。但每个人的人生经验都有所不同，所以这一条标准应该要活泛地运用，它既包含了阅历和历练，又包含了个人的学识与社会关系。拿中国的旧小说举例，以前都看里面有没有忠孝节义，有，就说是符合统治阶级价值取向的好小说。然而今天的社会变化了，道德标准不同了，剥削关系消亡了，我们再来看旧小说，评价它是不是好小说，多半是从它合不合乎我们的胃口来看。这反映了社会变化给我们的文学批评标准带来的变化。当然，这里的人生经验是宽泛的经验。又比如说蒋捷在对雨的感悟上，他的批评的标准不也正是随着"少年"到"壮年"再到"鬓已星星也"的年龄增长，从而导致了从"红烛"到"客舟"再到"僧庐"的不同心境变化吗？总的说来，人生经验既包含了被批评的文本的作者的人生经验，也包含了作品中表现出来的人生经验，更包含了作品背后被藏起来的人生经验，以及批评者个人的人生经验。无论怎么解释，都离不开对"人生"的观照，故而印象主义的批评家总是把"人"作为关键词放在批评的中心，并由此衍生出了对"人性""性格"和"情感"等感悟式的批评。

除开人生经验，李健吾也谈到"杰作"一条，他自己也认为"人生的经验"其实是一种印象主义式的抽象条件，所以如果拿出过往历史中的文学杰作加以参考，批评的效果会要更好。因为"杰作"是根据"人生经验"来进行创造的。这显然不是鸡和蛋谁先有的问题，"人生经验"与"杰作"应该是包含与被包含的关系。正所谓"操千曲而后晓声，观千剑而后识器"，这"千曲"和"千剑"，正是既往的杰作。这就是李健吾强调批评家要怀着谦虚的态度多读书的缘故了。除李健吾外，萧乾也持有类似观点：

---

① 李健吾. 文学批评的标准 [J]. 文哲, 1939, 1 (6)：4 - 5.

"要练出批评的本事只有先去读古今中外最成功的艺术作品，而且是各流派各时代的作品。"①

这两条标准导致李健吾在文学批评活动中始终坚守了自己的本心，将目光锁定在对作品与作家的批评上，而不是去考虑政治环境、社会因素带来的各种压力。自从李健吾被冠之以"印象主义批评家"的帽子之后，我们反而越来越多地能从他充满批评家主体意识的批评文章中发现他追求的"批评家与批评皆独立"的主张，并在自己的批评实践环节中，实现了一种中法文学思维在批评范式上的通融。

3. 中法思维在批评范式上的通融

由于 20 世纪初中国传统文化思想体系的整体坍塌和对欧洲先进文化近似疯狂的渴求，早期的知识分子们其实是以西欧的话语来重塑本国文化的。在这种情况下，李健吾带有中国传统批评特色的印象主义批评，其实代表了他对传统文化的一种认同，也体现着在接受法国文学审美后中法思维在批评范式上实现的通融。

"心灵的探险"，又或者说是"灵魂在杰作间的奇遇"是法国印象主义文学流派代表人物、文学批评家法朗士对其学派的简单定性。而李健吾从理论上接受了法朗士的这一观点，认为作家把自己的灵魂写进了杰作，而作为读者的批评家的阅读过程就是一场心灵的探险，探险的终点就是作者灵魂与读者灵魂的相遇。李健吾在他的文学批评中对此理论进行了精彩实践。对内他评论过巴金的小说《爱情三部曲》、萧军的小说《八月的乡村》、沈从文的小说《边城》和卞之琳诗歌集子《鱼目集》等，对外他评论过福楼拜、巴尔扎克、司汤达等，这些中外作家并不是同一个流派，唯有一点在批评实践中是共通的：李健吾与他们都有了心灵间的交流。他的灵魂与著作家们的灵魂在中外杰作中相遇，这种际遇凝结成的正是李健吾式批评的丰硕成果，体现了李健吾作为批评家与艺术家的双面统一。如果说作家的创作汲取了生活的凡尘，形成直观的经验，再加以调和绘制成了生活的理想图景，那么文学批评家则是把这些直观的经验加以复制，综合自己的观察和感悟，去探究作者和作品的灵魂，从而鉴定隐藏在作品中的巧思与

---

① 萧乾. 知识与品位［M］//李辉. 书评面面观. 郑州：大象出版社，2018：29.

深意。也就是说，批评家的文学批评活动要成功进行，势必要对自己的批评对象进行心灵的探险，要倾注全部的灵魂拥抱作品，全心全意地去感受作家的世界观。感受不等于盲从，同作家作品进行交流，在交流中得以升华，唯其如此，才能揭示作家艺术世界的奥秘，得到印象主义文学批评诗化的真谛。这势必要求批评者的主观介入。这样的文学批评怎么可能不带有强烈的主观抒情色彩呢？在李健吾的批评文论中，时人看到的更多的是充沛着感情、洋溢着诗性光辉的语言。法国印象主义批评受唯美主义、浪漫主义影响，强调批评者的主观经验，反对规律和理性，追求文学作品的精神之美。中国的传统批评则是通过妙悟式的感受获得与原作者之间心灵的共通。综合观察，李健吾的文学批评是一种偏重感悟、充满了心灵的碰撞、偏好从作品整体角度去把握、有中国特色的印象主义批评方法。他善于吸收中法文学批评在批评范式上的长处，把碎片化的个人印象进行整体化处理，以建立整体性主体的方式冲破了法国印象主义中关涉主体的神秘性；同时，他用充满了品鉴与感悟的中国传统文学批评方式把握作品的整体脉搏，从而传递给读者精准的审美信息。单纯分析李健吾的文学批评受到了法国印象主义的影响是没有意义的，这只看到了李健吾接受影响的被动消极的一面，却容易忽视他从自身主体性上去选择施予的一面，也抹杀了他改造法国印象主义、使舶来品与中国传统文学批评方法相融合的一面。只有将法国印象主义在中国传统文化的土壤上加以改造，才能构建有中国本土特色的印象主义文学批评，最终调服水土，发扬光大。

李健吾式的中国特色印象主义文学批评在现代文学批评史上影响深远，有周作人、梁宗岱、沈从文、唐湜等前后唱和，他们的批评观念在当时的批评长河中独成逆流，婉转亮丽。多数学者认为这正是受到了法国印象主义批评观的影响。尽管如此，中国特色印象主义对法国印象主义并非形而上的借鉴，李健吾等在接纳法国印象主义的同时，也看清了其固有的局限性。因而他们结合中国传统文学批评，加入自己独到的体悟，对法国印象主义进行了有意识的修正，从而使两者之间出现了明显的差异。中国传统文学批评中也强调批评家对作品进行积极主动的审美活动，并以诗性的方式诉以感性表达，在某种程度上类似于法国印象主义流派的批评追求。带有中国特色的印象主义文学批评并不是完全脱离批评对象的一种任意妄为的活动，其与着重关注直觉感悟的法国印象主义批评在相当程度上殊途同归。这也正是李健吾早期被视为法国印象主义文学批评家的原因。借用温儒敏所言："对西方的印象主义来说，李健吾的借用是打了很大'折扣'的……也许正因为打了'折扣'，在一定程度上适应了本土的接受条件，他的批评才形成了自己的特色，并在风格与艺术形式批评方面取得相当的成功。"① 也就是说，在 20 世纪 30 年代救亡图存的紧迫环境下，整个中国印象主义的发展不可能如法国印象主义那样完全地抛弃时代现实，而是走了一条把现实人生也纳入其批评的范围之内、接受本土的现实环境的发展道路。

与此同时，李健吾始终不能抛弃追求文学独立性的立场。在政治上，李健吾未能积极与进步的"左翼"势力靠拢，又不愿与"右翼"势力同流合污，与现实的人生始终保持不远不近的距离。这使得中国特色的印象主义批评虽来源于法国同一批评模式，又与之不完全相同，最终成为中西文学同流的结晶。在探讨同流这一过程中，不难发现中国传统文学批评向现代文学批评转型之果，并非全在西方强势文学强制同化之因。中国传统文学批评的转型过程，实际上是最大限度地吸收西方优秀文学与去伪存真的过程。李健吾出色地做到了这一点，从一个侧面验证了他作为批评家与艺术家开放的视野和广阔的胸襟。尽管如前所论，印象主义批评在我国的文学批评历史进程中地位尴尬，然而，近年来审美的群体化已向个体化重新转向，又或未可知曾经一度被误判，甚至被遗忘的李健吾式中国特色印象主义再度绽放绚丽光彩呢？如此想来，又怎么能说李健吾不是我们所需要的批评家呢？

三、盲视与洞见——李健吾批评中的两个自我

德曼是与李健吾同时代的文学批评家，在他的影响下，发轫于法国的解构主义思想得以在美洲大陆上开花结果。德曼生前仅有两部专著面世，其中之一就是《盲视与洞见》。通过研究元批评，德曼在该书中宣称发现了一个很有意思的现象，即在批评家的批评著作中，盲视与洞见总是如影随

---

① 温儒敏. 中国现代文学批评史［M］. 北京：北京大学出版社，1993：102－103.

形。也就是说，文学批评家们的著作中，总是伴随着两个自我，且两个自我分别有着截然不同的两个观点，并出现了一种悖论性反差。具体说来，就是代表着批评家们精辟的见解的"洞见"，不一定是批评家们有意为之的结果，故而他们往往对这种"洞见"视而不见，一心追求符合另一个自我的批评主旨，以至于形成了"盲视"。例如在对卢卡契的《小说理论》进行批评时，德曼认为卢卡契同时主张小说的非连续性与有机的整体性就是两种同时存在于同一个文本中的矛盾观点，而卢卡契本人对此并无察觉。

　　用德曼这个观点来观察李健吾的文艺批评之路，或许可以为研究李健吾文学批评提供一些新思路。本书首先要搞清楚的是在李健吾的批评视野中，洞见是什么？盲视又是什么？具体观察后发现，盲视其实是一个颇具威胁性的观念，它总能暴露出被盲视的、属于洞见那一方的缺陷，从而使得处在批评理论中心的洞见变得疲弱。如果说文化是洞见，那么自然的力量则属于盲视；如果说教育是洞见，那么天性就是盲视。我们同样可以在李健吾的批评中寻找到盲视与洞见的身影：李健吾一方面热情地讴歌着艺术的诗意，一方面又不得不承认他接受了现实主义的熏陶。如果说艺术至上至善至美，那么为什么李健吾又宣扬只有现实主义才能救中国呢？李健吾一边激烈地为自己印象主义批评中的直觉顿悟做着辩护，一边又不得不承认条理性和系统性是文章中必不可少的补充。是艺术，还是现实？是直觉，还是系统？在这个意义上说来，李健吾并没有意识到两者之间存在的相互关系，这就是李健吾的盲视所在。

　　在德曼的理论中，这两种矛盾的观点其实来源于两个自我。一个是属于批评家的自我，一个是属于作家的自我。在批评活动未开始，而阅读活动进行时，必须首先放下批评家的自我，以便与作家的自我融合。当批评家的自我在阅读活动中消失殆尽，才能接收到作家隐藏在作品最深处的自我，从而理解作者行文的真正意图。但是，作为批评家的自我能够真正做到消失不见吗？如果真的可以，那么每一个批评家在结束阅读活动，转而进行批评活动时，都应该站在与作家自我实现了等值吻合的基础上，对作品得出相同的解读。然而事实上是，李健吾在强调批评的标准时提倡的那个自我，并不是他宣称无限贴合作家的那个自我，而是在批评活动中以批评家的那个自我的名义进行发声的自我。李健吾既放不下属于艺术领域的那个批评家的自我，又不得不承认属于现实领域的那个作家的自我的力量；既依赖于批评家的自我的直觉顿悟，又受困于作家的自我所织就的条理性之中。这样看来，批评家的自我又如何能够干净得像一碗纯水呢？既然批评家的自我无法消失，那么当他与藏在文本中的作家的自我相遇之时，就会主动发生作用，将作家的自我消化吸收，以此形成一个更复杂的自我。最终的结果正是如此：一个新的自我的出现是对先前两个自我的超越。两个自我在文本中互相发声，虽然彼此矛盾，却无法彼此取消。

真相是什么？海德格尔将希腊语中的"aletheia"（真相）一词以字面义解为"无遮蔽"。这意味着对于我们正在寻求真相的事物，我们大可不必用来自自我的观点对其加以言说，只需要把自我退出话语界，让事物"无遮蔽"，真相便自然水落石出。当我们把目光转向文学批评，就会发现批评家们做的意图揭示作者目的的种种努力，其实就是一种掩盖真相的遮蔽行为。李健吾亦如是，他并不是生活在纯美艺术世界中的纸片人，他生活在我们日常的社会环境中，不可能不带着前结构去阅读文本。他通过批评活动试图揭露的真相，总是带着主观的遮蔽。换言之，他通过新的自我进行批评活动获得洞见的过程，就是陷入盲视的过程。

洞见与盲视，绝对不能简单理解为相互对立的关系，而是在寻找真相过程中不断发生的遮蔽与去遮蔽的关系。从这个意义上来看，盲视是绝不可避免的，因为无论新的自我如何阐释与解说，都永远达不到与作家的自我完美的统一。其根本原因不在于接受了文本的批评家，而在于语言本身在意义上的不确定性。我们把洞见与盲视的概念放到这一章的末尾来说，其实是为了更好地领略阅读活动的复杂性，是接受美学中读者反应批评的重要补充。也许本书的论述自有自在的盲视，但是这一盲视是本书无法判断的。德曼不是说过吗？关于批评家自身存在的盲视是"他自己都无法追问的问题"①。

除此之外，还有作者的真实自我与隐喻的自我互相遮蔽，以至于造成新的洞见与盲视的情况。让我们再举一个李健吾的例子。1950 年，周而复

---

① DE MAN P. Blindness and Insight—Essays in the Rhetoric of Contemporary Criticism ［M］. Minneapolis：University of Minnesota Press，1983：106.

在《小说》编辑部召开的作者座谈会上介绍了知识分子被改造的模式：先从思想改造出发，然后进行生活改造，于此才能写出成功的作品。有了这个章程，上海的知识分子开始了整风运动，李健吾毫无疑义地成了被整风的对象，在压力之下，他写出了数千字有自传体性质的《我学习自我批评》一文。既谈了自己的身世，又对读者剖白了错误思想产生的根源，总的来说在交代历史的同时，含有对自己辩解的意味。整篇文章写得非常诚恳，对所描述的事件本身不加修饰和雕琢，某种程度上来说，这就是李健吾的自传。当然在李健吾晚年还写过一篇《自传》，这里不是我们分析的重点，略去不表。

德曼发表过关于自传体的相关看法，他认为自传并不权威，因为作者的回忆中的"真实"与"可靠"和作者宣称的对自身的认识都不一定是"真相"，故而无法将其在文本内部所传达的意义进行封闭与终结，更不可能就因为作者最后的署名而确认作者就是作者在自传中描述的那个人①。的确，在自传中出现的那个人只不过是作者的自我隐喻罢了。李健吾在《我学习自我批评》一文中详细记述了父亲李岐山的革命业绩，这多多少少有一种炫耀的口吻存在，接着他说因为父亲的功绩和遇难带给自己的是不甘示弱的孤高的心境。李健吾一边为自己的这种心境忏悔，一边说正是这种心境导致了他的个人主义。他进一步忏悔自己禁不住虚荣心的诱惑，自视甚高，又在抗战胜利后参与了国民党的文墨活动，自知糊涂，只好龟缩回小市民的身份里掩起耳朵，明哲保身。他一再检讨自己的认识不够深刻，需加强自我批评的学习，也请大家对他提供援手，为他的改正之路指点一二。

从解构主义的视角来看，我们有理由相信李健吾的这些文字是为了让读者相信他述行行为背后的真实性：他为了追求进步而写下了这样的检讨性的文字。然而德曼的理论区分了两种自我：一个是为了向读者展示真理，进行忏悔的自我，另一个是出于辩解目的的自我。于此，李健吾的这一自传其实就是一种辩解。我们不能说这是一种说谎的形式，因为无意识的辩解使事件本身产生了真实感。李健吾的《我学习自我批评》中的"我"是谁？其实只是他的一个隐喻，用来完成对自我形象的建构。李健吾的这种

---

① MCQUILLAN M. Paul de Man [M]. London：Routledge, 2001：76－77.

出于辩解的检讨是存有目的性的，他希望自己的坦白性自传可以得到政治上的宽宥。于此，文本的严肃性和真实性大打折扣，他只是通过秘而不宣的辩解让不知真假的事件变得合情合理了。

在阅读李健吾的自传时，我们需要将洞见与盲视并置。洞见说话人是通过怎样的方式重新建构起了一个让听话人相信存在的"真实事件"。说话人又是如何隐藏起自己的意图，使人盲视于这个"真实事件"不过是说话人的一种修辞系统。作者既骗过了读者，也骗过了自己。李健吾的《我学习自我批评》当年得以在《光明日报》上全文刊发，这正是他两个自我进行洞见与盲视活动成功的证据。今天我们的解构分析使得这个被建构起来的"真实事件"瓦解了。如果我们这本书到此为止的陈述也是一种洞见行为，那么揭开李健吾运用隐喻来为自我辩解的面纱后，我们的论述是不是也存在某种程度的盲视呢？盲视不是被发明出来的，而是本身就隐藏在文本内部，只待读者去分析才能暴露出来。

将李健吾重新放置到那个波澜壮阔的时代背景下，就会发现洞见与盲视绝非以个案的形式存在。无论是主张"一切都应该采用西洋的新法子"①的西学派，还是试图对传统文化加以修正的修正派，他们在选择"文化救亡"的策略的时候，往往都会体现出与其自身立场相符的盲视与洞见。

对于西学派来说，达尔文的进化论不但是新文化运动的重要武器，更是构成其理论范式的基础。他们总是以"物竞天择，适者生存"的进化观点来诠释现代社会的发展方向，以此给愚昧的民众以警醒：新的必定是好的，旧的必将被淘汰，先对中国传统文化进行否定，再对西方现代文明加以全盘吸收，如此才能实现中华复兴。然而，西学派的洞见并不等于真相，只能说是对历史的一种洞察的外在体现，是站在自身立场上做出的预见性的论断。西学派的理论和方法局限于单一的理论，这使得研究的视野受限，于实践时并不能达到预期的效果，从而导致了盲视的出现。也就是说，西学派没有看到在"非此即彼"的二元价值判断之下去概括复杂社会现象的这一方法其实是无法完成对现实处境的诠释的。

西学派的失败使当时的知识分子们迅速调整了选择文化的策略。在对

① 陈独秀. 今日中国之政治问题［J］. 新青年, 1918, 5（1）: 6-9.

传统文化进行抨击的同时，提出了某种程度上的修正方案。他们提出的理论武器是人道主义。人道主义从何而来？历史告诉我们，修正派所提倡的人道主义来自于19世纪的西欧，这也导致了其特定的盲视：来自19世纪的人道主义并不能脱离资本主义意识形态的桎梏，必须建立在对资本主义经济基础的批判之上，才能正确认识社会生产力与生产关系。然而实际情况是，修正派在这方面采取了回避态度，转而将精力集中于对社会与文化层面上的人道主义的宣扬，大力提倡"人的本质""人性""人的价值"等抽象概念，这正是修正派的盲视所在。但需要看到的是，没有这一盲视，洞见也无法生成，因为洞见总是产生于特定的盲视之中。由此看来，修正派的洞见在于十分精准地指出了西学派对人的忽视，并将人的意识重新提升到了新的高度。正因为"人的意识"逐渐在社会文化层面扩大影响，这才出现以人为代表的各种新的声音和新的理论。这些新声音相互交叉、相互渗透，逐渐瓦解了西学派的二元价值判断，从而形成了多元论的新秩序。处于这种新秩序之中的李健吾，以固有的盲视与洞见，用文学的语言书写着人性的力量，这正是知识分子被文化选择的表现所在。

语言是证明我们存在的一种方式，与语言共存的人类无法躲避语言的修辞，而我们的世界更无法用语言的逻辑去完成对本体论的探究。语言所表达的，永远都是逻辑表面，而无法绕到逻辑背后。几千年前老子的"道可道，非常道；名可名，非常名"说的正是这个道理。正是在这种似道非道，似名非名之间，李健吾"诗意的现实"精神在文学批评领域屡屡受挫。与批评同行们、作家们之间的大小笔战让他身心俱疲，陷入了空前的审美焦虑。到了1939年11月，李健吾在给华铃的回信中说，自己已然不在暨南大学任教，只在孔德研究所做一些研究工作，又说自己"退出了文坛"①，进而正式进入了他在剧场活动的辉煌时期。

---

① 李维音. 李健吾年谱［M］. 太原：北岳文艺出版社，2017：96.

附：笔者认为，李健吾在此时所说的退出文坛，其实只是一时激愤之言。事实上，李健吾终其一生都有批评华章问世。但在此阶段一来李健吾受到海派文人持续排挤，笔战频繁，疲于应付；二来李健吾确实遇到了文艺生涯中的创作转向，也许是迫于生计压力，李健吾开始向商业剧坛正式进军了。

第四章
李健吾的改编剧与法国戏剧理论

20 世纪 30 年代末到 40 年代初，国难当头，物价飞涨，时势对文人的逼催更深一层。因为生活之道的艰难，世人多取物质粮食而舍精神食粮，普通读者的购买力极其低下，许多报纸杂志故而陆续停刊。当时为了顺应桂林文化界展开的"千字斗米"运动之潮流，上海的文人也开始要求以 1 斗米的价格换 1 千字的稿酬为标准来捍卫自己日益狭小的生存空间。然而实际情况更不容乐观，当时上海成名作家的千字稿费最多不过 200 元，通常在 15 至 20 元之间①。这个数字对于清贫文人的生活来说不过是杯水车薪罢了。王鲁彦、田汉、欧阳予倩之流的众多文人遭遇了生活的困境，李健吾自然也在其中。此情形之下，李健吾处于一种苦闷与彷徨的心绪之中也就不难理解了。他苦闷，是苦闷于生活的困窘，苦闷于追求诗意艺术之路的不顺遂，苦闷于现实的压力；他彷徨，是彷徨在艺术与现实的道路上难以抉择，彷徨于国难之下渺茫的未来。随着生活压力一天天增大，仅靠一支善于诘难的笔已经无法养活家小，李健吾不得不于 1938 年 7 月筹划成立了上海剧艺社，从此走出书斋，投身商业艺术的海洋中去了。

成立剧艺社后并不能即刻进行演出活动，当时在法租界演出需要得到租界当局的首肯，李健吾亲笔写下申请批准的法语文书并送到嵩山路的法国总巡捕房进行注册，因而得以以"中法联谊会戏剧组"的名号正式租下了今在雁荡路上的旧法租界工部局大礼堂作为活动场地，费用从优，且免于日本宪兵骚扰，条件是需以法国戏剧为主要演出项目。

---

① ［日］岛田政雄. 救济清贫文人［N］. 大陆新报, 1944－01－04.

　　戏要卖座，才能糊口，如果将法国戏剧原封不动地照搬上演，势必水土不服。在应下上演法国剧之后，第一个难题摆在了李健吾的面前：如何才能将观众的期待视野与戏剧演出相融合？融合得好，自然叫座；融合得不好，则显得不伦不类。在此基础上，李健吾只能对法国戏剧进行改编，并在改编的同时既考虑当时观众的期待视野，也考虑观众的审美趣味与接受水平。浅显来说，李健吾首先考虑的就是"为什么人创作"这一创作对象上的问题。难度在于对法国戏剧进行的适应性改编绝不能完全地吻合观众的期待视野，因为随着时代的发展，人们的期待视野也在不断发生变化。这就导致李健吾在改编过程中必须适当地加大作品的未定性和空白空间，为人们的理解与接受留下自由发挥的余地。其次，写什么，怎么写也是李健吾在改编活动中不得不考虑的问题。从接受美学视角出发，文学作品与文学文本本身具备所谓的"功能潜势"，即隐伏着的、可能对社会活动进行功能发挥的能动作用。在养家糊口之余，李健吾打着戏剧商业演出的名义悄悄走在了抗战文化的第一线，如果没有观众的接受，那么这一功能潜势是无法实现的。通过对戏剧内容的改编，李健吾巧妙地植入了抗战的价值观，以期剧作在功能潜势上有所发挥，唤起当时法租界观众的救亡之心。用萨特的话来说，李健吾在运用语言的手段将语言所进行的揭示活动转化为客观存在，同时向观众呼吁正视这一语言手段①。

　　为什么人创作、写什么和怎么写成了李健吾为之殚精竭虑的问题。解决这几个问题，必然能实现其自身在文学审美方面的突破。在此之前，作为一位涉猎广泛的剧作家，李健吾的剧作已涵盖了喜剧、悲剧、悲喜剧等多面，并且他已小范围地尝试了戏剧改编的活动。需要承认的是，李健吾并非西方剧中国化改编活动的第一人，早在他之前，西方改编剧已在中国大地上流行一时了。只有先对西方改编剧在中国的起源和发展历程稍加分析，才能进一步从时代洪流的角度认识李健吾的改编剧创作。

一、西方改编剧在中国的起源与发展

　　李健吾熟悉西方戏剧的来龙去脉，并对戏剧定义有了深刻认识，这决

---

① SARTRE J. Qu'est-ce que la litterature? [M]. Paris：Gallimard, 1985：95.

定了他对西方戏剧青睐有加的态度。除了自己创作剧本外，李健吾也对诸多西方戏剧加以改编，创作了别有风貌的改编剧并使其在国内上演。但对西方戏剧进行改编并不是李健吾的首创。改编剧在中国自有其漫长的发展史，而一切的开端则源于对西方剧本的翻译与剧目的引进。

以戏剧研究为目的，由中国留日学生组织创办的春柳社在对西方戏剧的改编和剧目的引进上做出了突出贡献。创始人李叔同（息霜）和曾孝谷集结了一批爱好戏剧的青年，在春柳社成立的次年上演了小仲马的名剧《茶花女》并受到一致好评。于是，春柳社再接再厉，先后将《黑奴吁天录》《热血》等脍炙人口的西方改编剧搬上话剧表演的舞台。辛亥革命后，春柳社的活动区域逐渐转向国内。到 1912 年初，陆镜若邀请了许多旧时同好，在上海从事职业戏剧演出，从此到春柳社解散之前，他们的活动范围一直在江浙一带。除春柳社外，洪深也在进行着西方剧本改编的工作，他的《花奶奶之职业》改编自英国剧作家萧伯纳的名篇《华伦夫人的职业》，称得上是中国第一部全本改编剧。值得一提的是，在选取西方戏剧进行改编活动之前，剧作家们都格外看重戏剧化效果和舞台效果，洪深后来推出的《少奶奶的扇子》、李健吾的《金小玉》、夏衍的《夜店》等，都属于中国近现代历史上改编剧的成功案例。到 20 世纪 20 年代，余上沅、赵太侔、闻一多、熊佛西、张嘉铸等人发起以改革中国戏剧为目的的"国剧运动"。主张一经提出，立刻受到了新月社徐志摩、叶公超、梁实秋等人的大力支持，他们不但创立了中国戏剧社，还在《晨报副刊》上发表了共计 15 期的剧作专刊，针对恢复国剧提出一系列方针的同时，对舞台布置、剧本设计、演员表演加以热烈讨论，并对部分西方戏剧家与代表剧作予以引荐。自此中国现代话语雏形已现，但仍然脱离不了西方戏剧的影子。针对这一点，司马长风以曹禺为例，有过一针见血的评价，他说在曹禺创作的几乎每一部剧作里都可以找到西方戏剧的影子①。的确，《雷雨》脱胎于易卜生的《群鬼》，《日出》借鉴了契科夫的《三姐妹》，《原野》带有奥尼尔的《琼斯皇》的痕迹，《北京人》则学习了契诃夫的创作经验。可以说，在中国现代戏剧的早期活动中，改编剧数量和影响远超原创剧。其原因经综合分析

---

① 司马长风. 中国新文学史·中卷［M］. 香港：昭明出版社，1977：300.

有二:

其一,中国剧坛所处的时代决定了中国剧作家对西方戏剧的青睐。五四之后,中国古典戏剧的舞台高度程式化、对受众古典文学素质要求过高、缺乏戏剧性的集中效果、太过注重教化作用等原因导致了普通观众的流失,新剧作家们乘机而上,一方面为填补戏剧界出现的空白,另一方面则是受到西方人文话语的冲击。新式的舞台布局、浅显易懂的白话台词、充满了戏剧化与快节奏的戏剧,这一切都令当时的中国剧坛目不暇接。但由于国内的新剧作家们对新式话剧的编排功力不足,他们还没有形成自身的创作风格,因此改编剧的数量在一定时期内超过了原创剧。

其二,对剧本的改编与借鉴是一种常态。好的剧目总是长青不衰的,在不同的时代,在不同的剧作家笔下,总以不同的面貌出现,历久弥新。比如莫里哀的名剧《悭吝人》中阿巴贡把钱埋在花园树下的情节,最早出现在公元前 3 世纪罗马剧作家普劳塔斯的《瓦罐》中——抠门的老爷欧克里翁把钱埋在柳树林里。这一情节又被 16 世纪的意大利剧作家劳连奇努加以借鉴,创造了意大利的吝啬鬼老爷形象,同时代的法国剧作家拉瑞维依又加以改编,这回藏钱的地点是地底的一个大窟窿。总而言之,正如李健吾总结的那样,这些剧目原本只是模仿,但却依靠剧作者的改编,不断地在新的背景条件下揭露不同时代的人性,最终形成了天才的创造①。

与当时中国诸多改编剧作家一样,李健吾也身兼翻译家与剧作家双重身份,一方面他对西方剧本进行原汁原味的翻译活动,以翻译莫里哀、罗曼·罗兰、高尔基、雨果、屠格涅夫等西方知名剧作家的一系列带有浪漫主义色彩的剧作为主,其中成就较高的还属对莫里哀剧作的翻译,如《可笑的女才子》(*Les Précieuses riducules*)、《受气丈夫》(*Le Mari confondu*)、《没病找病》(*Le Malade imaginaire*)和《党·璜》(*Don Juan*)等。另一方面,李健吾针对中国国情,对西方剧目进行了一系列符合中国本土观众的接受口味和期待视野的改编。1935 年到 1947 年间,前后有 13 部西方戏剧作品被李健吾改编并上演,其中以抗战胜利前,上海沦陷期的改编数量最多,艺术价值最高。通读李健吾的改编剧,我们发现他绝不是单纯照搬故

---

① 李健吾. 吝啬鬼 [N]. 大公报·艺术周刊, 1935 – 12 – 07.

事情节，而是站在近代欧洲戏剧定义的论战认识基础上进行改编活动，该论战对李健吾戏剧创作审美接受上的影响最为深刻，也造就了其改编剧不同于其他剧作家的改编剧的艺术风貌。

二、近代西欧戏剧定义论战对李健吾在戏剧创作审美接受上的影响

要谈近代西欧关于戏剧定义的那场论战，首先要回到古希腊对戏剧特性的认识上来。李健吾认为，从古希腊开始，戏剧性就成了戏剧的规约，而后一直沿用。故而法国戏剧界在 1830 年以前的那种充满了清规戒律的古典主义戏剧观被雨果充满了浪漫色彩与戏剧性的险剧《欧那尼》驳倒也不足为奇，因为从某种程度上说，这可被视为古希腊戏剧性要求对近代古典戏剧的反拨。实际上，由此爆发的《欧那尼》之争，从美学上看是古典主义与浪漫主义在戏剧艺术上的一次交锋，预示着法国资产阶级革命的帷幕从文艺界首先被拉开了。

有趣的是，李健吾对论战的认识是从黑格尔的美学而不是从戏剧本身开始的。处在阶级社会大变革之中的黑格尔，在《美学》中谈到"艺术美"的问题时认为艺术美致力于解释的是出现在不同环境下的艺术特点：当人面对一个不能逃避的伦理社会的既成事实时，当他处于不利的历史条件下时，他不断通过定性分裂来试图使情况发生新的变化，这种努力导致了冲突的诞生。而艺术美往往体现在这种强烈的冲突之中。在古典主义戏剧中，个人与社会整体环境是统一的，他愿意为他的行为导致的后果负责，于是有了"俄狄浦斯"的例子。俄狄浦斯在不知不觉中杀父娶母，这一冲突的根源就在于行动发生时的"意识与意图"和后来对这行动本身的性质的认识之间的矛盾。矛盾愈强烈，冲突就愈激烈，从中获得的艺术价值就愈高。而浪漫主义戏剧则不会把俄狄浦斯的际遇视为命定，因为在资产阶级社会，私有的人诞生了，人的行为导致的后果只是个人的，而不再与社会整体环境相统一①。也就是说，卢梭所谓的"文明是人类堕落的开始"这一观点在黑格尔眼中是历史的合理发展。如果俄狄浦斯处在资产阶级社会，"文明的

---

① ［德］黑格尔. 美学·第一卷 ［M］. 朱光潜，译. 北京：商务印书馆，2011：6 - 18.

发展"会使他与社会整体环境不再统一，他只要对自己的行为负责，那么
他的悲剧就不存在了，自然"冲突"也就消失了。李健吾敏锐地把握到了
黑格尔在谈古典主义戏剧与浪漫主义戏剧关于"艺术美"问题的区别时一
个重要的戏剧论点：冲突。黑格尔在《美学》的《戏剧诗的原则》一章中
进一步论述了他的戏剧冲突观：

> 戏剧的要求，一般来说，是把现时的人的行动和关系对能表象的
> 意识予以生动的表现，从而通过口语表达出那些说话的人物的行动。
> 但是戏剧的行动并不局限于单纯和一帆风顺地实现一个特定的目的，
> 而是完全取决于冲突着的处境与激情的性格，因此引起一些行动与反
> 行动，这必然又进一步导致冲突和分裂的解决。①

既然戏剧要求冲突，那么冲突在戏剧中就不可避免。李健吾在总结黑
格尔的观点后指出，意志坚持到底，于是冲突产生了。在黑格尔的理念中，
戏剧冲突几乎等同于意志冲突。企图对此加以驳斥的是英国美学家阿切尔
（Archier）。阿切尔不承认冲突的存在，他对戏剧性的理解是"戏剧进程靠
危机观来完成"。李健吾将阿切尔的危机观理解为戏剧就是多次展现危机的
艺术。也就是说，一幕戏剧表现的是迅速进展着的各种危机，一出戏剧场
面就是一个危机，危机总是一环套一环。

但李健吾对阿切尔将小说视为"进展着"的艺术、将戏剧视为"迅速
发生"的艺术这一观念感到不满，认为这是机械的形而上学论。他以《哈
姆雷特》举例说明，《哈姆雷特》中有多次危机，比如哈姆雷特面对有不共
戴天之仇的王叔而不杀，又错杀了爱人奥菲莉亚的父亲，还同意与奥菲莉
亚的哥哥进行生死决斗等，这些都是阿切尔认为的危机。但是，戏剧真正
的焦点只有一个：哈姆雷特优柔寡断的性格特点导致他总是错过化解危机
的最佳时机。这也是全剧的高潮。李健吾认为阿切尔提出"高潮必须出现
在戏剧结尾"②，其实是犯了机械论的错误，这将导致戏剧的各个危机在阿

---

① 李健吾. 近代欧洲关于戏剧定义的一场论战［M］//李维永. 李健吾文集·9·文论卷3.
太原：北岳文艺出版社，2016：362.
② 李健吾. 近代欧洲关于戏剧定义的一场论战［M］//李维永. 李健吾文集·9·文论卷3.
太原：北岳文艺出版社，2016：365.

切尔的观点下表现得不分主次。

李健吾认为法国戏剧理论家布吕地耶尔在肯定古典主义悲剧的同时，似乎是有意遗漏了黑格尔对戏剧的定义。但是，他对戏剧的看法却没有跳出黑格尔戏剧认知的框架。以至于后来的研究者，英国戏剧家琼斯（Jones）在《布吕地耶尔的戏剧定义》一文中，总结布吕地耶尔对戏剧的定义时，发现了阿切尔的问题所在，并综合提出了自己对戏剧的定义：

> 一出戏中，任何人或者一些人自觉或不自觉地反抗他的敌人或环境或命运时，戏剧出现了。如在《俄狄浦斯王》中，观众意会到障碍，他本人或一些人在舞台上不意会到，往往就更紧张了。戏剧就这样出现了，一直持续到他本人或一些人意会到障碍；它持续到我们注视他本人或一些人的身体、内心或精神上对敌对的人或环境或命运作出反应。反应减退，它就松懈下来；反应完成，它就中止。障碍在几乎势均力敌的冲突中采用另一个人的意志的形式，一个人对一个障碍的这种反应最吸人，最紧张。①

从引文中我们看出，琼斯将黑格尔的冲突说换了一个词，用"障碍"表达戏剧性，以此来实现对阿切尔的危机观的调和。但真正的调和实现于法国诗人缪塞，他在一篇短论文《谈悲剧——从拉舍耳女士初演说起》中谈到以悲剧为例的戏剧原则时说：

> 高乃依主张激情是悲剧因素，拉辛跟着宣称悲剧只能是激情的发展。这种理论，乍看之下，似乎对事物没有什么改变；然而它改变一切，因为它破坏行动。激情遇到一个障碍，为了推翻它而活动，成功也罢，失败也罢，是一种活跃的、生动的情景；第一个障碍产生第二个障碍，往往还有第三个，随后是灾难。在这些环绕它的关节中间，为达到目的而战斗着的人可以引起恐惧与怜悯……②

---

① 李健吾. 近代欧洲关于戏剧定义的一场论战 [M] //李维永. 李健吾文集·9·文论卷3. 太原：北岳文艺出版社，2016：368.
② 李健吾. 近代欧洲关于戏剧定义的一场论战 [M] //李维永. 李健吾文集·9·文论卷3. 太原：北岳文艺出版社，2016：369.

李健吾认为，缪塞的"一个障碍遇到另一个障碍"的描述，事实上与阿切尔的"多次危机观"是相近的，不同之处在于作为浪漫主义代表人物的缪塞，并没有使用"命运"这样的字眼，也没有使用布吕地耶尔所说的"宿命""神秘力量"等。至于他的表述中对"意志"讨论的欠缺，李健吾分析认为可能是缪塞对黑格尔的戏剧理论一无所知的缘故。到此，欧洲近代关于戏剧的定义已陈列于上，这些定义本身已经足够说明他们的异同所在。

面对戏剧性变为"意志冲突"，再到危机观和障碍论的出现，李健吾提出了一个问题，那就是戏剧性的来源。戏剧性，或者说危机、障碍、冲突是戏剧本身自生的吗？还是在戏剧中呈现出来的一种能够反映客观社会现实曲折螺旋式发展的一种必然产物？综合李健吾的观点，笔者认为，雨果的《欧那尼》之所以成为论战的焦点，是因为18世纪阶级斗争在法国人民心中留下了历史记忆的标志。为推翻王党而进行的阶级斗争推动了历史的前进，浪漫主义戏剧代表《欧那尼》是觉醒后的资产阶级在戏剧文艺阵地插上的一面旌旗，这是资产阶级为了表现自己而创造出来的剧目。在浪漫主义戏剧中表现出来的历史与现实场景，正是这一阶级冲突达到顶点之后的真实反映。资产阶级是不相信命运的，资产阶级对获得自身地位和利益的愿望越是迫切，他们在前进道路上遇到的障碍也就越多，各种危机等着他们去化解，于是更大的激情在戏剧中得以展现，形象和行动就越热烈。而这一切再反作用于戏剧，使戏剧的"戏剧性"成为了近代欧洲关于戏剧定义的讨论焦点。李健吾在戏剧创作的审美上也接受了"戏剧性"这一观念，并自觉运用到了自己独特的创作改编实践活动中。

站在历史的角度看，李健吾在戏剧改编活动中表现出的对戏剧性的追求，是很符合当时上海戏剧市场上观众对求新求异的情节与感官刺激的要求的。这些观众就是李健吾的潜在读者，是对李健吾"为什么人创作"这个问题的回答。这类读者与观众不是西方接受美学批评家心目中所期待的那种有艺术知识的读者，而是活在创作者心中时时对其创作活动进行干预的读者。而通过对近代欧洲戏剧定义论战的分析后获得的对"戏剧性"的认识，并从现实主义的角度出发将这种艺术认识与抗战文化阵线、救亡思想天衣无缝地结合，则是李健吾"写什么、怎么写"的答案。只有搞清楚了这两个问题，才能进一步认识李健吾以接受法国戏剧理论为基础，同时对法国名剧中的人物形象加以吸收化用，最后同中国传统戏剧中的民族精神相融合形成的本土化改编之路。

三、李健吾的改编剧对法国戏剧理论的接受

李健吾对法国文学有着深厚的功底，在此基础上他阅读了大量法国戏剧理论相关著作，并研究了欧洲近代戏剧的发展脉络，之后开始了属于自己的戏剧改编创作活动。李健吾的戏剧改编剧受到的理论影响主要表现在以下两个方面：第一，受到法国古典戏剧"三一律"与浪漫主义"人性论"的影响；第二，受到莫里哀戏剧创作理论的影响。

1. 李健吾对法国戏剧中古典与浪漫理论的接受

近代欧洲浪漫主义与古典主义在戏剧上的大论战是以浪漫主义的全面胜利而告终的，但并不是说失败的一方就全是糟粕，也不能说要全盘接受胜利者。李健吾改编剧中的创作手法带有很明显的双重取舍意味。

首先，对法国古典主义戏剧中为封建君主制呐喊效忠的一面，李健吾予以坚决的舍弃，但古典主义的精髓"三一律"则在李健吾创作的部分剧目中有所体现。"三一律"要求戏剧事件在时间、地点和行动上保持一致，也就是说，故事情节必须紧凑地在一天之内发生完毕，故事的叙说地点不能变动，情节的主题也要始终保持一致。这对剧作家的创作功底是不小的考验，因此备受法国古典主义剧作家的推崇。李健吾的剧作《出门之前》《翠子的将来》《济南》和《以身作则》都遵循了"三一律"在创作上的要求。比如《出门之前》，文如其题，描述的是张太太想出门去看婚前所生的儿子而引发的张家一家关于孩子去留问题的讨论。整个故事发生在张家门口，时间不过出门前后十几分钟，这正是严格遵循"三一律"创作原则的表现。其他剧作如《这不过是春天》，虽然将故事时间放宽到了前后数天，但故事发生的地点始终是太太的客厅，故事的主题也围绕着冯允平被捕与否展开，戏剧冲突紧凑。

其次，李健吾在戏剧创作中吸收了法国浪漫主义追求"表现人性"的原则。法国的浪漫主义戏剧要求对人精神上的自由予以恢复，这也是李健吾的艺术追求。李健吾的作品离不开一个"人"字，他认为作品应该通过

对人性的表达来传递人类共同的情感。故而李健吾的戏剧作品篇幅虽短小，却被他加工后用来表达复杂的人性。在此，李健吾有两种表达方式：一方面，他通过描写劳苦大众的生活场面来刻画人性；另一方面，他通过对人物性格的描摹来反映人性。的确，李健吾笔下的主人公离不开劳苦大众，比如《翠子的将来》中的翠子、《母亲的梦》中的母亲一家人、《私生子》中的朱氏母子、《青春》中的田喜儿等，这些都是当时千疮百孔的中国社会最底层的"下等人"的代表，通过对他们生活场面的描写反映出来的人性，是最有社会代表性和震撼力的。比如在《翠子的将来》中，翠子得知父亲迫于生存即将要把她卖给有钱人家做丫鬟时，她复杂的心理活动如下：

> 翠子：昨晚我快睡了，爹站在我床前，忽地说有位太太想买我做丫头，问我愿意不。我一句话没有说——果然我猜对了！他来回走着，和你现在一样，候我回话。我们都没有说话，好像全不好意思。灯油熬得快干了。我躺在床上，后来大着胆子抬头一望：啊，掌柜眼睛亮晶晶的，掉下泪来。我哭了；好半晌，以为他还在床前站着，原来已经踱到外间；不知有多久，我迷迷糊糊，仿佛听见谁在隔壁低低地哭——那是爹自己！
>
> ……
>
> 翠子：没有别人。我惊醒了，打算起床，到外间去。为我，爹这样难受！这样冷夜！我真打算向他老人家说：好，什么事我都愿意！……相传古时有位小姐，不忍她父亲无辜受冤，愿意替他死。她大概就是天地间少有的孝女。我也想做孝女，让人千秋传道着。但是，我怎么能够呢？我并不是替父亲死；如今也不是从前。我没有起床，后来不知不觉地睡熟了。①

这既是对心理活动的描写，也是对翠子与父亲的生活场面的描写，透过对分离前一晚的场面的还原，再现了父亲的无奈和翠子内心的挣扎，从

---

① 李健吾. 翠子的将来 [M] //许国荣，张洁. 李健吾文集·1·戏剧卷1. 太原：北岳文艺出版社，2016：67.

而将复杂的人性展现得淋漓尽致。光是场面描写还不够，人物的性格刻画同样为人性的表达加分。李健吾笔下的人物绝不是扁平化的纸片人，而是充满了矛盾的多面人。比如《这不过是春天》中的厅长太太，一方面过惯了高高在上的官家太太日子，一方面又对两小无猜时的少年情人念念不忘；又比如《村长之家》中的村长，在人前是受村民尊敬的道貌岸然的好村长，在人后却在妻子女儿面前作威作福。李健吾的作品中处处有人，于是处处有人性，既有人性的闪光点，也看得到人性的黑暗面，他对人性的看重正是来源于法国浪漫主义戏剧中对表现人性的追求。透过复杂的人性，戏剧人物的矛盾得以激化，戏剧的冲突性得以加强，这更在无形之中与浪漫主义戏剧主张的戏剧障碍说相合了。

2. 李健吾对莫里哀戏剧创作原则的接受

莫里哀是路易十四最喜欢的戏剧家，他的戏剧团常驻在王庭里，但我们不能说他的戏剧是为封建阶级服务的古典主义戏剧。虽然他受到古典主义影响，在戏剧创作中尽可能地遵循了"三一律"，但莫里哀的戏剧充满了浪漫主义的诗化色彩，充满了对现实生活的描摹。莫里哀的这种戏剧创作精神突破了古典主义的束缚，出现在他的戏剧中的人物形象全是他那个世纪的活生生的人。莫里哀写戏从来不从固定僵化的概念出发，而是通过对生活的观察，去体会生活的真谛，去深入挖掘生活的本质。正因为莫里哀对生活的广泛深入，他的戏剧题材范围得以扩大，充满了真实的气息。可以说，如果要了解17世纪的法国面貌，就离不开阅读莫里哀的戏剧作品，那些作品既是成功的文学，又是珍贵的史料。

李健吾在戏剧创作上也是如此，这是李健吾与莫里哀的最大相似之处，也是李健吾对莫里哀戏剧一拍即合的原因：莫里哀的戏剧来源于生活，生活也是李健吾戏剧艺术的最大根据。李健吾的剧作脱离了舞台的表演程式，脱离了中国传统戏曲范式。只要符合这一幕戏剧要表现的主题，只要能完成戏剧中人物的性格塑造，只要能达到戏剧效果，李健吾就从生活中取用。他借用得最多，也最巧妙的还是当时的中国社会。比如在《新学究》中，为了能让观众体会到康如水这一人物的滑稽可笑，李健吾用了整整两幕半来展开人物和周围社会的反常关系，他通过康如水与冯显利的关系，通过康如水和孟太太之间的对话，通过孟太太回顾康如水对谢淑义求学时的资助史等日常活动，把康如水性格上的缺陷和毛病一一具体展现给了观众。中国社会当时的知识分子的面貌个性在观众面前毕露无遗，观众哄然发笑，欣赏着李健吾这场有趣的世态描绘。康如水是一个新学究，这个称号本身就充满了矛盾的滑稽，他与旧太太离婚，一门心思想娶留洋的女学生谢淑义做新太太，又因为三言两语而动情，觉得好友的妻子孟太太才是自己的梦中知音。这个人物越是为了满足自己的种种痴心妄想，就越有可能在剧情发展上遭遇意外。等到观众们心中有了康如水，李健吾这才安排了揭穿戏。康如水一下子从幻想中跌回了现实，冲突立刻就爆发了。所以说，李健吾的戏剧的推动力，其实是从深刻体会主要人物的社会存在而得来的。在李健吾的戏剧中，有的只是生活，而不是传奇式的情节，他看重的是生活对性格的影响和性格对人物生活的反作用。

除了注重生活这一创作原则外，"逗人发笑"是莫里哀的戏剧的重要特点。如果说逗人发笑并不以单纯地让观众在看戏时哈哈大笑为目的，那么喜剧令人发笑的真正目的是什么呢？在《达尔杜弗》的序章里，莫里哀给出了这样的解释：

> 如果喜剧的使用是纠正人的恶习，我看不出有什么理由，有人就有特权，成为例外。在国家里面，这种人（假信士）惹出来的乱子，比什么人惹出来的乱子都更危险；我们已经看到戏剧在纠正上极有效力。一本正经的教训，即使最尖锐，也往往不及讽刺有力量；规劝大多数人，没有比描画他们的过失更见效的了。恶习变成人人的笑柄，对恶习就是致命打击。责备两句，人容易受下去的；可是人受不了揶揄。人宁可做恶人，也不要做滑稽人。[①]

的确如此，莫里哀的喜剧充满了教育意义，这种教育是通过逗人发笑来完成的，因而也使被讽刺的对象最为尴尬与恼火。莫里哀终其一生与教会水火不容，即使几经路易十四调停都未能真正改善，这与他一再在喜剧

---

① 李健吾. 莫里哀的喜剧［M］//李维永. 李健吾文集·9·文论卷3. 太原：北岳文艺出版社，2016：256.

作品中嘲弄教会与教士是脱不开关系的。为了完成自己这种通过喜剧来进行教育的任务，莫里哀总是把喜剧放在一种容易为人所接受的生活场景中出现。因为喜剧的说服力一半来源于笑点，一半来源于真实。

李健吾在戏剧创作上受莫里哀的启发，也非常看重喜剧的教育意义，悲剧材料在李健吾的处理之下产生了意想不到的喜剧效果。李健吾的很多戏剧并不是以悲剧结束的，但他挡不住他的戏剧在引人哄堂大笑之后引起的悲剧的余韵。这使得李健吾的戏剧作品在格调上高于一般的戏剧。也就是说，李健吾的戏剧中显示出的强烈的道德气息带有明显的倾向性。对与错、爱与恨通过具体的事件与形象发生激烈的碰撞，于是在观众心里留下了沉重的分量。李健吾的戏剧中，喜剧偏少，正剧偏多，但在正剧中我们既可以因为看到属于新生力量的蓬勃的生命而欣慰地笑，也可以因为看到旧社会顽固势力和权威人物的丑态而嘲讽地笑。李健吾的愿望是社会和平，我们可以从他的戏剧中读到这一点。他维护的是劳动人民世世代代用血和汗抗争着的人权和自由，他鞭笞的是束缚劳动人民的封建残余与反动势力。李健吾在戏剧创作中的爱恨分明而强烈，通过他对生活的仔细观察，他创作的那些即将崩溃或者势必崩溃的旧势力的代表人物，比如《金小玉》中的王士琦、《梁允达》中的梁允达，这些典型人物具有强大的艺术概括性。曾经如此，将来也如此，不会因为时代的变迁而丧失深刻的教育意义。

除以上两点之外，李健吾还从莫里哀的戏剧中学到了"奇袭"。什么叫奇袭呢？李健吾自己解释道："就是在观众意想不到之外，忽然别开生面，来一场最入情入理的逗笑的戏。"① 的确，莫里哀的剧中最不少见的就是奇袭。比如说在《屈打成医》中，地主老爷抡起棍子要打女儿的情人，忽然听说对方继承了叔父的财产，棍子立刻就丢开了，满口欢迎，甚至一躬到底；又比如说在《没病找病》中，小孩子因为挨不过父亲的打，往地上一躺，张口就说自己被打坏了，要死了。等父亲一着急，哭起来，又马上跳起来笑嘻嘻地说自己还没死透。这些都是既入情入理又绝妙的奇袭。李健吾的剧作也充满了奇袭：比如《村长之家》中的村长，女儿突然跳井自杀

---

① 李健吾. 莫里哀的喜剧艺术 [M] //李维永. 李健吾文集·9·文论卷3. 太原：北岳文艺出版社，2016：389.

就是一场奇袭，给观众带来了既震惊又痛苦的观看效果；又比如《以身作则》里，方义生与徐玉贞这对有情人在李健吾的奇袭运笔之下，突然从不得眷属的苦情恋人变成了有过娃娃亲约定的前盟人，使观众破涕为笑，开怀不已。

综上所述，李健吾在吸收了莫里哀戏剧创作理论的基础上，形成了充满中国现实社会风尚的戏剧创作手法，这种创作手法又对法国古典主义和浪漫主义戏剧观加以扬弃，从而为来自西方的戏剧资源披上中国外衣做好了准备。而李健吾在改编剧中对法国戏剧人物形象的接受，则将西方的戏剧情节彻底变为了中国本土化的故事。

四、李健吾的改编剧对法国戏剧人物形象的接受

胡德才曾经夸李健吾为莫里哀在中国最优秀的学生①，这不是没有道理的。李健吾的改编剧中存在很多典型人物形象，几乎都可以在莫里哀的戏剧中找到对应。其中最为突出的就是"伪君子"和"下等人"的人物形象了。李健吾通过模仿与借鉴，使这些形象丰满的人物出现在自己的剧作中，完成了对法国戏剧的本土化改编。

1. 对"伪君子"形象的接受

"伪君子"这一形象出自莫里哀的戏剧《达尔杜弗》。莫里哀对这一部戏剧抱有很大的期望，他不断地对剧本进行修改，到各处达官贵人的面前朗诵，希望争取到社会的同情与上层的支持以使剧本解禁上演。这出戏剧讲述了一个名叫达尔杜弗的骗子的故事：他并不是虔诚的教徒，却伪装成正直的君子，混入一个富裕的资产阶级家庭，充当家庭的精神导师。达尔杜弗哄住了老年一代，骗取了长辈的盲目信任，却瞒不过年轻的一代，在最后关头露出了马脚。他既坏，又贪心，还好色，他毁就毁在这三件事上。因为有着布局严密的戏剧效果，所以随着故事情节的发展，达尔杜弗在剧中突然发生的形象的变化是非常引人瞩目的。于是，他成了一个具有典型意义的"伪君子"，并以这个形象深入人心，让人过目难忘。莫里哀在"伪君子"形象塑造上的成功给了李健吾很大的启发。李健吾创作的《以身作则》

---

① 胡德才. 喜剧论稿［M］. 北京：中国社会科学出版社，2014：158.

中的徐守清和《新学究》中的康如水就是两个明显的借鉴例子。

　　徐守清、康如水，单就这两个名字来看，我们便可以窥见李健吾的用意了，"守清如水"象征着非常美好的道德品质，与这两个人物的虚伪言行对照，立刻对观众产生了非常大的冲击力。徐守清是旧社会的举人，自恃身份，自诩书香门第，且时刻卖弄自己，满口的仁义道德。有人看他独身，劝他续弦，他就说："你把我比做登徒之人，还不混账？还有人比我读透了圣贤书，能够清心寡欲的？子曰，已矣乎，吾未见好德如好色者也。我是败类的人？像我这样的年纪？"女儿见陌生男子，徐守清也气不打一处来："混账东西！我看你还敢到后头小姐屋里去嘛……没有念过书，难道男女有别，风化攸关，你也没有听人讲起吗？"更有甚者，他正义凛然地教导他的女儿和女仆："我这样的书香人家，你就得记着，不苟言，不苟笑，不能随便跟男下人谈笑，礼有之，男女不杂坐。"① 在教育儿子时，他更是长篇大论，满口之乎者也。如果说徐守清只是如此，倒不能说他作伪，只能说他古板，然而他并没有一点他口中的仁义道德，内里就是个锱铢必较的小人。比如军队打到庄子上了，他最关心的是他的利益得失，将他的草料、麦秆、干枣、公鸡、母鸡、小鸡数了一遍又一遍。和女仆独处的时候，拉着女仆的手垂涎三尺，又搂又抱。还有他女儿的婚事，先前讲究闺训，女儿的面都不让大夫见一眼。后来因为方义生拿出钱来赔偿他的损失，立刻就改口同意女儿的婚事，这与卖女儿并无区别，除此之外，他还闹出了许多滑稽事。李健吾这样一写，一个生动的伪君子形象就在戏剧舞台上立起来了。如果说徐守清代表封建时代虚伪的老知识分子，那么康如水则是虚伪的新知识分子的代言人。身为大学教授的他，追求诗意的人生，自认为留过洋，很是自鸣得意。怪原先的太太没文化，缺乏诗意，于是索性离了婚，一头栽进自以为的爱情里头去。女学生、女同学、女同事、朋友的女朋友、朋友的妻子，没有一个没收到过他酸腐的爱情表白。《新学究》里朋友之间俏皮的打趣，人物栩栩如生的性格，都证明李健吾十分熟悉康如水所在的阶级。李健吾正是来自于这一阶级，他取材于其中，熟悉是理所当然的了。

---

　　① 李健吾．以身作则［M］//许国荣，张洁．李健吾文集·1·戏剧卷1．太原：北岳文艺出版社，2016：443－448．

徐守清也好，康如水也罢，他们的共同特征除了虚伪之外，就是自私与专制。考虑问题时都只从自身的利益出发，旁人的幸福一概入不了他们的眼，哪怕牺牲掉别人的幸福也无所谓。他们是社会和家庭悲剧的制造者。他们道貌岸然，就是世故的化身。李健吾和莫里哀一样，善于把握这种虚伪的人性，并把它的丑态发挥到了一种纤毫毕现的地步。

2. 对"下等人"形象的接受

中国传统戏曲中不是没有出现过"下等人"的形象，数量虽然不多，但是对整个戏剧情节发展非常重要。比如《西厢记》中的红娘算是一个，她泼辣热情，敢作敢为，在整部戏曲中起到了穿针引线的作用。红娘的成功使得其他戏剧中的丫鬟角色总跳不出红娘的影子，比如《牡丹亭》中的春香、《白蛇传》中的小青等。这些丫鬟角色是小姐家庭中不可缺少的一个成员，地位低，但关系亲密。她们关心小姐的命运，因为小姐是她们的终身所托。可是丫鬟毕竟不属于小姐那个阶级，所以对封建家长她们不像小姐那样畏惧。她们充满了生活的气息，虽然不像小姐那样学识渊博，可说起话来句句富有常识。这种常识和忠心相互依衬，更显得封建家长制的愚昧。她们显得大胆而机智，愉快而健康，她们的可爱是和她们的直爽分不开的。但是由于中国传统戏剧的固有缺陷，她们的性格过于雷同，导致令人偶有"串片"之感。这正如李健吾指出的那样：中国的传统处世哲学不允许"性格"的出现①，因为人物命运不被认为是人物自身的性格决定的。真正主宰命运的是"天"。比如窦娥，她的悲剧是"天"造成的，她的冤案也只能靠"天"来推翻。于是，中国传统戏曲不在区分人物的性格中下大工夫，而是一门心思在情节上取巧，以期达到出奇制胜的效果。在这一点上，李健吾有所扬弃。他充分吸收了莫里哀在戏剧创作上的成功经验，注重对"下等人"形象的塑造，在他的笔下，"下等人"有时甚至是推动情节发展的中坚人物，对戏剧的发展起着关键作用。

其实，让"下等人"在推动戏剧剧情发展中起重要作用这一创作手法在古今中外的戏剧中都有所体现。在阿里斯托芬的《蛙》中，受气的听差

---

① 李健吾. 文明戏［M］//李维永. 李健吾文集·6·散文卷. 太原：北岳文艺出版社，2016：143.

和他出丑的主人就是一个例子。罗马戏剧中的"下等人"出现得更加频繁，以至于发展成为了一种定型演员。莫里哀加以借鉴，甚至把罗马戏剧中的人物名字不加更改地拿来用了，比如《贵人迷》（*Le Bourgeois gentilhomme*）中的考维埃尔、《司卡班的诡计》（*les Fourberies de Scapin*）中的司卡班等都是从罗马戏剧中因袭的人物。但莫里哀加以改进，从他这里开始，戏剧开始担负起了分析社会阶级的任务，生活化的情节增加了。这些"下等人"由于阶级的限制和生活的艰苦，没有沾染自私的封建气息，他们站在统治阶级的边缘，有着清醒的、能够明辨是非的头脑。比如司卡班曾发誓再也不为贵人的事情操心，可看到少爷的朋友爱上了一位善良可爱的穷苦姑娘，焦头烂额又一筹莫展，于是他很受感动，决定帮助这对情人："我狠不下这个心，我得讲人道。行，我愿意帮你们。"（第1幕第3场）除此之外，莫里哀笔下的"下等人"出现了对自己力量的觉悟，开始有意识地突破阶级社会的限制。比如《冒失鬼》（*L'Étourdi ou Les Contretemps*）中的玛斯加里尔，虽然站在少爷一边想方设法帮助少爷对抗顽固势力，却清醒地认识到自己与少爷不属于同一个阶级，他无不讽刺地说："哎呀！你就别灌米汤啦。碰到需要我们这些混账东西的时候，我们就成了举世无双的好人；下次遇到人家有一点点不痛快，我们就是挨打的坏蛋。"（第1幕第2场）李健吾笔下的"下等人"也是如此，他们具有强烈的幽默感，但他们的社会地位往往同他们的智慧不相符，就如同玛斯加里尔一样，他们自己也感觉得到与统治阶级的距离，只不过出于时代的困囿，不得不在经济与制度上受制于人罢了。比如《村长之家》中的真娃、《梁允达》中的老张、《青春》中的田喜儿、《好事近》中的唐明和《以身作则》中的宝善等。其中，在创作《以身作则》里的宝善这一人物上，李健吾对莫里哀戏剧中的"下等人"形象借鉴得最多。宝善是方义生的跟班，社会地位低人一等，却颇有一些小聪明，在促成方义生与徐玉贞的婚事上为方出谋划策。在故事发展中，李健吾又穿插了"下等人"宝善对"上等人"徐守清的戏弄，使观众不至于在徐守清冗长的宣道中昏昏欲睡。就连"下等人"女仆，比如张妈，虽然遇到困难只会干着急，却也显得生机勃勃，与统治阶级的昏聩腐烂成了鲜明对比。李健吾重视对"下等人"的描写，依靠着他们的诡计多端，使戏剧充满了戏剧化的冲突场面。这些人是李健吾在吸收莫里哀的创作手法后，通过观察中国的阶级社会而发现的一种戏剧力量，更是一种积极的因素。

　　除了李健吾之外，我们很少看到一位剧作家在 20 世纪初的中国社会环境下，有着这样宽广的视域，相当完备地接受了法国戏剧的核心精神。他既关心时代的脉络，又写出了特权阶级的腐败，社会阶层的活动如画卷一般徐徐在他作品中铺陈开来，让观众和读者能够更加明白特权阶级没落的原因。同时，李健吾将建设新社会的希望寄托在这些可爱的"下等人"身上，这是中国传统戏剧决然做不到的。通过李健吾的戏剧，可以看到这些"下等人"身上萌发出来的新的力量。如果李健吾选择的是小说、散文、诗歌这些文学体裁，那么读者就囿于知识分子阶层了。但李健吾抓住了戏剧，他通过具体的舞台演出，直接和广大群众发生了联系，在表现手法上只选取能表达现实生活的，在人物的取舍上只采用充满性格的，在语言运用上是俏皮诗意的。李健吾的戏剧创作态度是那样的认真负责，绝非当时的剧作家所能望其项背。

五、李健吾的法国改编剧特点

　　司马长风对李健吾的改编剧特点进行过比较到位的概括，他认为时人因觉得改编剧创作力不足且借鉴太多，都不太重视改编剧，但李健吾的改编剧不在此列。因为李健吾的剧本只抽出了原剧本的骨骼，至于皮肤血肉则全是中国化的，如果不告诉读者一一对应的关系，一般很难看出他的化用痕迹①。除中国化的改编外，司马长风特别赞许的当数李健吾改编剧中贴切自然的对话，这些对话非常适合进行舞台表演。对司马长风的观点加以整理后我们可以看到李健吾改编剧的两大特点：第一，李健吾的改编剧以舞台表演为目的；第二，他的改编剧以本土化为追求。下面我们就李健吾对《爱与死的搏斗》的改编为例，对这两大特点加以说明。

　　《爱与死的搏斗》（*Le Jeu de l'Amour et de la Mort*）是法国作家罗曼·罗兰于 1924 年创作的以法国大革命为题材的戏剧，革命性很强，指向性明显。在李健吾进行改编翻译工作之前，国内已有了比较出色的译本，除了创造

---

① 　司马长风. 中国新文学史·下卷［M］. 香港：昭明出版社，1978：269.

社出版的徐培仁先生与夏莱蒂的《爱与死之角逐》外，尚有泰东书局梦茵的《爱与死》和岳瑛从巴黎寄予巴金预备交付开明书店出版的版本。可以说已有珠玉在前，李健吾却仍然选择了重译，这无疑是有其自身考量的。

改译工作先从标题开始，李健吾在 Jeu 这个字眼上颇下了一些功夫，如果按照 13 世纪法语的意思翻译，这个字作"戏剧"解，如果按当代的法语进行翻译，最恰当的当数汉语中的"游戏"二字。两者都不符合李健吾对这部反映视死如归的革命精神的戏剧的期待。于是他自作主张，将其改译为了"搏斗"。由此可以看出李健吾对改编剧语言本土化的看重。这本来是一件好事，冯执中为之很是赞许，却没想到自己发表在文汇报上的一篇《李译〈爱与死的搏斗〉》给李健吾带来了麻烦。在该文中，冯执中向读者解释为什么已经有了几个译本，今日却还要李健吾加以重译的原因。其中他就谈到自己曾经拿法文原本、英文译本和徐培仁译本进行对照阅读，觉得英文译本有效地传达了罗曼·罗兰的原著的精神。但当他读到徐培仁译本时，觉得译者太过于自由发挥了，假如罗曼·罗兰看得懂中文，目睹自己的杰作被这样以"创造性"的精神翻译成书，一定会有啼笑皆非的感觉①。文章一出，徐培仁立即写文予以发难，连同李健吾也遭了殃。不得已，李健吾通过《申报·自由谈》上海剧艺社公演特刊发表《我为什么要重译〈爱与死的搏斗〉》来自证：

> 是的，我们活着为了斗争。最大的敌人不是别人，而是自己。孟子所谓"自反而缩虽千万人吾往矣"便是同一道理的另一方面。一个人勇敢到把性命置之度外，才是一个真正的勇士。所以顾尔茹瓦希耶虽死不死！因为他殉道的精神感动一切——也就是这种视死如归，不是厌倦，不是畏怯，决定我们生存的意义。
>
> 我决定重译一遍这伟大的剧作。生在现时，处在此地的我们，迫切地需要这种精神的启示。
>
> 但是，我们所以要破费功夫（我时间是极其有限的）来重译，还有一个站在演出立场的苦衷，这就是说，虽说是法国的历史剧，虽说

---

① 冯执中．李译《爱与死的搏斗》［N］．文汇报·世纪风，1938－10－30.

是一部文学杰作，当着中国观众，我们必须要中国的观众听来真切。我们的演员还没有训练到能够朗读一切佶屈聱牙文字。它一定要通顺，一定要有可能上口。然后演员才好接受，也才好感动别人。我们在演戏，我们要的只是力量。在这一点上，夏徐两位先生显然没有顾到我们的要求。①

在这段李健吾的自证性文字中，我们可以看到李健吾对戏剧适应舞台表演的要求。如果改编剧不能适应舞台演出，那就必须进行重译，因为舞台表演才是戏剧的目的。要追求好的舞台表演效果，又必须注意字句的通顺与自然。佶屈聱牙的句子是书面的语言，在戏剧舞台上必须予以抛弃，否则根本无法打动观众。的确，李健吾非常注意戏剧用词的自然晓畅。为了让西方的语言适应中国的舞台，李健吾做了很多本土化用词的改编。比如，在对吉博特和萨利文合写的《艾厄兰西》进行唱腔改编时，李健吾采用了中国传统的民歌形式，试看一段唱词：

> 好呀，好呀，我的好情人！
> 好了呀你心里的伤痕，
> 捻亮呀你心里的星辰！
> 想着你的牛呀，想着我，
> 心上的人呀非同小可，
> 我要用花装，用叶子裹！②

这是一段非常富有中国民歌风采的唱词，词尾押韵，节奏明快，风格淳朴，用词朗朗上口，筱红线这样一位美丽单纯、天真烂漫的花仙形象跃然出现在舞台上，对此，观众的接受度非常高。在《艾厄兰西》的原文中，是找不到这样平直晓畅的句子的。这样加以改编，能使中国观众在听到演

---

① 李健吾. 我为什么要重译《爱与死的搏斗》［N］. 申报·自由谈，1938–10–27.
② 李健吾. 蝶恋花［M］//许国荣，张洁. 李健吾文集·2·戏剧卷2. 太原：北岳文艺出版社，2016：403.

员唱念时不至于有膈应的感受。又比如在改编剧《撒谎世家》中，李健吾将故事背景从美国搬到了中国北平，人物的语言自然也要做中国本土化的改编。于是，剧中人物罗采芹作为地道的北平人，话语中当然要带上京腔。此外，她出身于上流社会，自然少不了贵太太说话的风流圆滑。在观看舞台表演的时候，观众对于这些细节的感觉是非常明显的，文字不足以完全说明。再举一个例子，在改编剧《阿史那》中，前后出现了李燕真和程芸两位夫人。李氏是定襄县主，身份高贵，话里话外讲究礼节，与人来往少不了把"请"字挂在嘴边；程芸则泼辣任性，虽是副将夫人，但心直口快，经常哈哈大笑，快言快语。李健吾用本土化的戏剧语言赋予了改编剧中人物"中国国籍"，使他们具备了各自最真实的性格。

如果改编剧只是将外国的剧本改名换姓而不做本土化改编，那么上演的还是外国的故事，如果不在其中设置中国的元素，那么本土的观众根本接受不了。李健吾特别强调改编不是照搬，而是利用原作的某一点，可以是结构，也可以是情节，还可以是人物的性格，再将所要表达的中国元素放进去，这样才能做到血肉丰满，创作出一个"有性格""有土性"[1] 的好的改编剧。

总而言之，李健吾在对法国戏剧理论融会贯通时，真正做到了与本国国情相结合，使不同的文明实现了和而不同的文化场域。他的改编剧在近一个世纪后的今天看来仍然不失为佳作，原因就在于李健吾对政治的淡漠。在戏剧创作与改编活动中，李健吾看重的是从艺术上对人物性格与戏剧冲突的塑造，而没有将戏剧过分当作政治宣传的工具。政治在他戏剧中出现得少，即使有，也是对客观现实社会的真实反映。李健吾只是凭着自己的艺术良心和体悟能力去构建自己的戏剧世界，与时代的洪流始终保持着若远若近的距离。也许这就是李健吾说自己的戏剧不被重视，在寂寞中慢慢过掉的原因。但是一旦我们摒除时代的因素、政治的侵扰，全心全意从艺术的角度去欣赏他的戏剧，就会发现一个热闹的李氏戏剧世界。

出于谋生的考量，李健吾走入了商业化的剧场。但欣慰的是在这商业

---

① 李健吾.《大马戏团》与改编［M］//李维永. 李健吾文集·8·文论卷2. 太原：北岳文艺出版社，2016：52.

化的浪潮之中，我们仍可以看到李健吾对自身创作在艺术上高标准的要求，在接受了法国戏剧理论，并对法国戏剧中出现的典型人物形象进行吸收后，他近乎完美地实现了观众的视野融合，并使他的改编剧发挥了一定的功能潜势作用。接下来，本书将从文本塑造历史这一观点出发，对其加以进一步阐发，探讨李健吾如何实现自身在文学审美方面的突破，而这种突破具体表现为坚持艺术为上但又对现实加以观照的文学精神，最终达到加深我们对李健吾改编剧从方法论角度认识的目的。

六、李式审美的突破：文本塑造的历史

历史是文本的无限延伸，而文本是一截被缩聚了的历史。历史和文本共同作用，最终形成了对我们现实生活世界的隐喻。最早将两者联系到一起进行分析，从而开辟了新话语体系的是来自美国的文学批评家葛林伯雷。他认为历史应该在文学批评中被实践，强调从文学与历史关系的角度来对世界进行理解，从而达成对文本的综合性解读[1]。法国学者德里达将其进一步阐发，认为文本之外没有世界，也就是说，历史不是对某一史实单纯的记录，历史是一种叙述，叙述构成了我们看到的文本结构，最终构成了我们对世界的认识[2]。这一观点最终被海登·怀特敏锐捕获，在他的代表作《元史学：十九世纪欧洲的历史想像》（*Metahistory: The Historical Imagination in Nineteenth-Century Europe*）一书中，怀特总结认为历史是断层的，传统的历史学家通过想象中的修辞，从历史的断层中拾取素材，进而重新演绎了历史[3]。既然历史是被演绎的，那么有多少次演绎，就有多少种历史。因此，要理解历史，就必须转向那些记述了历史的文本，只有在文本的语言结构、叙事方式中才能寻找到"真正的"历史。在这一观点下，历史不再是纯理论式的了，而是与文学合二为一，变成一种诗意上的、充满了直接想象的新历史，这是一种必须用文本细读的方式来践行的历史。从此，盘桓在历

---

① ［美］葛林伯雷. 通向一种文化诗学［M］//张京媛. 新历史主义与文学批评. 北京：北京大学出版社，1993：1 – 16.

② ［法］德里达. 他者的单语主义［M］. 佚名，译. 台北：桂冠出版社，2000：88 – 96.

③ ［美］怀特. 元史学：十九世纪欧洲的历史想像［M］. 陈新，译. 南京：译林出版社，2004：中译版前言 1 – 9.

史话语与文本话语之间的那堵墙被彻底打破了。这不免让人联想到中国古代的史记手法，比如，"弑"或"屠"这两个字绝非"杀"那么简单，因为"弑"或"屠"这两个字在叙述中本身就包含了一种道德贬义感，而"杀"则倾向于对死亡事件的中立解说。史记手法中将其命名为春秋笔法，显而易见它更倾向于从文化与诗学的角度对文本加以阐发。历史的存在由此变得不确定了：仅是换一个修辞，历史事件的"真相"就被改写了。因此，历史文本的权威性被大打折扣，历史的编纂者作为个体加入了对历史事件的叙述，这种带有主观性的叙述难免夹杂着个人的价值观与经验判断，从而使编纂者所处的社会环境与被编纂的历史之间产生了相关性。也就是说，重述历史的过程其实就是使历史文本与社会环境重新产生紧密关联的过程，作者不必直接在文本中对历史进行批判，因为历史在他对文本的编纂中就已经完成了对时代潜意识的书写。

在此意义上，对文本批评以"审美"入手已经不切实际了，文本的多重解读打开了历史学上的全新视野。举例来说，对于文本中的民族问题，不同的历史背景往往赋予其不同的解读方式。例如，西方多从弗洛伊德的精神分析入手，对《狂人日记》中的狂人进行病态心理上的解读，而中国学界则更加看重这一文本中与中国"吃人"历史相关的隐喻。故而通过对文本的历史书写进行分析，历史社会语境得以清晰展现，文本产生的历史过程得以重构。一篇作品的主旨与审美主张已经随着传统历史研究方法的黯淡而黯淡了，随之变得重要的是作品内具体的语篇含义是如何对作者的时代潜意识与社会环境进行还原的。在传统历史观念下，历史是一种游离于认识评价体系之外的连续性的客观存在，对文学作品的批评也必须秉承着历史的客观性与连续性原则。然而，我们是不是可以打破这种连续性，在破碎的、被解构了的历史碎片中去寻找历史在偶然性上的表达？正如怀特所表达的那样，被书写的历史事件也许真实发生过，也许"据信"真实发生过，但已经不能通过被"编纂"的面貌来直接感知了①。历史必须被叙述，被重新构建，于是，文学作品的主观性与个体性，偶然性与多样性被

---

① ［美］怀特. 元史学：十九世纪欧洲的历史想像［M］. 陈新，译. 南京：译林出版社，2004：59－107.

解构了。在这种情况下，李健吾的法国改编剧本成了沧海遗珠，今天我们要做的正是重新拾起这颗被忽视了的宝珠，用全新的历史观来对其进行表述与观照。

1. 从历史观察的角度看李健吾的法国改编剧

从历史观察的角度来进行文学研究，我们会发现历史的权威性被消解了，主观的人成为了对历史进行阐释的主体，文本开始与社会环境产生关联，这为充满了主观色彩的文本与历史之间达成统一提供了先在条件。以往的研究视角多以小说作为历史与文本的切入点，而本书放弃了传统的研究视角，选取了李健吾的戏剧作品中法国改编剧这一对宏大叙事关注较少、对微观日常历史关注较多的文本进行范式研究，以期领略他的改编剧在对历史的修正、框定与表达上呈现出的充满了诗意的现实主义艺术魅力。总的说来，我们主要可以从以下几个方面分析李健吾的法国改编剧。

首先，从观察历史的角度来说，李健吾的法国改编剧多从个人视角去讲述历史，展现的不是书写化的历史，而是口语化的历史。也就是说，大写的历史在李氏改编剧中被小写化了。大的社会背景难以放置在狭窄的戏剧舞台上，因此，他在创作改编剧时总是着重于构建微小的场景。换句话说，李健吾在戏剧舞台上所展现的往往是一个社会小集体甚至是一个单独的个体的所见所闻和所思所感。而在这样的碎片中寻找历史的真相，正是我们一向所追求的。

其次，从叙述历史的主客观性来说，李健吾的改编剧通常从主观的角度来展开历史的话语空间。作为剧作家的李健吾总是以剧中人物的立场对历史进行演说，历史的客观存在因此被消解，留下来的是剧作者自己编纂的历史。

最后，李健吾的改编剧更强调历史的偶然性。在他的改编剧中，宿命论不再成为历史走向的原因，人物的命运也不再沿着预设的轨迹朝着具有必然性的方向前进。相反，历史成为一件件充满了偶然性的事件的集合。这样的戏剧往往给观众带来审美上的新奇体验，更为李健吾的改编剧中所反映的社会现实蒙上了一层哀伤的诗意色彩。

莫言曾经说过，在创作的初期阶段，作家并不容易快速确定自己作品的定位①。放在戏剧创作中也如是。剧作家的创作同样也不可能自觉地去迎合某种文化思潮。所以，李健吾的改编剧没有也不可能去迎合后来所流行的文史结合的研究方法，但在其剧作中所表现出来的正是一种将历史进行小写化处理、讲究主体化叙述、偶然化与戏剧化并存的书写方式。李健吾有意弱化了传统历史书写中占据绝对主导地位的人物和历史的关键事件进程，而把舞台照明灯聚在了小人物的身上，大人物和重大历史事件退缩到了舞台的角落。比如《花信风》中备受欺凌的小莲、《喜相逢》中误害爱人母亲与弟弟的朱漱玉、《风流债》中伪善的父亲林虎等。这些小人物的命运或与时代的关系并不那么紧密，比如朱漱玉的毁灭，李健吾自己也说与社会环境没有什么关系，毁了她的是自身暴烈的脾气与热情、单纯的性格。但是，就是在这种看似与时代精神无关的边缘人物的小历史中，李健吾完成了将历史进行民间化书写的过程：他在文本和历史之间挖通了一条隐秘的小道，将新的话语权力交到了民间历史的手上。

李健吾的戏剧创作几乎贯穿了他全部的文艺创作生涯。而他的改编，尤其是对法国戏剧的改编集中在抗战胜利前的 1943 年到 1944 年。在这两年时间里，他先后改编了法国剧作家萨尔度（Victorien Sardou）的《费尔南德》（Fernande）、《菲多拉》（Fédora）、《塞拉菲娜》（Séraphine）和《托斯卡》（La Tosca）等，并冠之以中国传统戏剧的名称为《花信风》《喜相逢》《风流债》和《金小玉》。纵观李健吾的 13 部改编剧，他自认为他在对莎士比亚的改编剧《王德明》和《阿史那》中下了工夫，取得的效果也最令他满意，将其视为在自己的改编活动中"最唐突"也"最高攀"的一种"冒险"②。但如果我们以历史语境下的戏剧观众的喜好作为衡量标准来看的话，李健吾最成功的改编剧还属对萨尔度的《托斯卡》的改编。而我们要从历史观察角度加以研讨的，正是李健吾对《托斯卡》进行改编后创作出的《金小玉》。

李健吾并不是第一位对《托斯卡》进行改编的剧作家。1909 年上海戏

① 莫言. 文学创作的民间资源——在苏州大学"小说家讲坛"上的讲演［J］. 当代作家评论, 2002（1）: 4 - 9.

② 李健吾. 与友人书［M］//李维永. 李健吾文集·6·散文卷. 太原: 北岳文艺出版社, 2016: 217.

剧春柳社就通过日译本将其转译并引进国内，在上映的广告中特别点出了戏剧主题为"爱情"与"革命"。法文功底良好的李健吾本可以对《托斯卡》进行最大限度上还原原作风貌的翻译工作，但李健吾却选择了对其进行本土化改写，而且一改就是两个版本，除了《金小玉》外，还有一个稍晚的版本被命名为《不夜天》。因现代读者对这一剧作已然陌生，故而有必要费些笔墨对这一剧作再交代一二。名伶金小玉的恋人范永立是一位留学归国的知识分子，对革命抱有同情的他帮助女同学莫英的弟弟莫同躲避反革命的追捕，将莫同藏在自己与金小玉的私宅中。金小玉遭到反动派官员王士琦的诱骗，误会莫英与范永立是情人关系，情急之下暴露了莫同的行踪。范永立受到牵连被捕之后，金小玉为爱妥协，导致莫同为了避免情报泄露而自杀，范永立也被判枪决。王士琦用范永立的生来换金小玉的人，金小玉假意同意做妾，巧杀王士琦后准备与范永立出逃，谁料王士琦安排的假枪决成了真枪决，范永立死后，金小玉悲痛殉情。

　　戏剧充满了冲突与巧合，于是一经演出立刻在当时的剧坛引起了轰动，场场爆满，加场连连，十分卖座。这对身处上海沦陷区的李健吾来说成了一把双刃剑，他窘迫的经济危机得以解除，但同时也吸引了日本侵略者的注意。戏剧上演的次年，李健吾因"《金小玉》影射日本宪兵队"的罪名被逮捕，审问他的日本宪兵认为李健吾的戏是在揭露日本人的秘密，对日本人的工作进行"侮辱"，宣传日本人的不是，叫中国人学会了恨日本人①。幸运的是，经多方斡旋，李健吾在被羁押 20 天后无罪释放了。与此同时，《金小玉》的姐妹篇《不夜天》通过中电剧团在敌后方正式上演，编剧署名"西渭"，这不就是李健吾的化名吗？《不夜天》在《金小玉》的基础上，对人物性格、人物对话、舞台布局等方面都做出了较大改动，两个版本分别在上海沦陷区和敌后方上演，这一行为从文本话语分析的角度来看已然充满了富有意味的历史文化信息，如今更是穿越历史空间，向当今读者展示着敌占区与敌后方在言说空间和方式上的微妙差异。如果说春柳社看到的是"革命"与"爱情"两个主题，那么我们要抓住的则是"战争"与

---

① 李健吾.《金小玉》在日本宪兵队［M］//李维永. 李健吾文集·6·散文卷. 太原：北岳文艺出版社，2016：207.

"死亡"这两个命题,借此对文本在重构历史时表明的立场与时代精神加以背书。

(1)战争——客观历史的主体化

正如前文所言,李健吾对法国戏剧的改编活动大都集中在抗日战争期间。不能说这一影响了中华民族进程的重大历史事件对他的戏剧改编活动没有产生影响,但是,我们仍然不能用战争文学来囊括《金小玉》这一剧作。战争不是整个剧作的主题,而是一个命题。我们看到的是李健吾在剧作中对这一命题常用的二元对立的情节模式的一种舍弃,对这一命题背后历史事件的意义的一种放手。正如怀特描述的那样,李健吾在《金小玉》中尝试的是一种利用真实事件和虚构事件的暗示手段,以使过去的事件产生意义的历史叙事方式①。换句话说,在李健吾眼里,他所描绘的事件(无论是真实还是虚构),其本身不一定真实存在着意义。这些已经发生了的事件的意义需要通过剧作家对文本的书写才能被赋予。于是,李健吾在真实与虚构的历史断层中寻找,最终选择符合个人审美、社会价值取向与意识形态要求的素材进行书写,并采用充满了隐喻暗示的写作技巧来令意义得以产生。由此看来,李健吾对《金小玉》的创作是将宏大历史进行主体化改编的一种文学实践。下面我们将从战争主体的民间化、矛盾冲突的偶然化、战争视角的女性化和小写历史的去崇高化四个方面对这种主体化改编活动加以对照分析。

李健吾总是站在一种民间立场对历史进行书写,由此构建了另一种历史话语空间。在《金小玉》中,战争的主体不再是阳刚的英雄,而是民间的个体。比如金小玉,她不是传统意义上的良善妇女,没有崇高的理想,没有对未来生活的梦想,不关注社会现实,只是一个唱戏的小角色。李健吾对金小玉的着墨越多,他的作品就与由强势话语主导的正统历史离得越远。又比如范永立,他的角色只是一个中立的知识分子,营救革命党不过是出于对老同学的情谊,是一种被动的行为。这两个人物都不是英雄,而是民间人物的代表,可以说,李健吾将自己的叙事立场扎根在了民间,实

---

① [美]怀特.作为文学虚构的历史文本 [M] //张京媛.新历史主义与文学批评.北京:北京大学出版社,1993:160-179.

现的是战争主体的民间化。

但我们绝不能忽略的是，在对《托斯卡》的改编中，出现了两个版本：敌占区的《金小玉》和敌后方的《不夜天》。我们谈战争主体民间化，绝对不能只谈其一。将两者放在一起分析时我们发现，《金小玉》隐含着的救亡意义是隐性流露的，而《不夜天》则表达出了明显的抗战意识。通过比较相同角色在两个不同版本的剧作中的话语言说，我们能够更加清楚地看到李健吾隐藏在重复创作背后搭建起来的历史意义和他的民间历史书写中小写化的战争图景。

首先我们来看两个版本的金小玉。

最明显的是两个金小玉身处的时局不同，从而导致两个金小玉在人物形象上的本质不同。在《金小玉》中，整个故事被放在了 1925 年的北平，那是一个军阀割据的年代，与法国剧作家萨尔度将《托斯卡》的背景设置在法国与罗马战争期间有所不同，《金小玉》的背景明显弱化了异国民族矛盾，强化了对国家内部政治斗争的描写。在此基础上，金小玉为了营救范永立而被迫说出革命党的这一举动便与卖国无关了，性格软弱是陷入爱情的女子的通病，故而由此引起的道德瑕疵也是可以被理解、被同情的。金小玉在此是以一个充满了"爱"与"悔"的人物形象出现的。而在《不夜天》中，故事的背景改成了美国百架飞机空袭日本东京，太平洋战争爆发，这一切都直指中国的抗日战争，这是李健吾对《托斯卡》的故事背景框架的一次同质改写。此时金小玉所表现出来的软弱便变成了将同胞出卖给异族的证据，不再是道德瑕疵，而变成了道德污点。金小玉的死也从"以死殉情"转变成了"以死谢罪"。通过对金小玉身份的书写转变，剧中人物的立场随之发生了转变，对历史的演说变成了主观性行为，历史的客观存在因此被消解，留下来的是剧作者自己编纂的历史。也就是说，金小玉不过是民间的一个小人物，不是英雄，更不是异人，从她的视角出发，历史的客观面貌不复存在。于是我们可以说，李健吾在此实现了战争主体民间化的第一步。

再来看两个版本的范永立。

如前所言，《金小玉》中的范永立从事科学研究活动，是一个远离政治话语的边缘知识分子。而出现在《不夜天》中的范永立则是一个地下党员，积极地参与了对同志莫同的营救活动。在临刑前，《金小玉》中的范永立不再责怪金小玉，反而理解她，同情她，将责任归咎在自己身上。在这一点上，李健吾做了较大改动，这表现在他突出了《不夜天》版的范永立临刑前的悲愤上。范永立指责金小玉出卖他人的行为，说自己饶恕不了她，这直接导致了金小玉以死谢罪。这样的范永立其实是不符合传统英雄标准的，在传统宏大叙事历史观下，英雄对历史事件总是大包大揽，为国捐躯时绝不会将怨怼甩给一个弱女子。只能说李健吾在《金小玉》中塑造的范永立是一个民间普通人，在《不夜天》中则是一个小写化的英雄。

此外，在剧本的两次改写中，李健吾重述了中国抗日战争中的一段碎片化的历史，我们看不到他在文本中对历史过程进行的直接批判活动，因为历史在他对文本的编纂中就已经完成了对时代潜意识的书写。比如说在《金小玉》的开篇，情节尚未展开之时，范永立一边进行着考古挖掘工作，一边哼唱着京剧《四郎探母》的戏词。虽然范永立只简单哼唱了前两句，但台下看戏的观众因为有与剧作者李健吾相同的文化心理机制和文化场域，很容易明白隐藏在这一段唱词中的深意。李健吾以身陷辽国的杨四郎自比，同样是面对本国战事失利，观众、李健吾和杨四郎都不得不在敌占区忍辱负重。杨四郎期盼早日回归宋廷，上海沦陷区的同胞也期盼国家早日统一，这正是时代潜意识在文本中的隐形流露，更是李健吾与观众均参与到战争主体民间化书写中来的隐性互动。

通过对《托斯卡》的两次改编，李健吾在《金小玉》和《不夜天》中表现出来的是一段由众多"小人物"构成的抗战历史，这些小人物来自民间，人格不见得伟大，做事的动机不见得高尚，他们和剧本之外的剧作家李健吾、剧场观众、剧本的阅读者一起活跃在由李健吾书写的小写的历史中，用他们的视角描绘了上海沦陷区的抗战图景。

李健吾在对历史的叙述过程中淡化了历史发展的必然性规律，转而对偶然性事件加以观照，使文本中充满了历史的巧合，而这些被书写的巧合往往推动了历史的进程。在李健吾的改编剧中，同样也充满了带有偶然性的戏剧冲突。还是以《金小玉》为例，纵然金小玉身处战争环境中，但战争并没有发生在金小玉的眼前，如果不是情人范永立遭遇变故，她还处于一种歌舞升平的安逸之中。她不知道政治环境如何，不知道战争如何打响，不知道同胞在牺牲，更不知道敌人的凶残，她只是在受到由战争带来的生活的挫折的时候做出了柔顺的屈服。像金小玉这样懵懂的百姓还有很多，他们和金小玉一样，通过偶然事件被牵扯到了近距离的战争中，从而透过他们的视线，战争的民间化视野得以展开。李健吾正是借此对历史的必然性加以调侃，用偶然性来渲染他对历史的感悟与思考。

于是，我们看到的是中立的知识分子范永立被偶然卷入了政治漩涡，他根本不清楚自己面对的是什么，将要发生什么。他的情人金小玉偶然接触到了在范永立一案中有话语权的王士琦，她寄懵懂的希望于王，而事件的走向又与她的期望背道而驰。范永立的死是偶然的，王士琦完全可以放过他，偏偏一时生出嫉妒之心将他枪决。王士琦的死也是偶然的，如果他不对金小玉产生邪念，金小玉那一枪也根本打不中他。至于金小玉的死则更是偶然，她原本指望能与范永立双宿双飞，却落了空，不得不在绝望中选择死去。这种故事设置一环套一环，一个偶然诱发了下一个偶然，这种表达方式并不是李健吾在有意丑化角色，而是民间百姓在面对脱离他们生活掌控的偶发事件时，无法用过往的经验加以判断而采取的一种应急处理策略，这导致了历史战争图景不再是两军交锋灰飞烟灭的大场面，而转变成了一种碎片化的形式，人物的命运因此充满了人为性和不确定性。几个关键人物的矛盾冲突更是偶发事件的集合：范永立偶然遇到了走投无路的莫同，如果不是莫同恰巧留下的那个包袱引起了金小玉的怀疑，也不会被王士琦所利用；金小玉如果当晚没有去赴宴，也不会在那一偶然场合遇到王士琦……这一系列的偶然事件最终指向了故事的悲剧性结局。李健吾书写的是发生在上海沦陷区的民间历史，他巧妙地利用了偶发的事件，将在传统史学中呈现连续性面貌的历史切断成零散的碎片，并将历史的舞台留给了真正身处于战争中的普通人，从而从偶然化了的民间视角完成了对历史的还原。

在传统历史书写中，战争的主体主要是成年男性，男性对战争拥有绝对的话语权力，女性则往往被排除在这种权力话语之外，即便是有妇女的出现，她们也仅对战争描写起到侧面烘托的作用。李健吾则不然，在《金小玉》中，他对战争图景的描绘主要是从女性的视角展开的。以女性的视角进行主体化思维，站在女性的角度进行历史的叙事，从而对客观历史作出进一步的主观化处理。这种角度使得战争的细节部分得以深度展现。试举《金小玉》中一例：

> 赵星南：（预备退出，向金小玉，安慰而又抱歉地）金姑娘受委屈啦！
>
> ［金小玉露出厌烦畏惧的表示，往后退缩。
>
> ［赵微笑着，走出。
>
> ［范永立在门限出现，面色灰白，步履不稳，目光涣散。他拘攀着一双手，显出无限的疼痛，每一手指的尖梢发红，凝着鲜血。金小玉奔了过去，扶住他的胳膊，扶到小沙发椅，放他坐下。他把一双手分开，搭在扶手上面。
>
> 金小玉：我可怜的大爷！……看你的手！……一群狠心的畜牲！……你吃够了苦头子！
>
> 范永立：（过了一时，眨眼，仿佛一个醉人）啊！连着心疼！我没有说出什么罢！……小玉，你也没有！是不是……
>
> 金小玉：没有！没有！……你是什么也没有说！……
>
> 范永立：谢天谢地！
>
> ［但是，他支不住，仰起胸脯，头向后，倒在小沙发椅背。她坐在书架上面，拥住他的头，眼泪直往下淌……
>
> ［王士琦从新进来，望了他们一眼，笑着奇怪的微笑。后面随着高贵五。
>
> 王士琦：（向高）怎么样？
>
> 高贵五：人已经死啦。
>
> 王士琦：一点儿也没有救？
>
> 高贵五：没有救。像是服了毒。
>
> 王士琦：哼！
>
> ［莫同的尸身抬了过来，放在风门入口。金小玉面向范永立，一半是畏惧，一半是遮挡。

范永立：（忽然）死啦？……（向金小玉）谁死啦？……我要看！……
（他踉跄起立，金小玉想拦阻）让我看！（不顾手疼，拨开她）莫同……
（向金小玉）啊！你混账女人！①

在李健吾描绘的这场冲突戏中，有捐躯了的革命者莫同，有隐射日本反革命政权代表人物的王士琦，有汉奸走狗高贵五，还有起穿插作用的对革命抱有同情的中立人物范永立。这几股力量在这一幕戏前刚进行了激烈的交锋，结局也很明显，莫同死了，范永立落网，王士琦控制了金小玉。从这几股力量中抽出任何一股都可以对战争进行具化描写，比如莫同是怎么死的，死前经历了怎样惊心动魄的搏斗，反动势力是怎么对范永立进行严刑拷打的。但这些都避免不了掺杂进传统的叙事手法，这与文本塑造历史的文艺创作观对历史事件的叙述方法有所背离。而李健吾选择了透过金小玉这一女性的视角来看待这一群对战争话语掌握着绝对权力的男性，她的视线显得简单而直接：金小玉看到的是范永立指尖流出的血，她看到莫同被抬上来的尸体，这才惊慌畏惧地发现不知从何时起她已经被卷入了战争之中。她试图遮挡范永立的视线，是因为她的大脑不能提供过往的经验对当下的突发事件佐以参考，她只能毫无逻辑地去阻拦范永立。她甚至无法判断这几股势力在较量中孰胜孰败，这都是客观历史主体化的表现。金小玉自始至终关注的都是与自己切肤相关的人与事，与战争的结果、民族的存亡相比，她在意的是她的爱人有没有背叛她，他是否还活着，有没有发现她出卖了他，他们还能不能过回以前的日子，等等。来自女性的视角决定了她对战争的关注点与主流历史价值观相去甚远。

除金小玉外，还有一个女性角色也值得我们关注，那就是在法国原作《托斯卡》中不存在的、后被李健吾添加进来的角色——"七太太"。在《金小玉》中，大帅将妓女收作了自己的第七房姨太太，虽然进了帅府，却被其他太太看不起，因为姨太太也要讲出身，风尘女子作了妾，比一般女子做妾更不入流。这是来自于社会阶级地位高者对地位低者的歧视。而在

① 李健吾. 金小玉 ［M］//许国荣，张洁. 李健吾文集·3·戏剧卷3. 太原：北岳文艺出版社，2016：337－338.

《不夜天》中，七太太成了日本人的妾，于是歧视的角度发生了转变，其他太太视她为比妓女更不如的下贱人。如此，七太太这个角色就成了折射战争图景的一个棱光镜，代表着在文本塑造历史的图景下，战争描写中出现的随意化与小写化，进而催生出了李健吾的笔下具有独立历史意识的叙事情境。也就是说，李健吾在编纂战争历史话语时总是试图选取来自民间的有效素材，从而打破了一元化的历史制式，在历史的罅隙中挖掘真相，再借女性的视角表现出来。

当人类与凌驾自身之上的庞大力量相遇时，崇高便诞生了。这是西方文学史上一个古已有之的观念。在对历史进行文本书写的时候，无论是对战争的反思，还是歌颂战争的伟大，战争总处于美学所说的"崇高"的地位。而在李健吾的改编剧中，能够凸显战争崇高感的素材总是处在被规避的状态。李健吾从不直接描写战争场面，那些血淋淋地直接暴露战争真相的案例、那些泯灭人性的战争情节在他笔下都从不出现。在李健吾对战争的表达中，"崇高"这一传统历史书写中的经典要素被消解了。试看《金小玉》中一例：

> 金小玉：（让人问住，好笑）又是你大爷有理。（丢开包袱，不再追究）好啦，说正经的。刚才说到孙寿祥，我来就为告诉你，今天下午靠四点多钟，孙大人给我妈打来一个电话，说是今天晚晌在他家摆酒席，请的都是当朝一品，大帅的七姨太太，就是那个叫小银红的窑姐儿，也赏脸光临，一定要我也去，还要我带琴师去凑凑热闹，说不定要我唱两出吉祥戏。因为呀，说是接到河南前线的电报，打了大胜仗，开封一鼓而下，眼看就要生擒吴佩孚，活捉靳云鹗，所以孙大人一开心，他直巴着那河南省的省长，你知道，临时摆一席庆功筵……①

战争进行得如火如荼，不知又有多少百姓家破人亡，但这一切都和掌权派孙寿祥没有关系，他是个战争投机分子，瞄准了战争给他带来的好处，

---

① 李健吾. 金小玉 [M] //许国荣，张洁. 李健吾文集·3. 戏剧卷3. 太原：北岳文艺出版社，2016：291.

大办宴席宴请高官，还请来戏子女妓助兴，就是为了谋得河南省省长的位置。金小玉将一切娓娓道来，她并不关心战争的惨烈和伤亡，而是因为曾经的名伶小银红去了，所以她也要去，觉得自己也许可以在宴席上艳冠群芳，唱两出拿手好戏。李健吾通过金小玉跳跃式的话语，打破了战争固有的崇高感，使得战争看上去不仅不是一件惨烈而严肃的事情，还因为戏子和投机分子的参与，而变得荒诞起来。

　　对战争崇高性的解构充斥在《金小玉》的文本中。前线的战争已经打响了，而围绕在官厅中吃茶唱戏的官员们关心的不过是自己怎样才能借着战争升官发财。谁输了，谁败了，他们也不关心，因为他们实现理想的途径不在战争和军功上，而在于对同党的倾轧和对上司的讨好上。他们参与战争不是为了和平，也缺乏高尚的动机。这样的战争还有什么崇高性可言呢？从战争直接参与者的角度来看，我们可以从莫同的话语中发现他的革命动机很真实，不过就是为了吃饱饭。他的那些同志们也都一样，这反映了底层群众最现实的梦想。参与战争是无奈的选择，没有多少人是为了崇高的理想。《金小玉》中的范永立是一个知识分子，留过洋，按照传统故事情节发展，他应该是怀着一颗报国之心回来的。而范永立全无建功立业之心，回国后和戏子相好不提，反而对古董产生浓厚兴趣，不问时政，只把古玩。范父为革命丢了性命，他也没有报仇的意思。他对莫同的搭救，一来是顺手，二来是顾及与老同学的情谊，如果知道会为此丢了性命，范永立可能也不会选择这么做。如此而言，范永立最后的死亡，也就称不上是殉国，又何谈崇高性呢？李健吾在通过文本书写来重构历史的时候，有意识地放大了这些元素，对战争的崇高性加以消解。于是战争的崇高与悲壮消散了，留下的是荒诞与带一点苦涩的余味，更透出战争图景中充满了隐喻的真实。

　　综上，李健吾笔下的战争看不见千军万马，构成战争要素的不过是民间的一群普通百姓，他们没有建功立业的野心，儿女情长、家长里短才是他们的日常生活范式。或许死亡带给他们一丝微薄的英雄气息，但人物本身并不完全具备传统史诗中英雄的崇高感与情怀感。李健吾描写的战争是碎片化、零散化的，人物的矛盾充满了意外性，因果逻辑充满了偶然感。站在传统史学立场看战争，战争总是被标上各种伟大的意义，而李健吾的民间化视野留给我们的却是来自普通百姓关于战争的记忆与疼痛。

（2）死亡——小写化历史中弱者的挽歌

死亡是改编剧《金小玉》中的第二个命题。当作者从小写化的历史视角出发对历史事件加以阐发，个人的命运发展就往往成为了叙述的主视角。此时若将一众零散的、看似毫无关联的事件和人物穿插在整个文本中，那么其中虚构的部分也不一定要给出合理的理由，因为文本再现的真实明显掺杂着编纂者个人的经历或观点。在这一前提下，我们在李健吾的剧本《金小玉》中看到的就是以个人命运为故事发展脉络，以个人死亡作为故事的终结的一出悲剧，李健吾以此达到了再现历史真实的目的。

在多数的文学作品中，死亡有它标志性的含义。重要人物在历史中的死亡不免成为线性历史中的一个节点，直接影响了历史的走向。比如《红楼梦》中林黛玉的死，暗示着贾府衰败的开始；比如京剧《霸王别姬》中项羽乌江自刎，则标志着楚霸王时代的终结和汉室初兴；再比如福楼拜的小说《包法利夫人》中爱玛的死，象征着浪漫主义田园精神的败落和庸俗资产阶级的全面胜利……历史的编纂者们在历史的长河中选取素材，加以编纂，企图以此赋予人物死亡深远的意义，更企图通过对人物死亡意义的梳理将历史的走向编排得规律化，找出各种暗藏的联系。而李健吾的《金小玉》则不然，他一直通过自己的创作消解着历史的必然性。在他剧本中死亡的往往是平凡的小人物，死亡本身也充满了偶然性的事件，对宏观历史不起标志性的作用。他笔下的小人物死了就是死了，因为他们死亡而空出来的社会位置立刻就会由另一个小人物替补。于是，这种死亡对个人来说只是生命的终结，对历史的影响总是微乎其微。小人物总是游离在时代的核心之外，无论他们是怎么死的，历史的进程并不受其影响。

就像前文中提到的范永立的死，如果站在传统历史的叙述视角，我们能为他的死亡找到类似"为国捐躯"之类的宏大意义。然而，李健吾要消解的就是这种意义，范永立的死不是历史的必然。他虽然参与了对革命党的营救活动，但他并没有革命的实质行动，他的灾殃全是由王士琦与他之间的争风吃醋导致的。这条线索初看理所当然，然而在发展的过程中却显得荒诞。李健吾在范永立的人物形象塑造上特别注意了这一点：范永立好像是一个英雄人物，可又好像哪里说不上，他缺乏英雄人物该有的时代抗争精神。在这种情节安排下，传统历史的宏大叙事得以消解，历史呈现出小写化的风貌，微小个体偶然性的际遇给李健吾提供了一种解构历史的可能，从而完成了对历史中的弱者的挽歌。

除了范永立外，金小玉的死显得格外悄无声息。她是一个处在社会底层的戏子，看似出入繁华，受人追捧，但其实也是一个被中心历史边缘化的小人物，没有人在乎她的生命，包括她所爱的情人范永立。范永立被捕后想到的是莫同的生死，他将莫同的死视为自己在情谊道德上的失败，但他从头到尾没有考虑过同样被羁押的金小玉的生死。活着的时候金小玉只是一个美丽的符号，她死了，谁也没有对她的尸体多看一眼。她的殉情不被领情，这种为爱牺牲就显得毫无意义了。初读剧本时，我们会为金小玉所感动，也许会认为她的死是一种"烈女殉情"，可是李健吾的叙述打破了这一历史的主流描述。金小玉的死亡意义是模糊的，故事在金小玉倒地的时候戛然而止，这一切就为主体化的历史话语留出了想象的空间。金小玉是时代的弱者，李健吾安排了她潦草的死亡，她的死既是不必要的，又没有任何逻辑可言，更找不到任何意义。至于被金小玉一枪毙命的王士琦，他的死就更显得可笑而滑稽，观众在上一秒还在感叹他的狡猾，下一秒他就离奇地死在金小玉的枪下。

范永立死了，金小玉死了，王士琦也死了。他们的死对历史的发展没有造成任何影响。故事的最后，全军兵败如山倒，开封失陷，退守归德。这些都与发生在这一宏大历史图景下的小人物的死亡毫无关系。李健吾正是这样冷静而残酷，通过对个体偶然性的死亡事件的描述来建构自己笔下的民间史学。这是一个充满了偶然性的开放型历史话语空间，在这个空间中，李健吾作为历史的编纂者，完成了潜意识中自己对时代精神的塑造。

2. 从文本塑造历史的角度看李健吾的法国改编剧

在文本与历史的关系上，李健吾通过历史小写化、叙述主体化、转换观察视角、人物塑造去崇高化以及偶然化与戏剧化并存等方式对传统历史的宏大叙事加以否定，并提出了自己的反映论主张。传统的历史主义主张文本反映历史，李健吾笔下的改编剧显然并不认同这一点。正如多利莫尔所指出的那样，文本与历史之间绝不是一种简单的映射与被映射的关系，因为文学是社会实践活动的一种，对同一年代生产生活行为加以表现与刻画的过程，就是参与建构那个年代历史的过程①。也就是说，我们今天所观察到的是一种文本塑造历史论。

回到李健吾的时代来看，当时上海沦陷区的剧院要上演新剧是没有多少自由空间可言的，彼时日伪政府有着一系列非常严格的审查制度，决定了什么能在舞台上表现，什么是要绝对加以禁止的。日伪政权对演出剧作的要求就是让观众看到他们愿意让观众看到的东西，让观众相信他们愿意让观众相信的东西。为了保留剧院，也为了新作能够冲破审查得以上演，李健吾做了很多努力，以期能够在某种形式上实现戏剧对社会的功能潜势作用。其中一条就是在剧作中悄然植入一种精心策划过，且不容易为人所发现的社会意识形态。比如在对"服、道、化"的考量上，微小的细节变化无法在剧本中体现，却可以在舞台上得以很好地展现，这些展现正是在日伪政权定下的规则边缘进行的试探性工作。比如，当时的日本宪兵队队长萩原大旭是个光头，《金小玉》舞台上王士琦的扮演者也剃光了头。这就是剧作家有意识地与日伪官方规则进行交锋的表现。虽然以一时的历史来看，日本侵略者对这种意识形态输出的遏制是胜利的，但类似这种对规则的颠覆活动却是隐秘而持续的。双方的交锋痕迹有时并不明显，这就需要观众调动更多的注意力参与到对这一历史事件蕴涵的社会背景的分析中来。

只有剧作家而没有观众，那么这场较量是不会成功的。只有有了特定的对象，剧作家的意图才得以彰显。因为单声道的文学是得不到任何回音的。就像巴赫金在论著中指出的那样："对话不是作为一种手段，而是作为目的本身。对话不是行动的前夜，而是行动本身。"② 李健吾在审美书写上的突破正在于此，一切都是通过对话产生的，不管是文本自身与社会统治势力的较量，还是作者对文本的阐释与受众对文本的接纳，或是作者隐藏在文本中的对社会历史的理解与文本对社会历史在意识形态层面上的输出，实际上都是多个主体产生的多意识之间的对话。我们不能说哪一个声道是

---

① ［英］多利莫尔. 莎士比亚，文化唯物主义与新历史主义［M］//王逢振. 2000 年度新译西方文论选. 桂林：漓江出版社，2001：239.

② ［苏］巴赫金. 陀思妥耶夫斯基诗学问题［M］. 刘虎，译. 北京：中央编译出版社，2010：278.

话语的中心，因为对话本身就是多元的。

综上分析，戏剧的上演需要可操作性的舞台，在吸纳观众观看剧作表演以期完成对话互动时，剧作家也在潜移默化中进行着意识形态上的输出。这种力量显然是不能小觑的。《金小玉》的上演引起了日本侵略者的恐慌，日本宪兵抓捕李健吾后拿着剧照对他进行审讯，逼迫他承认在创作中影射了日本宪兵队。宪兵队长萩原大旭也因为光头事件而指责李健吾笔下的反面人物王士琦指的就是他本人，并指责这部剧试图教会中国人仇恨日本人。虽然将历史进程的走向寄予到一部剧作上来的愿望是美好的，但没人能忽视得了剧作的力量。一部剧作或许发挥的影响较小，但当多个具有现实意义的文本在意识形态方面进行集中性输出时，其对社会旧秩序进行巩固或是消解的作用便显现了。李健吾的创作正是如此，他将碎片化的历史事件转化为文本，文本又在输出过程中转化为公众的一般意识形态，这种一般意识形态又形成新的历史事件，被其他作家加以利用，再次转化为文本。如此循环往复，意识形态通过文本走向社会，又通过社会回输。在这个循环往复的对话过程中，意识形态被不断加强了，从而最终达到文本塑造历史的目的。

换句话说，在这种文学塑造历史的史观下，李健吾的剧作充满了主观人为操作的意图，其作品的创造过程可视为一种形而上的斡旋。斡旋的双方一方是社会，另一方是李健吾。李健吾持续受到社会历史因素的影响和拉锯，为了使得斡旋的天平达到平衡，他必须将社会历史话语渗入到文本审美话语中，从而创造出一种能被社会主流意识形态接受的文本。也就是说，作者在文本中藏起了的意识形态，总是通过读者的阅读活动被发现，进而被释放出来，从而对同时代或者今天的读者也产生着持续的影响。当然，这并不是单方面的输出，而是一种饱含着交易意味的过程，因为文本的审美话语也在反过来对社会历史话语进行渗透。两者的关系被历史文本的编纂者小心翼翼地操控着，使得一方不断地消解着另一方，又哺育着彼此，就如同钟摆在不断地振摆。如此，才能达成斡旋天平的平衡，在这一天平上，文本与历史的交流互通永不停歇，社会历史对文本的产生不起决定性作用，而文本对社会历史的影响油然而生。

至此，以《金小玉》为例，本书用全新的历史观对李健吾的法国改编剧进行表述与观照后，着重探讨了历史与文本多重视角下的相互关系。本书从多角度出发，着重以主体化与小写化等方法论入手，展现了文本批评研究与历史相结合的一些研究成果。不妨说，以反形式主义开篇，本书在历史发展的过程中看到了文本的开放性：社会因素影响着作者的创作环节，作者潜意识中完成了社会因素的文本化书写，于是一部作品就带上了挥之不去的时代烙印。这种烙印通过后代读者的阅读活动不断得以加强，后代读者对作品的理解过程，又是作品重新对后代社会进行意识形态输出的过程。正是这一充满了主观性的活动打破了历史的客观性，同时突破了文史研究中的障碍。在这一研究活动中，如果能更好地保留文学研究中审美化趋向，那么在一定程度上也可以避免社会化研究中的审美丧失。

第五章
沧海遗珠：李健吾散文与法国随笔

进入新时期以来，李健吾文学得到了学界的广泛关注，对其文学批评、戏剧作品、翻译理论等领域的研究与日俱增，而李健吾的散文却鲜有人问津。殊不知李健吾的散文亦有不输于同时代散文大家朱自清、郑振铎、周作人等人的艺术成就。当我们研读李健吾散文，就会发现当中对法国随笔，特别是蒙田的随笔有着借鉴、吸收、创新的一面，其中对蒙田随笔的直接接受与间接接受交错纵横，可供我们进行比照研究。在此认知上，本章首先通过对蒙田及其随笔在中国的译介情况进行梳理，以寻找李健吾对蒙田随笔的接受脉络。进而从审美文化书写、民族文化认识及政治主张三个方面考察李健吾散文对蒙田随笔的接受与发微。

一、蒙田及其随笔在中国的译介

作为文艺复兴时期的思想家，蒙田在中国的传入较之孟德斯鸠、伏尔泰、卢梭等启蒙运动大家更早。据考证，蒙田的作品《为雷蒙德·塞朋德辩护》作为宣扬人文主义思想的七千多册西方书目之一，最早在 17 世纪由耶稣会士金尼阁神父通过海路运往中国。考证者艾田蒲不无遗憾地说，因为年代久远，该篇文章在中国的接受过程已经无以觅踪了①。之后的几百年间，蒙田及其作品更是在中国大地上销声匿迹，难觅踪迹。直到近代，随着新文化运动带来的译介热潮，蒙田及其作品才被正式引入中国，从此大放异彩，

---

① ［法］艾田蒲. 中国之欧洲·下卷［M］. 许钧，钱林森，译. 桂林：广西师范大学出版社，2008：前言7.

在中国散文接受图幅上留下了浓墨重彩的一笔。

为蒙田在这幅画卷上画上第一笔的是民国时期的教育学专家雷通群。1930 年，雷通群选取了蒙田的《随笔集》中有关教育思想的章节，另译作《孟氏幼稚教育法》交付出版。雷通群在《译者序》中指出，他的译文"从日文重译，并参阅英译本"①。虽然雷氏的译文并非从法文原版译出，却是中国第一位对蒙田的作品进行摘选译介的学者，不但如此，他也是首位将蒙田划入人文主义阵营的国内学者，这都是非常值得肯定的。真正意义上的首位将蒙田作品从法文原文进行翻译，并系统地引介入中国的当数梁宗岱。1933 年是蒙田 400 周年诞辰，当年 7 月，梁宗岱在《文学》杂志创刊号上发表了《纪念蒙田四百年生辰》一文，系统地介绍了蒙田其人其文，并附上译作《论哲学即是学死》供读者品评。之后 10 年间，梁宗岱分三次为国内读者翻译介绍了蒙田的作品。第一次是在 20 世纪 30 年代中期，梁宗岱以《蒙田散文选》为总标题，选取了蒙田的《随笔集》中 21 篇译文，陆续刊登在《世界文学杂志》上；第二次是在 20 世纪 30 年代晚期，梁宗岱在《星岛日报》的文学副刊《星座》上，以《蒙田试笔》为总标题，译介了 11 篇蒙田的短文；第三次是在 20 世纪 40 年代初期，他又先后在《文艺先锋》和《文化先锋》两部刊物上发表了蒙田的《随笔集》中若干较长篇幅的译作。经过梁宗岱长达十余年的译介活动，国人开始有条理、有系统地认识了蒙田。此外，陈占元翻译的《蒙丹尼和批判的教育》、胡梦华的《絮语散文》都对蒙田有所译介与讨论。

无论是雷通群还是梁宗岱，他们对蒙田及其作品的译介由于时代原因并没有形成统一的标准。蒙田，有译作孟氏、蒙丹尼、蒙旦等；随笔，有译作论文、散文、试笔等。但这无损蒙田在中国文坛的吸引力，随着译介活动的展开，蒙田的身影也在中国近现代作家的作品中逐渐出现。

首先是胡适。胡适在《建设的文学革命论》中对蒙田赞誉有加，说以散文而论，中国传统散文有和孟太恩（蒙田）相似的一面，但从科学性而

---

① 雷通群. 孟氏幼稚教育法［M］. 上海：商务印书馆，1930：译者序 1.

论，则其文是"中国从不曾梦见过的体裁"①。之后鲁迅在翻译日本文学理论家厨川白村的《出了象牙之塔》时，向国人介绍了厨川白村关于蒙田随笔的风格特点的看法，认为蒙田是 Essay 的鼻祖，虽自谦为"不得要领的写法"②，却成为了后代散文创作的蓝本。除此之外，鲁迅对当时各个版本的蒙田随笔都有所搜集，1934 年，他购入纪德的《蒙田论》的日译本，次年又购入《蒙田随想录》前三卷的日译本。虽然"译者所用的日文也颇难懂"③，却始终对《随想录》的后两卷念念不忘，四处托人购买。另外，周作人在《再谈俳文》《摆伦句》和《欧洲文学史》等著作中对蒙田多有评述，不但对蒙田在散文中表现的自由主义精神加以称赞，且对蒙田隐世作文自娱的做派倾心折服④。然而，在近代作家群中，对蒙田最为推崇的当属梁遇春，他在对兰姆进行评叙时多次提及蒙田，并认为蒙田是"近代小品文鼻祖"，且是从古至今"最伟大的小品文家"⑤。同时，梁氏手不释卷，承认自己"最喜欢念的是 Essay"，并把蒙田等散文作家的书卷放在身边，有时"占着枕头旁边地方"，以便自己可以随时取阅⑥。除了对蒙田的散文有所研究之外，梁遇春还专门阅读了蒙田的日记，在《蒙旦（蒙田）的旅行日记》一文中，梁氏认为蒙田在日记中的絮语已经足够确立其在法国文学史上不可动摇的地位⑦。在深入研究蒙田后，梁氏将其散文归入思想性小品文一类，并准备写一部关于蒙田文艺思想品评的书作。我们从其给石民的信件中便可一窥端倪，信中列举了他的写作计划，薄伽丘的《十日谈》、歌德的《浮士德》、司汤达的《红与黑》和蒙田的《随笔集》无一不在

①　胡适. 建设的文学革命论［M］//姚鹏，范桥. 胡适散文·第一集. 北京：中国广播电视出版社，1992：208.

②　［日］厨川白村. 出了象牙之塔［M］. 鲁迅，译. 北京：人民文学出版社，2007：7.

③　鲁迅. 350908 致徐懋庸［M］//鲁迅全集·第十三卷. 北京：人民文学出版社，2005：535.

④　周作人. 欧洲文学史［M］. 石家庄：河北教育出版社，2002：131.

⑤　梁遇春. 查尔斯·兰姆评传［M］//梁遇春散文全编. 杭州：浙江文艺出版社，1992：40.

⑥　梁遇春. 英国小品文选·译者序［M］//梁遇春散文全编. 杭州：浙江文艺出版社，1992：347.

⑦　梁遇春. 蒙旦的旅行日记［M］//梁遇春散文全编. 杭州：浙江文艺出版社，1992：268.

其中①。

　　近代作家群中，还有那么一小群作家不能被忽略，他们多数毕业于外文系，有着法语专业的背景，或曾经赴法留学，有着扎实的法文功底，能够更加自由地直接接触蒙田作品的法语原文。比如钱钟书，不但尝试翻译过蒙田随笔中《想象的力量》一文，还在自己的作品中不止一次地提及蒙田，乃至引用蒙田的言论。此外，前文中提到的梁宗岱在《星岛日报》副刊《星座》上发表的关于对蒙田《随笔集》的几篇译文，正是受曾经赴法留学、后任副刊主编的戴望舒的邀请之作。而本书的主人公李健吾，更是对蒙田熟稔于心，他在《李广田选集·序》《陆蠡的散文》等文中不但引用蒙田的言论，更称赞蒙田的渊博足够"吓退百万大军"②。在《咀华集》中，李健吾认为蒙田的成功之处在于他运笔的"亲切"与"真挚"，并认为这是一切成功文学的基本条件，如此才可以"容纳所有人世的潮汐"③。李健吾对此接受并效仿，从他笔下自由灵动的散文中，流泻出了蒙田式的"亲切"与"真挚"。

　　如此看来，蒙田及其作品已然在 20 世纪初期的中国拥有广泛的读者与知音。但是，以蒙田随笔为首的随笔文至今在西方文艺界仍饱受争议。其争议焦点在于随笔的写作形式毫无规则可言，以至研究者难以对随笔下定义。然而，日内瓦学派的成员，获得过 1984 年欧洲随笔奖的文学家让·斯塔罗宾斯基还是对随笔给出了自己的定义，他认为随笔就是在自由精神的支配下，诗学与美自由结合，同时上升到了理性与科学的高度的一种艺术之美④。如果以让·斯塔罗宾斯基的这一观点为依据，那么随笔的源头便不仅是自由与直率，更是艺术与诗学，这正从某种程度上照应着李健吾的散文精神。若将李健吾的散文分成游记、回忆录、时评三类加以分析，则不难发现蒙田随笔之思想贯穿其中。

---

① 李冰封. 发现、整理经过与思考线索——有关梁遇春致石民四十一封信札的两件事 [J].
新文学史料，1995（4）：158.

② 李健吾. 陆蠡的散文 [M]//李维永. 李健吾文集·7·文论卷·1. 太原：北岳文艺出版
社，2016：347.

③ 李健吾. 咀华集·咀华二集 [M]. 上海：复旦大学出版社，2005：79.

④ STAROBINSKI J. Montaigne en mouvement [M]. Paris：Gallimard，1993：185－196.

二、藏于游记中的审美文化书写

在李健吾的散文中，游记占到了较大比重，较有影响力的游记有三篇，分别是《窗外的西伯利亚》（1931）、《意大利游简》（1933）和《雨中登泰山》（1961）。其中艺术成就最高的《意大利游简》完成于留法时期，记录了1933年夏李健吾从法国回国前赴意大利漫游一个月期间的所见所闻。这些本是寄给国内未婚妻尤淑芬的信件，后来删削成33封，付印出版。今天我们细读这些信件，只觉得恋人之间的私语成分较少，更多的是对艺术的赏鉴、对人文历史的眷恋、对自然风光的惊叹，从中饱含着李健吾对蒙田诗化的语言风格的吸收与在审美上的发展，于不经意间体现了时代造化下强烈的民族焦虑感。接下来，本书将逐一论之。

1. 蒙田追求天然之美在李健吾游记中的体现

作为文艺复兴时期具有代表性的人文主义思想家之一，蒙田格外崇尚天然之美。在随笔中，蒙田借西塞罗的口吻不止一次地宣布"一切符合自然的东西都值得敬重"[①]。于是，蒙田"到处寻找天然状态的痕迹"[②]，拒绝当时奢侈豪华风气之下的人工之美，并引用塞涅卡的话说："我们离大自然渐行渐远，像大家那样去做，他们可不是好向导。"[③] 为了亲近自然，蒙田于1580年9月出发，历时一年半，赴意大利等国游览，途经42城，其间写下了歌颂自然风光的随笔类游记《蒙田意大利之旅》，细致展现了16世纪的意大利风情。

翻阅这两本关于意大利的游记，我们会发现李健吾在这一点上和蒙田何其相似，一位以日记的形式书写旅途之中的所见所闻，一位以信件的形式抒发自己的所闻所感。蒙田追求的天然之美在这里绝不仅是自然风光之美，更是主观印象和个人情感的自然流露。而李健吾在《意大利游简》中

---

① ［法］蒙田. 蒙田随笔全集·下卷［M］. 陆秉慧，刘方，译. 南京：译林出版社，1996：403.

② ［法］蒙田. 蒙田随笔全集·下卷［M］. 陆秉慧，刘方，译. 南京：译林出版社，1996：403.

③ ［法］蒙田. 论维吉尔的几首诗［M］//蒙田随笔集. 马振骋，译. 上海：上海译文出版社，2014：225.

对蒙田关于自然之美的思想的接受，是建立在近代中国知识分子的审美期待视域上的。故而若要考察李健吾关于接受自然之美思想后的具体文学实践，首先要考察的是以李健吾为代表的近代知识分子的审美期待视域。

抒发自然之美是中国古代散文的传统，渴望与山水融合、自然天成的文化意识构成了中华民族传统文化心理结构不可缺失的一部分。这最早可追溯到老子所宣扬的"道法自然"。自然从形而上的角度可说是宇宙变化的法则，具体物化之后又可外在表现为山水自然。于是，古代文人莫不钟情于往山水自然中寻找"道"之所在。到了唐宋时期，山水自然游记发展到了顶峰，在彼时文人观念中，人与自然怡然自得，心境澄明，最终达到物我两忘的浑然境界最为可贵。明清两代，文人继承了唐宋以来的山水游记传统，在独抒性灵的旗帜之下，抒发表现个人山水审美的意趣，题材皆备，风格多样。综上所言，对"天然去雕饰"的追求已然沉入了中国文人集体无意识的精神河流。这也正是胡适认为中国传统散文与蒙田随笔在精神上天然相通的原因。

匈牙利文学批评家卢卡契曾经说过，造成本国文学的转变不可能由任何一类外国文学流派独立完成，在本国文学之中必定存在一个与之在某种程度上非常相似的文学流派或潜在倾向，正是这种本土流派或倾向的存在才促使外国文学的影响在本国开花结果①。或者说，这种影响力在于解放了已然存在却未显现的文学潜力。如果说深藏于中华民族古典文化中的对自然的天然亲近就是这种"潜在倾向"，那么这种潜在倾向一旦与法国蒙田追求天然之美的思想相遇，就为得益于它的李健吾吸收蒙田精神提供了内化依据。事实上，李健吾在《意大利游简》中表现出来的追求自然与他在书写自然时表现出来的富有时代特色的感怀与嗟叹，正与来自蒙田的人文精神不谋而合，并使自身在游记散文创作上实现了真正的潜力解放。

蒙田追求天然之美的思想与李健吾在审美期待视域上相合，其在具体实践中的表现有二。

（1）对主观印象的描写

---

① ［匈］卢卡契. 托尔斯泰和西欧文学［M］//卢卡契文学论文集（二）. 刘半九，译. 北京：中国社会科学出版社，1980：449－473.

对自然景色的书写是李健吾审美理想的外化表现，透过游记，李健吾着重的是对内在主观的自我与自我印象中的世界自然的表达。而蒙田也多次强调表达自我的重要性。蒙田在壮年时期便已避世不出，试图在阁楼之上用文学的笔给世人展现自我印象之中关于理想生活的图景。由于李健吾受蒙田影响，因此我们常常会看到李健吾在游记之中抒发主观印象：

　　……我来到东角落的公园，是拿破仑征服威尼斯以后，下令修改的。倚住石栏，我望着碧海、青天、强烈的夕阳，栉比的岛屿。然后用过晚餐，我独自坐在古书室的南面石阶上，望着海色变成了黑的，直到九点半，我这才走回旅舍。今晚凉快多了，从空场走过，我还打了个冷战。一个人坐在灯火的暗影里，不知道想些什么，一刹那是你，一刹那是经济，一刹那是生活，一刹那是我的前途，一刹那是我写作的计划……不动声色，无形无痕，此来彼去，正不知多少回。其实我是一张空白布，映演电影了吧。①

李健吾人格的声音与色彩皆在这段引文中有所呈现。他是一个充满了理想主义精神的散文家，凭借着自己于寂寞风景中黯然而生的冥想力和对自然风光的敏感性，沉溺于充满了主观印象的情绪之中，书写了更多自然诗意的文字。

比如在描绘威尼斯风景时，前后不过两天时间，因为主观印象的变化，他对同一景物有了不同的印象。心情好时，他说威尼斯"水天一色，星灯交映，加上白的大理石，苍古的大建筑，你想，还有比这再可爱的吗？勿怪许多文人画士，流连忘返。我也要在这里住一个星期"②。第二天心情不好时，便说：

　　临我回来，十点刚过，正见人山人海，奔向空场和海滨。这些人

　　① 李健吾. 意大利游简［M］//李维永. 李健吾文集·6·散文卷. 太原：北岳文艺出版社，2016：60.
　　② 李健吾. 意大利游简［M］//李维永. 李健吾文集·6·散文卷. 太原：北岳文艺出版社，2016：56.

无忧无虑，我想不到人间同时竟有许多享乐者。

只有我一个人，荷着种族的负重、国家的耻辱、孤寂的情绪、相思的苦味，在人群里面，独自徘徊着。①

正如郭沫若所指出"文艺的本质是主观的"②，李健吾游记表现出浓郁的从个人主观印象出发的特质，是他接受蒙田随笔中蕴含的自然之美精神的第一个表现。

（2）对情感的构建与抒发

蒙田并非简单重现自然风光的风姿，而是强调面对自然时情感需尽兴抒发，并主张在自然中寻找天然真挚的感情。于是，在李健吾的游记创作实践上，他也着意表现着自己的情感世界。在他的笔下，自然景物绝少单独出现，出现时总是伴随着作者的情绪。这种情绪不是莫名而来，而是为景色所触动之下油然而生的一种自然情感。这种自然情绪往往与主观印象密不可分，在上文的小例中，我们已对李健吾这种时刻流露的情感有所领教。无论是孤独还是热闹，是闲暇还是忙碌，李健吾的笔下时刻流动着这种饱满的情绪。在那不勒斯，因为天气炎热，李健吾觉得这座城市给自己留下的印象实在坏透了。于是他笔下的那不勒斯没有了威尼斯的秀丽，也没有罗马的辉煌，他把那不勒斯称之为一座"喧哗、热闹、龌龊、让人反感的城市"③。这一评价虽有失公允，但确实是李健吾处于当时环境下最自然的情感的流露。在情感的左右之下，他觉得自己好像从欧洲富有现代气派的海市蜃楼中堕出，重新返回到人间，就连中国的城市都比那不勒斯要干净，对那不勒斯，他厌腻极了。无独有偶，在蒙田意大利游记之中，蒙田关于那不勒斯的印象也不甚佳，这也算是两位作家跨越时空的情感上的共鸣之处了。

综上所述，李健吾的游记散文既体现出寄情自然、表达自我印象的主

---

① 李健吾. 意大利游简［M］//李维永. 李健吾文集·6·散文卷. 太原：北岳文艺出版社，2016：58.

② 郭沫若. 文学的本质［M］//郭沫若著作编辑出版委员会. 郭沫若全集·文学篇·第15卷. 北京：人民文学出版社，1990：343–352.

③ 韩石山. 李健吾传［M］. 北京：人民文学出版社，2017：108.

观性，又有借自然抒发主观情感的本真性；既体现着对中国传统游记文化的本位认同，又展现了对蒙田主张自然之美之思想的偏爱与接受，这是李健吾通过游记进行审美文化书写的第一个向度。

2. 蒙田追求艺术之美在李健吾游记中的体现

尽管在蒙田生活的那个时代，矫饰之美盛行一时，但蒙田对此并不推崇。他敢于冒基督教禁欲主义的大不韪，在随笔中对人体自然形态之美大加赞扬。蒙田首先引用圣经中的言语说明上帝对人的肉体之美也很看重，"天主也并不忽视肉体之美"①，因为人是上帝造就的，承认上帝的神性，就意味着承认作为上帝创造物的人类的肉体的神圣性。于是，蒙田进一步宣称，人的形体美是区分人优劣的重要标准。他引经据典，说亚里士多德认为有形体缺陷的矮子虽然可爱却不漂亮，而高大的身躯显得更美；又说马略要求士兵的身高最好不低于六尺；柏拉图要求理想国之中的官员除了优秀的品质外，还要有漂亮的身材；埃塞俄比亚和印度的地方风俗是注意考察行政官员的美貌与高挑的身段……②凡此种种，虽然有所偏颇，却是蒙田人体审美观的重要佐证。由此可见，蒙田认为艺术之美莫过于人体之美，故而他对古希腊罗马时期着重表现人体之美的雕塑艺术尤为喜欢。李健吾接受了蒙田这一思想，留法归国前特地抽出时间赴意大利游览，其目的在于在这个艺术的国度对自己的艺术鉴赏水平进行一次考验。于是他不但饱览了一番雕塑艺术与绘画艺术，而且以散文游记的形式书写着自己的所见所闻，向读者展示着意大利重视形体美的雕塑与绘画艺术。

李健吾虽然不是美术专业的学生，却受西方浪漫艺术的熏陶，有着相当高的艺术素养，他的游记之中也非常侧重对艺术之美的品鉴。也许受到父亲死于革命的阴影影响，李健吾情愿走纯艺术的道路，在《艺术家》一文中，李健吾自知在当时的社会环境下，要做一个艺术家很不容易，"或许整个社会说你是个傻子"，但"意义又有深与浅，一个是精神的，远大的，

---

① ［法］蒙田. 蒙田随笔全集·中卷［M］. 马振骋，徐和瑾，潘丽珍，等译. 南京：译林出版社，1996：342.

② ［法］蒙田. 蒙田随笔全集·中卷［M］. 马振骋，徐和瑾，潘丽珍，等译. 南京：译林出版社，1996：342.

可感而不可触；一个是功利的，现时的，一目可以望尽"①。所以李健吾宁愿"牺牲了后者，来完成他的理想——一个遥远而渺茫的金色的梦"②。于是我们看到，在《意大利游简》中，李健吾弱化了对政治现实环境的叙事，在以诗意笔调描绘自然风光之余，更用心对艺术文化进行审美书写。

当流连于意大利这座艺术的花园之时，李健吾尤为重视对圣母像的描述。在他的文字描绘下，圣母像不但呈现出蒙田所赞赏的形体美，而且别有神韵。比如李健吾写自己在圣塞巴斯蒂安教堂看一幅《圣母升天》图，圣母形容妩媚，体态丰腴，恍若为下界众生请诉，而上天似允犹未允的样子，用色极其浓妍，堪称佳作。他又夸赞拉斐尔的圣母像最为温柔甜蜜，传说近似拉斐尔当时的情人，又觉得拉斐尔师承佩鲁吉诺（Perugino），两人画出来的圣母如出一辙，便打趣是不是师傅也以弟子的情人为模特。在看到波提切利的圣母像时，李健吾夸赞圣母呈现出修长与秀美，同时觉得圣母具有一种别处没有的不可言喻的悲哀。"别人的圣母可爱，仿佛一个无忧无虑的美女，独有他的圣母带着一种难言之隐。"③ 李健吾从波提切利的圣母像中读出了一种畏惕，就像是波提切利为了表现圣母有意推拒上帝的旨意，于是刻画出了那种不得已而拜命的神态，便是旁边的天使也因之起了哀矜。三幅圣母像，李健吾读出了三种完全不同的形体艺术之美，其赏鉴之细致用心可见一斑。

蒙田在文艺复兴思潮之下，对古希腊罗马时期的艺术饱含缅怀，颇觉得今不如古。这种精神也感染了李健吾。他在参观古罗马的历史残骸后，写下这样的句子：

> 今天我全用在古罗马的游览，因为唯有集中，我可以得到一个较深的历史的印象。当然，这里活动的，倒是想象和浪漫的热情。我并

① 李健吾. 艺术家［M］//李维永. 李健吾文集·6·散文卷. 太原：北岳文艺出版社，2016：36.

② 李健吾. 艺术家［M］//李维永. 李健吾文集·6·散文卷. 太原：北岳文艺出版社，2016：36.

③ 李健吾. 意大利游简［M］//李维永. 李健吾文集·6·散文卷. 太原：北岳文艺出版社，2016：71.

不凭吊，但是一种感慨，伤古惜今的情绪，无形伴着我的游览。我脑里充满了古罗马的功业。这不复是瑞士的山石，只是本身美丽，而是一种语言，差不多每块石头都像一个字母，拼在一起，向我传达一种悲壮的诗意。①

李健吾对罗马的这种感受，怀着对古罗马历史的深切感情。而这种感情的发端不是简单的借古怀今，而是建立在对古代罗马艺术的认可之上的喟叹，是一种基于历史文化，又透过历史文化而深入到审美内质的考察。而对比当时其他大家的散文游记，李健吾的游记更向蒙田靠拢，语言通俗朴实，尽量避免使用生僻字眼。此外，在进行艺术纵览时，李健吾不忘对从古希腊罗马到近代意大利的雕塑家、画家等艺术名家进行简要介绍，便于读者飨宴。用他自己的话来说，这部《意大利游简》可谓是"一部意大利文艺复兴的绘画小史"②，专门供读者做艺术上的品鉴，同时力求使读者透过文字去领略文化背后更为深沉的人文主义精神内涵。

3. 时代造就的民族焦虑感

李健吾的游记作品呈现出"重天然"和"唯艺术"的面貌，不但抒发着作者对自然风光的喟叹，更充斥着丰沛的主观情感，他对艺术的全身心的投入，亦使读者获得了非常深刻的美觉体验。究其原因，李健吾追求艺术至上，在艺术化的表达中又充满了对现实世界的观照这一典型人文主义特质，这是随着以蒙田随笔为代表的欧洲散文在中国的传播而逐渐建立起来的。故而当他登上欧洲艺术的大陆时，他有着足够的审美储备对异域文化中的艺术进行审美层面上的考察。不但如此，在李健吾的游记中，我们还可以感受到一层若有所失的"轻快的抑郁"③，这是蒙田的游记和随笔不曾具备的，可以视为李健吾对蒙田诗化风格吸收后在审美接受层面关切现

① 李健吾. 意大利游简［M］//李维永. 李健吾文集·6·散文卷. 太原：北岳文艺出版社，2016：75.
② 李健吾.《意大利游简》前言［M］//李维永. 李健吾文集·6·散文卷. 太原：北岳文艺出版社，2016：45.
③ 李健吾. 意大利游简［M］//李维永. 李健吾文集·6·散文卷. 太原：北岳文艺出版社，2016：88.

实的一次发展。

所谓"轻快的抑郁"，指的是时代造就的民族焦虑感。说它是"抑郁"的，是因为即便是在外游历，祖国内忧外患的现实情境容不得李健吾在艺术的殿堂肆意纵情；说这种抑郁是"轻快"的，是因为李健吾虽对民族命运焦虑嗟叹，却因为尚有艺术殿堂可供心灵暂歇，在避世之中不免减轻了现实环境的压力。尽管李健吾一再追求唯美的艺术境界，却也免不了纷乱现实的侵扰。在他的游记之中，对中西文化的差异性体验导致了这种隐性的民族焦虑感的出现，具体说来，又可分为出行前立下的志愿、旅途中的遭遇以及事后在散文中的反思三个阶段，在这三个阶段中，焦虑感逐渐递进，呈现出不同的面貌。对其逐一分析，有利于我们理解李健吾呈现在散文中的文化心理。

首先来看李健吾在出行之前立下的志愿。虽然李健吾中年回忆青年时代时承认自己"没有走进革命的战场，打进群众的生活，仔细体验一番时代的进展已经到了什么程度"。又说因为"书呆子的准文学观"渐渐使自己"活在空想里头"，"加强了我对实际政治的回避"，最后"大转向钻进了文学"[①]。就这样，李健吾确立了不问政治、只求文学的立场。但如同那个年代选择出国留学的知识分子们一样，李健吾不可避免地背负着沉重的使命。这使命或许与政治话语无关，但一定与文化救亡有关。傅雷在谢绝他教授刘海粟法语所给的报酬时说得好："我们是同胞，我们离乡别土来这儿的目的都是一个，为了振兴我们苦难深重的祖国，不管我们是来深造什么的。"[②]怀揣着这样的目的，正如前文所述，李健吾到底还是选择了一条"对中国有些许用处"的现实主义文学道路。他将志愿确立在外国文学研究上，希望对中国文学研究有些帮助，至少能将世界局势的变化通过文学介绍到国内。这种愿望越是迫切，走出国门之后他感受到的中西文明差距就越大，从而心态就越焦虑。李健吾只能在艺术中寻找一种"形而上的安慰，安慰

① 李健吾. 我学习自我批评［M］//李维永. 李健吾文集·6·散文卷. 太原：北岳文艺出版社，2016：319.
② 石楠. 刘海粟传［M］. 北京：北京航空航天大学出版社，2009：61.

住尘世的滞留"①，以此来缓解在出行之前产生的第一重焦虑。

如果说走出国门之前，对于祖国现状的焦虑尚且属于个人情怀，那么出国之后，李健吾的心灵则被打上了属于民族的烙印。国弱而尊严尽失的情景激发着李健吾哀叹中华民族之不幸，在他的游记中，对此亦有所记载：

> 昨晚走到车站，一位剪票员见了我，立即拦住，问我中日打得怎么样，我装作不懂，禁不住再三问个不已，只好回了句："完了。"他说，完是完了，究竟是谁胜了呢？现在我请教你，如果人家明明知道你是中国人，偏偏还要追问到底，你是否和我一样，说句对不起，扭身走开呢？不料今天在这座出土不久的古城里面，遇见了个看守人，又是这一套，不过他当我日本人，听说不是，他变了颜色，颇不自然，怎样不自然，我都难以形容了，然而他究竟忠厚，不再问我哪一国人（大约他眼里只有日本人），随便扯了几句闲话。同这相似的，是背后的议论，甚至于有些下流人，远远"起哄"起来。②

当时在欧洲旅居的中国人，大多都是从事卑微职业的劳苦大众。邹韬奋就曾经考证过，当时在欧洲的中国人所从事的职业，莫不是洗衣、开饭馆、做纤夫一类③。这些处于社会底层的中国人，经常蓬头垢面、衣着褴褛，又不通语言，颇有几分今日中欧难民的味道，他们的不佳面貌构成了欧洲人在当时对中国人的集体想象。稍微整洁一点的中国人便被误认成日本人，李健吾便有这番经历。在那不勒斯，误以为他是日本人的看守人还算忠厚，知道搞错了，讪讪地住了嘴。而更多的是不怀好意、对他中国人的身份肆意侮辱的人，他们故意询问中日战争的结果，加重李健吾作为战败国子民的屈辱感，并以此为乐。李健吾的遭遇绝非个例，邹韬奋在《萍踪寄语》中记录过他在意大利的经历。走在街上，意大利人"总是要对我

---

① 李健吾. 现实和理想［M］//李维永. 李健吾文集·6·散文卷. 太原：北岳文艺出版社，2016：54.

② 李健吾. 意大利游简［M］//李维永. 李健吾文集·6·散文卷. 太原：北岳文艺出版社，2016：86.

③ 邹韬奋. 萍踪寄语［M］. 北京：北京师范大学出版社，2014：106.

们望几眼，有的还窃窃私语，说我们是日本人"①。何以只想到日本而不想到中国呢？原来这些意大利人"觉得所谓中国人，就只是流落在国外的衣服褴褛的中国小贩，衣冠整洁的黄种人便都是日本人"②。张若谷也曾在《游欧猎奇印象》中有所记载："伦敦的女人，不太喜欢和黄色人亲近，她们反愿意和印度黑人来往。"③ 于是在这种情况下，李健吾对自己尴尬的身份极度敏感，东三省的沦陷，更使得他深切感受到祖国二字的分量，却又无可奈何，只能默默忍受外国人的讥讽。在他的散文中，亦对此有所记载，在购买报刊时，报贩先是用轻蔑的口气挖苦他，过了几天又换了一种讥讽的口气："中国人，怎么不回去？"④

这种屈辱感并没有压倒李健吾，相反却进一步激发了他的民族情感。作为中国人，国家有难，他自然要回去，可是怎么回去？当然不能空手回去。在此阶段他心理上的第二重焦虑正是来源于此：既然环境如此不堪，该如何自强，如何学习先进的西方文化来改变祖国落后的处境，又如何将文化带回去呢？

在遭受歧视的时候，李健吾学会了反思，他同当时旅欧的学子们一样，在焦虑之中不约而同地对自身文化进行回顾与审视。于是，在欧洲文化思想的洗涤之下，李健吾对自己的民族文化有了不同于以往的认识。李健吾清楚地意识到，我们不必去恨外国人靠文化的强盛来对中国进行的侵略，问题还是出在自己身上，因为当时的中国政府对于现代教育是何等不看重，对国民在艺术素养上的培养是何等轻慢。李健吾写道：

> 今天我非常愉快，精神上，我受了无限高贵的滋润。画，自己全然外行，然而体验其间的情质，觉得更见一己的渺小。我这异邦人，本为受教育，开广眼界，增深艺术的情绪、体会和修养而来，遇见如此之多的人类灵性向上挣扎的征验，还有比这更加感动、摇撼自我的存在吗？平常觉得中国人缺乏真纯的鉴赏力，不是效颦，就是愚昧，

---

① 邹韬奋. 萍踪寄语 [M]. 北京：北京师范大学出版社，2014：30.
② 邹韬奋. 萍踪寄语 [M]. 北京：北京师范大学出版社，2014：30.
③ 张若谷. 游欧猎奇印象 [M]. 上海：中华书局，1936：220.
④ 韩石山. 李健吾传 [M]. 北京：人民文学出版社，2017：84.

正因目睹的机会太少。艺术是一个怪东西，对于我们平常人，硬学是
学不来的，只有日浸月润，天天和杰作打在一起，才能够——如果培
养不出创造的才分，至少可以培养欣赏的智力……①

李健吾这番话说得足够客气，只说中国人缺乏对艺术的鉴赏力的原因
在于目睹的机会少，其实意在指出国民教育的缺失。中国自古以来便有这
个毛病，艺术教育重在表现文人的情思，而少关注个体价值。更不要说那
些历史上的杰作往往被个人收藏，束之高阁，普通民众难得一见，又如何
培养大众的艺术鉴赏力呢？这是李健吾的第三重焦虑之所在——在人类的
杰作面前，作为一个弱国的孤独者，要想使人人都获得艺术的鉴赏力，岂
不是如螳臂当车？

培养大众的艺术鉴赏力虽然难，但并不是不可能的，这也正是为何李
健吾会将写给未婚妻的信重新整理，以《意大利游简》的名头刊行，以期
实现它内在的艺术意义：对一幅又一幅艺术杰作加以解释，同时附在这本
游记后面，形成一部意大利的绘画小史，多少让读者窥见艺术的些许真貌。

今天我们通过李健吾游记看到的，是他在接受蒙田天然之美、艺术之
美的思想的前提之下，带着这三重饱含现实情怀的民族焦虑而完成的藏于
游记中的审美文化书写。从这个意义上来看，李健吾在 20 世纪 30 年代旅欧
游记散文中的书写与体悟，不但带给今日读者以美的享受，更为我们培养
自身艺术鉴赏力、反思当代社会带来了有效的认识意义与文化价值。

三、藏于回忆录之中的民族文化认识

李健吾并没有专辟一本集子以回忆录命名，但以事实而论，《希伯先
生》称得上是他唯一一本带有回忆录性质的散文集。成书的契机产生于
1930 年，当年李健吾刚从清华大学毕业，恰逢阎锡山在中原大战中兵败下
野，于是李氏兄弟便扶父柩回归故里，在时任山西省主席商震的帮助下，
选取西曲马村外大云寺的一块土地来安葬父亲李岐山。这是李健吾自 1915
年离乡之后的第一次回乡，自然意义非常。在故里，李健吾走访了许多童

---

① 李健吾．意大利游简［M］//李维永．李健吾文集·6·散文卷．太原：北岳文艺出版社，
2016：70.

年时的熟人旧友，将见闻以及这些见闻引起的回忆记录下来，共 16 篇，以其中一篇《希伯先生》为总书名，交开明书店于 1939 年刊印出版。

蒙田对于自我的追求从未止步，在他的随笔中，蒙田不断向世人做出"我是谁"的追问，并认为"世界上最重要的事情就是认识自我"。李健吾在《希伯先生》中，也在不断寻找着"我是谁"的答案。要追寻这一问题的答案，必须借助记忆的力量，去唤起文化的记忆。其中一条很重要的途径就是故园重游，去与过去的那些旧友乡里相逢，也就是与一段段或悲怆、或怅惘、或失落、或幸福的民族历史相连。而今翻来，在《希伯先生》里藏着李健吾对民族文化的总体认识，这种认识在特定时代背景下以人性或文化符号表现出来，从而引发了李健吾对历史、对人性的深刻体悟。借此，我们也可以从人性的描写与历史文化符号两方面考察李健吾对蒙田的接受。

1. 特定时代背景下的人性表现

关于人性，蒙田在《论人的行为变化无常》《热爱生命》《乐于是个俗人》等随笔中有较多着墨。总的说来，蒙田认为人性绝非一成不变，而是游移不定的。当然，蒙田的这一思想有时代的局限性，他将人的动机、人的遭遇变化，都视为人性的无常，却忽视了人性本身存在的矛盾与复杂。在《论人的行为变化无常》中，为了说明人性的变化多端，蒙田举了几个例子。比如，一位古将军见士兵作战英勇，因而特别关照，寻来良医为这位士兵诊疗旧疾。士兵的病好了，可却也丧失了作战的勇气。将军不解问之，士兵却回答是因为以前有恶疾，反正必死无疑，便将生死置之度外，而现在病好了，也就分外爱惜生命，不愿轻易死在战场上了。又有一个例子，同样说一位士兵，在与抢劫了他财物的敌人相遇时，奋勇拼搏，夺回了自己的失物。将军见他勇猛，便派他深入敌穴，不料遭到了这名士兵的拒绝。士兵解释说是因为财物已经夺回，无所挂碍，勇气也自然消失了，并建议将军派一位失去财物的士兵去执行这项危险任务。第三个例子，说的是杀人如麻的罗马暴君尼禄，在判处一个人死刑的时候竟然会犹豫不决，恨不得自己不识字，这样就不必在死刑判决书上签字的情景①。通过这三个

① ［法］蒙田. 蒙田随笔全集·中卷［M］. 马振聘，徐和瑾，潘丽珍，等译. 南京：译林出版社，1996：3 - 10.

例子，蒙田得出了人性善变的结论。蒙田又进一步指出，由此看来，人们行事多数时候都是变化无常的，要判断一个人，实在不应该从人性入手，只有完整地看这个人一生的经历，才能看到受偶然的命运支配下内心真正的灵魂。

蒙田热爱古希腊罗马文化，长期接受该地风土习惯的熏陶，因而形成了与之相匹配的时代文化心理。他为了说明人性无常而举的例子无非是古希腊罗马时期战场上的例子，带有独特的时代性特点也就不足为奇了。这种思想也间接地被李健吾接受，无独有偶，李健吾虽然离开家乡十数年，然而家乡的风土人情却深藏在记忆之中。他写家乡的人，着力描写从前熟悉的那些人在再次见面时的变化，以此发出人性无定、人生无常的感叹，并寻找着"我是谁"的答案。

他与张博士重逢，回忆这位张博士当年参加革命攻城时英勇无比的表现。当时城内无兵，城门紧闭，这位张博士见"城门下有缝，便脱衣伏体，匍匐而入，头已入，足不能进，呼人从外脱其裤，乃赤条条爬进城门内，由城缝递进一把刀去，博士便举刀用力斩关，而城门开矣"①。何其勇猛！李健吾当年为之心驰神往，尤其崇拜。没想到这次回乡见了张博士，却发现"他的语言，声调，姿势，甚至于他的灵魂全变了"②，谄媚着，弓着身子向李健吾讨钱。李健吾不由得发出了人性无常的感叹，而这种感叹和蒙田的感叹何其相似。"人最难做到的是始终如一，而最易做到的是变化无常……环境坚定了他的勇气，若是截然不同的环境又使他变成另一个人，那也不要认为意外。"③ 从张博士身上，李健吾感叹无常的魔力，他担心这无常也会将自己改变，唯一的方法便是和这无常"舍命相拼"，在滔滔浊世中不忘记"我是谁"罢了。

在时间的洪流里，人们总是很难保持本心，往往为无常所扰，以致忘

---

① 李健吾. 希伯先生 [M] // 李维永. 李健吾文集·6·散文卷. 太原：北岳文艺出版社，2016：120.

② 李健吾. 希伯先生 [M] // 李维永. 李健吾文集·6·散文卷. 太原：北岳文艺出版社，2016：121.

③ [法] 蒙田. 蒙田随笔全集·中卷 [M] 马振聘，徐和瑾，潘丽珍，等译. 南京：译林出版社，1996：4-7.

记自己是谁。李健吾感叹道："开头他也许姓张名三，临完也许还是张三，然而这张三怎样不同于那张三，我奇怪他灵魂上起了什么样大的骚动，而李四暗暗篡了位。"① 这样失去本心的绝非张博士一人，李健吾在《希伯先生》中还提到了一位景女士。这位女士是李健吾小时候的玩伴，比他们这群小伙伴稍微年长一些，于是她神气活现，骑着马，到处找李健吾等人打架玩。一群孩子闹在一起，最是快乐纵意不过。李健吾形容这位记忆中的景女士，说她是"腰粗力大的女煞神，威风凛凛"，"活似一只趾高气扬的大公鸡，后面遥遥跟着心胆俱裂的三员败将。她一口气跑到马房，顺手牵过那匹小红马，不等马童备好鞍鞯，她一耸身跳上去，向我们笑着，摆着手，一扬鞭子，达达地奔上了东木头市"。② 然而就是这样一位鲜衣怒马的少女，若干年后再重逢，李健吾简直不认得了。她变成了一位贤惠能干的太太，做了人家的填房，抚养前头的一个孩子，自己还生养了三个孩子，同时肚子里还怀着一个。李健吾不由得感叹：

> 这贤妻良母的典范，就是当年口口声声打倒清朝的维新女子？是什么势力改变了她，变得这样极端，不意而且完全？这二十年，好像一个大戏法箱子，叫开了盖，出来的另是一个灵魂！我敢和她叙旧吗？她带着她那一大堆孩子，还有她学者的丈夫，都拦住我的探索，仿佛一封投不到的信退了回来，上面贴着"此人已故"的纸条。③

类似张博士和景女士的人物在《希伯先生》中还有很多，希伯先生、史某、牛皋等，他们在辛亥革命期间的所言所行与之后的举止简直判若两人，这是不是人性无常的表现？如果说是，那么这无常的人性是不是与地域有关，与时代有关呢？辛亥革命结束了，张博士的上将李岐山死了，属

---

① 李健吾. 希伯先生［M］//李维永. 李健吾文集·6·散文卷. 太原：北岳文艺出版社，2016：127.

② 李健吾. 希伯先生［M］//李维永. 李健吾文集·6·散文卷. 太原：北岳文艺出版社，2016：128.

③ 李健吾. 希伯先生［M］//李维永. 李健吾文集·6·散文卷. 太原：北岳文艺出版社，2016：129.

于张博士的时代也就过去了；清朝覆灭了，维新失败了，属于景女士的时代也就结束了。于是张博士变成了穿着带有山西文化特色的破夹袄子，搓着手缩在北风里的畏缩小民；于是景女士拖着儿女，变成了当地最普通不过的农村妇女。

李健吾有没有变化呢？在家乡，李健吾仿佛也看到了童年的自己，他翻着影集，看到了那个有着圆圆小脸、天真烂漫的小童，然而这个小童已经不属于现实的世界了。"若干年以来，我和他匆匆地分了手，丢了他，也就忘掉了他。如今这可爱的童子，又来了，带着一点点的憧憬，却不是我。"① 或许从对童年的自己的回忆中，李健吾找到了"我是谁"的答案：原来他自己也是某种程度上的张博士和景女士。

李健吾在走访家乡后写就的《希伯先生》，绝不仅仅是唤起了作者自己年少的记忆，更多是一种对辛亥革命后文化记忆的唤醒。李健吾袭承了蒙田的"人性无常"的思想，并通过对无常的人性的描写，试图去承接旧日的记忆，以还原历史深处饱满而深邃的人性，寻找到被遗失的自我。在这一过程中，李健吾以"人性无常"为切入点来思考历史文化问题，以文本表现历史，力图于无常之中寻找有常。于是，他的散文有了主体精神的渗入，得以穿越种种无常人性晦暗不明的表象，使历史的真面目走向澄明的本质。

2. 文化符号中的民族文化精神

蒙田所处的时代，正是欧洲中心论大行其道之时。但是通过对蒙田随笔的研究我们发现，蒙田并没有陶醉于其中，相反，在关于新大陆文明的思考中，蒙田呈现出来的是一种反其道而行之的"背离中心"的话语体系。比如在《论食人部落》中，蒙田不但不以新大陆的食人族"吃人"的习俗为恶习，反而承认这是他们当地的风俗，是当地传统民族文化的表现。也就是说，"吃人"是食人族的一个文化符号罢了。在欧洲中心论的语境下，异质文化与欧洲文化的差异性表现为边缘与中心的话语权力差异。通常，这种差异只能以消极的形式出现，可蒙田却以"食人部落吃人是为了复仇"

① 李健吾. 希伯先生 [M] //李维永. 李健吾文集·6·散文卷. 太原：北岳文艺出版社，2016：145.

作为对"吃人"这一文化符号的解说，以此来对中心论形成强力辩驳，并使差异化成为了积极形式。于是，在描述食人族的生活方式时，蒙田不忘与欧洲人的生活方式做比较，他的真实目的在于将自诩文明的欧洲人带回一种原始的状态，以此来消解文化中心论。发现文化的多样性，学会尊重异质文明，也就尊重了自己的文明。

刘慈欣的《三体》的中心思想有一条，说的是还岁月以文明，而不是给文明以岁月，的确如此，文明产生了文化，而文化不在乎岁月的长短，又岂能以岁月论之？真正的文化在时间的长河中，已然凝结为一个又一个的文化符号，成为文明的标志。蒙田用"吃人"作为食人族的文化符号，镌刻在食人族的文明之中。李健吾不是没有读过蒙田的文章，在他的笔下，同样也寻找着属于本民族文化精神的文化符号。

用哈布瓦赫的观点来说，历史承载着关于文化符号的记忆，而这些文化符号只有通过民族特有的礼仪活动才能维持生命。的确如此，礼仪活动是一个民族千百年以来所采取的生存方式的一个见证，其中蕴藏着属于这个民族特有的文化记忆。李健吾在《希伯先生》中，特别注重对山西特有的哭丧仪式、上坟场景的刻画。"哭丧"与"上坟"，作为中华民族两个独特的文化符号出现在李健吾的散文中，绝不仅是为散文的主人公提供一个活动的布景，应该说还蕴含着李健吾的一种文化理想。

死了丈夫的女子，虽然平日里和丈夫打打闹闹，却在哭丧时直扯着嗓子，悲悲切切地呼唤死去的丈夫。即使是在结婚的这十年间，"他们反了上千次的目，闹了足足十次的离异，看着儿女的情面，或者其他人情世故的关联，委曲求全，睡在一张藤床上，背向背，发出同床异梦的鼾吼。"① 如今丈夫死了，昔日如仇人一般的妻子却哭得最为真切，独自"拍着地或者架起棺木的高凳"，放声大恸，只有"单调而沉闷的音乐伴着她的独唱"②。用的也是李健吾熟悉且听惯了的哭丧词——

---

① 李健吾. 希伯先生 [M]//李维永. 李健吾文集·6·散文卷. 太原：北岳文艺出版社，2016：152.

② 李健吾. 希伯先生 [M]//李维永. 李健吾文集·6·散文卷. 太原：北岳文艺出版社，2016：151.

　　我的天儿呀！你可舍下我走了呀！丢下我苦命人儿，好不可怜人
的呀！我的天儿呀！你狠心的爹呀！叫我好不孤苦伶仃，从今找谁
呀！……①

　　细细品味，李健吾对"哭丧"这一文化符号重点刻画，显然表达了对
"哭丧"的女主人公那种质朴而善良的性格的肯定态度。这一文化符号不仅
在某种程度上表现出了山西乡民的生死哲学，更包含着千年中华文化传承
下来的朴素的道德理想。细读这篇有关哭丧的散文，我们会发现散文中的
时间线是混乱的，也许是李健吾刻意为之。哭丧的女子似乎才死了丈夫，
又说她一年给丈夫上四回坟；说她边哭边说孩子养不活，又说她能干聪敏，
拉扯大了几个孩子；说她感念丈夫的忠诚，所以为丈夫守节，又说邻居在
议论她的道德问题……李健吾的叙述只以现在时存在，而这"现在"被
"岁月"越搅越黏，越拌越稠，终于凝固成了一段"时间"，在这"时间"
里，既包裹着"过去"，又隐含着"未来"，于是历史感与文化感交汇糅杂，
终于成了铺陈在李健吾笔下亘古如此、隐隐凝固了的属于民族文化的时间
胶体。于是，历史不再流动，变成了活着的生命向死去的生命饱含深情的
幽深追诉与隐秘体验。

　　除此之外，李健吾也描绘了上坟时的场景，他在上坟时遇到了一座小
小的坟茔，土依然透着黄，他弯腰去看碑铭，旁边的看坟人解释道，这是
一个14岁的小孩子，去年新死的，坟头已经开始微微长草了。于是，萧瑟
天气、破败的坟冢，老态龙钟的看坟人于无形之间产生了某种联系，构成
了山西民族乡土风俗的画卷。李健吾写道：

　　这怎样地谐和，一切具有何等如画的境界！然而人的悲哀，不唯
致苦自身，还加在自然上面，整个形成一片无色的忧郁。②

---

　　① 李健吾．希伯先生［M］//李维永．李健吾文集·6·散文卷．太原：北岳文艺出版社，
2016：151.
　　② 李健吾．希伯先生［M］//李维永．李健吾文集·6·散文卷．太原：北岳文艺出版社，
2016：155.

这种忧郁来自于历史的厚重，上坟、看坟、扫墓，这些习俗代表着对祖先的尊重，从一代传到一代，逐渐构成了一个饱含着民族文化精神的文化符号。李健吾取之揣摩，更是烛照了他对归复传统文化精神的一种向往。

中国中心论早已破灭，在欧洲文化占据绝对话语权的那个年代，李健吾做出书写传统文化符号的努力，可以视为对蒙田"背离中心"的话语体系的一次附和。然而，与蒙田用"吃人"这一文化符号作为武器对欧洲中心论进行消解所不同的是，李健吾的民族文化符号表达着他对传统道德的向往，对重建民族精神的祝愿。用散文的力量，李健吾试图唤起民族特有的文化记忆，搅动起凝固的时间，使我们这个古老的民族重新焕发新生，好为中华文化在 20 世纪的天下一争生存的权利。

四、藏于时评杂文中的政治主张

蒙田并没有生活在一个政治清明的年代，当时，虽处法国风云诡谲的宗教战争之下，政坛瞬息万变，但蒙田的政治之路相当顺遂，从波尔多市的议员到法官，从市长到国王的顾问，这些经历为其积累了丰富的政治经验。可是，蒙田没有因此陷入政治的纠葛，他在壮年时期选择了隐退，为世人留下的《随笔集》，翻开一看全然是个人絮语，全无经略天下之心。然而，其中不乏从个人观点出发所发表的对政治、阶级、自由、法律等一系列社会问题的真知灼见，蒙田以大量政治人物的生平故事为这些说法提供佐证，而这些随笔经过整理后都可被视为蒙田政治思想的体现。史珂拉在研究蒙田的政治思想后，不但认为蒙田在政治上是自由主义，而且给他的自由主义下了一个定语，说他的自由主义是"出于恐惧的自由主义"①。众所周知，李健吾也自诩为自由主义者，并认为这种自由主义让自己吃尽了苦头。说自己不仅是自由主义，而且还要加上个人主义的帽子，这使得他"背的包袱比千斤还重"②。由此看来，二人的政治思想具有天然的相通性。当我们对李健吾的散文进行细致爬梳，就会发现李健吾和蒙田一样，都强

---

① ［美］史珂拉. 政治思想与政治思想家［M］. 左高山，李欢，左炬，译. 上海：上海人民出版社，2009：3 – 22.

② 李健吾. 我学习自我批评［M］//李维永. 李健吾文集·6·散文卷. 太原：北岳文艺出版社，2016：319 – 321.

调属于自我的思想与良心先于政治性存在，且二者都以文字表达了政治上的保守倾向。此外我们发现，李健吾在接受了蒙田在政治思想上的自由主义做派后，进一步提供了一种不属于政治的，且更容易践行的道德观，这种道德观主要体现在他 20 世纪 40 年代中晚期创作的《切梦刀》与《旁敲侧击》两部散文作品中。

要对李健吾自我思想相对政治立场的优先性以及在政治上的保守倾向性进行说明，首先有必要对《切梦刀》和《旁敲侧击》做扼要说明。《切梦刀》比较简单，是将李健吾早年的一些随笔，如时评、寓言、故事、日记等汇集到一起后，由文化生活出版社于 1948 年出版的文集。比较特殊的是《旁敲侧击》，文章的来源是 1946 年 5 月到次年 9 月，化名"法眼"的李健吾作为特约撰稿人在复兴社系统的报纸《铁报》上开辟的一个叫《旁敲侧击》的专栏。他不间断地每日刊发两三条，甚至四五条关于时事的言论，一年多来，汇集也有 10 万字左右。在这两部作品中，李健吾这一时期的政治态度与思想感情体现得尤为明显，为我们接下来的说明提供了非常好的佐证材料。

1. 自我思想相对政治立场的优先性

让我们把视线重新放回到蒙田上。茨威格曾在《蒙田》一书中将蒙田形容为一个时刻在思考"怎样在党派的癫狂行为之中坚定不移地保持住自己头脑的清醒"，思考"怎样摆脱那些由国家或者教会、或者政治违背我的意志强加于我的种种专横要求"的人①。当世人陷入政治的狂热与宗教的纷乱之时，只有蒙田懂得抽身而退，返回了自我的世界。在《论隐退》一文中，蒙田集中表达了自己与政治割裂的决心。他说："为他人度过了大部分岁月，最后一段岁月留给自己。"② 此外，蒙田还将自己与国家的关系比喻为一种雇佣关系，当他卸下了公共事务的担子，也就和政治解除了关系。如此看来，蒙田的确将自我思想优先于政治，当政治无法再将公正带给他，他就选择了避世不出，这正是自由主义的一大表现。

---

① ［奥］茨威格. 蒙田［M］. 舒昌善，译. 北京：生活·读书·新知三联书店，2008：13.
② ［法］蒙田. 论隐退［M］//蒙田随笔集. 马振骋，译. 上海：上海译文出版社，2014：80.

李健吾同样表现出政治上的自由主义倾向，因为个人恩怨的立场，他憎恶着阎锡山这个土皇帝，连带着对政治也没有好感，一头钻进书斋里。他虽然否定了国民党的政治立场，却由于散漫的自由主义，和当时激进的左派文人时有笔战。后来抗战胜利，他心里一高兴，想着笔墨能和政治有什么牵连呢，于是高高兴兴地担任了国民党上海市党部宣传部的审编科长。这一当就当出了问题来，成了李健吾日后被清算的一个重要证据。李健吾在政治上的天真还不仅在此，他曾有一次被日本宪兵拿住，宪兵队长萩原大旭逼他承认自己是共产党，李健吾觉得可笑，叫萩原拿出证据来。这位萩原把李健吾带去刑房受刑，李健吾还没有一点危机的自觉，见路过厨房，还以为萩原见到了饭点，是领他去吃饭呢！这表现出了李健吾在政治上的糊涂。这种糊涂导致日本人以为他是共产党，共产党以为他是国民党，国民党拿李健吾当外人，造成的后果可想而知了。

李健吾在政治上有着明显的自由主义倾向，并坚持着思想的独立性，多少是受了蒙田的影响。李健吾写了许多针砭时弊的时评小文，都不涉及政治立场，却彰显着他独立思考、关怀现实的自由精神。

比如在谈论官场贪污问题时，李健吾对当局毫无顾忌，写道：

今天津市长向属员训话，斥责贪污案之告密人为非父母所生，并将彻查严办。奇巧前本市物资接收处也被告密盗卖四十余万万之巨。看来非父母所生者将遍华夏矣。（一九四六年九月五日）

……

以模范县著称的西昌县长被控贪污。贵阳前任县长贪污账可查的为十五万万五千万。宜城前县长贪污七千余万，经民众告发，寄押专员公署，但仍得自由出入，不予惩办。（一九四六年九月十一日）①

又比如说谈论民主时，李健吾也有话说：

① 李健吾. 旁敲侧击［M］//李维永. 李健吾文集·6·散文卷. 太原：北岳文艺出版社，2016：234－235.

谁说人民不懂得"民主"？市参议员完成"普选"，"民主"眼看就要来了。怎样一个来法？"警察保卫团戒备之下"。不单"戒备"，而且"戒备森严"。候选人之中有一位王先青先生，据说他曾经当众自称"民主是不是真理，还要研究"，想来如今在戒备森严之下，应有所心得了。至于笔者，在"戒备"圈外，对"民主"式的"普选"，犹在埋头"研究"之中。（一九四六年五月一日）①

蒙田的自由主义来源于他的怀疑论，或者说，怀疑论本身就是自由主义的佐证。出于怀疑，他对人类社会中是否存在真正的理性法而心存疑虑，因为理性法的来源是不理性的人而不是自然法，而不理性的人构成了政治与国家。于是，他也对由这种不确定是不是真正存在的法律所产生的对社会的约束力表现出更大的怀疑。从上面的三篇选文中，我们也可读出李健吾思想中的怀疑本质，他讽刺国民党当局官场的舞弊、贪污与徇私，怀疑这样一个没有法制的腐败政权所倡导的民主能否被称为真正的民主。当真正的正义无法得以伸张，自由思想的重要性便开始凸显。于是，在李健吾看来，当政治出现明显的不公正时，代表社会良心与底线的文人的笔，成了辨别善恶、公正的标尺。所以李健吾才能发出"今日国庆，举国无欢""中国不亡，实是奇数"② 的悲叹与警醒。在李健吾的笔下，显然思想自由在政治之上，虽然属于个人领域，却也可以作为某种标尺来矫正时政。

2. 李健吾在政治上的保守倾向性

李健吾的保守主义倾向同样来源于蒙田。如前文所言，《随笔集》中有少量关于政治、宗教等敏感时事问题的看法，但蒙田总是采用一种较为折中的言辞来进行评说，呈现出保守主义的面目。对此，帕斯卡批评得非常严苛："（他）通篇想的只是胆怯畏葸地死去。"③ 对帕斯卡的批评，或许我

---

① 李健吾. 旁敲侧击［M］//李维永. 李健吾文集·6·散文卷. 太原：北岳文艺出版社，2016：230.

② 李健吾. 旁敲侧击［M］//李维永. 李健吾文集·6·散文卷. 太原：北岳文艺出版社，2016：236-237.

③ ［法］拉特. 原版《引言》［M］//［法］蒙田. 蒙田随笔全集·第1卷. 马振骋，译. 上海：上海书店出版社，2009：30.

们可以借蒙田的口为他自己分辨一二。在《随笔集》中，蒙田多次表示自己最喜欢的作家是罗马帝国时期的希腊作家普鲁塔克，并对其的微言大义、春秋笔法赞叹不已："只是给有意深入的人指引方向，偶尔在关键问题上提个头。"① 于是，蒙田效法普鲁塔克，以一种极零散的方式进行写作，并偏爱借用寓言故事来隐藏自己的思想，无怪乎巴尔扎克也无奈地说："蒙田对自己正在说什么当然是知道的，但是同时我不揣冒昧，也认为他对自己接着要说什么就不一定知道了。"② 巴尔扎克可能没有读懂蒙田，但李健吾无疑是懂了的，他赞美蒙田这种微言大义的精神，有心效仿之。于是我们看到李健吾的散文和他的批评文体一样，总是缓慢入题，东拉西扯，好像大部分篇幅都与文章的主旨无甚关系。其实不然，李健吾在与政治有关的散文写作中，总是采用寓言的手法，将寓意包含其中，将自己的思想化整为零，真正的目的与意义则等待有心人采撷。在外人看来，这就是一种政治上的保守倾向性，其实作者不过是为了躲过政治世界的恐怖审查罢了。

比如在谈论宗教信仰的自由问题时，蒙田在《随笔集》中辟出一篇以《论信仰自由》为名的随笔，却终其整篇都没有谈到过信仰自由或者不自由的问题，而是花了大量笔墨来为读者讲述朱利安皇帝如何叛教、为何叛教的故事。其中精髓全被李健吾学了去，于是我们看到，在李健吾的《烧饼之战》中，李健吾引经据典，絮絮叨叨地向读者讲了两页皮克老烧勒三世（拉伯雷创造的角色，今译皮克克尔）以一个烧饼为借口挑起战争的故事，很是诙谐滑稽。但李健吾忍不住比蒙田要多一笔，他添道：

> （皮克老烧勒三世）是一个肝火旺的国王；什么国，书无明文，大概十六世纪法兰西的一个小诸侯之类吧。他率领士兵，浩浩荡荡，一径奔向他的善邻，"膺惩"的借口是他的百姓贩卖烧饼，走过人家的地面，人家好意拿钱讨几个烧饼吃，挨了骂，又挨了打，最后自然也挨了人家一顿打。日本占据丰台，说是丢了一匹马。接着在卢沟桥跑了

① ［法］蒙田. 蒙田随笔全集·第1卷［M］. 马振骋，译. 上海：上海书店出版社，2009：141.

② ［法］拉特. 原版《引言》［M］∥［法］蒙田. 蒙田随笔全集·第1卷. 马振骋，译. 上海：上海书店出版社，2009：30.

一个兵，人比马重要，自然就要长期战争了。①

他又觉得皮克老烧勒三世的故事纯属拉伯雷的虚构，于是给大家多讲一个真实的历史故事：

> 希腊的伊卑鲁司（Eprius）有一个国王叫做皮鲁斯（Pyrrhus），纪元前二七九年"膺惩"罗马，费了九牛二虎之力，打了一个胜仗。他回答军官的称贺道："再像这样打一个胜仗，我就完蛋了。"②

李健吾借此暗里嘲弄着耀武扬威的日本军人。由此，便可以理解李健吾的许多批评文章与散文为何为人所诟病了，他总是"文不对题"或"离题千里"，除了本身散文的风格特色外，其中或许还有着蒙田式的考虑。今天看来，李健吾这种政治上的保守主义或许蕴藏着真正的革命性也未可定。这大概也是李健吾的散文后来被抨击"虎头蛇尾"的原因：自由主义之下诗意的本性决定了他在行文时信马由缰，纵思纵情，而保守主义下对现实的关怀又使得他行文时悬崖勒马，半遮半掩。其实，自由主义与保守主义是李健吾政治主张上的一体两面。两者共同接受的预设在于对人的价值的肯定。自由主义者主张的开放性来自活生生的人的思想，保守主义者则以保守的方式在政治迫害与自由发言之间求得人生存的微妙平衡。因此，李健吾的文章中充满了对人的关注，在他的笔下，人有弱点，人亦有优点。借用蒙田书房中铭刻的那句来自泰伦提乌斯的名言来加以总结吧："我是人，人的一切于我都不陌生。"这也正是李健吾散文中自由与保守双重精神的共同出发点。

当我们从李健吾游记中的审美文化书写、回忆录中的民族文化认识及时评杂文中的政治主张三个方面考察李健吾散文对蒙田随笔的接受与发微后，我们便可以通过李健吾这个"超级读者"来考察他对蒙田作品的阅读

---

① 李健吾. 切梦刀［M］//李维永. 李健吾文集·6·散文卷. 太原：北岳文艺出版社，2016：265.

② 李健吾. 切梦刀［M］//李维永. 李健吾文集·6·散文卷. 太原：北岳文艺出版社，2016：266.

行为了。"超级读者"这一概念由法裔接受美学学者里法泰尔提出，意在指出读者中有一群具备良好的文学素养，能够对作品做出合适反应的人。如果仔细衡量这一类读者在接受作者的文本后所产生的效果，研究他们的反应，就可以从中获取文本的真正意义。当我们将李健吾的散文文本视为李健吾在接受了蒙田的文本后产生的效果和反应，也就发现了这样一个过程：蒙田的作品通过阅读行为，逐渐被李健吾的内心捕获，接着，这些潜在的影响成为了他创作意识的一部分。换句话说，蒙田的作品转化为意识，闯入了李健吾的创作视域，于是，作为超级读者的李健吾的创作意识就发生了两方面的变化：首先，他必须使用蒙田的思想思考着蒙田，理解蒙田作为原作者所创作出来的文本的意义；其次，尽管此时李健吾以蒙田的思想思考着文本的意义，但自身的意识仍然微弱地存在。最终的结果是，两个意识逐渐融合成了李健吾创作总体意识的一部分，使李健吾的散文作品呈现出充满着艺术氤氲的写实风格。

第六章
中国文学现代化进程的缩影：法国人文参照下的李健吾人文精神

　　当我们跳出文学与学术层面对李健吾的考察，回归到他的现实人生，进而对他的精神世界做一种由表及里的审视时可以发现，李健吾的精神世界与法国人文精神在对现实问题的批判和诗意精神的追求上有着相通之处，于是形成了一个内涵丰富的跨文化语境，进而成为了我们进行 20 世纪中国文学现代化进程研究中的一个路标。在这个语境中，李健吾的人文精神象征着一种价值尺度，具体表现为 20 世纪中国文人文学思想观念的变化。这是对中国古老话语范式的一种全面更新，并以一种代代影响的方式解构着传统而又封闭的思维场域，催生出了与西方文明多维交流的跨文化意识，并在悄然中改变了我们今天的生活和思维方式。今天看来，李健吾对法国人文精神加以消化和吸收后创造出来的文艺作品，正是李健吾对中国文学现代化的一次勇敢实践，也是一个负责任的知识分子站在历史的转折点上，面对当时中国旧文学的困境而采取的一次弯道超车行为。故此，本章仍以接受美学为理论背景，将李健吾文学置于接受美学视角来分析李健吾对福楼拜人文思想的接受脉络，不但要对其溯源，更要比较两者的异同，破解李健吾文学谱系的秘密，领略李健吾充满了人文主义思想的大家风范。进而在以思想建设为中心的传统文学格局中考查李健吾文学，寻找李健吾在时局干预下的艺术之路上那从未消失的文学感知力，最后考查李健吾文学的接受场。在新世纪的中国，以审美价值为中心的多元价值系统已然复苏，综合分析李健吾文学的传承场与再生场，可以更好地考察当代读者接受李健吾文学的心理与社会环境。

一、李健吾接受法国人文精神概论

卡勒从结构主义出发，将福楼拜的"不确定性"研究了个彻底，并对热奈特留下的举世闻名的"福楼拜问题"做出了若干设想。今天我们研究福楼拜，看外国学者的研究成果，卡勒是绕不开的一个人物；看本国学者的研究成果，李健吾则榜上有名。在本书的第三章已有论述：透过李健吾对福楼拜"脑系病"的来龙去脉的研究分析，我们或许找到了破解"福楼拜问题"的密码。那就是福楼拜通过自己的作品重新建立了和客观世界之间的真实联系，找到了回归真实的有效途径，从而实现了自我拯救。如此看来，李健吾是当之无愧的研究福楼拜的第一人了。

李健吾研究福楼拜，同时也受福楼拜影响。除如前文论述的李健吾接受法国文学思想是从接受福楼拜文学开始外，不能忽略的是李健吾对法国人文精神的接受也是从福楼拜开始的，若要洞悉李健吾内心深处关于人文精神的秘密，接受美学理论中的"移情分享"正是一个合适的角度。也就是说，以《福楼拜评传》为主要研究阵地，李健吾体验着福楼拜的人生轨迹，感受着福楼拜作为艺术家独有的人文精神，进而将他特有的风格与自身原始的风格杂糅，导致自己的人生观中自觉自动带有福楼拜人文精神，这一行为正是移情分享的主要表现。

要谈李健吾的人文精神，首先要廓清一个概念：人文精神到底是什么？最早应追溯到古罗马思想家西塞罗对此的理解，他认为这是一种能够促使个人才能得到最大限度发挥的教育制度①。后来的学者抓住了"个人"二字，而对"教育制度"渐渐回避。到了 15 世纪，新兴资产阶级以人文精神为武器来反对封建专制，要求充分解放人的个性，发挥人的力量。从此，人文精神就与资产阶级难分难舍。虽然它在近现代已随着无产阶级革命运动的高涨而逐渐失去先进性，但西边不亮东边亮，20 世纪初，欧洲的人文精神在中国得到了进一步的发扬。

---

① 梅启波. 作为他者的欧洲——欧洲文学在中国 20 世纪 30 年代的传播 [D/OL]. 武汉：华中师范大学，2006：71–89 [2019–08–15]. https：//kns. cnki. net/kcms/detail/detail. aspx?dbcode = CDFD&dbname = CDFD9908&filename = 2006079211. nh&uniplatform = NZKPT&v = v_ kqh8TLeedRd-zlOjU5uHqlPKWen9C5-oluAn98s7fcBt03lcKPGqfwK4xsNG3E.

与欧洲人文精神在阶级属性上大做文章不同，中国对人文精神的接受几乎限制在了"个人"的范畴。也就是说，中国学者对人文精神中追求个体发展与完善的一面更感兴趣。白璧德就此评论道："人道主义几乎只把重点放在学识的宽广和同情心的博大上。"① 在这一点上，福楼拜表现出的对现实社会环境中无力挣扎的普通人物的深切关怀与同情，在著作中显现出的渊博学识与充满诗意的艺术技巧的人文精神，自然在中国受到了普遍关注。于是，20 世纪初的中国学者与翻译家，开始大张旗鼓地关注并译介福楼拜的作品。其中，李健吾表现出了对福楼拜尤为独到的理解与接受。李健吾创作的一系列戏剧作品，如《青春》《十三年》《这不过是春天》《村长之家》和《金小玉》等都反映着 20 世纪 30 年代中国秘而不宣的社会问题；他所创作的人物，如田喜儿、宝善、梁允达、康如水等无不表现出了真实而又复杂的人性。就像福楼拜没有给爱玛一个好的结局，李健吾也拒绝给他笔下的人物指出一条光明的出路。英国学者波拉德对李健吾的评价非常中肯，他认为"李健吾创作的另一个重要特点，是只写人性普通和平凡的一面，而不登高疾呼，不充当时代的代言人。这从戏剧角度来说，是值得肯定的地方，"但专注个人，使李健吾未能像同时代的大多数作家那样扩大作品容量以容纳时代的历史，也未能发掘出伟大力量的源泉"②。的确，李健吾的任务只在于客观反映社会面貌，而不为改变社会面貌奔走呼号，这一立场正契合了福楼拜的人文主张。福楼拜始终认为艺术至上而现实第二，他出生于资产阶级，却用《包法利夫人》把阶级社会和小资产阶级群体批判得无处遁形，资产阶级"毁"在了福楼拜手上。福楼拜拒绝世人将他同阶级、政党、现实、革命联系起来，李健吾也正是如此，他认为真正的人文精神是不向当前的政权献媚的，作家应拥有自由创作的权利，在文艺创作上真正的人文精神是自觉自发的。受到福楼拜人文精神内涵影响，李健吾也提出了关于人文精神的若干意见。比如，他认为讲究个人主义的人文精神并不损害集体主义，首先应该尊重个人在文学创作中的独立地位。

---

① 三联书店编辑部，美国《人文》杂志社. 人文主义：全盘反思 [M]. 多人，译. 北京：生活·读书·新知三联书店，2003：5.

② [英] 波拉德. 李健吾与中国现代戏剧 [J]. 文学研究参考，1988（3）：17.

此外，李健吾认为作家不一定是自觉的社会主义者，但是作为个人的作家却可以在无形之中促进社会的思潮发展。因为当个人收敛感情，客观描摹现实时，反而有助于我们认清现实。

但是，福楼拜的人文精神对李健吾的最大影响在于它使得李健吾成为了一个独立的知识分子。知识分子是什么人？欧洲人以"社会的良心"称呼知识分子颇有道理。用利奥塔的话具体来说，知识分子就是那些"设身处地为人、人类、民族、人民、无产阶级、全体生物或某些类似的实体着想的思想者"①。以此为据，本书将对李健吾人文精神之内涵加以具体说明。

二、潮流中的选择——李健吾与福楼拜人文精神析异

新文化运动阶段的中国正处于西方思潮大量涌入时期，中西文化沟通往来，并发生激烈碰撞，使得在碰撞中产生的新的思想不断闪现耀眼的时代火花。时人存有较量之心，认为要对中西的思想和文艺作品进行高低估量，才能对中国的文艺作品加以改进。我们今天看来，比较是好的，但高低之论大可不必有，中西思想各有所长，西方人看中国觉得中国的知识分子缺乏独立人格，中国人看西方文人又觉得他们缺乏社会人格，不便妄断。故而下文对李健吾与福楼拜精神只做比较，不下结论。

作为一个文人，李健吾身上流露出来的是一种对中法文化兼收并蓄的精神，他笔下的华章充满了法国人文精神的风韵，而思想上则仍然秉持着中国文化的本基。郑朝宗认为，要全面理解一个人的精神主张，就要从他的家学渊源、学校教育以及个人性情出发考察，这三者构成一个稳固的三角关系，在研究时不可偏废②。的确，我们总把李健吾与法国文化联系到一起，是出自他对法国文化全面吸收的角度考虑的，他的这种选择取向又与自身性情脱不了关系，而他性格的形成又受到了家学与学校教育的陶冶，三者交融不息。表现在创作上，李健吾对法国的文学家们有着流于痕迹的借鉴，举例来说，他受法国早期意识流思想影响创作的长篇小说《心病》、

---

① ［法］利奥塔. 知识分子早进了坟墓［EB/OL］. 陆兴华，译. (2008 - 05 - 29)［2022 - 08 - 14］. http://ptext. nju. edu. cn/bd/fl/c12239a245233/page. htm.

② 郑朝宗. 但开风气不为师［J］. 读书，1983 (1)：118 - 123.

他借鉴并吸收法国印象主义学思而形成的带有印象主义特征的文艺批评风格、他充满了法国科学和实证精神的《福楼拜评传》、他在戏剧创作风格上对莫里哀的借鉴、他对蒙田的随笔流露出来的喜爱与自然的模仿等。这些借鉴，其实都是他与法国文学的意气相投，但这些并不妨碍李健吾形成自己独有的文学精神。于此，我们特别挑选了19世纪法国文坛中最合乎李健吾审美趣味，且引鉴诸多的大作家福楼拜来与其进行家学渊源、学校教育和个人性情三方面的比照分析，以期看到李健吾与当时一般意义上的法国文学研究者的区别。

首先是家学渊源。中国自古重视家学源流，数代人从事同一行当，往往被冠之以"世家"称谓。李健吾祖上虽不是书香门第，却也是耕读传家。祖父贩马发家后，非常重视子女的教育问题，李健吾的父亲李岐山是清末秀才，后考入山西大学，毕业后在太原工业学校任职，感于时政，投笔从戎，后为辛亥革命时期山西重要将领。李岐山率部南征北战之际，不忘子女教育，几个儿女都被他教育得非常出色。李健吾的大哥李卓吾也擅写小说，早于李健吾10年赴法留学。李健吾后被送到父亲结拜兄弟史可轩家的学塾念书，经常坐在麦秆堆上听史可轩讲《经国美谈》里的爱国故事，他对文学的兴趣就是从那个时候慢慢产生的。李岐山对李健吾的要求非常严格，只要李健吾一从学塾回来，必定考问功课，直到后来自己下狱。在狱中，李岐山著有诗稿《铁窗吟草》，很有一代儒将风范。与父亲相比，李健吾则显得文艺了许多，是一个善感而爱戏的孩子。父亲去世后，李健吾得到了父亲旧部和朋友的赞助，得以继续学业，勤学不辍，以文科总分第一名考入北师大附中，后又进入清华大学学习。

法国人也非常重视家学，福楼拜的父亲是鲁昂一名出色的外科医生。据福楼拜自己说，父亲行医的名声已经传到北非，当地人听闻他是老福楼拜的儿子，立刻对他肃然起敬。在福楼拜的作品《包法利夫人》中那位"天神出现也不见其会引起更大的骚动"[①]的拉里维耶尔博士之原型就是福氏的父亲。福楼拜的祖先差不多个个行医，有些还是兽医，到了他父亲这

---

① 李健吾. 福楼拜评传［M］//李维永. 李健吾文集·10·文论卷4. 太原：北岳文艺出版社，2016：8.

一辈才将这门职业发扬光大，成为了鲁昂市立医院的院长。父亲过世之后，福楼拜的哥哥又继任父职长达30余年。这殷实的家庭充满了藏书，福楼拜从小酷爱阅读，自不识字起便总是听女佣人玉莉（Julie）讲述各种光怪陆离的故事。待识字能写之后，福楼拜立刻展现出了惊人的文学天赋，虽然听从父亲的安排前往巴黎大学法学院注册就读，但很快水土不服，"脑系病"发作，直到回到他喜爱的文学事业上来才慢慢好转。这点与李健吾很是相似，李健吾酷爱戏剧，少时便常瞒着父亲去听戏，父亲死后才敢登台演出，进而开始戏剧创作。可以说，李健吾与福楼拜走的都不是父辈安排好的那条路。李健吾不曾像父亲期待的那样为官做宰，读书经世，福楼拜也不曾完成父亲让他做一个法学家或是律师的心愿。他们的共通之处在于，严格的家教和广泛的阅读让他们有着良好的文学素养，这是成为性敏学富的一代文坛宗师的前提条件。再谈到福楼拜的"脑系病"的问题，虽然福楼拜自己乐观地说疾病并不全见得是坏事，毕竟让他从法律这条不爱好的路上转了出来，还给他带来了能够冷静思考的头脑。但客观说来，"脑系病"的负面影响伴随了福楼拜终身，这点也与李健吾的经历有相似之处。为了筹集在清华念书的学费，李健吾曾经求助于父亲的旧友，中间曲折，导致感染了肺病，一病不起，躺在病床上几乎虚度了两年的光阴。青春年少突逢病痛，相似的经历让李健吾对福楼拜产生了油然的亲切感，在自己的论著中，李健吾忍不住复述了福楼拜给尚特比夫人的信件内容，借此隔着时空用福楼拜自己的话对福楼拜说："你所感受的，我全亲身尝过。"①

　　关于学校教育，在本书的第二章已对李健吾求学经历有了详细论述，在此不再赘述。总的说来，清华大学的五年求学和留法的两年岁月给李健吾的人生带来了不可磨灭的影响。他属于清华园中的知名人物，在校内外发表了诸多小说、诗歌、戏剧和散文，又深受外文系主任王文显器重以至毕业后获得留校任职的机会。博闻强记，爱在同学之间高谈阔论是李健吾的特点。这一点和福楼拜非常相像，福楼拜也有很多文学上志同道合的朋友。比如布耶，福楼拜每写一章小说，几乎都要读给他听，以期获得指正，

---

① 李健吾. 福楼拜评传［M］//李维永. 李健吾文集·10·文论卷4. 太原：北岳文艺出版社，2016：18.

布耶后来因此被称为福楼拜小说的接生婆；比如乔治·桑，福楼拜终其一生与其都是亦师亦友的关系，两者对美学思想争论不休，在这一点上有点类似巴金和李健吾的关系；福楼拜的弟子莫泊桑曾经写过一篇《福楼拜家的星期天》，从中我们知道左拉、屠格涅夫、都德等知名文人都是福楼拜的座上客。虽然比不了李健吾受过完整的高等教育，但这无损福楼拜的博学，和李健吾一样，他的满腹珠玑来自他的广泛阅读。从巴黎休学回家后，福楼拜一直过着一种半隐居的生活，这种与世隔绝造成了他一种微妙的孤独感，他经常发表避世的言论：

> 我过着人世最资产而且最隐晦的生活。我希望我死在我的角落里，没有一件过不去的动作，也没有一行过不去的文章，留做别人申斥的把柄，因为我既不在别人身上分心，也不叫别人在我身上分心。①

这是何等的孤独和骄傲。而在法国求学的日子里，一向意气风发的李健吾也同样倍感孤独。满以为回国之后孤独感会消解，没想到自己的一生屡遭文人倾轧与世事磨难。直到中年，骄傲感消磨殆尽，而以往的意气也随着自然主义在中国的消亡而消散了。在良好的教育背后，李健吾与福楼拜的共同特征显露出来：他们都是既骄傲又孤独，最终被生活教会了沉默的人。

由上我们也能看到李健吾和福楼拜个性的相通之处，也许是冥冥之中有着这种精神上的契合，李健吾在大学期间对福氏的作品一见如故，进而选择福氏作为自己终身的研究对象。除此之外，两人都喜欢文人雅聚。正如上文提到的福楼拜喜欢在周末与文友聚会，李健吾也喜欢与朋友谈诗论艺，林徽因的客厅中常有他的身影。不过和福楼拜不太相同的是，李健吾同京派的文人圈子的关系其实并不太紧密，但他又被海派视为京派人物，在来到上海后一直受到隐形的排挤。仅有几个老友如郑振铎、巴金与之交好。其他中立的文人，也常为他犀利的文评所伤，在报刊上常与李健吾笔

---

① 李健吾. 福楼拜评传［M］//李维永. 李健吾文集·10·文论卷4. 太原：北岳文艺出版社，2016：35.

战，你来我往，颇有一种文坛上的刀光剑影感。福楼拜也因为文学创作观念不和而与长期有书信往来的朋友高莱夫人断然绝交，布耶死后，福楼拜身边更是知交寥寥，出于生计不得不变卖掉祖业，以至于他更加厌恶人世，思想上有转向虚无的倾向：

> 人生如此丑恶，唯一忍受的方法就是躲开。要想躲开，你唯有生活于艺术，唯有由美而抵于真理的不断的寻求。①

在饱尝苦难困顿后，福楼拜视艺术为人生的避难所，而他对人生躲避的态度与李健吾何其相似。李健吾也曾对人生和艺术加以感叹：

> 什么是我所崇拜的，如若不是艺术？这也许是一个日将就暮的犄角，做成我避难的蚌壳。然而那真正的公道在人世无处寻觅，未尝不在艺术的国度保存下来。我挣扎于富有意义的人生的极境。我接受唯有艺术可以完成精神的胜利。②

除了在对人世与艺术的看法惊人一致以外，福楼拜和李健吾的性格上都有公正而狷狂的一面。除了前文中提到的李健吾在文评活动中表现出来的一贯的公正之外，其在处事上也秉持着正直的初心。他对周作人抱有同情却又不愿北归，反而隐晦地说自己做了李龟年；对王文显予以援手，将剧目上演的利润送给恩师以解困厄；为巴金奔走，千方百计托女儿找到巴金，给老友汇款；等等。而福楼拜将自己性格中的公正全部放在了作品里，他身处资产阶级，却能用公正的态度看待资产阶级道德问题，因为"丑恶也有道德的密度"③。但福楼拜更多的是狷狂，他对一切都有怀疑，这正是

---

① 李健吾. 福楼拜评传 [M] //李维永. 李健吾文集·10·文论卷4. 太原：北岳文艺出版社，2016：40.

② 李健吾.《以身作则》后记 [M] //张洁，许国荣. 李健吾文集·1·戏剧卷1. 太原：北岳文艺出版社，2016：490.

③ 李健吾. 福楼拜评传 [M] //李维永. 李健吾文集·10·文论卷4. 太原：北岳文艺出版社，2016：62.

法国人文精神内涵的一个重要方面，虚无感占据了福楼拜思想的大部，他发出狂言，表示自己什么都不相信，不相信光荣，不相信慷慨，不相信自由，更不相信爱情，至于人的肉体，更是"不到一年，虫吃尽了尸首，于是化为尘埃，化为虚无；虚无之后……虚无，这就是一切的余留"①。这一点上李健吾与福楼拜有所不同，他的狷狂更多地表现在他那支善于驳难的笔上，文坛上的笔战他经历了数回，但唯有左派文人的批评给他钉上敌对分子的标签，彻底打散了他文风中的狂傲之气。这也是李健吾一生中最有别于福楼拜之处：他经历了一个旧知识分子走向新中国的过程中必经的一条炼狱之路，从此一个旧知识分子被改造成了一个不问时政、退守书斋、唯唯诺诺的老实人。

如此看来，受到中法不同文化的熏陶，李健吾与福楼拜在精神上既有相似之处，又有所不同。福楼拜是全心全意浸润在传统的法国人文文化中逐渐成长起来的，他的家庭、教育、个性无一不带有法国人文主义精神的痕迹。可以说，福楼拜精神就是法国人文精神的缩影。而李健吾在接纳中国传统文化培养的同时，恰逢其时地感染了法国人文的气息，使其精神上更显中西并蓄的广度与深度。

三、实践中的深入——李健吾人文精神中的学者风范

以往学者在谈到李健吾的人文精神时，对李健吾的人性论着墨太多，而对李健吾的个人挖掘又做得太少。我们需要提出的问题是，李健吾在自己的作品中总是试图去揭露真实，去反映现实，往往暴露赤裸的人性及现实于人前，企图去唤醒当时麻痹的国人，他哪里来的能量去这么做？李健吾不过是一介布衣文人，身处江湖之远，前后任职不过是教员、研究员等跟教育研究挂钩的职业；他来到上海之后，始终被海派所排挤，和京派的关系也很疏远；后期更是和左翼文流交恶；中华人民共和国成立后，他不但被打成右派，连姓名都一度在文坛中消失。这样一个人，几乎一生都在逆境之中，他的精神追求到底是什么？支撑他始终不离开文坛、笔耕不辍

---

① 李健吾. 福楼拜评传［M］//李维永. 李健吾文集·10·文论卷4. 太原：北岳文艺出版社，2016：29.

的精神力量是什么？这些都需要从他个人内心出发加以研究。在这一节中，我们首先要讨论的就是这样一个充满了矛盾的李健吾：是书斋文人，还是庙堂学者？

文人和学者，看似仅有一字之差，其实意义大有不同。文人是李健吾的身份：他是小说家、文艺批评家、戏剧家、法国文学研究专家、翻译家，这些都是文人的标签。有文化的读书人，也可以称之为文人，大体上是不问世事，一心钻研书本的。但是学者又有不同，学者是在某一领域深有造诣，求学与做学问并进的人。中国古代又称这种人为"士"，虽然这个字眼今天看起来有那么一丝古板，但这也恰说明了学者概念在中国的源远流长。与其内在精神紧密关联的是学者的责任与使命。"先天下之忧而忧，后天下之乐而乐"说的是身居庙堂的学者，却不是身藏书斋的文人。由此看来，中国传统文化中对学者的道德约束极强，不允一个知识分子德行有亏。比如钱谦益就是一个例子，降清之后就只能说他是一个文人，绝没有人称他为学者了。他对社会与国家责任感的消失使他失去了成为学者的资格。而这种对国家与社会的责任感，称之为"为天地立心，为生民立命，为往圣继绝学，为万世开太平"也不为过。也就是说，学者不但要有学识水平，还要有好的人格修养和道德品质。法国人文精神对学者的德行也非常看重，并且非常推崇中国对学者的道德要求。伏尔泰对中国先修身后治国的价值观给予了肯定，认为中国儒家学者追求的中庸之道绝不是一条平庸之路，而是在情感与理性之间穿梭并保持平衡的智慧。以这种道德观为准绳，他认为中国是一个"学者治国"的国度[1]。费希特对欧洲学者在概念上的概括与中国学者的价值观最为接近，他认为学者首先要努力成为他所在的时代中道德品质上佳的人，然后再为社会进步而付出自己的努力[2]。

既然厘清了文人和学者的概念，再回到我们开篇的问题来：李健吾到底是一个书斋文人，还是一个庙堂学者？李健吾对文人身份无疑是欢喜的，他特别喜欢研读文学作品，赞赏法国文学家们对现实的挖掘和对艺术灵敏

---

① ［法］伏尔泰. 哲学辞典·上册［M］. 王燕生，译. 北京：商务印书馆，2011：329－341.
② ［德］费希特. 论学者的使命 人的使命［M］. 梁志学，沈真，译. 北京：商务印书馆，2008：36－46.

的嗅觉。郭宏安在回忆李健吾指导他的研究生学业时就曾说过，李健吾希望学生能够广泛地读书，不必拘于流派的束缚，只有以广泛阅读为基础，才能明白自己的兴趣所在，进而按个人的审美取向对学术道路加以选择①。正是站在广泛阅读的基础上，李健吾才选择了与法国文学研究相结合的路子。除此之外，他也自己写小说，排戏剧，在文学批评集子《咀华集》中把同时代文人的作品抬得那样高，对其中体现的价值给予了高度肯定，以至没有人不承认他就是一个文人。但是，他又同学者一样，擅长运用的是抽象逻辑，他没有停止思考，通过思考，他不断地发现艺术殿堂的真理，这一点集中体现在他对文学批评的自觉意识上。因为他明辨真相的眼让他无法忽视那些伪文人和劣学者，于是就有了他在文艺批评之路上的笔战。他对前辈的错误做不到置之不理，一定要揭露出来，比如他认为伍光健的翻译有漏洞，就忍不住捉笔批评。所幸他对同辈的批评还算公道，但也免不了对各个作品的优劣指点一二，朱光潜、卞之琳、梁宗岱、巴金、萧军、茅盾等人都曾被李健吾批驳过，李健吾应付他们还不够，那支善于诘难的笔恨不得将所有人批评个够。就这样光是写批评性的文章还不够，李健吾还要借戏剧创作来讽刺迂腐的学者，《新学究》剧本一问世，李健吾便被指责说剧本影射了他在清华的老师吴宓。幸运的是吴宓就像他的名字一样沉默以对，否则李健吾必然又要掀起新的笔战了。

这样的李健吾用六个字足以形容："读书广，广交恶。"但他又绝非书呆子，今天看来，他的批评文章、学术论著都是对文不对人的，的的确确是一个值得敬佩的学者，并且在道德的建设上他也无愧于心。李健吾的文艺批评与文艺研究绝非闭门造车的产物，在对法国文论加以研究论述时，他的文章旁征博引，涉及对诸多现实问题的批判与自己的见解。他的文艺批评集《咀华》两册，虽是对当时文艺作品的赏析，然而却也是忧患之作。两本册子历经数年，完稿于抗战时期。李健吾流落于上海沦陷区，还能以乐观精神著书立说，写就异彩华章实属不易。20世纪50年代后，好不容易平静的历史又起波澜，李健吾还能坚守本心，于嘈杂的历史中静心沉淀，完成关于巴尔扎克、司汤达与莫里哀的文学研究。《司汤达研究》《巴尔扎

---

① 郭宏安，张新赞．关于李健吾先生的一次对谈［J］．名作欣赏，2012（10）：20–24.

克论文选》《西方古典作家论现实主义和浪漫主义》《巴尔扎克的世界观问题》《关于莫扎特和他的三个喜剧作品》等一系列充满了学术理论闪光点的文章正是写就于此时。此时的学术研究对李健吾来说，已然进入修行人格、磨砺意志之境了。这样看来，我们又怎么能说李健吾没有齐备文人与学者的双重身份呢？

身为学者的使命感和责任感常流于李健吾的笔端，我们今天看李健吾的诸多杂文，特别是从法国归国前到 1948 年这一段时间的散文，常感李健吾对国家时局的忧愤之情。比如在《意大利游简》中，我们看到的是李健吾去国怀乡的忧愁。在抗日战争时期，李健吾作为病弱书生，又拖家带口，自认为做不了英雄，上不了战场，只能用自己的笔编织着抗战的梦：

> 于是我坐下来，想象火线上应有的壮烈。我打开报纸，反复拼排，把凌乱的材料聚在一起，整理出我的情报，组织成我的战略。这一枝人马攻打东京，那一枝人马袭取横滨，留下一枝作为接应——"老兄，你打到什么地方去了？"什么地方去了！是的，我弄错了。原来不是东京，不是横滨，只是两个月前我往来教书的地带。……但是，飞机和炸弹的响声震碎了我纸上谈兵的计划。我的眼前不复是报纸，不复是字，而是一片血肉，而是泪。①

文化人是弱者，唯有无可奈何。李健吾将上海沦陷区的生活情状加以描摹，一种怅然若失之情跃然纸上：

> ……我们现在大家都是过着一种无奈何的日子，有房住有饭吃便了不得幸福，也不必深求什么合理不合理的生活了。如此活着本来也不大合理，不过说不得许多了。②

---

① 李健吾. 切梦刀［M］//李维永. 李健吾文集·6·散文卷. 太原：北岳文艺出版社，2016：274.

② 李健吾. 切梦刀［M］//李维永. 李健吾文集·6·散文卷. 太原：北岳文艺出版社，2016：275.

这种拜敌寇所赐的生活结束后，接踵而来的内战让李健吾非常愤怒，提笔写下：

> 凯旋了，可嘉可贺。那红红的是什么颜色？吃了八年苦的老百姓和打了八年仗的弟兄又在流血。那响亮亮的是什么声音？是冲锋的军号，是催战的战鼓。那中间又是什么人在欢呼？是发过了抗战财又发胜利财的官商合唱队。他们在欢迎内战，准备再发一票内战财。
>
> 凯旋了，成千成万的老百姓回不了老家。从五月起，火车涨价了，轮船涨价了，没有一样东西不涨价，就是一封平安信也寄不起了。
>
> 凯旋了，老百姓饿得树皮也啃不动了。[①]

其实李健吾关于时政时弊、忧国激愤的论述远不止以上拈示的这几处，在当时的报纸杂志上李健吾发表的类似言论不胜枚举，足以彰显李健吾内心深处那股带有中国传统学者心怀天下之情的士气与文气。

此外，李健吾还很有学术热情，70多岁了还笔耕不辍，他这种学术上的激情往往同他对文学作品的创作热情、对文艺作品的批评与鉴赏的爱好交织在一起。其中特别令他感兴趣的还是对具体作品的赏评，在"文革"结束后，翻译他不做了，小说和戏剧也不写了，法国文论是他的工作所在丢不开手，唯独书评和戏评在工作之余还常有流出。这种发自内心的学术热情使得他的书评和戏评保持了《咀华集》一贯的风格，文字洒脱、美丽、跳跃。所以，正如李健吾，真正的学者不仅是学富五车的人，而且是做到了将文人的个性与学者的学问情感交融的人。这使得我们读他的学术论著像读优美的文人文章，读他的文艺作品又像在读涉猎广博、充满智慧的学术论著。这正是李健吾与一般的学者或文人的区别之所在。

或许对李健吾的文人与学者身份再加上两个定语更为妥帖：文人是"书斋"中的文人不假，学者不过是游走在"庙堂"边缘的学者罢了。或者说，因为做不了庙堂之高的学者，不得不做退守书斋的文人。换句话说，

---

① 李健吾. 旁敲侧击［M］∥李维永. 李健吾文集·6·散文卷. 太原：北岳文艺出版社 2016：231.

李健吾有着对现实的热情，总渴望做点什么来改变现实，但又不甘心让文艺创作在现实面前俯首，就这样，他成了文学和现实的双重囚徒。

李健吾在文学艺术与现实之间复杂的心态，最早可以在 1934 年他的一篇小文《艺术家》中找到端倪。在文中，李健吾感叹要做一个纯粹的艺术家很不容易，怀揣着的全是孤寂。这是因为在当时的环境下，从事艺术很难得到回应。就像是从"高山头"上往下丢"碎石"，就像是面对吃不饱穿不暖的人群，李健吾做了一盘以艺术为名的点心，高高兴兴地捧过去，却没有一个人愿意伸手来接。失望之余在他们的瞳孔里"照见自己也是肤黄肌瘦"①。当年李健吾不足 30 岁，刚从法国留学回国，感染了福楼拜"艺术至上"的风气，意气风发，正准备全心投入到对艺术的创作中来，没想到却屡屡碰壁。但李健吾是一个意志坚定的人，他认为艺术家不应以一时得失来看待艺术，更不应该用功利的眼光来判断艺术的价值。此时，艺术仍然是李健吾的理想，是他做着的一个"金色的梦"。他心甘情愿在艺术的牢笼里"更穷""更孤寂"地活下去，哪怕死了也没关系，因为艺术的作品"活了下去"②。

对艺术的渴望和为艺术献身的理想是李健吾人文观的重要组成部分。然而，现实环境总是要将艺术家多加磋磨。20 世纪初的中国内忧外患、民不聊生，在那种情况下，还有几个人有心思追求纯美的艺术？上海沦陷后，李健吾对艺术的坚持导致他失业了很长一段时间，不得已，李健吾打开了书斋的大门，从书斋中的文人转变成了"贩艺"的学者。此时他苦闷的心情在他署名为"西渭"的一篇《杂记》中流露无遗。他在文中写道，时人将他归类到"为艺术而艺术"这样一个作家集团里，他觉得惭愧，惭愧之因就是他处在这个"生意眼的时代"，为了不做"饿得死的狗"，不得不开始贩艺了③。但是，李健吾绝不是单纯地为了讨生活而参与了上海的商业话剧演出活动，在现实的夹缝中，他仍然保持着对艺术的追求，创作的每一部戏剧都力求做到艺术价值与商业价值的完美统一。然而，上海的剧坛弥

---

① 李健吾. 艺术家 [J]. 水星, 1934, 1 (1): 85.
② 李健吾. 艺术家 [J]. 水星, 1934, 1 (1): 85.
③ 西渭. 杂记 [M] //李维永. 李健吾文集·6·散文卷. 太原：北岳文艺出版社, 2016: 160.

漫着一股商业化的倾向，李健吾为之很是苦恼，他认为这种只看是否有利可图的做法伤害了戏剧艺术的本质，却不得不向现实低头，因为"现实者何？重如山，汪洋如水，及其来也，以排山倒海之势，压沉前进的唯美家于无形"①。于是李健吾发出了悲叹："艺术诚谎我！"②

　　随着时局的发展，李健吾对现实的看法也一再更新，到了1945年，在观看完由高尔基的剧作《在底层》改编的剧目《夜店》之后，李健吾写下了批评文章，说《夜店》选择在抗日战争的胜利之后上演是很有现实意义的，这是为了解底层人民的生活打开的一个窗口，透过这个窗口，我们得知在争取民族复兴的初期阶段，我们还有很多事待完成。在这种情况下，对艺术与诗意的鉴赏可以退居第二位了③。这应该算是李健吾"为艺术"的人文观的一次转变。然而，1949年后，李健吾在艺术追求上的困境日益突出。他学会了"自我批评"，他没有时间也没有精力再进行艺术纯美的追求，更多地将精神消耗在了下乡改造、接受批斗等活动上。艺术的殿堂里，刘西渭不见了，留下来的只有李健吾。于是在重压之下，李健吾与艺术逐渐疏离了。

四、压力下的疏离——20 世纪 50 年代以后的李健吾

　　20 世纪 50 到 60 年代，由于政治因素，国家在对文艺工作的指导上采取了紧缩性的政策，国内的学术氛围发生了与前截然不同的变化。李健吾产生了空前的精神压力，导致他的创作思想发生了巨大变化，他不断地在自我批评中反省着自己从前的人文观，并试图跟随政治潮流的脚步，加以马克思主义观对其进行改造。其中他对艺术的追求，对福楼拜的崇尚和对法国文化的天然亲热虽始终不忍捐弃，却在压力之下逐渐与之疏离了。

1. 政治干预下的艺术之路

李健吾的文学创作之路充满了阶段性的特征，第一个阶段为青年时期

---

　　①　西渭. 杂记［M］//李维永. 李健吾文集·6·散文卷. 太原：北岳文艺出版社，2016：161.

　　②　西渭. 杂记［M］//李维永. 李健吾文集·6·散文卷. 太原：北岳文艺出版社，2016：161.

　　③　李健吾.《夜店》上演了［J］. 周报，1945（11）：13.

至举家迁居上海之前，他着力于福楼拜的研究与翻译工作，兼有灿烂的文学品评问世；第二个阶段为上海的 20 年漂泊时期，这一段时间的他出于生计的压力，精力多花在戏剧的编排与创作上；第三个阶段是李健吾的创作晚期，其作品中带有明显的政治干预痕迹。

当时中华人民共和国刚刚成立，毛主席几年前那篇《在延安文艺座谈会上的讲话》即时成为文艺工作者的创作指南。在文学为政治服务的话语体制下，李健吾做出了改变自己的尝试。1950 年 10 月，李健吾在《解放日报》上发表了《我有了祖国》一文，其中写道：

> 然而！现在，我有了祖国！一个我要喊给全世界听的祖国！一个让我打心里在骄傲的祖国！从前它对我只是土地和民族，这一年来，祖国给我添了一个崭新的辉煌的意义：政治！在反动统治下，那一直让我感到愧对而又无法掩饰的隐痛所在，如今散失了，我可以挺起胸脯，走在群众行列，兴奋而又荣耀地喊着：中华人民共和国万岁！①

写出这样的文字，说明李健吾是多么希望能融入当时的社会环境啊！然而文学场是彻底变了。次年，从对电影《武训传》的批判开始，新中国文学进入了长达数十年的政治主导文艺的黑暗隧道。对"人性"加以描写的人文精神，成了资产阶级割不断的尾巴而遭到疯狂攻击，文学场变成了充满阶级斗争的修罗场。

李健吾自己也意识到，在充满了政治压力的环境中，文学艺术并不会停止发展的脚步，而是会在政治与社会的制约之下继续曲折发展。然而李健吾只是一介文人，他虽然意识到了政治制度对文学有所干预，却时时刻刻受困于自我的无力。这种无力感几乎覆盖了经历过旧时代的当时中国的知识分子集体，导致他们在面对现实生活的打压与文化羞辱中产生了挥之不去的自卑意识。这种由无力感而衍生的自卑感使越来越多的知识分子不自觉地放弃了自己原本的人文观念与独立的文学创作精神，最终成为了政

---

① 李健吾. 文明戏［M］//李维永. 李健吾文集·6·散文卷. 太原：北岳文艺出版社，2016：323.

治权力话语的附庸。在这种情况下，李健吾面临着艰难的选择：要么，他就不再写了，专心致志做一个法国文学的研究员；要继续写，就要跟随政治的脚步，去写一些符合主流论调的文章。同时代的钱钟书选择封闭作家的才能，将笔墨付诸著书立说，一门心思进行学术创作；而具有应变才能的郭沫若完成了新时期的自我改造，选择继续活跃在文坛一线。与钱或郭不同的是，无论李健吾选择哪一条道路，他都已经"完了"。不写，他的创作生涯完了。要写，这时的李健吾遭遇了严重心理危机，实在是难以再写出和曾经一样充满法式人文精神的作品。这场心理危机对李健吾的后续文学创作产生了怎样的影响？我们可以从以下三个方面加以论述。

第一，李健吾无法在新时代的中国找到自己的准确定位。前文已对李健吾亲法的人文主义精神有所论述，这决定了他在 1949 年之后被划分到小资产阶级知识分子的队伍中去。在新的社会环境中，旧知识分子在道德与文化上的优越感已经不值一提，旧的批判姿态被视为资本主义的尾巴而难以为继，整个社会对外国文学持有的怀疑与否定的态度，更使得李健吾长期以来赖以参考的文学源泉被强行斩断。在此时要迎难而上，继续进行文学创作，只能从自我检讨与自我批评开始。新的时代对文学创作者提出的走群众路线的要求与李健吾惯有的追求高雅艺术的人文精神难以融合。深究李健吾当时的心理，他在中华人民共和国成立之初热烈欢迎人民大众、热情参与社会改造、迎接自我改造必定是真诚的，我们从他的《我有了祖国》《我爱这个时代》和《向劳动人民学习》等一系列散文随笔中可窥端倪。但是阴晴不定的文艺政策最终使得李健吾在辗转中再难获得恰当的文学资源，使李健吾的文艺创作之路陷入了重重的矛盾与困惑之中。

第二，在这条受政治干预的艺术之路上，李健吾对认同的渴望没有消失。虽然现代文艺批评界常将李健吾归入京派圈子，然而他的壮年时期几乎都是在上海度过的。在最是才思敏捷的时候，始终被周围人排斥在海派文化圈之外，李健吾内心的苦闷与孤寂可想而知。其实，李健吾的内心深处还是期待能够得到所处环境的认同的，否则他不会那样积极地参与各项社会事务。然而抗战胜利后涌入上海的左派文人对李健吾于沦陷时期的戏剧活动给予了极其不公正的政治评价，这导致李健吾不得不停止了改编剧的工作，将注意力放在戏剧学院的教学工作上，以此来回避各种误解与非难。

第三，李健吾受政治干预的艺术之路是一条不断动摇其文学自信的道路。尽管青年时期的李健吾常以犀利笔力纵横批评文坛，但彼时的批评并无浓郁的火药味，往往可视作其与朋友之间的唱和之作，更使得李健吾在20世纪30年代便确立了自己批评界名家的地位。此外，20世纪40年代在上海剧坛的活动，更为他添得"剧坛盟主"之称。比较顺遂的前半生道路使李健吾在文学上非常自信。但随着现实逐渐将生活的另一面转向李健吾，他的非功利性质的纯美艺术追求与文学审美观念一再受到打压。中华人民共和国成立初期的往事，如被视为自然主义与印象主义的代言人而受到文界批判、在上海戏剧界被架空等一系列问题都给了李健吾意想不到的当头棒喝，沉重打击了他的文学自信。而接下来20年里李健吾在文学创作上屡受磋磨，让他的文学创作观念不得不发生转向，再创作类似《咀华集》那样的妙彩华章的计划搁浅了，他只能为自己找理由："时间大多被本职业务所拘束，一点不是对新中国的文学不感兴趣，实在是由于搞法国古典文学搞多了，没有空余另开一个是非之地。力不从心，只能有欠了。"① 从他宣称自己不再喜爱福楼拜而被巴尔扎克和司汤达所吸引这一点，也表现出他的文学自信在一点点地被磨灭。因为与福楼拜艺术至上的小说论调相比，司汤达和巴尔扎克的作品充满了现实性。我们现在去看李健吾关于这两位法国大家的文学批评文章，就会发现其中充满了对社会、政治与阶级关系的分析。这正是李健吾顺应时代要求、有选择地接触马克思列宁主义学说的结果。即便是李健吾在《漫话卢那察尔斯基论〈爱与死的搏斗〉》这一类的文学评论中不自觉流淌出来的对法国文艺史上优秀作品的喜爱，也只能被视为屡受外界压迫后自信缺失的一种应激反应。因为我们看到他的写作风格还是受到了当时社会的影响，哪怕是在平反以后，他的文艺批评与散文作品中还是经常引用一些马恩列斯毛的词语。李健吾用这种努力学习和运用阶级斗争理论的方式来对抗着自身文学自信的消亡，虽然他的相关读书笔记和手稿厚厚成摞，却始终没能再创作出像早年《福楼拜评传》那样

---

① 李维音，李维惠，李维楠，等．父亲的才分和勤奋——《李健吾文集》后七卷编后记[M]//李维永．李健吾文集·11·文论卷5. 太原：北岳文艺出版社，2016：364.

充满了自信与独立精神的佳作了。

2. 从未消失的文学感知力

虽然公认李健吾在中华人民共和国成立后的文学创作力有所衰减，但李健吾对文学的天然的敏锐眼光和鉴赏能力并没有丧失。这一点在 1949 年后他与友人往来的书信里透露的对当时文坛的意见和杂感中都能窥见。在 1973 年与巴金的通信中，李健吾谈到回到阔别八年的北大校园，在看到图书馆丰富的、待译的文学资料后，李健吾说："Herzen 的回忆录①怎么这么长，有一百万字，那要你相当年月了。现在巴尔扎克的翻译成了问题：谁再译下去啊？人文（指人民文学出版社）可能在动脑筋。昨天晚上我分析了别林斯基对 Balzac 的矛盾看法：我想不到此公那样反对法国文学。"② 从这段文字中我们尤可见李健吾对法国文学翻译界后继无人的担心和对学术研究的勤奋与热情，这都充分表明了判定李健吾 20 世纪 50 年代后文学感知力的消亡是多么有失公允，即使文学创作的计划不得不搁浅，李健吾也从未放弃对文学的思索。

相较于文学创作而言，步入暮年的李健吾对中华人民共和国的成立与新社会的建设看得非常重，他是从苦难岁月中走过来的知识分子，亲身的经历和 1949 年后翻天覆地的变化让他由衷地接受了上级的安排，甚至主动申请下基层去学习。一方面，我们可以将其视为李健吾努力融入新社会，试图重建文学自信心的一种表现；另一方面，这个时期的文学作品是李健吾文学重新焕发新生的一个重要标志。比如《山东好》《〈红旗歌〉是一出好戏》《诗情画意——谈〈钟馗嫁妹〉》等，虽然在文风上有所转变，但平铺直叙里流露出的依然是对普通群众的生活、对他们周遭发生的故事和乡间的戏剧活动的关注。我们惊喜地发现，在这一阶段李健吾的文学作品中依然流淌着他不变的人文关怀，那不是对新社会空泛的赞美与讨好，而是充满着真情实感、为人民的戏剧事业发展发出的情真意切的赞歌。除此之外，李健吾在散文随笔中对王秀兰、张庆奎等新老艺术家的关注，不但表现出他对艺术家们惺惺相惜的心情，更是他仍然不放弃对社会现实加以关

---

① 此处指俄国哲学家赫尔岑的回忆录《往事与随想》。
② 李健吾. 李健吾书信集［M］. 太原：北岳文艺出版社，2017：41.

注的证据。也就是说，此时的李健吾不但保留了对文学一贯的鉴赏能力，还能根据自己的欣赏眼光去选择符合自己审美价值的艺术家加以评述。

综上所述，20世纪50年代后，李健吾虽然对法国人文主义精神观照下的法国文学有所疏离，但是他的文学观念自始至终不曾突破自己早已成型的人文观。即使备受政治与社会的压力，但面对政治，他始终是一个天真的顽童。一旦周围的环境有所放松，或者他得以喘息片刻，李健吾文章中就又流淌着人文思想的光辉了。看似对政治有所迎合，其实还是自我防御的本能在保护着他。这种保护不但是身体层面的，更重要的是给他受创的心灵留出一小块空地用以安放艺术的灵魂。

从20世纪30年代对艺术的憧憬与热烈追求，到20世纪40年代对艺术的悲叹，再到抗战后将艺术排在现实的后头，最后到艺术的消亡，李健吾的经历向我们展示着他的人文观挣扎着变动的过程。到底是做书斋中的文人，还是放弃艺术，转入现实的谋生？李健吾也许终其一生都无法给出答案，唯有如一叶扁舟，以诗意的梦想为帆，苦苦地在现实的海洋中挣扎。

2016年，李健吾110周年诞辰，从他的故乡山西传来了对他的呼唤。历时35年编撰、共计11卷的《李健吾文集》由北岳文艺出版社正式出版。编辑许国荣和张洁感叹道，在他们开始编辑这部文集的日子里，曾经得到过李健吾的许多指点，书还没来得及出版，人便已经作古，实在令人唏嘘。但是正如柯灵所说："在现代中国戏剧和文学仓库里，迄今为止，健吾所耕耘收获的份额，已经足够我们向他虔心道谢了。"①

虽然在很长的一段时间内，李健吾文学处于一种沉寂状态，但韩石山始终对李健吾文学持充分肯定态度，他一直认为李健吾是一位不世出的天才，并在20世纪90年代初说："要现在的文学界和读书界，接受李健吾这样的大家，还不到时候，还不配。"② 并放言一定会出现一个"李健吾热"。尽管我们现在还没有等到这股文潮，但是20世纪90年代以来，对文学价值的评判开始逐渐走出政治倾向，朝审美价值倾斜了。这一时期形成的以朱立元、王一川、童庆炳等学者为首的审美支配话语体系，使深受文学政治

① 柯灵.序言［M］//李健吾.李健吾剧作选.北京：中国戏剧出版社，1982：序言2.
② 韩石山.二版序［M］//李健吾传.北京：人民文学出版社，2017：410.

功利论影响的人们倍感冲击，陷入了对文学的接受危机之中。这种危机使人们不得不回过头去反思历史，重新接受了文学的审美属性，读者的接受效果和阅读体验变得更加重要。正是在这样的语境之下，给了我们公开呼唤李健吾的机会：越来越多的读者重新阅读李健吾的作品，并依靠自己的阅读能力来构建符合新时代特色的阅读感受；越来越多的学者不再以阶级斗争为出发点去衡量李健吾的价值，关于李健吾文学的研究论文也在逐渐摆脱意识形态的控制，并形成了以审美为核心的批评原则。

　　1997 年，法国文学研究学者钱林森发表在《文艺研究》上的一篇关于李健吾与法国文学的论文，第一次从批评观念和批评方式两方面考察了李健吾与 19 世纪法国现实主义文学精神的关系，这篇论文成为了从审美接受上考察李健吾与法国文学渊源的开山之作。进入 21 世纪，范水平从法国自然主义的视角出发，重新审视了李健吾与自然主义一直被忽视的审美关联。此后，学界对李健吾的认识愈发深入。李健吾虽然不"热"，却成了学界一个常提常新的名字。

　　当我们从政治场转向审美场并对审美取向产生疑问，就是我们重新接受李健吾文学的时候。李健吾文学作为从 20 世纪动荡的中国挣扎出来的中国人的民族记忆的一面镜子，让我们照见了自己的来路、现在以及未来。当李健吾跨越时空，终于抵达新时代读者与学者的视野时，我们不能再去责怪时局对李健吾的不公与隐蔽，因为在某种程度上，正是时代的风云变幻，直接或间接地影响到了李健吾文学的接受视角、接受思路与审美创作，也间接为李健吾充满诗意的现实主义文学做出了属于历史与人民的公正评判。

参考文献

一、著作类

[1] [奥] 茨威格. 蒙田 [M]. 舒昌善, 译. 北京: 生活·读书·新知三联书店, 2008.

[2] 巴金. 自传: 文学生活五十年 [M] //巴金自传. 南京: 江苏文艺出版社, 1995.

[3] 巴金. 《爱情三部曲》作者的自白 [M] //刘西渭. 咀华集. 北京: 人民文学出版社, 2001.

[4] 北京大学哲学系外国哲学史教研室. 十八世纪末—十九世纪初德国哲学 [M]. 北京: 商务印书馆, 1975.

[5] 常风. 留在我心中的记忆 [M] //逝水集. 沈阳: 辽宁教育出版社, 1995.

[6] 陈惇, 匡兴. 外国文学 (上) [M]. 北京: 北京大学出版社, 1987.

[7] 杜衡. 望舒草·序 [M] //梁仁. 戴望舒诗全编. 杭州: 浙江文艺出版社, 1989.

[8] [德] 马克思, [德] 恩格斯. 马克思恩格斯选集 [M]. 中共中央马克思恩格斯列宁斯大林著作编译局, 译. 北京: 人民出版社, 2012.

[9] [德] 费希特. 论学者的使命 人的使命 [M]. 梁志学, 沈真, 译. 北京: 商务印书馆, 2008.

[10] [德] 黑格尔. 美学·第一卷 [M]. 朱光潜, 译. 北京: 商务印书馆, 2011.

[11] 傅雷. 《高老头》重译本序 [M] //罗新璋, 陈应年. 翻译论集. 北京: 商务印书馆, 2009.

［12］［法］福楼拜. 李健吾译包法利夫人［M］. 李健吾，译. 北京：人民文学
出版社，2017.

［13］［法］福楼拜. 包法利夫人［M］. 李健吾，译. 台北：书华书版社，1957.

［14］［法］福楼拜. 包法利夫人［M］. 上海：上海外语教育出版社，2016.

［15］［法］苏菲尔. 原版序［M］//［法］福楼拜. 包法利夫人. 张放，译.
长沙：湖南文艺出版社，2020.

［16］［法］司汤达. 红与黑［M］. 郝运，译. 上海：上海译文出版社，2010.

［17］［法］蒙田. 蒙田随笔全集［M］. 马振骋，译. 上海：上海书店出版社，
2009.

［18］［法］蒙田. 蒙田随笔全集［M］. 潘丽珍，马振骋，陆秉慧，等译. 南
京：译林出版社，1996.

［19］［法］蒙田. 蒙田随笔集［M］. 马振骋，译. 上海：上海译文出版社，
2014.

［20］［法］波德莱尔. 美学珍玩［M］. 郭宏安，译. 上海：上海译文出版社，
2009.

［21］［法］伏尔泰. 哲学辞典·上册［M］. 王燕生，译. 北京：商务印书馆，
2011.

［22］［法］理查. 文学与感觉［M］. 顾嘉琛，译. 北京：生活·读书·新知三
联书店，1992.

［23］［法］普鲁斯特. 论福楼拜的"风格"［M］//普鲁斯特随笔集. 张小鲁，
译. 深圳：海天出版社，1993.

［24］［法］德里达. 他者的单语主义［M］. 台北：桂冠出版社，2000.

［25］［法］艾田蒲. 中国之欧洲［M］. 许钧，钱林森，译. 桂林：广西师范大
学出版社，2008.

［26］郭沫若. 文学的本质［M］//郭沫若著作编辑出版委员会. 郭沫若全集·文
学篇·第15卷. 北京：人民文学出版社，1990.

［27］郭宏安. 李健吾批评文集［M］. 珠海：珠海出版社，1998.

［28］胡适. 建设的文学革命论［M］//姚鹏，范桥. 胡适散文·第一集. 北
京：中国广播电视出版社，1992.

［29］胡德才. 喜剧论稿［M］. 北京：中国社会科学出版社，2014.

［30］韩石山．李健吾传［M］．北京：人民文学出版社，2017．

［31］韩石山．李健吾传［M］．太原：山西人民出版社，2006．

［32］黄键．京派文学批评研究［M］．上海：上海三联书店，2002．

［33］黄晋凯，张秉真，杨恒达．象征主义·意象派［M］．北京：中国人民大学出版社，1989．

［34］柯灵．序言［M］//李健吾．李健吾剧作选．北京：中国戏剧出版社，1982．

［35］李长之．杂忆佩弦先生［M］//朱金顺．朱自清研究资料．北京：北京师范大学出版社，1981．

［36］李维音．李健吾年谱［M］．太原：北岳文艺出版社，2017．

［37］李健吾．李健吾书信集［M］．太原：北岳文艺出版社，2017．

［38］李健吾．福楼拜评传［M］．桂林：广西师范大学出版社，2007．

［39］李健吾．拉杂说福楼拜——答一位不识者［M］//李健吾．李健吾文学评论选．银川：宁夏人民出版社，1983．

［40］李健吾．咀华集；咀华二集［M］．北京：人民文学出版社，2007．

［41］李健吾．咀华集·咀华二集［M］．上海：复旦大学出版社，2005．

［42］李健吾．李健吾文集［M］．太原：北岳文艺出版社，2016．

［43］李健吾．李健吾散文集［M］．银川：宁夏人民出版社，1986．

［44］李健吾．梦里京华·跋［M］//王文显．梦里京华．上海：世界书局，1944．

［45］李劼人．死水微澜［M］．天津：天津人民出版社，2016．

［46］李金发．是个人灵感的纪录表［M］//杨匡汉，刘福春．中国现代诗论·上篇．广州：花城出版社，1985：250．

［47］［联邦德国］姚斯，［美］霍拉勃．接受美学与接受理论［M］．周宁，金元浦，译．沈阳：辽宁人民出版社，1987．

［48］鲁迅．鲁迅全集·第十三卷［M］．北京：人民文学出版社，2005．

［49］鲁迅．中国新文学大系·小说二集［M］．上海：上海良友图书印刷公司，1935．

［50］梁遇春．梁遇春散文全编［M］．杭州：浙江文艺出版社，1992．

［51］梁启超．告小说家［M］//陈平原，夏晓虹．二十世纪中国小说理论资料·第

一卷（1897 年—1916 年）．北京：北京大学出版社，1989．

[52] 柳鸣九．柳鸣九文集·卷 5·法国文学史·中 [M]．深圳：海天出版社，2015．

[53] 乐黛云，王宁．西方文艺思潮与二十世纪中国文学 [M]．北京：中国社会科学出版社，1990．

[54] 刘锋杰．中国现代六大批评家 [M]．合肥：安徽文艺出版社，1995．

[55] 雷通群．孟氏幼稚教育法 [M]．上海：商务印书馆，1930．

[56] 茅盾．茅盾全集·第 18 卷·中国文论一集．北京：人民文学出版社，1989．

[57] [美] 科恩．文学理论的未来 [M]．程锡麟，译．北京：中国社会科学出版社，1993．

[58] [美] 卫姆塞特，[美] 布鲁克斯．西洋文学批评史 [M]．颜元叔，译．北京：中国人民大学出版社，1987．

[59] [美] 童明．现代性赋格——19 世纪欧洲文学名著启示录 [M]．北京：生活·读书·新知三联书店，2019．

[60] [美] 怀特．元史学：十九世纪欧洲的历史想像 [M]．陈新，译．南京：译林出版社，2004．

[61] [美] 史珂拉．政治思想与政治思想家 [M]．左高山，李欢，左炬，译．上海：上海人民出版社，2009．

[62] 齐家莹．清华人文学科年谱 [M]．北京：清华大学出版社，1999．

[63] 钱林森．法国作家与中国 [M]．福建：福建教育出版社，1995．

[64] [日] 大冢幸男．比较文学原理 [M]．陈秋峰，杨国华，译．西安：陕西人民出版社，1985．

[65] [日] 厨川白村．出了象牙之塔 [M]．鲁迅，译．北京：人民文学出版社，2007．

[66] 沈从文．记丁玲 [M]．南京：江苏教育出版社，2005．

[67] 石楠．刘海粟传 [M]．北京：北京航空航天大学出版社，2009．

[68] 三联书店编辑部，美国《人文》杂志社．人文主义：全盘反思 [M]．多人，译．北京：生活·读书·新知三联书店，2003．

[69] 司马长风．中国新文学史·上卷 [M]．香港：昭明出版社，1976．

［70］司马长风．中国新文学史·中卷［M］．香港：昭明出版社，1977．

［71］司马长风．中国新文学史·下卷［M］．香港：昭明出版社，1978．

［72］［苏］巴赫金．陀思妥耶夫斯基诗学问题［M］．刘虎，译．北京：中央编译出版社，2010．

［73］王夫之．姜斋诗话（二）［M］．长沙：岳麓书社，2011．

［74］王逢振．2000 年度新译西方文论选［M］．桂林：漓江出版社，2001．

［75］温儒敏．中国现代文学批评史［M］．北京：北京大学出版社，1993．

［76］萧乾．萧乾全集［M］．武汉：湖北人民出版社，2005．

［77］萧乾．知识与品位［M］//李辉．书评面面观．郑州：大象出版社，2018．

［78］许道明．中国现代文学批评史新编［M］．上海：复旦大学出版社，2002．

［79］［匈］卢卡契．托尔斯泰和西欧文学［M］//卢卡契文学论文集（二）．刘半九，译．北京：中国社会科学出版社，1980．

［80］［英］默里．赫胥黎传［M］．夏平，吴远恒，译．上海：文汇出版社，2007．

［81］郑克鲁．译本序［M］//［法］福楼拜．包法利夫人．冯寿农，译．福州：海峡文艺出版社，1992．

［82］张若谷．游欧猎奇印象［M］．上海：中华书局，1936．

［83］邹韬奋．萍踪寄语［M］．北京：北京师范大学出版社，2014．

［84］曾军．接受的复调：中国巴赫金接受史研究［M］．桂林：广西师范大学出版社，2004．

［85］朱立元．美学大辞典［M］．上海：上海辞书出版社，2010．

［86］朱立元．接受美学导论［M］．合肥：安徽教育出版社，2004．

［87］朱维之，赵澧，崔宝衡，等．外国文学史（欧美卷）［M］．天津：南开大学出版社，2014．

［88］朱自清．中国新文学大系·诗集［M］．上海：上海良友图书印刷公司，1935．

［89］周作人．欧洲文学史［M］．石家庄：河北教育出版社，2002．

［90］张京媛．新历史主义与文学批评［M］．北京：北京大学出版社，1993．

［91］BARTHES R. The Reality Effect［M］//TODOROV T. French Literary Theory

Today. Cambridge: Cambridge University Press, 1982.

[92] BRADLEY A. Derrida's of Grammatology: An Edinburgh Philosophical Guide [M]. Edinburgh: Edinburgh University Press, 2008.

[93] BOURDIEU P. The Field of Cultural Production [M]. New York: Columbia University Press, 1993.

[94] CULLER J. Flaubert: The Uses of Uncertainty [M]. New York: Cornell University Press, 1974.

[95] DU BOS C. Approximations [M]. Paris: Hachette S. A. , 1965.

[96] DE VISÉ D. Zélinde ou la véritable critique de L'École des femmes [M]. Paris: [s. n.], 1663.

[97] DE MAN P. Blindness and Insight—Essays in the Rhetoric of Contemporary Criticism [M]. Minneapolis: University of Minnesota Press, 1983.

[98] FLAUBERT G. Correspondance · Tome II (1851—1858) [M]. Paris: Gallimard, 1980.

[99] FLAUBERT G. The Letters of Gustave Flaubert: 1830—1857 [M]. Cambridge: The Belknap Press of Harvard University Press, 1980.

[100] FLAUBERT G. Madame Bovary [M]. Shanghai: Shanghai Foreign Languages Education Press, 2016.

[101] FREUD S. Vorlesungen zur Einführung in die Psychoanalyse Und Neue Folge [M]. Hamburg: Nikol Verlag, 2011.

[102] GENETTE G. Figures of Literary Discourse [M]. New York: Columbia University Press, 1982.

[103] HENRIOT E. Les livres du second rayon: irreguliers et libertins [M]. Paris: Le Livre, 1925.

[104] MCQUILLAN M. Paul de Man [M]. London: Routledge, 2001.

[105] LANSON G. Méthodes de l'histoire littéraire [M]. Paris: Les Belles lettres, 1925.

[106] LANSON G. Histoire de la littérature française, remaniée et complétée pour la période 1850—1950 par Paul Tuffrau [M]. Paris: Hachette S. A. , 1952.

[107] ROBBINS D. Bourdieu and Culture [M]. London: SAGE Publications,

2000.

[108] SARTRE J. What is Literature？［M］. London：Routledge, 2001.

[109] SARTRE J. Qu'est-ce que la litterature？［M］. Paris：Gallimard, 1985.

[110] STAROBINSKI J. Montaigne en mouvement［M］. Paris：Gallimard, 1993.

[111] ZOLA E. Les Romanciers naturalistes［M］. Paris：Fasgal, 1997.

二、期刊类

［1］陈燊. 评李健吾先生的《科学对法兰西十九世纪现实主义小说艺术的影响》［J］. 文学研究, 1958（4）.

［2］陈独秀. 今日中国之政治问题［J］. 新青年, 1918, 5（1）.

［3］陈政. 李健吾文学批评新论［J］. 首都师范大学学报（社会科学版）, 2001（3）.

［4］杜格灵, 李金发. 诗问答［J］. 文艺画报, 1935, 1（3）.

［5］冯寿农. 法国文坛对福楼拜的《包法利夫人》的批评管窥［J］. 法国研究, 2006（3）.

［6］郭宏安, 张新赞. 关于李健吾先生的一次对谈［J］. 名作欣赏, 2012（10）.

［7］郭沫若. 纪念李劼人诞辰 120 周年特辑——中国左拉之待望［J］. 郭沫若学刊, 2011（4）.

［8］蒋芳. 李健吾对巴尔扎克的接受与传播［J］. 衡阳师范学院学报, 2008（1）.

［9］蒋勤国. 科学性·判断力·艺术性——论李健吾的《福楼拜评传》［J］. 晋阳学刊, 1991（2）.

［10］季桂起. 论李健吾的文学批评［J］. 文学评论, 1992（3）.

［11］李冰封. 发现、整理经过与思考线索——有关梁遇春致石民四十一封信札的两件事［J］. 新文学史料, 1995（4）.

［12］李长之. 论目前中国批评界之浅妄——我们果真是不需要批评么？［J］. 现代, 1934, 4（6）.

［13］李长之. 屈原作品之真伪及其时代的一个窥测［J］. 文学评论, 1934, 1（1）.

[14] 李长之. 王国维文艺批评著作批判 [J]. 文学季刊, 1934, 1 (1).

[15] 李长之. 我所了解的陶渊明 [J]. 清华周刊, 1933, 39 (5/6).

[16] 罗大冈, 安康. 罗大冈同志答本刊记者问——谈谈《论罗曼·罗兰》一书的问题 [J]. 外国文学研究, 1981 (1).

[17] 罗新璋. 复译之难 [J]. 中国翻译, 1991 (5).

[18] 李健吾. 《包法利夫人》的时代意义 [J]. 文艺复兴, 1947, 4 (1).

[19] 李健吾. 《包法利夫人》作者的疏忽 [J]. 社会科学战线, 1983 (1).

[20] 李健吾. 科学对法兰西十九世纪现实主义小说艺术的影响——纪念《包法利夫人》成书百年 (1857—1957) [J]. 文学研究, 1957 (4).

[21] 李健吾. 艺术家 [J]. 水星, 1934, 1 (1).

[22] 李健吾. 文学批评的标准 [J]. 文哲, 1939, 1 (6).

[23] 李健吾. 鲍德莱耳——林译《恶之华》序 [J]. 宇宙风, 1939 (84).

[24] 李健吾. 《夜店》上演了 [J]. 周报, 1945 (11).

[25] 刘纳. 辛亥革命时期至五四时期我国文学的变革 [J]. 文学评论, 1986 (3).

[26] [美] 卡勒. 文学能力 [J]. 晓渝, 译. 外国文学报道, 1987 (3).

[27] 茅盾. 沈雁冰复张侃的信 [J]. 小说月报, 1922, 31 (8).

[28] 茅盾. 几种纯文艺的刊物 [J]. 文学, 1933, 1 (3).

[29] 莫言. 文学创作的民间资源——在苏州大学"小说家讲坛"上的讲演 [J]. 当代作家评论, 2002 (1).

[30] 宁爽. 以严复"信达雅"为标准——管窥《包法利夫人》的翻译美学 [J]. 语文建设, 2015 (36).

[31] 欧阳文辅. 略评刘西渭先生的《咀华集》——印象主义的文艺批评 [J]. 光明, 1937, 2 (11).

[32] 饶先来. 20 世纪 90 年代文学批评功能的偏失及其反思 [J]. 甘肃社会科学, 2006 (5).

[33] 孙晶. 文化生活出版社对中国现代翻译文学的贡献 [J]. 中国比较文学, 2000 (1).

[34] 苏雪林. 多角恋爱小说家张资平 [J]. 青年界, 1934, 6 (2).

[35] 田菊. 论李健吾翻译思想的美学特征——以对《包法利夫人》翻译为例

［J］. 名作欣赏，2016（35）.

［36］钱林森. 李健吾与法国文学［J］. 文艺研究，1997（4）.

［37］王华青. 精神分析学与意识流的共融——试论李健吾的戏剧［J］. 安徽
文学（下半月），2008（12）.

［38］王钦峰. 论"福楼拜问题"［J］. 外国文学评论，1994（4）.

［39］王泽龙. 略论法国文学在中国的传播与接受特征［J］. 晋东南师范专科
学校学报，2004（3）.

［40］伍欣. 试论李健吾早期文学批评的两种向度［J］. 康定民族师范高等专
科学校学报，2004（2）.

［41］于辉. "内外兼修"与"承上启下"之法国现实主义在中国的译介与接
受（1949—2000）［J］. 语言教育，2013，1（3）.

［42］于辉，宋学智. 译作经典的生成：以李健吾译《包法利夫人》为例［J］.
学海，2014（5）.

［43］［英］波拉德. 李健吾与中国现代戏剧［J］. 张林杰，译. 文学研究参考
［J］，1988（3）.

［44］郑朝宗. 但开风气不为师［J］. 读书，1983（1）.

［45］郑克鲁. 略论福楼拜的小说创作［J］. 外国文学研究，1979（1）.

［46］张大明. 死角淘金——读李健吾的小说［J］. 求索，1988（6）.

［47］张健. 试论李健吾在中国现代风俗喜剧中的地位［J］. 中国现代文学研
究丛刊，1992（4）.

［48］张香筠. 试论戏剧翻译的特色［J］. 中国翻译，2012，33（3）.

［49］张骏祥.《王文显剧作选》序［J］. 新文学史料，1983（4）.

［50］FALCONER G. Flaubert, James and the Problem of Undecidability［J］.
Comparative Literature, 1987, 39（1）.

三、学位论文类

［1］范水平. 李健吾文学批评思想的现代阐释［D/OL］. 成都：四川大学，
2009［2019 - 08 - 15］. https：// xueshu. baidu. com/usercenter/paper/show？
paperid = dc5f472a1ad7ac7f977c7a01d7b075e0&site = xueshu_.

［2］韩晓清. 中国现代作家对福楼拜的接受研究［D/OL］. 兰州：西北师范大

学，2007［2019 – 08 – 15］．https：//kns. cnki. net/kcms/detail/detail. aspx？dbcode = CMFD&dbname = CMFD2008&filename = 2007137956. nh&uniplatform = NZKPT&v = FMfzUKMfoiRZYk1juFToj5lNiO2OCb6AMeceHZXUel3W64Js1qOb6xLm51mzRKyt.

［3］罗颂华. 现实主义批评语境下的边缘批评［D/OL］. 武汉：华中师范大学，2002［2019 – 08 – 15］．https：//kns. cnki. net/kcms/detail/detail. aspx？dbcode = CMFD&dbname = CMFD9904&filename = 2002072762. nh&unip.

［4］梅启波. 作为他者的欧洲——欧洲文学在中国 20 世纪 30 年代的传播［D/OL］. 武 汉：华 中 师 范 大 学，2006 ［2019 – 08 – 15］．https：//kns. cnki. net/kcms/detail/detail. aspx？dbcode = CDFD&dbname = CDFD9908&filename = 2006079211. nh&uniplatform = NZKPT& v = v_ kqh8TLeedRd-zlOjU5u HqlPKWen9C5-oluAn98s7fcBt03lcKPGqfwK4xsNG3E.

［5］魏东. "咀华"之旅——李健吾的文学批评历程［D/OL］. 上海：华东师范大学，2005 ［2020 – 07 – 19］．https：//kns. cnki. net/kcms/detail/detail. aspx？dbcode = CMFD&dbname = CMFD0506&filename = 2005085760. nh&uniplatform = NZKPT&v = fruQPoYSvNhkulEGTo--Bogj8XjyTCGmoELXNnkXiLsIzvZT3tJBsbcUxXz5HTuR.

［6］王永兵. 李劼人小说现代性的阐述［D/OL］. 扬州：扬州大学，2001 ［2019 – 10 – 14］．https：//kns. cnki. net/kcms/detail/detail. aspx？dbcode = CMFD&dbname = CMFD9904&filename = 2001005245. nh&uniplatform = NZKPT&v = WLZmvoNmul4NaG3W3WJyijgP5qMvfOW8yC0OnasV ＿ D12n4h9XTIG-bKTQbaIeO98.

［7］詹冬华. 李健吾文学批评研究［D/OL］. 南昌：江西师范大学，2003 ［2020 – 01 – 15］．https：//kns. cnki. net/kcms/detail/detail. aspx？dbcode = CMFD&dbname = CMFD9904&filename = 2003086873. nh&unip latform = NZKPT&v = jHfTd3uoW2Pzz3u1myi304erI2Cmpt4yO48OTNcUFtcbmZtq1P85zeqj 4k0hePNw.

［8］张蕴艳. 李长之的学术——心路历程［D/OL］. 上海：华东师范大学，2004 ［2019 – 08 – 15］．https：// kns. cnki. net/kcms/detail/detail. aspx？dbcode = CDFD&dbname = CDFD9908&filename = 2004087235. nh&uniplatform = NZKPT&v = QuZe6XfNJ1EOFGEIUbopuXjcbN _ tD3HCXgJik7HSruXlCmYL9LXW

820lT7Sohuk.

［9］ KAPLAN H A. The Symbolist Movement in Modern Chinese Poetry ［D］. Cambridge：Harvard University，1983.

［10］ CHAU A C. Dreams and Disillusionment in the City of Light：Chinese Writers and Artists Travel to Paris，1920s—1940s ［D］. California：University of California，2012.

［11］ REA C G. A History of Laughter：Comic Culture in Early Twentieth-century China ［D］. New York：Columbia University，2008.

［12］ JI Z. The Subversive China in Twentieth-century French Literature ［D］. Houston：Rice University，2005.

［13］ MA H Z. Image de la Chine et celle de la France à travers une analyse du contenu socio-culturel de deux methodes de francais langue étrangère pour les étudiants chinois ［D］. Québec：Université Laval，1988.

［14］ NING X. The Lyrical and the Crisis of Modern Chinese Selfhood in Modern Chinese Literature，1919—1949 ［D］. New Jersey：Rutgers University，2008.

［15］ NIKOPOULOS J. The Stability of Laughter，on the Comic Aesthetic in Modernist Literature ［D］. New York：New York University，2010.

［16］ ZHANG J. Laughter in the War：The Comical Literature in 1940s Shanghai ［D］. Hongkong：The Hong Kong University of Science and Technology，2012.

四、报纸与其他电子文献类

［1］ 冯执中. 李译《爱与死的搏斗》［N］. 文汇报·世纪风，1938 - 10 - 30.

［2］ ［法］利奥塔. 知识分子早进了坟墓 ［EB/OL］. 陆兴华，译. （2008 - 05 - 29）［2022 - 08 - 14］. http://ptext. nju. edu. cn/bd/f1/c12239a245243/page. htm.

［3］ 李辰冬. 现代中国所需要的文学批评家 ［N］. 北平晨报·学园，1934 - 12 - 11.

［4］ 李长之. 对于清华研究院中国文学部入学试题说几句话 ［N］. 北平晨报，1935 - 08 - 06.

［5］ 李健吾. 吝啬鬼 ［N］. 大公报·艺术周刊，1935 - 12 - 07.

［6］ 李健吾. 旁敲侧击 ［N］. 铁报，1946 - 05 - 07.

［7］ 李健吾. 叶紫论［N］. 大公报·文艺，1940 – 04 – 02.

［8］ 李健吾. 假如我是［N］. 大公报·文艺，1937 – 05 – 09.

［9］ 李健吾. 三个爱我的女人［N］. 华北日报·文艺副刊，1929 – 12 – 30.

［10］ 李健吾. 我有了祖国［N］. 解放日报，1950 – 10 – 08.

［11］ 李健吾. 我为什么要重译《爱与死的搏斗》［N］. 申报·自由谈，1938 –
     10 – 27.

［12］ 李健吾. 中国旧小说的穷途［N］. 大公报·文艺副刊，1934 – 10 – 06.

［13］ 刘西渭.《鱼目集》——卞之琳先生作［N］. 大公报·文艺，1936 – 04 – 12.

［14］ 齐寒. 文学翻译：后傅雷时代［N］. 文汇报，2006 – 10 – 17.

［15］ 沈从文. 编者按［N］. 大公报·文艺副刊，1934 – 09 – 12.

［16］［日］岛田政雄. 救济清贫文人［N］. 大陆新报，1944 – 01 – 04.

［17］ 萧乾. 编者致辞［N］. 大公报·文艺，1936 – 08 – 02.

［18］ 紫荻. 谈谈作家论［N］. 华北日报·每日文艺，1934 – 12 – 17.

［19］ 朱自清. 读《心病》［N］. 大公报·文艺副刊，1934 – 02 – 07.

［20］ BAUDELAIRE C P. Madame Bovary par Gustave Flaubert［N］. L'Artiste，1857 –
     10 – 18.

后 记

　　本书在我的博士论文基础上修改而成，从审美接受角度对李健吾与法国文学之间的关系展开综合性研究，既是对李健吾文学的一次总结，也希望能从方法论的角度给后人在研究工作中以启示，从而自觉地从接受角度去反观具有读者与作者双重身份的李健吾对法国文学的接受脉络，以彰显文学接受之维对作家作品形成、作品地位形成的重要影响作用。

　　论文的选题得益于与我的导师刘涵之教授的一次闲聊，刘教授建议我发挥法国文学研究的专长，把李健吾文学与法国文学放置到一处来研究。刚开始没有多少感觉，可是随着研究的深入，李健吾文学的独特魅力逐渐显露。到 2018 年暑假，我深感国内研究资料匮乏，专程去了一趟法国，近距离感受并搜集相关资料以便进一步研究。让我感动的是，刘涵之教授自我进校以来，从专业课程选择到毕业论文写作，每一个环节都精心指导，劳累之余不忘时时督促我进行大量的文献搜集与阅读工作。论文几易其稿，刘教授常常批改至深夜，甚至凌晨时分才将批阅后的论文交付于我。师长勤勉如此，令学生常常自愧。四年的相处下来，刘教授不但是我学业上的导师，更成了我人生的导师。在论文写作期间，又受到湖南师范大学赵炎秋教授、湖南大学罗宗宇教授鼓舞，为我提供了大量关于李健吾与法国文学的研究思路与知识线索，他们都是我求学道路上的恩师。

　　除我的恩师们外，我最该感谢的人是我的父亲和我的母亲。二位都是读书人出身，更了解读书不易，求学之难。偏我顽劣，不听教诲，选择在一个最不恰当的时候结婚生子，给父母平添了许多麻烦。父母常常为我奔走两地，不辞辛苦，洗衣做饭，侍弄孙儿，每每想起，总令我羞愧又充满感激。

我还要谢谢我的女儿周小止，虽然她是一个小小的麻烦鬼，但是，她正是生活中乌云的那一道金边，让我总觉得还有力量，还有希望。

博士论文答辩后，我又有幸遇到了湖南师范大学出版社编辑部李阳主任，他不厌其烦，仔细审阅书稿并以专业的水准提出诸多修改意见，并为我斧正数次，他的细心、耐心和热心让我感动。我的博士论文从坎坷成型到临近出版，李编辑的严谨态度起到了不可或缺的作用。

本书从接受美学理论的研究视角对李健吾与法国文学进行研究，首先对李健吾青年时期对法国文学的接受和审美养成进行发展路径考察，继而扩大研究他在翻译活动、文学批评、戏剧改编与散文创作中的审美接受问题；同时以法国文学为镜，将对李健吾的研究放置到法国文学的大语境中去观照，通过对这面镜子中呈现出来的李健吾文学的影像加以分析，总结提炼出李健吾对法国文学消化吸收后，在文学批评、翻译工作、戏剧活动、散文创作以及为人处世上所展现的诗意的现实主义精神。换句话说，将对李健吾的研究放置到法国文学的大语境中去观照，把法国文学的方方面面作为李健吾文学研究的参照系，就是以法国文学为镜，通过镜子中呈现出来的李健吾文学的影像，更加清晰地看到李健吾在文艺创作、文学批评、翻译工作、戏剧活动中以及为人处世上的一些长期被忽略了的细节。

李健吾文学中表现出的充满诗意的现实主义精神具有鲜明的时代特征，反映了在中国近代社会的历史进程中李健吾与法国文学的纠葛，更映射出以李健吾为代表的当代作家对外国文学总体的接受态度。事实上，当作为西方文学代表的法国文学在 20 世纪初远渡重洋抵达东方这一异质语境时，它与中国特有的社会文化核心内涵及中国的诡谲艰难的时事相互碰撞融合，逐渐为中国读者所接受，并使得中国文学话语发生悄然转变。本书以李健吾接受法国文学为个案细致地进行研究，将李健吾从 20 世纪中国文学浪潮中采撷出来显然具有典型意义：他是中国最早一批接触并接受西方文学，尤其是法国文学，并将法国文学理论思想融汇到自己的创作实践中的人物。法国文化对李健吾影响重大，传统文化又是他精神上颇为依恋的故土家园，在对李健吾选择、接受、转化进而疏离法国文学这一过程的研究中，从探讨他的学术渊源出发，谛视他在富有中国传统文化的基础上对西方文学进行接收吸纳的方式，从而彰显当代中西文化交融的具体进程，进而进一步发掘西方文化对中国近现代文学的映照作用。

不可否认的是，李健吾是一个颇为天真又单纯的人，文字自然洒脱、优美流畅，也许就是因为这种法式的、印象主义式的洒脱，造成了李健吾文学上的缺陷；同时，他受到中国古典文化思想的熏染，看重妙悟在文学中的作用，过于强调建立在主观印象上的体感；两者综合之下，李健吾文学中对"自我"的表达总是与直觉、梦幻、诗意、浪漫、洒脱分不开关系，这导致学界普遍认为李健吾文学缺乏一种理性的精神。但以此为据，反而为李健吾文学披上了一层现代文学的色彩：李健吾文学正是以现实主义为基础，接受了新兴的现代主义思想，从而形成了一种中西交融的诗意现实主义风格。此外，从文本的结构形式来看，李健吾文学缺乏整体性和系统性，其结构松散自由。他很少去围绕一个作家、一部作品做集中单独的评价与书写，而常常是纵观古今中外、旁征博引地去做兴之所至、自由落笔的研究。这样，他用诗化的语言为读者营造出了一个令人神思飘荡的微醺的艺术空间，甚至这个艺术空间有时候竟然与外部真实的苦难世界隔绝开来，形成了一个矛盾的存在体。这种真实又虚幻的双重光芒，折射到李健吾的现实人生中，正是令我心醉神迷且有待进一步研究的领域。

宋 洁
2023 年 5 月于湖南工商大学